A DIABÓLICA

A DIABÓLICA

S.J. KINCAID

Tradução de Viviane Diniz

Fantástica
ROCCO

Título original
THE DIABOLIC

Copyright do texto © 2016 *by* S. J. Kincaid
Copyright da ilustração de capa © 2016 *by* There Is Studio

Todos os direitos reservados, nenhuma parte desta obra pode ser reproduzida no todo ou em parte, sob qualquer forma, sem autorização por escrito do editor.

Este livro é uma obra de ficção. Qualquer referência a fatos históricos, pessoas reais, vivas ou não, ou lugares, foram usados de forma fictícia. Outros nomes, personagens, locais e acontecimentos são produtos da imaginação do autor, e qualquer semelhança com acontecimentos reais ou lugares ou pessoas, vivas ou não, é mera coincidência.

Direitos para a língua portuguesa reservados
com exclusividade para o Brasil à
EDITORA ROCCO LTDA.
Rua Evaristo da Veiga, 65 – 11º andar
Passeio Corporate – Torre 1
20031-040 – Rio de Janeiro – RJ
Tel.: (21) 3525-2000 – Fax: (21) 3525-2001
rocco@rocco.com.br
www.rocco.com.br

Printed in Brazil/Impresso no Brasil

Preparação de originais
BEATRIZ D'OLIVEIRA

CIP-Brasil. Catalogação na publicação.
Sindicato Nacional dos Editores de Livros, RJ.

K63d
Kincaid, S. J.
A Diabólica / S. J. Kincaid ; tradução de Viviane Diniz. – 1. ed. – Rio de Janeiro : Fantástica Rocco, 2020.

Tradução de: The diabolic
ISBN 978-85-68263-83-9
ISBN 978-85-68263-84-6 (e-book)

1. Ficção científica. 2. Ficção americana. I. Diniz, Viviane. II. Título.

20-62336
CDD: 813
CDU: 82-311.9(73)

Vanessa Mafra Xavier Salgado – Bibliotecária – CRB-7/6644

O texto deste livro obedece às normas do
Acordo Ortográfico da Língua Portuguesa.

Para
JAMIE
(também conhecida como Poosen)

e

JESSICA
(também conhecida como A Verdadeira Yaolan)

Ter uma amizade de uma vida inteira,
que eu pudesse confiar totalmente,
e ter com quem pudesse contar sempre
já seria uma bênção,
mas eu tive a sorte de ter duas.
Vocês significam mais
para mim do que podem imaginar.

Quem deu vida ao cordeiro também te criou?
 — WILLIAM BLAKE, "O tigre"

TODO MUNDO achava que os Diabólicos eram destemidos, mas, nos meus primeiros anos, só sentia medo. Estava dominada por ele na manhã em que os Impyrean me viram nos currais.

Eu não sabia falar, mas compreendia a maioria das palavras que escutava. O mestre do curral dava orientações frenéticas a seus assistentes: o Senador Von Impyrean e sua esposa, a Matriarca Impyrean, chegariam em breve. Os capatazes andavam pelo meu cercado, me examinando da cabeça aos pés, à procura de qualquer imperfeição.

Esperei pelo Senador e a Matriarca com o coração acelerado, meus músculos prontos para a batalha.

E então eles chegaram.

Todos os treinadores, todos os capatazes caíram de joelhos diante deles. O mestre do curral reverentemente levou as mãos deles ao rosto.

– Estamos honrados com sua visita.

O medo correu pelo meu corpo. Que tipo de criaturas eram aquelas, que faziam o terrível *mestre do curral* se atirar ao chão diante delas? O luminoso campo de força do meu cercado nunca parecera tão opressor. Me encolhi para o mais longe possível. O Senador Von Impyrean e sua esposa se aproximaram e olharam para mim do outro lado da barreira invisível.

— Como podem ver — disse o mestre do curral —, Nemesis tem aproximadamente a idade da sua filha e é fisicamente preparada segundo suas especificações. Ela só vai ficar maior e mais forte nos próximos anos.

— Tem certeza de que essa garota é perigosa? — indagou o Senador. — Parece uma criança assustada.

As palavras me fizeram gelar.

Eu não devia ficar *assustada*. O medo só me rendia choques, pouca comida, tormento. Ninguém deveria me ver com medo. Encarei o Senador com um olhar feroz.

Quando olhou em meus olhos, ele pareceu assustado. Abriu a boca para falar de novo, então hesitou, estreitando os olhos antes de desviá-los.

— Talvez você tenha razão — murmurou. — Aqueles olhos. Posso ver a inumanidade. Minha querida, você tem certeza de que precisamos dessa monstruosidade em nossa casa?

— Toda grande família tem um Diabólico agora. Nossa filha *não* será a única criança desprotegida — disse a Matriarca. Então virou-se para o mestre do curral. — Quero ver pelo que nosso dinheiro vai pagar.

— Claro — respondeu o mestre do curral, virando-se para acenar para um capataz. — Algum outro...

— Não — açoitou a voz da Matriarca. — Temos que ter certeza. Trouxemos nosso próprio trio de condenados. Vai ser um teste suficiente para esta criatura.

O mestre sorriu.

— Mas é claro, *Grandeé* Von Impyrean. Todo cuidado é pouco. Com tantos criadores abaixo do padrão por aí... Nemesis não os decepcionará.

A Matriarca acenou para alguém fora do alcance da minha vista. O perigo que eu previa se materializou: três homens estavam sendo conduzidos até o meu cercado.

Voltei a me encolher contra o campo de força, sentindo a vibração formigar ao longo das minhas costas. Um buraco gelado se abriu em meu estômago. Eu já sabia o que aconteceria em seguida. Aqueles não eram os primeiros homens trazidos para me visitar.

Os assistentes do mestre do curral desacorrentaram os homens, depois desativaram o campo de força para empurrá-los para dentro, e então o ativaram novamente. Eu estava ofegante. Não queria fazer aquilo. Não queria.

— O que é isso? — perguntou um dos condenados, olhando de mim para a plateia improvisada.

— Não é óbvio? — A Matriarca passou o braço pelo do Senador. Então lançou um olhar satisfeito para o marido e se dirigiu aos condenados em um tom agradável: — Seus crimes violentos os trouxeram aqui, mas vocês têm a oportunidade de se redimirem agora. Matem esta criança, e meu marido lhes concederá o perdão.

Os homens arregalaram os olhos para o Senador, que acenou com a mão, indiferente.

— Farei o que minha esposa diz.

Um homem xingou violentamente:

— Eu sei o que essa coisa é. Acha que sou idiota? Eu é que não chego perto!

— Se você não for — respondeu a Matriarca com um sorriso —, todos os três serão executados. Agora matem a criança.

Os condenados me examinaram e, após um instante, o maior deles abriu um sorriso malicioso.

— É uma garotinha. Faço isso sozinho. Vem aqui, menina. — Ele andou em minha direção. — Quer que seja algo sangrento ou só quebro o pescoço dela?

— Você é quem sabe — disse a Matriarca.

A confiança dele encorajou os outros e acendeu em seus rostos a esperança da liberdade. Meu coração batia forte. Eu não tinha como dizer que deveriam ficar longe de mim. Mesmo que tivesse, eles não me dariam ouvidos. Seu líder afirmara que eu era apenas uma garota... e isso era o que eles viam agora. Esse foi seu erro fatal.

O maior deles se inclinou descuidadamente para me agarrar, sua mão tão perto que eu senti o suor.

O cheiro desencadeou algo dentro de mim. Foi como sempre: o medo desapareceu. O pavor se dissolveu em uma onda de raiva.

Meus dentes se fecharam na mão dele. Seu sangue jorrou, quente e com gosto de cobre. Ele gritou e tentou se afastar – tarde demais. Segurei seu pulso e me joguei para a frente, torcendo seu braço. Seus ligamentos arrebentaram. Chutei a parte de trás de sua perna para derrubá-lo. Pulei sobre ele e minhas botas aterrissaram com força na parte de trás de sua cabeça. Seu crânio se estilhaçou.

Havia outro homem, também ousado demais, se aproximando muito, e só então percebeu seu erro. Ele gritou de horror, mas não escapou. Eu era muito rápida. Golpeei a cartilagem do seu nariz com a palma da mão, forçando direto até o cérebro.

Passei sobre os dois corpos em direção ao terceiro homem – o que tivera o bom senso de me temer. Ele gritava e cambaleava para trás, contra o campo de força, encolhendo-se como eu tinha feito mais cedo, quando ainda não estava com raiva. Ele ergueu as mãos trêmulas. Soluços convulsionavam seu corpo.

– Por favor, não! Não me machuque, por favor, não!

As palavras me fizeram hesitar.

Eu passara a vida, minha vida inteira, dessa maneira, defendendo-me de agressores, matando para evitar a morte, matando para não ser morta. Mas só uma vez antes uma voz implorara por misericórdia. Eu não soubera o que fazer na ocasião. Agora, ali em pé diante do homem encolhido, essa mesma confusão me tomava, me paralisando. O que eu deveria fazer?

– Nemesis.

A Matriarca de repente estava de pé diante de mim, separada apenas pelo campo de força.

– Ela entende o que eu falo? – perguntou ao mestre do curral.

– Eles são humanos o bastante para entender a linguagem, mas não vai aprender a responder até as máquinas fazerem algum trabalho em seu cérebro.

A Matriarca assentiu e se virou para mim.

– Você me impressionou, Nemesis. Eu lhe pergunto agora: você quer sair daqui? Quer ter algo precioso para amar e proteger, e uma casa com conforto além de seus sonhos?

Amor? Conforto? Eram palavras estranhas. Eu não sabia o que significavam, mas seu tom era persuasivo, cheio de promessas. E se entremeou pela minha mente como uma melodia, abafando os gemidos do homem aterrorizado.

Eu não consegui desviar o olhar dos olhos astutos da Matriarca.

– Se você deseja ser algo mais do que um animal neste cercado úmido – disse ela –, então prove-se digna de servir à família Impyrean. Mostre que pode obedecer quando for importante. Mate este homem.

Amor. Conforto. Eu não sabia o que essas coisas significavam, mas eu as queria. Eu as teria. Encurtei a distância e quebrei o pescoço do homem.

Quando o terceiro cadáver caiu no chão aos meus pés, a Matriarca sorriu.

Mais tarde, os capatazes me levaram ao laboratório, onde uma menina esperava. Eu estava presa para segurança dela, meus braços e pernas envoltos em ferro grosso com um anel externo de eletricidade luminosa. Eu não conseguia parar de olhar para aquela estranha criatura, pequena e trêmula, com cabelos escuros e um nariz que nunca tinha sido quebrado.

Eu sabia o que ela era. Uma garota *de verdade*.

Eu sabia, porque já tinha matado uma antes.

A garota se aproximou demais e rosnei para ela. Ela recuou.

– Ela me odeia – falou, seu lábio inferior tremendo.

– Nemesis não te odeia – assegurou o médico enquanto checava de novo se eu estava bem presa. – É assim que os Diabólicos se comportam nesta fase de desenvolvimento. Eles se parecem conosco, mas não são realmente seres humanos, como você e eu. São predadores. Não sentem empatia ou compaixão. Simplesmente não têm capacidade para isso. É por isso que, quando têm idade suficiente, temos que civilizá-los. Aproxime-se, Sidonia.

Ele curvou um dedo. Sidonia o seguiu até uma tela de computador próxima.

– Está vendo isso? – perguntou ele.

Eu podia ver a imagem também, mas não achei interessante. Já tinha quebrado crânios o suficiente para reconhecer um cérebro humano.

— É chamado de córtex frontal. — Ele ficou em silêncio por um momento, e houve um lampejo de medo no olhar que lançou à garota. — Não pesquisei isso pessoalmente, é claro, mas, na minha linha de trabalho, simplesmente se aprende coisas observando as máquinas.

As sobrancelhas de Sidonia se curvaram para baixo, como se as palavras dele a tivessem intrigado.

Constrangido, ele continuou em um tom rápido:

— Até onde eu entendo, essas máquinas vão tornar essa parte do cérebro dela maior. Muito maior. Vão tornar Nemesis mais inteligente. Ela vai aprender a falar com você e raciocinar. As máquinas também iniciarão o processo de vínculo.

— Então ela vai gostar de mim?

— Depois de hoje, ela será sua melhor amiga.

— Então ela não vai mais ficar tão irritada? — A voz de Sidonia soou baixa.

— Bem, essa agressividade simplesmente faz parte de como os Diabólicos são projetados. Mas Nemesis não terá raiva de você. Em todo o universo, você será a única pessoa que ela irá amar. Qualquer um que tente machucar você, no entanto... é melhor ter cuidado.

Sidonia abriu um sorriso trêmulo.

— Agora, querida, preciso que você fique onde ela possa te ver. Contato visual é fundamental para o processo de vínculo.

O médico colocou Sidonia diante de mim, cuidadosamente fora de alcance. Ele se esquivou de minha boca ávida por morder e aplicou nodos estimulantes ao meu crânio. Depois de um instante, eles começaram a zumbir.

Um formigamento pelo meu cérebro, estrelas latejando diante de meus olhos.

Meu ódio, minha necessidade de esmagar, dilacerar e destruir... começaram a abrandar. Começaram a desaparecer.

Mais uma corrente elétrica, então outra.

Olhei para a garota pequena à minha frente, e algo novo se agitou dentro de mim, uma sensação que eu nunca tinha provado antes.

Um rugido constante em meu crânio agora, me transformando, me modificando. Eu queria ajudar aquela garota. Eu queria protegê-la.

O rugido continuou, e em seguida diminuiu, até desaparecer, como se nada mais existisse no universo senão *ela*.

Durante várias horas, enquanto meu cérebro era modificado, o médico fez alguns exames. Ele deixou Sidonia se aproximar um pouco de mim, e depois um pouco mais. Ele me observava enquanto eu observava Sidonia.

Por fim, chegou a hora.

O médico recuou, deixando Sidonia sozinha diante de mim. Ela se levantou, o corpo todo tremendo. O médico apontou uma arma elétrica, por precaução, e, em seguida, destravou o que me prendia.

Eu me endireitei e me soltei das amarras. A garota respirou fundo, sua clavícula despontando sob o pescoço magro, que poderia ser quebrado facilmente. Eu sabia disso. Ainda assim, embora eu pudesse machucá-la, embora tivessem me soltado para cima dela como aconteceu com todos os outros que eu matara, só a ideia de ferir aquela delicada criatura me fazia recuar.

Aproximei-me para poder observar a garota por inteiro, aquele ser de valor infinito cuja sobrevivência agora significava mais para mim do que até mesmo a minha. Como ela era pequena. Fiquei assombrada com aquele sentimento que ardia como brasa em meu peito. Esse ardor maravilhoso que vinha de olhar para *ela*.

Quando toquei a pele macia da bochecha de Sidonia, ela se encolheu. Examinei seus cabelos escuros, um contraste muito grande com o tom louro-pálido dos meus. Aproximei-me para examinar as íris de seus grandes olhos. O medo inundava-os profundamente, e eu queria que ele desaparecesse. Ela ainda tremia, então coloquei as palmas das minhas mãos em seus braços frágeis e fiquei bem quieta, esperando que minha serenidade a acalmasse.

Sidonia parou de tremer. O medo desapareceu. Seus lábios se curvaram para cima nos cantos.

Imitei o gesto, forçando meus lábios a se curvarem. Era anormal e estranho, mas fiz isso por *ela*. Foi a primeira vez em minha vida que agi em benefício de alguém que não fosse eu mesma.

– Olá, Nemesis – sussurrou Sidonia. Ela engoliu em seco. – Meu nome é Sidonia. – Notei uma linha surgir entre suas sobrancelhas, e então ela colocou a palma da mão sobre o peito. – Si-do-ni-a.

Eu a imitei, colocando a mão em meu próprio peito.

– Sidonia.

Ela riu.

– Não. – Ela pegou minha mão e puxou-a até seu peito. Eu senti as batidas frenéticas de seu coração. – Eu sou Sidonia. Mas você pode me chamar de Donia.

– Donia – repeti, tocando seu colo, compreendendo.

Donia abriu um sorriso que fez eu me sentir... enternecida, satisfeita, orgulhosa. Ela olhou de volta para o médico.

– Você tem razão! Ela não me odeia.

O médico assentiu.

– Nemesis está ligada a você agora. Ela viverá somente por você, todos os dias de sua vida.

– Gosto dela também – declarou Donia, sorrindo para mim. – Acho que vamos ficar amigas.

O médico riu baixinho.

– Amigas, claro. Posso garantir que Nemesis será a melhor amiga que você terá na vida. E irá amar você até o dia de sua morte.

E, finalmente, eu tinha um nome para esse sentimento, aquela estranha, mas maravilhosa nova sensação dentro de mim... era o que a Matriarca Impyrean me prometera.

Aquilo era *amor*.

1

SIDONIA cometera um erro perigoso.

Ela estava esculpindo uma estátua a partir de um grande bloco de pedra. Havia algo de fascinante na maneira como sua lâmina a laser deslizava e brilhava, iluminada contra a janela escura que se abria para as estrelas. Ela nunca apontava a lâmina para onde eu esperava, mas de alguma forma sempre produzia uma imagem na pedra que minha imaginação nunca poderia ter conjurado. Hoje era uma estrela que virava supernova, uma cena da história heliônica retratada vividamente na rocha.

No entanto, um golpe de sua lâmina tinha extraído um pedaço muito grande da base da escultura. Vi na hora e fiquei de pé em um pulo, me sobressaltando. A estrutura não era mais estável. A qualquer momento a estátua inteira iria desabar.

Donia se ajoelhou para estudar o efeito visual que criara. Alheia ao perigo.

Aproximei-me calmamente. Não queria avisá-la – isso poderia assustá-la, fazendo com que se agitasse ou pulasse, e se cortasse com o laser. Melhor consertar o problema eu mesma. Atravessei o cômodo. Assim que a alcancei, ouvi o primeiro rangido; fragmentos de poeira caindo em cima dela enquanto a estátua se inclinava para a frente.

Agarrei Donia e tirei-a depressa do caminho. Um estrondo enorme soou em nossos ouvidos, o pó deixando abafado o ar viciado do estúdio de arte.

Arranquei a lâmina a laser da mão de Donia e a desliguei.

Ela se soltou, esfregando os olhos.

— Ah, não! Não percebi que isso ia acontecer. — O desânimo deixou seu rosto abatido enquanto olhava para os destroços. — Estraguei tudo, não foi?

— Esqueça a estátua — eu disse. — Você está ferida?

Com ar melancólico, ela acenou a mão como se aquilo não fosse importante.

— Não acredito que fiz isso. Estava indo tão bem... — Com um pé calçado com chinelo, ela chutou um pedaço de pedra quebrada, então suspirou e olhou para mim. — Eu agradeci? Não. Obrigada, Nemesis.

Seus agradecimentos não me interessavam. Era a segurança dela que importava. Eu era sua Diabólica. Só pessoas ansiavam por elogios.

Diabólicos não eram pessoas.

Parecíamos pessoas, com certeza. Tínhamos o DNA de pessoas, mas éramos outra coisa: criaturas feitas para serem absolutamente implacáveis e completamente leais a um único indivíduo. Mataríamos com prazer por essa pessoa, e somente por ela. Por isso as famílias da elite imperial nos recrutavam ansiosamente para servir como guarda-costas vitalícios para eles e seus filhos, e para sermos a perdição de seus inimigos.

Mas ultimamente, ao que parecia, os Diabólicos cumpriam o seu papel bem demais. Donia frequentemente se conectava à transmissão do Senado para ver o pai no trabalho. Nas últimas semanas, o Senado Imperial começara a debater a "Ameaça Diabólica". Os senadores diziam que os Diabólicos tinham se tornado uma praga, matando os inimigos de seus senhores por pequenos insultos, até mesmo assassinando membros da família da criança à qual foram designados a proteger para promover os interesses dela. Estávamos nos revelando mais uma ameaça do que um bem para algumas famílias.

Eu sabia que o Senado devia ter chegado a uma decisão sobre nós, porque naquela manhã a Matriarca tinha entregado uma carta para sua filha... diretamente do Imperador. Donia dera uma olhada nela e, em seguida, começara a trabalhar em sua escultura.

Eu morava com ela há quase oito anos. Nós praticamente crescemos juntas. Ela só ficava em silêncio e distraída assim quando estava preocupada comigo.

— O que havia na carta, Donia?

Ela tocou um pedaço da estátua quebrada.

— Nemesis... Eles baniram os Diabólicos. Retroativamente.

Retroativamente. Isso significava os Diabólicos atuais. Como eu.

— Então o Imperador espera que você se desfaça de mim.

Donia balançou a cabeça.

— Não vou fazer isso, Nemesis.

Claro que não. E então seria punida por isso. Minha voz soou decidida:

— Se você não consegue se livrar de mim, então cuidarei disso eu mesma.

— Eu *disse* que não farei isso, Nemesis, e nem você! — Os olhos dela faiscaram. Ela ergueu o queixo. — Vou encontrar outro jeito.

Sidonia sempre fora serena e tímida, mas era uma aparência enganadora. Há muito tempo eu aprendera que, por baixo, se escondia uma determinação de aço.

Seu pai, o Senador Von Impyrean, provou ser uma ajuda. Ele nutria uma forte animosidade contra o Imperador Randevald von Domitrian.

Quando Sidonia implorou por minha vida, um brilho de desafio cintilou nos olhos do Senador.

— O Imperador *exige* a morte dela, é? Bem, fique tranquila, querida. Você não precisa perder sua Diabólica. Direi ao Imperador que cuidamos da morte dela, e a questão estará encerrada.

O Senador estava enganado.

Como a maioria dos poderosos, os Impyrean preferiam viver isolados e socializar apenas em espaços virtuais. Os Excessos mais próximos — humanos livres espalhados por planetas — estavam a sistemas de distância do Senador

Von Impyrean e sua família. Ele exercia sua autoridade sobre os Excessos de uma distância estratégica. A fortaleza da família orbitava um planeta gasoso gigante, inabitado, rodeado por luas sem vida.

Então todos nós ficamos espantados quando, semanas mais tarde, surgiu uma espaçonave das profundezas do espaço – inesperadamente, sem nenhum aviso prévio. Tinha sido enviada pelo Imperador sob o pretexto de "inspecionar" o corpo da Diabólica, mas não havia um mero inspetor a bordo.

Mas sim um Inquisidor.

O Senador Von Impyrean subestimara a hostilidade do Imperador em relação à sua família. Minha existência deu ao Imperador uma desculpa para colocar um de seus próprios agentes na fortaleza Impyrean. Inquisidores eram um tipo especial de vigário, treinados para enfrentar os piores pagãos e reforçar os éditos da religião heliônica, muitas vezes com violência.

Só a chegada do Inquisidor já deveria ter aterrorizado o Senador, levando-o a obedecer, mas o pai de Sidonia continuou burlando a vontade do Imperador.

O Inquisidor fora até lá para ver um corpo, então lhe mostraram um.

Simplesmente não era o meu.

Uma das servas dos Impyrean vinha sofrendo da doença solar. Como os Diabólicos, os servos tinham sido geneticamente criados para o trabalho. Ao contrário de nós, não precisavam da capacidade de tomar decisões, então não tinham sido projetados para tê-la. O Senador levou-me à cabeceira da serva doente e me deu a adaga.

– Faça o que você faz melhor, Diabólica.

Fiquei grata por ele ter mandado Sidonia para seus aposentos. Não iria querer que ela visse aquilo. Afundei a adaga sob o tórax da serva. Ela não se encolheu, não tentou fugir. Só me encarou com o olhar vazio e, um instante depois, estava morta.

Só então o Inquisidor foi autorizado a aterrissar na fortaleza. Ele fez uma inspeção superficial do corpo, parando apenas para observar:

— Que estranho. Ela parece... ter morrido *recentemente.*

O Senador estava indignado ao lado dele.

— A Diabólica estava à beira da morte por doença solar há várias semanas. Tínhamos acabado de decidir pôr um fim ao seu sofrimento quando você chegou ao sistema.

— *Diferente* do que disse sua carta — declarou o Inquisidor, virando-se para ele. — Você afirmou que haviam providenciado a morte. E, agora que a vejo, estranho seu tamanho. Ela é pequena para uma Diabólica.

— Agora você questiona o corpo também? — rugiu o Senador. — Eu lhe digo, ela estava definhando há semanas.

Eu observava o Inquisidor do canto, com um novo traje de serva, meu tamanho e musculatura escondidos sob pregas volumosas. Se ele percebesse o embuste, então eu o mataria.

Esperava que não chegasse a isso. Esconder a morte de um Inquisidor podia ser... complicado.

— Talvez se sua família tivesse mais respeito ao Cosmos Vivo — observou o Inquisidor —, sua casa tivesse sido poupada de um mal terrível como a doença solar.

O Senador inspirou, furioso, preparando-se para responder, mas naquele instante a Matriarca se aproximou, vindo de onde espreitava junto à porta. Ela agarrou o braço do marido, detendo-o.

— Como está certo, Inquisidor! Somos imensamente gratos pela sua opinião. — O sorriso dela era gracioso, pois a Matriarca não compartilhava a ânsia do marido em desafiar o Imperador.

Ela sentira a ira imperial em primeira mão, quando jovem. Sua família desagradara o Imperador, e sua mãe pagara o preço. Agora parecia elétrica de angústia, o corpo trêmulo com a ansiedade de acalmar o visitante.

— Me daria um grande prazer se ficasse para a celebração esta noite, Inquisidor. Talvez possa nos dizer o que estamos fazendo de errado. — O tom dela derramava doçura, o que soava estranho em sua voz costumeiramente mordaz.

— Eu adoraria, *Grandeé* von Impyrean — respondeu o Inquisidor, agora de maneira cortês. Ele estendeu a mão para trazer os dedos dela até seu rosto.

Ela se afastou.

— Vou providenciar tudo com nossos servos. Levarei esta agora. Você... venha. — E acenou com a cabeça para eu acompanhá-la.

Eu não queria deixar o Inquisidor. Queria vigiar cada movimento dele, observar cada uma de suas expressões, mas a Matriarca não me deixara escolha a não ser segui-la, como uma serva faria. Nossos passos nos levaram para fora do quarto, longe dos olhos do Inquisidor. A Matriarca acelerou o passo, e eu a acompanhei. Seguimos pelo corredor juntas, em direção aos aposentos do Senador.

— Loucura — murmurou ela. — É loucura correr esse risco agora! Você devia estar morta diante do Inquisidor, e não caminhando aqui do meu lado!

Lancei-lhe um olhar pensativo e demorado. Eu morreria feliz por Donia, mas se tivesse de decidir entre a minha vida e a da Matriarca, salvaria a minha.

— Você pretende contar ao Inquisidor o que eu sou?

Enquanto falava, eu visualizava o que faria para matá-la. Um único golpe na nuca... Era melhor não arriscar que ela gritasse. Donia poderia sair de seus aposentos e ouvir alguma coisa. Eu odiaria assassinar sua mãe na frente dela.

A Matriarca tinha o instinto de sobrevivência que faltava ao seu marido e filha. Até mesmo meu tom tranquilo fez o terror percorrer seu rosto. No instante seguinte, já não havia mais sinal dele, e me perguntei se havia imaginado coisas.

— É claro que não. A verdade condenaria a todos nós agora.

Então ela viveria. Meus músculos relaxaram.

— Já que está aqui — disse ela sombriamente —, então se fará útil para nós. Vai me ajudar a esconder o trabalho do meu marido antes que o Inquisidor inspecione seus aposentos.

Isso eu podia fazer. Entramos, então, no escritório do Senador, onde a Matriarca ergueu sua túnica e passou pelos detritos espalhados no cômodo

– fragmentos blasfemos de banco de dados que condenariam imediatamente toda aquela família se o Inquisidor os visse.

– Rápido – disse ela, gesticulando para eu começar a recolhê-los.

– Vou levar tudo para o incinerador...

– Não. – Sua voz era amarga. – Meu marido apenas usará a destruição dessas peças como desculpa para adquirir outras. Só precisamos tirar isso de vista por agora. – Ela girou os dedos em uma rachadura na parede, e o chão se abriu, revelando um compartimento secreto.

Então ela se sentou na cadeira do Senador, abanando-se com a mão enquanto eu carregava braçadas e braçadas de fragmentos do que pareciam restos de computador e chips de dados para aquele compartimento. O Senador passava dias ali, reparando o que podia salvar, fazendo o *upload* de informações para seu banco de dados pessoal. Ele lia avidamente os materiais e muitas vezes os discutia com Sidonia. Aquelas teorias científicas, aqueles projetos tecnológicos. Todos blasfemos. Todos insultos contra o Cosmos Vivo.

Escondi o computador pessoal do Senador com os escombros, e então a Matriarca foi até a parede de novo e girou o dedo na fenda. O piso deslizou, fechando-se. Puxei a mesa do Senador para cobrir o compartimento secreto.

Quando me endireitei, vi a Matriarca estreitando os olhos para mim.

– Você teria me matado lá no corredor. – Seus olhos faiscantes me desafiavam a negar.

Não neguei.

– Você sabe o que eu sou, madame.

– Ah, sim, eu sei. – Seus lábios se contraíram. – *Monstro*. Sei bem o que se passa por trás desses seus olhos frios e sem alma. É exatamente por isso que os Diabólicos foram banidos... protegem uma pessoa e representam uma ameaça para todas as outras. Você não deve esquecer que Sidonia precisa de mim. Sou a mãe dela.

– E você não deve esquecer que sou a Diabólica dela. Donia precisa mais de mim.

– Você não imagina o que uma mãe significa para uma criança.

Não. Eu não imaginava. Nunca tivera uma. Tudo o que eu sabia era que Sidonia estava mais segura comigo do que com qualquer outra pessoa neste universo. Mesmo sua própria família.

A Matriarca soltou uma risada desagradável.

— Ah, mas por que sequer perco meu tempo conversando com você sobre isso? Você não poderia entender o que é família mais do que um cão poderia compor poesia. Não, o que importa é que você e eu compartilhamos uma causa. Sidonia é bondosa e ingênua. Fora desta fortaleza, no Império... talvez uma criatura como você seja exatamente do que minha filha precisa para sobreviver. Mas você nunca... *nunca*... vai falar com ninguém sobre o que fizemos hoje.

— Nunca.

— E se alguém parecer prestes a descobrir que poupamos nossa Diabólica, você vai cuidar do problema.

Só de pensar naquilo já senti uma raiva ardente e protetora percorrer meu corpo.

— Sem hesitação.

— Mesmo que cuidar disso... – os olhos dela eram astutos como os de um pássaro – comece por você.

Não me dei o trabalho de responder. É claro que eu morreria por Sidonia. Ela era todo o meu universo. Eu não amava nada além dela e não valorizava nada, fora sua existência. Sem ela, não havia razão para eu existir.

A morte seria uma compaixão em comparação a isso.

2

NAQUELA MESMA NOITE, toda a casa, servos e as outras pessoas reuniram-se na heliosfera, a cúpula clara no topo da fortaleza em órbita. Por mais que a Matriarca lhe implorasse, o Senador nunca se preocupava com as cerimônias religiosas, a não ser que houvesse visitantes. Naquele dia, ele participou só pelas aparências, mas não se preocupou em esconder o sorriso insolente do Inquisidor.

Afinal, o Inquisidor acabara de inspecionar a fortaleza inteira. E não encontrara nada digno de relatar ao Imperador. Um homem inteligente não se vangloriaria, mas o Senador era um tolo.

A Matriarca tinha reservado para o Inquisidor um lugar de honra, logo atrás da família, para a celebração. Todos nós assistimos no mais absoluto silêncio a estrela se elevar sobre a curvatura do planeta abaixo de nós. As janelas eram cristalinas, refratando a luz da maneira certa para fazer com que se espalhasse até certos pontos da sala em que havia espelhos posicionados. Por uma fração de segundo, os raios brilhantes convergiram para um único ponto: o cálice cerimonial no centro, acendendo o óleo lá dentro. Nós observávamos o cálice ardente enquanto o ângulo perfeito da estrela se deslocava, dispersando o brilho ofuscante das luzes. A bênção começou.

— E assim — disse o vigário, erguendo o cálice em chamas —, através de nossa estrela original, Hélios, o Cosmos Vivo decidiu enviar a chama da vida ao planeta Terra, e deu origem aos nossos reverenciados antepassados naquela antiga era em que as estrelas eram apenas pontos distantes contra a escuridão infinita. A humanidade estava velada pela ignorância naqueles dias, dedicando-se à adoração de divindades imaginadas à sua própria semelhança, incapazes de reconhecer a verdadeira divindade do próprio universo em torno deles...

Meu olhar correu pela sala, passando da atenta vigilância no rosto da Matriarca ao desdém mal disfarçado do Senador. Em seguida, olhei para o Inquisidor, que encarava fixamente as costas do Senador. Então me virei para Donia, cujos grandes olhos castanhos estavam fixos no cálice enquanto o vigário recitava a história da gênese do *Homo sapiens*. Sidonia sempre tivera um estranho fascínio pela história do Sistema Solar de origem humana, e do Sol, Hélios, que nutrira os primeiros seres humanos.

Ela era devota. Tentara me converter à religião heliônica logo que fui adquirida, e me levara a uma cerimônia para implorar ao vigário para me abençoar com a luz das estrelas. Eu ainda não entendia bem o conceito do Cosmos Vivo ou de almas, mas esperava ser abençoada porque Sidonia queria isso para mim.

O vigário recusou. E disse a Donia que eu não tinha alma para abençoar.

– Os Diabólicos são criações da humanidade, não do Cosmos Vivo – disse o vigário a Donia. – Não há centelha divina neles para iluminar com luz cósmica. Esta criatura pode assistir à bênção em respeito à sua família, mas nunca poderá participar dela.

Enquanto o vigário falava, havia uma expressão estranha no rosto dele e no da Matriarca. Eu tinha começado a entender expressões faciais, e as identifiquei: repulsa total. Estavam enojados só pela ideia de que um Diabólico pudesse ser favorecido por seu Cosmos divino.

Por alguma razão, a lembrança daqueles olhares me deu um nó no estômago até mesmo agora, enquanto eu ouvia o vigário. Resolvi voltar a observar o Inquisidor, o homem que relataria os detalhes daquela visita ao Imperador. Sua palavra poderia condenar o Senador Von Impyrean, se ele achasse que os Impyrean não eram suficientemente devotos. Pior, suas palavras poderiam condenar *Sidonia*.

Se algo acontecesse com ela, qualquer coisa, eu caçaria esse homem e o mataria. Então, memorizei seus traços frios e orgulhosos... para o caso de precisar.

A voz do vigário continuou aquela ladainha monótona até a estrela vizinha misericordiosamente mergulhar atrás da curvatura do planeta. Então as luzes diminuíram dentro da heliosfera, com exceção do cálice ardente. O vigário puxou uma tampa de barro sobre o cálice para apagar o fogo.

Seguiu-se um profundo silêncio na escuridão.

Então, um dos servos voltou a acender todas as luzes. As pessoas saíram da heliosfera primeiro – os Impyrean, o Inquisidor e, então, o vigário. Depois saí junto com os servos.

O Senador acompanhou o Inquisidor em direção às portas do hangar, sem nem mesmo ter a cortesia de lhe oferecer hospedagem na fortaleza por uma noite. Eu os segui a uma distância segura, minha audição aguçada captando algumas de suas palavras em um corredor atrás deles.

— Então, qual é o veredicto? – esbravejou o Senador. – Sou suficientemente devoto para o Imperador? Ou você também deseja me chamar de "o Grande Herege"?

— São os seus *costumes* que ofendem o Imperador – respondeu o Inquisidor. – E não acredito que o Imperador vá ver alguma melhora. Como você soa quase presunçoso com relação a esse odioso título que adquiriu! Bem, heresia é algo perigoso, Grande, então o aconselharia a tomar cuidado.

— *Senador*. Você deve me chamar assim.

— Claro, Senador Von Impyrean. – As palavras foram ditas com deboche.

Então o Inquisidor e o Senador seguiram cada um para um lado.

Encontrei Donia perto de uma janela com vista para as portas do hangar. Ela se recusou a se mover até a nave do Inquisidor sair e desaparecer na escuridão. Então baixou a cabeça até as mãos e se desmanchou em lágrimas.

— O que há de errado? – exigi saber, ficando cada vez mais alarmada.

– Ah, Nemesis, estou tão aliviada! – Ela ergueu o rosto manchado de lágrimas e riu. – Você está segura! – Ela se lançou para a frente e atirou os braços em volta de mim. – Ah, você não vê? Ele pode estar bravo com meu pai, mas *você* está segura. – Ela enterrou a cabeça em meu ombro. – Eu nunca poderia viver sem você.

Eu odiava quando ela falava assim, como se eu significasse tudo para ela, quando, na realidade, era ela que significava tudo para mim.

Donia continuou a chorar. Passei os braços em volta dela, um gesto que ainda me parecia antinatural e estranho, e contemplei a estranheza das lágrimas. Eu não tinha dutos lacrimais e era totalmente incapaz de chorar, mas já vira lágrimas o suficiente para saber que tinham a ver com dor e medo.

Mas parecia que também podiam vir da alegria.

Como a única herdeira de um Senador Galáctico, esperava-se que Donia assumisse o lugar de seu pai depois que ele se aposentasse. Isso significava que tinha de cultivar seu instinto político agora e aprender a falar com os outros Grandíloquos, a classe governante do Império. Suas habilidades sociais iriam moldar as futuras alianças de sua família e garantir a continuidade de sua influência. Os fóruns virtuais eram seu único meio de praticar as sutilezas sociais. Eu nunca tinha visto esses fóruns, mas Donia me explicara que aconteciam em uma realidade virtual onde as pessoas usavam avatares para interagirem umas com as outras.

Duas vezes por mês, Donia era forçada a participar de reuniões formais nos fóruns, onde se encontrava com outros jovens Grandíloquos em sistemas estelares distantes, que estavam destinados a herdar o poder no Império. As reuniões eram uma necessidade sofrida para ela. Enquanto se preparava para o dia, seus ombros estavam caídos, o abatimento claro em cada linha de seu corpo.

A Matriarca, como sempre, ignorou sua melancolia.

– O Imperador já deve ter um relatório da visita do Inquisidor a essa altura – disse ela a Donia. – Se o tolo do seu pai criou mais algum problema para nós...

— Por favor, não o chame de tolo, mãe. Ele é bastante visionário, do jeito dele.

— ... se ele *tiver*, então o Imperador terá contado a seus confidentes. Seus filhos terão ouvido. Você precisa *ouvir*, Sidonia, tanto o que eles dizem quanto o que não dizem. A sobrevivência da nossa família pode depender das informações que você reunir nesses fóruns.

A Matriarca apreciava tanto esses encontros que sempre se sentava ao lado de Donia e se conectava à transmissão com o próprio capacete. Dessa maneira, monitorava as interações da filha e soprava conselhos — ou melhor, ordens — em seu ouvido.

Naquele dia, elas se instalaram junto ao computador e colocaram os capacetes para começar a observar um mundo que só elas podiam ver. Observei Donia gaguejar nervosamente enquanto tentava manter uma conversa informal. Às vezes ela cometia alguma gafe social, e a Matriarca a beliscava como punição.

Precisava de todo o meu autocontrole para não avançar e quebrar o braço da Matriarca.

— O que eu falei sobre evitar certos assuntos? — sibilou a Matriarca. — Não lhe pergunte sobre a nebulosa!

— Só perguntei se era tão bonita quanto ouvi falar — protestou Donia.

— Não me interessa *por que* você perguntou. A filha do Grande Herege não pode se dar ao luxo de perguntar qualquer coisa que possa ser mal interpretada como curiosidade científica.

Então a Matriarca disse:

— Aquele é o avatar de Salivar Domitrian. Todos logo estarão brigando para falar com ele. Vá cumprimentá-lo antes que se aglomerem em volta dele.

E alguns minutos depois:

— Por que você está perto dessas pessoas, Sidonia? Está cercada de gente sem importância! Saia daí para que ninguém pense que você é desse grupo!

Em determinado instante, tanto Donia quanto a Matriarca ficaram tensas. Eu me endireitei, vigiando-as, perguntando-me quem tinham visto para deixá-las inquietas daquele jeito. A Matriarca ergueu a mão depressa e apertou o ombro de Donia.

– Agora muito cuidado com essa garota, a Pasus...

Pasus.

Meus olhos se estreitaram enquanto Donia conversava nervosamente com a garota que só podia ser Elantra Pasus. Eu conhecia bem a família dela, porque fizera questão de me familiarizar com todos os inimigos dos Impyrean – os inimigos de Sidonia. Eu assistira à transmissão ao vivo do Senado, um ano antes, quando o Senador Von Pasus denunciara alegremente o pai de Sidonia. Pasus e seus aliados eram os mais ardentes heliônicos do Senado, e tinham votos suficientes para censurar formalmente o Senador Von Impyrean por "heresia". Os Impyrean tinham sofrido um duro golpe em sua reputação, pelo que a Matriarca ainda não conseguia perdoar o marido.

Secretamente, eu também me ressentia do Senador Von Impyrean, pois colocara sua filha em perigo ao falar publicamente sobre assuntos que não deviam ser mencionados. Ele questionou a sabedoria de se proibir que ensinassem ciências. Possuía ideais estranhos e uma devoção absurda à aprendizagem. Essa era uma das razões pelas quais reunia antigas bases de dados contendo conhecimento científico, aquelas que a Matriarca e eu tínhamos escondido às pressas do Inquisidor. Ele acreditava que a humanidade precisava abraçar a aprendizagem científica novamente, e nunca parou para pensar em como suas ações afetariam sua família.

Ele era imprudente.

E agora, por causa dele, Donia tinha de interagir com a filha do Senador Von Pasus como se seus pais não fossem rivais.

Donia não conversou muito antes de pedir licença e se afastar.

Surpreendentemente, a Matriarca deu um tapinha em seu ombro.

– Muito bem. – Era um elogio raro.

Pareceu passar uma eternidade até Donia poder tirar seu capacete; estava com sombras escuras de exaustão sob os olhos.

— Vamos discutir seu desempenho — disse a Matriarca, se levantando imperiosamente. — Você foi muito bem em evitar assuntos proibidos, e suas interações foram mais cautelosas, mas o que fez de errado?

Donia suspirou.

— Tenho certeza de que você vai me dizer.

— Você pareceu dócil — protestou a Matriarca. — Autodepreciativa. Até a ouvi gaguejar várias vezes. Você é uma futura Senadora. Não pode se dar ao luxo de ser fraca. Fraqueza é um sinal de inferioridade, e a família Impyrean não é inferior. Um dia você nos liderará, e vai desperdiçar tudo o que seus ancestrais conquistaram se não aprender a mostrar força! Há outros membros dos Grandíloquos loucos para tomar o que temos graças à idiotice de seu pai, Grandes e *Grandeés* que adorariam ver a família do Herege cair! Seu pai está determinado a arruinar esta família, Sidonia. Você não seguirá os passos dele.

Donia suspirou novamente, mas observei a Matriarca de onde eu espiava, esquecida, no canto da sala. Às vezes desconfiava que eu valorizava mais sua sabedoria do que sua filha. Afinal, Donia tinha muito pouco instinto de autopreservação. Nunca precisara disso, crescendo protegida como fora. A ideia de inimigos surgindo sorrateiramente da escuridão não lhe era familiar.

Eu não era como ela. Não tinha sido protegida.

Por mais que sentisse um impulso de destroçar a Matriarca e quebrar todos os seus ossos quando ela batia na filha ou a beliscava, eu também reconhecia a sabedoria fria e impiedosa de suas advertências. Sabia que ela acreditava que estava agindo para o bem de Donia quando era dura e brutal com a filha. O pai de Donia havia colocado a família em perigo com sua conduta impulsiva e opiniosa, e a Matriarca tinha o instinto de sobrevivência para saber disso. Ela era a única dos Impyrean que parecia perceber a ameaça que a visita do Inquisidor representava.

A Matriarca puxou Donia para fora da sala, para criticá-la em frente ao Senador Von Impyrean — esperando, sem dúvida, mostrar ao marido que ele estava falhando em ensinar sensatez à filha. Geralmente eu as seguia, mas dessa vez tive uma oportunidade rara.

A retina de Donia ainda estava digitalizada no console do computador.

Só uma olhada, pensei, seguindo em direção ao console. Podia ser a única chance que teria de ver os avatares daqueles jovens aristocráticos... A única chance que teria de avaliar os perigos no horizonte de Donia com meus próprios olhos. Eu evitaria falar com qualquer um deles.

Coloquei o capacete e fiquei desorientada quando o ambiente mudou. Entrei de repente em um cenário novo: o avatar de Donia de pé sobre uma de uma série de plataformas de vidro – totalmente cercada por espaço vazio.

Uma sensação vertiginosa atingiu meu estômago. Engoli em seco, tentando me recuperar. À medida que a estranheza diminuiu, me dei conta dos outros avatares... Os mais bem-vestidos jovens Grandes e *Grandeés* do Império estavam ao meu redor, rindo em um vazio que os mataria na vida real, a luz das estrelas artificialmente brilhantes para destacarem a beleza não natural dos personagens computadorizados que tinham escolhido para si mesmos.

Muito ciente de que eu estava usando o avatar de Donia, desci devagar as escadas cristalinas entre as plataformas, seguindo para onde minha mente quisesse que eu fosse, passando por avatares que pareciam alheios à minha presença. Permaneci em silêncio, esperando não chamar atenção. Fora alguns cumprimentos surpresos pelo retorno súbito de Sidonia, ninguém parecia ter notado nada.

Trechos de conversa chegavam aos meus ouvidos:

– ... o mais tentador intoxicante...

– ... luzes embutidas têm de ser implantadas com bom gosto ou cruzam a linha do elegante para o chamativo...

– ... um avatar tão grosseiro. Não sei no que ela estava pensando...

O alívio se espalhou por mim quando notei a insipidez de suas conversas. Após ficar ali escutando por vários minutos, nada chegou aos meus ouvidos que me chamasse atenção como uma trama incomum. Eram apenas crianças. Crianças tediosas e mimadas de famílias poderosas, vangloriando-se de suas posições.

A DIABÓLICA

Se houvesse víboras entre aqueles jovens Grandíloquos, ou disfarçavam-se tão habilmente que suas presas permaneciam invisíveis, ou ainda não tinham descoberto seu veneno.

E então uma voz falou de trás de mim:

– Você observa tudo tão atentamente, *Grandeé* Impyrean.

Pulei na vida real, assustada, porque achei que estivesse um pouco afastada da multidão. Eu nunca teria deixado de notar alguém se aproximando sorrateiramente assim no mundo real, mas não tinha desenvolvido meus sentidos virtuais.

Virei-me para encarar um avatar muito diferente dos outros.

Muito diferente.

Esse rapaz estava totalmente nu.

Ele sorriu do meu espanto, tomando languidamente um cálice de vinho que devia espelhar o que quer que seu corpo real estivesse bebendo.

Seu avatar não se assemelhava à perfeição resplandecente dos outros. Em vez disso, era uma exibição de falhas: o cabelo, um emaranhado de cobre; os olhos de um tom de azul claro surpreendente, quase enervante; o rosto levemente salpicado de manchas provocadas pelo sol. *Sardas* – me lembrei da palavra enquanto olhava. Até seus músculos eram antiquadamente trabalhados, a ligeira assimetria detectável após uma observação atenta. Seus robôs de beleza não tinham feito um bom trabalho... ou ele ganhara seus músculos através de esforço físico real.

Impossível. Nenhum daqueles cabeças vazias se esforçaria voluntariamente.

– E agora, *Grandeé* – observou o jovem, com um tom de divertimento na voz –, você olha tão atentamente para *mim*.

Sim, eu estava me comportando daquele jeito comum aos Diabólicos: encarava-o fixamente com um olhar atento e predatório, inabalável demais para um ser humano real. Meus olhos eram vazios e desprovidos de sentimentos, a menos que eu fingisse. A Matriarca dizia que aquele olhar fazia os pelos de sua nuca se arrepiarem. Mesmo com o avatar de Sidonia, minha verdadeira natureza tinha se mostrado.

— Perdoe-me — eu disse, tropeçando nas palavras da frase não familiar. Ninguém nunca exigia desculpas de um Diabólico. — Você deve perceber que é difícil *não* olhar.

— Minha roupa é assim tão magnífica?

Aquilo me confundiu.

— Você não está usando nada.

— Absurdo — disse ele, e parecia genuinamente indignado, como se eu o tivesse insultado. — Meus técnicos me asseguraram que programaram este avatar de acordo com a mais elegante moda imperial.

Hesitei, realmente desconcertada — uma sensação desconhecida e completamente desagradável. Claro que ele podia simplesmente olhar para baixo e ver que estava nu. Aquilo era humor? Ele estava brincando? Outros já deviam ter lhe dito que ele estava nu. Tinha de ser uma piada.

Eu não confiava que pudesse imitar uma risada; o som não vinha naturalmente para um Diabólico. Então preferi uma observação neutra:

— Que bela cena, a sua.

— Cena? — Notei uma aspereza em sua voz, que foi se suavizando à medida que ele continuou: — O que você quer dizer?

Como Sidonia responderia? Minha mente ficou vazia, então forcei um sorriso, perguntando-me se o teria interpretado mal.

— Alguém tão ansioso em atrair a atenção com certeza está fazendo uma cena. — Então um pensamento estranho me ocorreu, algo que eu aprendera em batalha, matando pessoas. Fingir ir para um lado geralmente abria uma brecha do outro lado do adversário. — Ou talvez você queira chamar atenção para uma coisa, para que ninguém olhe para outra.

Uma estranha expressão cruzou seu rosto — estreitando os olhos pálidos, contraindo a face de modo que os ossos fortes ficaram mais proeminentes. Por um instante, tive um vislumbre de como ele seria quando adulto. Ele me lembrava alguém, embora eu não soubesse dizer quem.

— Minha *Grandeé* Impyrean — disse ele suavemente —, que ideia intrigante você faz de mim. — Seu avatar se aproximou milimetricamente, sem piscar. — Talvez alguns de seus conhecidos devessem adotar tais táticas.

A DIABÓLICA

A declaração me chamou a atenção, e uma pergunta saltou para minha garganta. O que ele quisera dizer com isso? Fora uma insinuação? Um aviso? Mas não me atrevia a perguntar. Donia não perguntaria, e se eu estivesse errada...

E não cheguei a ter chance de falar mais nada. Naquele momento, vários avatares vieram para junto de nós. Ajoelharam-se diante do jovem desnudo, levando os dedos dele ao rosto. Suas palavras afetadas chegaram aos meus ouvidos:

— Vossa Eminência, que maravilha ter nos dado a honra de sua visita!

— Que roupa magnífica você escolheu para seu avatar.

— Uma vestimenta tão elegante!

De repente, percebi por que o reconhecia. Ele parecia com o tio — o Imperador.

Ali, diante de mim, nu e sem a menor vergonha, estava *Tyrus Domitrian*. Tyrus, o Primeiro Sucessor... O jovem que um dia herdaria o trono.

Até eu sabia sobre Tyrus. A Matriarca e o Senador Von Impyrean riam durante o jantar, falando sobre suas últimas trapalhadas. Ele era a desgraça do Império, totalmente maluco. Em sua loucura, provavelmente não percebera que estava nu — e por causa de sua posição, ninguém se atrevera a contar para ele.

Ninguém além de *mim*.

Afastei-me da cena, formigando com a terrível constatação do que acabara de fazer.

Longos minutos após ter me desconectado, o terror ainda tomava conta de mim.

Eu tinha pensado em aprender mais sobre os Grandíloquos mimados para proteger melhor Sidonia. Em vez disso, atraíra para ela a atenção de um louco infame — um que tinha o poder de destruí-la.

3

"*TALVEZ alguns de seus conhecidos devessem adotar tais táticas...*"

As palavras de Tyrus Domitrian não saíram dos meus ouvidos nos dias seguintes, muito parecidas com um aviso, e ainda assim... E ainda assim eu não tinha certeza se podia acreditar nas palavras de um louco.

A família Domitrian era conhecida como "desprezada pelo sol", porque muitos deles morriam jovens, mas a verdade era um desses segredos que todos sabiam, mas fingiam desconhecer: o Imperador e sua mãe haviam assassinado a maioria de seus rivais pelo trono. Tyrus era o único sobrevivente mais próximo da família. Talvez tivesse sido isso que o deixara louco: testemunhar a maior parte de sua família sendo assassinada por outros de seus parentes.

Contei a Sidonia sobre o aviso de Tyrus naquela noite, depois que ela voltou do escritório de seu pai, mas ela deu de ombros e me disse:

— Tyrus é um lunático. Não se pode levar nada do que ele diz muito a sério. E, por favor, pare de se preocupar se ele vai se lembrar de qualquer comportamento estranho... Ele nunca parece se lembrar de nada dos fóruns. — Ela abriu um sorriso irônico. — Que pena que você não pode ir sempre em meu lugar. Então eu poderia pular a socialização e passar todo o meu tempo estudando as estrelas.

A DIABÓLICA

Sidonia estava em um daqueles estranhos torpores que tomavam conta dela depois de ficar meditando sobre os velhos bancos de dados com seu pai. Noites como aquela sempre a deixavam sonhadora, otimista; os mistérios do universo desdobrando-se em respostas para ela.

Apesar do meu desejo de mantê-la focada nas palavras de Tyrus, nas ameaças a ela, tive que ceder quando Sidonia deu um tapinha no colchão ao seu lado. Estiquei-me ao lado dela, uma sensação estranha e reconfortante tomando conta de mim com a familiaridade daquilo. Desde os meus primeiros dias na fortaleza, Donia se aconchegara ao meu lado do jeito... do jeito como que eu imaginava que as irmãs faziam, para me contar coisas. Como duas pessoas, duas amigas, conversando como iguais. Contando histórias, às vezes. Uma vez ela começou a me mostrar imagens de letras, determinada a me ensinar a ler. Eu aprendi em poucas semanas.

Naquele dia, ela me contou algo do que ela e seu pai tinham lido no escritório dele:

— Eu lhe disse como nossos corpos são feitos de átomos minúsculos, essas coisas chamadas "elementos", não é? Bem, é mais incrível ainda, Nemesis. Você sabe de onde vêm esses elementos?

Ela apoiou a cabeça no meu ombro, e fui tomada por aquela estranha indulgência que só sentia com relação a ela.

— Nem poderia tentar adivinhar. Conte.

— De dentro das *estrelas*! Pense nisso. — Ela estendeu o braço acima de nós, maravilhando-se com a ideia. — Cada pedacinho de nós vem desse processo chamado fusão nuclear, que só acontece dentro de estrelas. — Ela conteve um bocejo. — É estranho só de pensar. Todos nós não passamos de poeira estelar em forma de ser consciente. Os Heliônicos e os antigos cientistas na verdade concordam, mesmo que ninguém perceba.

Ponderei suas palavras, pesando-as. Se o que ela dizia era verdade, aquela cama, as paredes da fortaleza à nossa volta, tudo vinha daquelas luzes brilhantes fora da janela.

Donia sorriu para mim, sonolenta.

— Eu disse que você tem a mesma centelha divina que eu. Eu estava certa o tempo todo, Nemesis.

Ela caiu no sono ao meu lado, e fiquei vendo seu peito subir e descer por um tempo, antes de sair furtivamente de sua cama para o meu lugar, no meu colchão mais simples. Senti um frio estranho no estômago ao pensar em suas palavras. Donia tinha a temperança de sua mãe e a curiosidade do pai, mas era mais amável que os dois.

Ela poderia ser grande, um dia. Poderia fazer o que seu pai nunca conseguiu e unir as duas facções no Senado, unir os Heliônicos com aqueles que desejavam o retorno das atividades científicas... se ela sobrevivesse por tempo suficiente para isso.

E sobreviveria.

Uma forte determinação tomou conta de mim.

Enquanto eu tivesse vida em meu corpo para defendê-la, ela *sobreviveria*.

Eu já ouvira Sidonia e o vigário contarem a história muitas vezes. Era um dos mitos heliônicos centrais. Séculos atrás, houvera cinco planetas dedicados exclusivamente a armazenar todo o conhecimento científico e tecnológico acumulado da humanidade, em imensos supercomputadores. Uma grande supernova eliminara todos eles de uma só vez. Era um evento importante para todos os Heliônicos. Para eles, as estrelas eram o meio pelo qual o Cosmos Vivo expressava sua vontade. O Interdito – o líder espiritual da fé heliônica – declarou a destruição causada por aquela supernova um ato divino.

O Império sofreu um golpe devastador. O Imperador daquela época uniu seus domínios em uma causa comum, declarando uma cruzada heliônica. Os fiéis destruíram sistematicamente outros repositórios de conhecimento científico e tecnológico. O ensino de ciências e matemática foi banido como blasfêmia. E, desde então, nenhuma nova tecnologia fora criada. As únicas naves espaciais e máquinas existentes eram aquelas construídas por antepassados humanos antes da supernova. As naves estelares ainda funcionavam porque máquinas as reparavam, e outras máquinas reparavam essas máquinas, embora todas estivessem se deteriorando. Esta tecnologia agora estava restrita às mãos dos Grandíloquos.

Os Excessos, os humanos que viviam em planetas e obedeciam às leis imperiais, tinham de se contentar apenas com as máquinas emprestadas por seus superiores Grandíloquos. Como era blasfêmia aprender ciência, eles nunca seriam capazes de construir as próprias naves espaciais.

A estabilidade do Império dependia dessa divisão básica entre os Excessos e os Grandíloquos.

Ao reunir os membros do Senado para contestar a proibição do ensino científico, o Senador Von Impyrean ameaçara o equilíbrio do poder. A visita do Inquisidor sinalizara uma crescente impaciência real com suas ações.

Era uma advertência para a qual o Senador não deu atenção.

Uma transmissão veio do Imperador, certa noite. Os gritos que se seguiram me despertaram bruscamente. Donia continuou dormindo, uma vez que não escutava tão bem quanto eu. Saí de fininho da cama e andei depressa pelo corredor. E, no átrio do Senador, os encontrei: a Matriarca com sua roupa de dormir, batendo nos braços do marido, e o Senador encolhendo-se para fugir de seus golpes.

— Idiota! *Seu* TOLO! — gritou ela. — Você achou que ninguém iria descobrir? Você destruiu esta família com suas ações!

Aproximei-me depressa e puxei a Matriarca para longe do marido. Por mais robusta que ela fosse, a mulher provou não ser páreo para minha força. O Senador cambaleou para trás, endireitando sua túnica.

— Idiota! Herege! Estamos todos arruinados! — gritou a Matriarca, ainda lutando para se soltar de mim.

— Minha querida — disse o Senador, abrindo os braços —, há coisas mais importantes do que o fato de uma pessoa viver ou morrer.

— E a nossa família? E a nossa filha? Vamos perder tudo! — Ela se virou e me agarrou. — Você. — Seus olhos enlouquecidos encontraram os meus. — Tire-me daqui. Não aguento mais olhar para ele!

Lancei ao Senador abalado um olhar longo e calculista, e depois levei sua esposa para longe. A Matriarca tremia nos meus braços. Eu a levei como uma inválida em direção aos seus aposentos, onde ela logo desmoronou em uma cadeira, agarrando o estofamento.

— Arruinados... Estamos todos arruinados...

— O que está acontecendo? – perguntei. – Diga logo.

Ninguém dava ordens à Matriarca, mas se a vida de Sidonia estava em perigo, eu precisava saber imediatamente.

— O que você acha que está acontecendo? – disse ela. – Meu marido fez uma jogada contra o Imperador! O tolo pensou que estava sendo esperto. O Imperador não afrouxava as restrições à educação científica, então meu marido idiota optou por um caminho indireto... e enviou informações daqueles ridículos bancos de dados antigos para alguns membros dos Excessos.

— Os Excessos – repeti, chocada. O Senador estava *louco*? – Ele quer ser executado?

Os lábios dela se contraíram.

— Ele é imbecil o suficiente para acreditar que pode manipular o Imperador. Ele acha que se os piores temores do Imperador se tornarem verdade e os Excessos começarem a construir as próprias naves, então o Imperador insistirá para que os Grandíloquos façam o mesmo e criem novas máquinas também. Ele acha que isso levará o Imperador a ver as coisas à sua maneira. – Ela deu uma risada amarga. – Ele calculou mal, é claro. O Imperador mandou matar esses Excessos. E acabou de nos informar de que está ciente do papel do meu marido nesse desastre.

Respirei fundo.

— Senhora, o Senador está se tornando uma ameaça a todos vocês. Deixe-me...

— *Você não vai matá-lo.* – Ela ficou de pé em um impulso. – Não vê que já é tarde demais? Nossos pescoços estão sob a lâmina do Imperador agora. Está feito. E, como sempre, cabe *a mim* limpar a bagunça do meu marido. – Ela fechou os olhos, respirando fundo várias vezes. – Tudo o que podemos fazer é esperar. O que quer que aconteça agora, você e eu protegeremos os interesses da minha filha... a qualquer custo.

— A *qualquer* custo — concordei. Se isso significasse tirar Donia daquele lugar, seria o que eu faria.

A Matriarca apertou o meu pulso.

— Você não contará *nada disso* a Sidonia. Ela participará de um fórum social em breve. E *não* deve ter nenhum sinal de culpa em sua consciência. Se ela parecer não saber de nada, isso chegará aos pais dos outros jovens. Se Sidonia souber, não será capaz de enganá-los. Minha filha é muitas coisas, mas não é uma boa mentirosa.

Assenti lentamente. A inocência de Donia era sua única proteção. Sua ignorância a protegeria como nada mais seria capaz de fazer, nem mesmo eu.

— Não lhe direi nada — assegurei à Matriarca.

Donia não sabia mentir.

Por sorte dela, *eu* sabia.

Ela se mexeu quando voltei para o quarto naquela noite, e esfregou os olhos cheios de sono.

— Nemesis, algum problema?

— Não — respondi de forma tranquilizadora. — Eu estava inquieta. Saí para me exercitar.

— Não... — disse ela, bocejando — vai estirar... um músculo.

Forcei um sorriso.

— Isso nunca acontece comigo. Volte a dormir.

E ela voltou, mergulhando de novo em um sono de total inocência.

Não dormi mais naquela noite.

O movimento seguinte do Imperador veio rapidamente. E fui convocada para os aposentos da Matriarca.

Era raro ela pedir a minha presença. A convocação me deixou ansiosa. Quando entrei, encontrei a Matriarca deitada em sua cama de baixa gravidade, um robô de beleza colorindo suas raízes grisalhas e suavizando as rugas de seu rosto. De relance, a Matriarca parecia ter vinte e poucos anos. Falsa juventude, como era chamado. Só seus olhos traíam a idade. Nenhum jovem poderia olhar para mim da maneira como ela olhava agora.

— Nemesis. Eu estava usando um unguento de opiáceos. Experimente um pouco.

A oferta me surpreendeu. Meus olhos encontraram o frasco perto de seu cotovelo. O opiáceo era uma loção aplicada à pele. O Senador gostava disso, mas a Matriarca não costumava usar. Ela debochava, considerando uma fraqueza. Os produtos químicos recreacionais de que abusava eram aqueles que a deixavam mais perspicaz, mais alerta.

— Seria um desperdício usar em mim.

Ela afastou o braço do robô de beleza com um gesto impaciente.

— É claro. Vocês, Diabólicos, metabolizam narcóticos rápido demais. Nunca vai conhecer a sensação causada por um bom intoxicante.

— Ou o ardor de um veneno letal — lembrei a ela.

A mulher apoiou a bochecha no punho enquanto me observava. A droga tinha deixado suas pupilas minúsculas e seu jeito anormalmente negligente. Esperei, dolorosamente alerta, para descobrir a razão pela qual ela me chamara ali.

— Uma pena — disse ela por fim, mergulhando o dedo na loção de opiáceo e esfregando-o no pulso — que você não possa sentir isso. Desconfio que em breve vai precisar disso tanto quanto eu.

— Por quê?

— O Imperador ordenou que enviássemos nossa filha ao Crisântemo.

As palavras foram como um soco em meu estômago, um impacto que me tirou o ar. Por um instante, tudo o que pude ouvir foram as batidas do meu coração, pulsando descontroladamente em meus ouvidos.

— O quê? — sussurrei. — Ele quer que ela vá à Corte Imperial?

— Ah, é assim que funciona — disse ela amargamente. — Meu avô o desagradou e ele executou minha mãe. O Imperador raramente ataca de maneira direta... Isso é influência daquela mãe miserável dele. A *Grandeé* Cygna acredita que golpear o coração inflige mais danos...

Antes que eu percebesse, tinha cruzado a sala. Minhas mãos se fecharam nos ombros da Matriarca – mais robustos do que os de Sidonia, mas nenhum grande desafio para eu esmagar.

– Sidonia não vai. – Minha voz era baixa e brutal, a raiva fria como gelo em meu coração. – Mato você, se preciso, para não deixá-la ir ser executada.

Ela piscou para mim, parecendo curiosamente impassível diante da ameaça.

– Não temos escolha, Nemesis. Ele exige a presença dela dentro de três meses. – Os lábios dela se curvaram em um sorriso lento, e ela ergueu uma das mãos para segurar meu rosto, suas unhas compridas marcando minha pele. – É por isso que pretendo lhe enviar ao Crisântemo no lugar dela. *Você será Sidonia Impyrean.*

Levei um instante para compreender suas palavras e, mesmo quando entendi, elas não fizeram sentido.

– O quê?

– Você parece tão confusa! – A risada da Matriarca foi trêmula, mas seu olhar astuto se fixou no meu, sem piscar. – Preciso repetir?

– *Eu?* – Balancei a cabeça uma vez. Eu não gostava muito da Matriarca, mas sempre imaginara que ela fosse inteligente. *Sensata.* – Você está mesmo sugerindo que *eu* finja ser Sidonia?

– Ah, serão necessárias algumas modificações, é claro. – Seu olhar percorreu o meu corpo. – Tudo o que já se viu de Sidonia é seu avatar, que se parece tão pouco com ela quanto você. Sua cor, sua musculatura... Podemos resolver isso. Quanto às suas atitudes, chamei minha professora de etiqueta para vir lhe ensinar o essencial que aprendi com ela na infância...

Dei um passo atrás. Aquela mulher havia perdido a cabeça.

– Uma professora de etiqueta não pode me dar humanidade. É possível notar só de olhar para mim que não sou uma pessoa de verdade. Você mesma disse isso várias vezes.

A Matriarca inclinou a cabeça, os olhos brilhando maliciosamente.

– Ah, sim. Esse olhar frio e impiedoso... tão completamente desprovido de empatia. A marca de um Diabólico! Desconfio que você vai se encaixar melhor do que imagina naquele ninho de víboras. – Ela riu baixinho. – Certamente melhor do que Sidonia jamais se encaixaria.

Ela se levantou com um farfalhar do vestido, ainda sorrindo.

– O Imperador quer que eu envie meu pequeno cordeiro inocente para o abate. Não. Em vez disso, vou lhe mandar minha anaconda.

4

SIDONIA estava em seu estúdio de arte quando voltei, esboçando uma tigela de frutas. Meus olhos identificaram a silhueta de sua forma frágil sob a luz fraca das estrelas que entrava pelas janelas. Olhei para aquele frágil ser pelo qual me faria passar, tentando me imaginar agindo como ela.

Era a mais total e absoluta loucura. Como um tigre bancando ser um gatinho. Não, não um tigre – algo mais monstruoso e pouco natural.

Meus pensamentos voltaram ao que eu fora um dia, a criatura que eu tinha sido antes de saber meu próprio nome, antes de ser civilizada.

Lembrei da fome e do medo implacáveis. Lembrei da raiva de achar o mundo tão opressor, e as paredes uma armadilha. Lembrei de quando me deixaram solta com outra criatura pela primeira vez. Eu estava com tanta fome que a matei e devorei sua carne. Toda. E soube que era a coisa certa a fazer, porque minhas porções de comida aumentaram depois.

Eu não compreendia muita coisa na época, mas percebia essas noções de causa e efeito. Quando os Diabólicos mais fracos deviam ser eliminados, eles os davam aos mais fortes. Às vezes, simplesmente nos davam algo patético e fraco para matar, só para terem certeza de que não mostraríamos nenhuma misericórdia. Lembrei-me da garota que foi atirada no meu curral. Ela se encolheu no canto. Fiquei furiosa quando tentou beber minha água, comer minha comida. E a matei como matava tudo.

Uma garota que podia ter sido Donia. Pequena como ela, fraca como ela.

Essa tinha sido a minha existência. Morte e medo. Eu sentia medo o tempo todo. Temia o instante seguinte, o minuto seguinte, a hora seguinte. Nada além disso, porque não havia nada além disso para mim naquela época.

Minha vida não tinha forma nem propósito nem dignidade até o dia em que Sidonia se materializou nela. Não havia compaixão, nem um pingo de significado, até eu ser conectada a ela e aprender a amar alguma coisa pela primeira vez. Eu tinha um futuro agora, e era o futuro *dela*. Donia era a razão de qualquer coisa boa ou digna em mim.

Agora eu teria que *ser* Sidonia. Isso parecia inconcebível, impossível. Eu sentia repulsa pela mera sugestão de que uma criatura como eu pudesse se passar por alguém tão maravilhoso como ela – essa mera sugestão já era *profana*.

Quando ela ergueu os olhos do desenho, deu um pequeno pulo.

– Nemesis! Não ouvi você entrar... Está tudo bem? – Seus olhos preocupados examinavam meu rosto.

Ela era a única que conseguia captar minhas sutis mudanças de humor. Engoli em seco contra um súbito nó na garganta.

– Sim. Estou bem. Tudo ficará bem.

Eu não tinha alma e muito pouco coração, mas o coração que eu tinha pertencia a ela.

O Imperador queria que Sidonia fosse até ele, então eu iria em seu lugar. Não havia nenhum terror na ação, nenhum medo. Eu estava grata por poder fazer isso.

Passar-me por Sidonia iria salvá-la, então eu não tinha alternativa.

Eu iria.

A professora de etiqueta chegou em duas semanas. Sidonia e eu vimos a nave passar pelas portas do hangar da fortaleza. Sidonia ainda não sabia sobre sua convocação para ir ao Crisântemo, então chegara às próprias conclusões sobre a nova visitante.

— Mamãe deve querer que eu conheça outra família — murmurou Donia. — Não haveria outra razão para ela me submeter a aulas de etiqueta agora. Espero que ela não queira me casar com alguém.

Ela se retirou para seus aposentos em protesto quando Sutera nu Impyrean chegou, mas eu não. A Matriarca me chamou para junto dela. Afinal, era mais importante que eu ouvisse aquela mulher e aprendesse o que tinha a me ensinar.

Sutera nu Impyrean pertencia aos Excessos, e não aos Grandíloquos. Mas, diferente da maioria dos Excessos, ela acreditava devotadamente no sistema imperial e tinha jurado lealdade e serviço à família Impyrean. E recebera o título honorário "nu", assim como o nome da família.

Esperei pela mulher com a Matriarca em sua antecâmara. Por um instante, ela parou junto à entrada, a mão enfeitada por joias fechada sobre o coração em uma demonstração de lealdade à Matriarca, e só olhou carinhosamente para a antiga aluna.

A primeira coisa em que pensei foi que, com certeza, essa tal de "Sutera" não era um ser humano *de verdade*.

Sua pele não era de um tom uniforme de marrom — a cor preferida pela Matriarca e pelo Senador —, mas sim de várias cores, como se seus robôs de beleza tivessem negligenciado algumas áreas e saturado outras ao administrarem melanina. Não só isso, mas sua pele parecia desgastada, como se fosse grande demais para sua estrutura, e enrugada e manchada em algumas partes.

Até mesmo a Matriarca pareceu surpresa com sua aparência, e ficou atônita por um instante ao encará-la. Então estendeu as mãos.

— Minha querida Sutera.

Sutera nu Impyrean respeitosamente atravessou a sala e pegou as mãos da Matriarca, ajoelhando-se para levá-las ao rosto.

— Ah, *Grandeé* Impyrean. Você parece tão jovem quanto quando a conheci. E eu... veja os estragos da vida planetária.

– Bobagem – disse a Matriarca com um sorriso educado. – Uma sessão com meus robôs de beleza e um tratamento telômero devem...

– Ah, não. O vento, a sujeira, a radiação solar. É uma existência desprezada pelo sol viver em planetas. – Ela se levantou, os lábios tremendo. – Os cheiros, eles estão em toda parte. E a umidade! Ah, você não imagina, minha *Grandeé*. Se estiver muito baixa, sua pele racha e sangra, e quando está alta demais, cada respiração se torna um esforço. É absolutamente brutal. Ah, e a forma como os habitantes dos planetas procriam incontrolavelmente; tantas famílias com dois ou até *três* filhos... Não é de admirar que sempre estejam preocupados com os recursos! Eu poderia lhe contar cada história...

O sorriso da Matriarca ficara mais discreto, mais rígido.

– Talvez seja melhor não. Talvez devesse descansar antes de conversarmos de novo, para se recuperar de sua longa viagem.

O aviso nas palavras era claro: Sutera nu Impyrean não estava ali como uma igual, como uma convidada, mas sim para fornecer um serviço. Por mais que gostasse de sua antiga professora de etiqueta, a Matriarca estava cansada de ouvi-la falar de si mesma.

A professora procurou se corrigir. Ergueu o queixo; orgulho e profissionalismo evidentes em seu comportamento.

– É claro que eu não sonharia em descansar antes de ver Sidonia e saber o trabalho que temos pela frente. Vá buscá-la... – Seus olhos correram para mim, e ela gaguejou, perdendo a fala.

Olhei-a diretamente, e a Matriarca pareceu achar graça, vendo sua antiga professora de etiqueta tentar descobrir o que eu era. Claramente não era uma serva, mas de forma alguma eu podia ser Sidonia Impyrean.

– Que tipo de criatura é esta? – perguntou Sutera.

– Esta é Nemesis – disse a Matriarca.

Os olhos de Sutera se estreitaram enquanto tentava associar o nome com um tipo de criatura. Eu a observei atentamente, porque a Matriarca havia me dito que os Excessos sabiam sobre os Diabólicos – éramos um mito vago e ameaçador para eles. Não estariam familiarizados com as convenções de nomes ou com nossa aparência, então Sutera não deveria ser capaz de descobrir o que eu era.

A Matriarca falou de novo, tirando Sutera de suas ponderações:

– Ela é a companheira mais próxima da minha filha. Sidonia é... – Ela pensou um instante, procurando a maneira adequada de caracterizá-la. – Ela é uma criança voluntariosa, dada a estranhas peculiaridades.

– Vou fazer com que ela as supere.

– Não, infelizmente. Ela não é como eu. Ela é tímida, mas muito teimosa. Não, você vai usar Nemesis.

– Nemesis? – Sutera repetiu, sem entender.

– Você ensinará a Nemesis enquanto ensina a Sidonia.

– Esta aqui? – disse a professora de etiqueta, tentando entender o significado daquilo. – E o Senador também deseja isso?

– Os desejos do meu marido são irrelevantes. Ele está deixando esse assunto inteiramente em minhas mãos. E você sabe o que desejo. Treine as duas.

A Matriarca me encarou, seus olhos fixos nos meus, nosso segredo espreitando perigosamente entre nós. Sutera nu Impyrean era leal àquela família, e mais – casada com um vice-rei menor em uma lua do sistema seguinte. Não representava nenhuma ameaça e era confiável para guardar pequenos segredos, como o tipo estranho de humanoide que encontrara na casa de sua senhora...

Mas enviar-me como refém ao Imperador no lugar de Sidonia ia muito além disso. Era burlar diretamente a vontade da família Domitrian. Era alta traição.

A professora de etiqueta nunca poderia saber.

– Nemesis e Sidonia assistirão suas aulas. Quando Sidonia vir Nemesis aprendendo e refinando-se, vai refrear seus impulsos rebeldes e estará inclinada a cooperar também.

– Treinar as duas. – Sutera me olhou de cima a baixo. – Posso fazer isso, mas...

— Tem objeções? – perguntou a Matriarca.

— Nenhuma à sua proposta, madame. – Ela se aproximou e tocou meu braço de maneira hesitante. Então, encorajada, começou a tatear meus braços. – Tão robusta.

Olhei para a pequena criatura estranha me tocando; ela estava tão perplexa com a própria pele flácida de coloração irregular quanto com meus músculos e o meu tamanho.

— Ela é notavelmente... grande. Não consigo imaginá-la dominando a graciosidade que exigirei dela.

A Matriarca riu, pegou Sutera pelo ombro e levou-a em direção à porta.

— Você já observou um tigre? Um de raça pura, como os do Crisântemo? Não aqueles que parecem gatinhos, que temos em nossos claustros. São puro músculo, com mandíbulas poderosas o suficiente para destruir o homem mais forte, e ainda assim, se os vir espreitarem suas presas, se os vir caçar... a força pura dá-lhes mais graça do que a mais refinada das criaturas delicadas. Assim é Nemesis.

Na manhã seguinte, a professora de etiqueta chegou aos aposentos de Donia. Os robôs de beleza haviam trabalhado em Sutera na noite anterior. Ela se dera um novo visual, uma mostra de traços físicos recessivos – pálpebras sem dobras em vez de pálpebras com dobras, íris azuis no lugar das antigas, cor de âmbar, e um novo tom de cabelo vermelho-escarlate. Suas rugas também tinham sido suavizadas, mas nada poderia de fato esconder o desgaste. Isso devia ser o que a Matriarca queria dizer quando falava que as pessoas "pareciam velhas".

Sutera nu Impyrean devia estar esperando pelo pior, porque seu rosto se iluminou quando viu Sidonia, uma beleza delicada, bem diferente de mim.

— Ora, Sidonia, é uma grande honra. Lembro-me quando foi a vez de sua mãe viajar pelas estrelas...

— Vou viajar para algum lugar? – questionou Donia com voz estridente. – Sabia que minha mãe queria me mandar para longe!

Sutera parou, surpresa.

— Uma hora você deve deixar este lugar. Não pode esperar mofar aqui a vida inteira.

— Eu não quero ir a lugar algum.

— Mas você tem um papel no Império.

— Meus pais têm um papel no Império. Eu não me importo nem um pouco com a política.

Sutera franziu o cenho e puxou um leque, abanando-se com ele.

— Sua mãe me avisou que você era bem... teimosa.

Olhei fixamente para o leque.

É uma arma, sussurraram meus pensamentos. Meus olhos não o deixavam. Não consegui evitar o pensamento. Aquela ferramenta não poderia ser para outra coisa. Grandes e *Grandeés* de descendência ilustre não deveriam se rebaixar carregando armas abertamente, então Donia me contara que as escondiam em objetos inócuos. Como Sutera passara a vida aprendendo e ensinando os hábitos dos Grandíloquos, devia seguir esse também.

O que poderia haver dentro dele? Uma lâmina? Um chicote?

— Acho que vamos começar com a sua aparência — disse Sutera, se recompondo. — Acredito que você conheça os conceitos básicos de estilo e automodificações. Precisa decidir sobre suas feições características.

Como na verdade era eu que precisava saber aquilo, interrompi:

— O que são essas coisas?

Sutera lançou-me um olhar irritado de lado. Embora ela tivesse que ensinar a nós duas, obviamente me considerava um desperdício de seu tempo e talentos.

— Em círculos grandíloquos, cada aspecto físico pode e será modificado de acordo com o que exige a moda. Ninguém sabe a verdadeira idade de ninguém, nem a cor da pele, do cabelo, o formato dos lábios, peso, composição das pálpebras ou outras características. O filho ou filha de uma família importante tem os meios para modificar sua aparência de acordo com o que quiser, mas logo se aprende que mudar tudo o tempo todo é altamente reprovável. Por exemplo, deve-se sempre exibir o gênero com o qual você se identifica. É definitivamente deselegante submeter-se a um resequenciamento cromossômico apenas por capricho ou para ir a uma festa. Além disso, por uma questão de delicadeza, algumas feições devem sempre permanecer as mesmas para mantê-lo identificável. Essas são as feições *características*. As minhas, por exemplo, são meus lábios e meu queixo. – Ela acenou com a mão graciosamente para si mesma, os lábios macios curvando-se em um sorriso. – Eu nunca os mudo.

Observei atentamente, analisando seu lábios e queixo, e me perguntando o que fazia dessas características uma questão de orgulho para ela.

– Vou ajudá-la a escolher as suas, Sidonia Impyrean. – Então, após um instante, Sutera disse: – E, é claro, as suas, Nemesis dan Impyrean.

– Ela não é "dan" – disse Donia de repente. – Você deve ter notado que ela não é uma serva.

– Isso é ridículo, criança – trinou Sutera. – *Todos* que pertencem à sua casa são dan, garota, servos e outras criações humanoides.

Donia cerrou as pequenas mãos em punhos.

– Nemesis é diferente.

– É? – As sobrancelhas da professora se ergueram. – Ela foi comprada por seus pais. Foi feita para você. Serve a uma função. Ela não é diferente de um servo nesse aspecto; portanto, ela é Nemesis dan Impyrean.

– Pare de usar o "dan" ou direi à minha mãe que estou dando isto por encerrado – disse Donia, a voz tremendo de raiva.

– Donia... – alertei-a. Aquele não era o momento de se exaltar me defendendo.

Mas essa era uma batalha que Donia sempre travava. Ela ergueu o queixo.

– Nemesis Impyrean. É assim que você vai chamá-la na minha presença.

Sutera bufou, rindo:

– Ah, então agora ela é parente de sangue de vocês?

– Não é...

– Bem, já que estamos inventando coisas, vamos chamá-la de Nemesis *von* Impyrean e considerá-la chefe da casa também. Tem alguma instrução para mim, Madame Von Impyrean? – Sutera se curvou de maneira debochada em minha direção.

– Já chega – anunciou Donia. – Não vou mais tolerar isso.

E então ela se virou e saiu irritada.

Sutera piscou, atônita. Depois murmurou:

– Pelas estrelas, isso já parece um caso perdido.

Segui Donia, pensando sombriamente que, se a professora de etiqueta achava que a herdeira Impyrean era um caso perdido, era bom ela não ter percebido que, na verdade, estava ali para ensinar graciosidade a uma Diabólica.

5

DONIA E EU passamos aquela noite acordadas. Donia estava claramente chateada com o esporro que levou da Matriarca por ter dado as costas para Sutera nu Impyrean. Quanto a mim, não conseguia esquecer o que Donia dissera mais cedo a meu respeito.

Finalmente, rompi o silêncio:

— Eu sou.

— O quê?

— Eu *sou* Nemesis dan Impyrean.

— Não, não é. — Donia se virou na cama para olhar para a janela.

Encarei seus ombros frágeis.

— Sou uma criatura que pertence à sua família. Não sei por que você nega isso.

— Você *é* Nemesis Impyrean. — Sidonia sentou-se e olhou para mim sob a luz das estrelas. — Simples assim.

— Só um tolo arrumaria uma briga com a professora de etiqueta por um assunto tão pequeno quanto o meu nome. Você sabe o que eu sou. Não sou uma pessoa. Sou uma *Diabólica*. É igual como quando você tentou me levar para a bênção! Você ainda não entendeu que não sou como você?

— Mas Nemesis...

— Não quero que você faça mais isso! — rugi para ela. De repente, eu estava furiosa. — Pare de esfregar essas coisas na minha cara quando nós duas sabemos que não posso tê-las! Não posso ser abençoada, e não posso ser chamada de Nemesis Impyrean. Não há razão para me ensinar a ler ou para insistir que sou feita de estrelas assim como você... Não há dignidade em tentar me forçar a um molde em que eu nunca vou me encaixar.

— Não há dignidade? — ecoou Donia. Então lágrimas brotaram em seus olhos. — Não estou tentando humilhá-la.

Humilhação. Aprendi a palavra para a terrível emoção que crescia dentro de mim sempre que eu via a heliosfera e me lembrava daquele primeiro encontro com o vigário. Era humilhação pela minha situação, por *eu mesma*. Não tinha nada a ver com Sidonia, e eu não queria mais sentir aquilo.

— *Não* sou sua igual. Sou sua Diabólica e isso é tudo. Nunca mais se esqueça disso.

Os lábios dela tremiam. Então:

— Está bem, Nemesis *dan* Impyrean. Se sou sua dona, então me obedeça e pare de falar para que eu possa dormir. — Com isso, ela se virou para o outro lado na cama e enterrou o rosto no travesseiro para abafar suas lágrimas.

Então a ouvi chorar suavemente, enquanto o lado escuro da gigante gasosa formava um imenso abismo negro fora da janela. Donia estava apegada a mim. Ela sofreria quando o ardil da Matriarca fosse descoberto. Iria ordenar que eu não fosse ao Crisântemo em seu lugar. Temeria pela minha segurança. Eu sabia a dor que minhas ações provocariam nela.

No entanto, os sentimentos dela por mim importavam menos do que os meus sentimentos por ela.

Por um instante, a contradição dominou minha mente enquanto eu olhava para a escuridão. Nunca tinha me ocorrido que havia algo profundamente egoísta na devoção. Em razão do que era, eu não devia ter ego nem nenhuma necessidade minha. Até mesmo agora, eu só precisava dormir três horas por noite, mas ainda assim me deitava ali, na minha cama simples ao lado da cama de Sidonia, porque *ela* precisava de oito horas de sono e sentia-se reconfortada sabendo que eu estava lá.

Um Diabólico era concebido para não ter nenhum tipo de interesse próprio no que dizia respeito a um senhor.

No entanto, parecia que eu tinha interesse próprio. Como isso era possível, se eu não era uma pessoa de verdade? Essa humilhação e esse egoísmo não eram nada naturais em uma criatura como eu. Não deveriam existir.

Eu me revirei na cama. Parecia mais fácil só escutar a respiração lenta de Donia e tirar aquilo da mente.

E então ouvi um ruído de pés em frente à porta. E imediatamente fiquei em alerta.

— Venha aqui, Nemesis.

O sussurro era tão suave que Sidonia nunca teria ouvido, mesmo se estivesse acordada. Eu me levantei e atravessei o quarto, então saí.

A Matriarca esperava, os braços cruzados.

— Venha.

Ela se virou e eu a segui silenciosamente, sem questionar. Fomos até sua ala. Eu nunca tinha visto aquela área dos aposentos da Matriarca e fiquei surpresa ao me ver em um lugar cheio de relíquias estranhas. Olhei para uma escultura esquisita de uma forma humana desengonçada, esculpida inteiramente em pedra. Por que ela valorizaria tal coisa?

— Essa estatueta foi feita antes das primeiras civilizações agrícolas na Terra — observou a Matriarca, vendo que eu examinava a figura. — Não tem preço.

— Como pode ser? Não é muito impressionante. Donia poderia esculpir uma melhor.

— Você realmente não tem conceito de valor. — Ela pegou uma caixa de ferro e deslizou a tampa para abri-la. Saiu zumbindo dali um enxame de minúsculas máquinas metálicas, todas menores do que a ponta dos meus dedos. Enquanto eu observava, agulhas emergiram delas, uma de cada.

— Sutera estava certa — disse a Matriarca, me avaliando. — Você é robusta demais para passar por um ser humano normal. Teremos de reduzir seus músculos e raspar seus ossos. Essas máquinas são para isso.

Olhei para os robôs se agitando como os insetos do jardim. As agulhas brilhavam na luz.

— É preciso tantos assim?

— Cada um injetará uma substância em uma determinada área da estrutura do seu esqueleto, para iniciar o processo de fragmentar o que há aí. Precisamos que você encolha rapidamente. Eu disse ao Dr. Isarus nan Impyrean que eram para o meu marido... que ele se tornou inadequadamente volumoso e que eu gostaria de reduzi-lo a um tamanho mais atraente. O médico disse que esse processo precisa ser repetido durante muitas noites. Sorte nossa termos três meses ainda antes de você precisar partir para o Crisântemo. Vamos precisar deles. A cada duas noites, depois que Sidonia estiver dormindo, você virá aqui para as suas injeções.

Respirei fundo. Não estava com medo exatamente, mas as batidas do meu coração tinham acelerado. Adrenalina.

— Isso parece doloroso.

— Excruciante, pelo que me disseram — respondeu a Matriarca. — Eu ofereceria um anestésico, mas sabemos que seria praticamente inútil.

Por Sidonia, pensei.

Então tirei minhas roupas de cima e estendi os braços e as pernas. Eu estava determinada a não deixá-la sequer me ver estremecer.

— Então vamos começar.

Nas noites seguintes, sonhei com enxames de insetos me furando, picando e rasgando meu corpo. Quando acordava, sentia como se meus braços estivessem sendo torcidos e esmagados, e tinha um leve inchaço nas panturrilhas e nas coxas. Era difícil esconder meu desconforto de Donia. Sentia-me esgotada e, toda vez que evacuava, sabia que moléculas dos meus músculos estavam me deixando.

Por Sidonia, lembrei-me, puxando as mangas para esconder as manchas de hematomas em meus braços. Cada passo doía e meus ossos pareciam grandes farpas, mas eu tentava esconder meu desconforto.

Minha força vacilante me deixou mais normal, talvez, mas tornou as coisas difíceis durante as sessões seguintes com a professora de etiqueta. Sutera nu Impyrean recuperou-se do insulto de Sidonia ter abandonado sua outra aula e começou a treinar nosso cumprimento grandíloquo – o estilo de abordagem que se devia adotar ao encontrar o Imperador. Normalmente qualquer tarefa física não me exigiria nenhum esforço, mas minha força formidável estava se perdendo. Aprendi o cumprimento antes de Donia, mas por pouco.

Então passamos à tediosa tarefa de aprender mais sobre nossas substâncias químicas. Isso era mais difícil para mim porque não sentia nenhum de seus efeitos recreacionais, então tinha que fingir o efeito que pareciam ter em Sidonia.

– Lembrem-se – disse-nos Sutera, os próprios olhos dilatados enquanto ela oscilava sob o efeito dos vapores que tinha acabado de inalar –, relaxamento sem... o quê?

– Negligência – disse Donia, a voz arrastada.

– Risadas sem...?

– Histeria.

– E sempre, sempre agir com moderação. Produtos químicos recreacionais, mas nunca os neurotóxicos – disse Sutera, girando no ritmo de um impulso químico qualquer que estava seguindo. – A dependência é uma característica nada interessante. Vocês precisarão de robôs médicos para endireitar seu cérebro, e, nesse meio-tempo, todos irão cochichar sobre as escandalosas garotas Impyrean. E os neurotóxicos, bom, nem os melhores robôs médicos da galáxia conseguiriam endireitar vocês, depois que tiverem usado muito destes.

Donia não lidava bem com todas as drogas. Qualquer estimulante a deixava ansiosa e agitada. Qualquer coisa que causasse euforia a fazia delirar.

Uma vez, tive de forçar Sutera nu Impyrean a encerrar a lição para levar Donia para a cama.

O peso dela era demais para mim durante os tratamentos de redução muscular, então a arrastei pelo corredor com um braço sobre meus ombros. Donia sorriu preguiçosamente para mim o caminho todo. Ela se esparramou na cama, rindo e dizendo bobagens, como:

— Você está brilhando de dentro para fora.

— Não estou — assegurei-lhe.

— Está. Você brilha como uma estrela, Nemesis. Uma linda estrela. — Ela estendeu a mão e passou os dedos pela pele do meu braço, extasiada. — Você é uma supernova.

— Isso seria muito perigoso para você, então — falei, tirando os sapatos dela.

— Você tem uma centelha divina. — Seus olhos se encheram de lágrimas, que acabaram se derramando, a felicidade dando lugar à melancolia. — Eu queria que você acreditasse.

Suspirei. Ela era uma grande sonhadora.

— Vá dormir, Donia.

— Eu te amo mais do que posso suportar, às vezes. Você é um milagre e nem sabe disso. — Ela falou de maneira tão séria, quase triste, que estendi a mão até seu braço, seguindo um impulso terno que eu raramente sentia, e apenas por ela.

— Por favor, vá dormir — incentivei-a suavemente.

— Você é realmente maravilhosa, Nemesis. Gostaria que pudesse ver isso. Eu queria não ser a única a notar. Queria que você soubesse.

Ela sempre insistia nessa ideia estranha: a ideia de que *eu* pudesse ter uma centelha divina. Acariciei seu braço, nervosa em perceber o quanto a ideia me atraía. De que serviria a vida após a morte para um Diabólico? Donia não precisaria da minha proteção depois que morresse. Para onde quer que a alma dela fosse, a entrada seria barrada a uma criatura como eu.

– Você fala besteiras – eu disse. – Durma agora.

Donia pegou no sono, e eu fiquei ali sentada, ouvindo-a respirar, desejando que aquele peso estranho saísse do meu peito. Ilusões não me serviam de nada – ainda assim, era estranhamente reconfortante saber que uma pessoa naquele universo acreditava em doces mentiras a meu respeito. Se eu fosse menos disciplinada, poderia até ter ficado satisfeita em fingir que concordava.

6

DEPOIS que passamos pelos vários produtos químicos, começamos a memorizar danças. Havia todos os tipos, para ocasiões diferentes, com condições gravitacionais variáveis. Eu sempre conduzia, porque era maior e mais forte que Donia, mas não fazia diferença em qual posição eu dançava. Aprendi e aperfeiçoei as duas, só observando Sutera nu Impyrean demonstrá-las.

Um dia praticamos uma das danças mais complicadas da Corte Imperial, chamada de A Rã e O Escorpião. As mulheres faziam os movimentos rápidos, chicoteados, do escorpião; e os homens, os saltos e aterrissagens impetuosos da rã. Após a primeira seção da dança, o escorpião deveria passar a maior parte da coreografia apoiado pela rã. A dança era realizada em gravidade zero, mas os Impyrean não tinham cúpula de gravidade zero. Fizemos o melhor que podíamos nas câmaras de gravidade baixa da fortaleza, que só diminuíam para um terço da gravidade padrão. Lancei Donia no ar e tentei alcançá-la enquanto ela pairava em minha direção, mas ela escorregou dos meus braços.

Não foi um desastre. Ela tropeçou e pegou meu braço em busca de equilíbrio, recuperando-o facilmente na gravidade baixa, mas passei por um terrível choque. Meus braços tremiam pelo esforço de lançá-la no ar, mesmo na gravidade baixa, e, quando os olhos de Donia encontraram os meus, soube que ela havia notado.

Eu estava dormindo mais nas noites em que não recebia tratamento, porque meu corpo precisava de descanso para se recuperar. Naquela noite, depois que caí no sono, Sidonia sacudiu meu ombro para me acordar.

Só isso já era incomum. Normalmente, eu acordava de imediato ao menor ruído.

– Você está doente?

– Doente? – murmurei.

– Você tem andado tão apática ultimamente. E eu não queria dizer nada, mas suas roupas estão todas parecendo largas em você. Nemesis, você está definhando.

– Estou bem.

– Acho que devíamos chamar o Dr. Isarus.

– Eu só preciso dormir.

Mas Donia me olhava mais preocupada a cada dia. A Matriarca finalmente concluiu que meus músculos e ossos tinham sido reduzidos a um tamanho frágil aceitável. Eu já não tinha a estrutura robusta de um tigre, e sim do tipo mais longa e esguia, como de um lince. E podia, por fim, me passar por uma menina normal. Uma anormalmente alta, mas certamente não uma Diabólica.

Fiquei aliviada com o fim das injeções. Recuperei minha força melhor do que esperava. Não conseguia me exercitar confortavelmente nas câmaras de alta gravidade, mas *podia* caminhar por elas novamente. Mesmo com meus músculos esqueléticos sistematicamente diminuídos, eu era muito mais forte do que um ser humano normal.

– Isso dificultará mais as coisas para você – observou a Matriarca enquanto eu me erguia de ponta-cabeça sobre o braço de seu sofá. – Teria sido mais fácil se tivéssemos lhe enfraquecido ainda mais. Você terá que fingir. Nada mais de se exibir assim.

– Você pediu para ver o que eu era capaz de fazer – lembrei-a, soltando lentamente uma das mãos e erguendo o braço, equilibrando-me em uma única palma. Embora eu não fosse tão forte como antes, meu corpo era mais leve, compensando um pouco as alterações musculares. – Deveria ter mentido sobre minhas habilidades?

Ela me viu baixar o corpo na direção do sofá, e em seguida me reerguer. A mulher parecia estranha e quase velha quando vista de cabeça para baixo.

– Nada mais de se exercitar, nem mesmo sozinha. Há olhos por toda parte no Crisântemo, e teremos desperdiçado todo esse tratamento se você simplesmente ficar mais forte de novo.

Olhei para ela por entre o cabelo caído no rosto, meu braço ardendo gloriosamente, mas... mas trêmulo. E não tremia antes quando me sustentava assim.

– Sei de tudo isso, madame. Não sou idiota.

– Começando agora. Desça.

Joguei minhas pernas para baixo e aterrissei no chão. Meu braço doía, então o esfreguei, olhando fixamente em seus olhos.

– Começando agora.

Já sabia como era a fraqueza e, entre esconder minha força ou ser genuinamente frágil, eu preferiria imensamente esconder.

Então era o que faria.

A professora de etiqueta gostava tanto de testar seu conhecimento de cosméticos que resolveu usá-lo em nós duas, e não apenas em Sidonia. Agora, Donia e eu possuíamos pigmentos de brilho e sombra cuidadosamente aplicados sob a pele, e até mesmo essência efervescente entremeada em nossos cabelos, que os robôs de beleza haviam nutrido e transformado em jubas sedosas e elaboradas. Acordávamos de manhã com o cabelo solto, então, com um único comando, os suportes mecanizados entremeados em nossos fios se contraíam e se rearrumavam sozinhos, puxando nossas mechas na forma de qualquer penteado que escolhêssemos, independentemente do quanto fosse elaborado. Outro comando e alguns fios passavam do tom do nosso cabelo a fios luminosos, como ouro ou prata, ou qualquer coisa que pudesse acompanhar uma roupa. Podiam até emitir uma luz que alterava artificialmente a cor do nosso cabelo sem que precisássemos de robôs de beleza.

Sidonia ficou acordada até tarde várias noites, testando as configurações dos suportes de cabelo, deixando seu cabelo azul, fazendo-o ficar todo em pé, dando a si mesma pequenos cachos que, com um único choque elétrico, se transformavam temporariamente em seu cabelo natural, só que mais frisado. Outro choque e seu cabelo alisava de novo. Ela então se divertiu manipulando o meu cabelo, e decidiu que castanho-escuro levemente ondulado era o que ficava melhor em mim.

Sutera nu Impyrean finalmente esgotara seus ensinamentos aprendidos em décadas de experiência com a Corte Imperial. Em sua última sessão, ela nos exibiu à Matriarca e ao Senador com orgulho.

— E para um sucesso maior, minha *Grandeé*, sugiro que as feições características de sua filha Sidonia sejam esses lindos olhos dela, e que deveria escurecer em dois tons a pele dela para complementá-los. Talvez uma cor moreno-bronzeada? Ah, e esse nariz longo e gracioso... Glorioso. Quaisquer modificações que ela fizer, devia sempre pensar em como chamar a atenção para os olhos e o nariz.

— E Nemesis? — disse a Matriarca.

Sutera ficou em silêncio um momento, pega desprevenida pela pergunta. Olhou para mim, espantada ao perceber que iríamos manter a farsa do meu treinamento até o fim. Ela não fazia ideia.

— Bem, acho que ela pode escolher. É completamente simétrica, como todas as criações humanoides. Não conta de fato como verdadeira beleza quando é projetada em um laboratório, não acha? — Então olhou para Matriarca, em busca de sua confirmação.

A Matriarca apenas a encarou, esperando com crescente impaciência.

Sutera disse:

— Bem, criaturas projetadas são sempre feitas para serem fisicamente inofensivas, então não há nada de condenável nela além de seu nariz. *Isso* eu corrigiria. Pelo menos rasparia essa saliência feia na ponte.

Toquei meu nariz, pensando em como o havia quebrado várias vezes em lutas, antes de ser civilizada.

— Os olhos e as maçãs do rosto, eu diria — interrompeu a Matriarca, estudando-me. — O que você acha, Sutera?

— É... acho que sim. Mais uma vez, você pode escolher qualquer coisa. — Sutera riu e tocou em seu cabelo. — Talvez devesse mudar a cor dela?

— Humm, sim — disse a Matriarca. — Nunca adicionamos melanina às nossas criaturas humanoides, para mantê-las fisicamente distintas da família, mas Nemesis poderia receber mais pigmentação. Você não acha? — Ela olhou para o Senador.

Pela primeira vez, ele entrou na conversa:

— Ah, sim. O que você desejar.

— Ainda não consigo imaginar que posição Nemesis ocuparia no Crisântemo — disse Sutera —, mas, independentemente do que minha *Grandeé* diga, eu sustentaria que não dá para errar com os olhos, e maçãs do rosto salientes estão sempre na moda.

Sutera passou a exibir o nosso conhecimento. Ela disparou pergunta após pergunta, e respondi tudo corretamente. Donia estava distraída e nervosa com o olhar de águia de sua mãe e hesitou várias vezes. O rosto dos membros da família imperial foram exibidos diante de nós, e Donia confundiu Cygna com Devineé Domitrian.

Mas eu não errei nada. E isso era o que importava.

— Excelente — disse a Matriarca, batendo palmas elegantemente. — Bravo, Sutera. Elas estão bem preparadas.

— Muito bem preparadas — concordou o Senador.

Os olhos da Matriarca se fixaram em mim, um sorriso implacável em seu rosto. Sua anaconda.

Sutera ficou radiante com o elogio de sua senhora e iniciou um elaborado cumprimento grandíloquo até estar com a mão no coração, aos pés da Matriarca. Então, levou os nós dos dedos dela ao rosto e, em seguida, os do Senador.

— Estou tão feliz em servir outra geração de sua família. Espero ver o filho de Sidonia um dia, quando ela voltar das estrelas.

A Matriarca abriu um sorriso duro.

— Sim, bem, vamos torcer.

Só quando Sutera foi dispensada, Donia se virou para os pais.

— Por que estamos de fato fazendo isso?

O Senador e a Matriarca trocaram um olhar.

— Sei que algo está acontecendo – disse Donia, aumentando a voz. – Pensei que talvez vocês fossem me casar com alguém, ou me mandar para longe, mas... agora há pouco, eu errei algumas respostas. Eu *errei*, mãe, e você nem me repreendeu. O que está acontecendo? – Lágrimas brotaram em seus olhos. – Ah, não, pai, você está com problemas? Estou sendo preparada para substituí-lo?

— Não, não – disse o Senador. – Estou bem, minha querida.

— Não acredito em você! O que...

— Ah – bufou a Matriarca. – Diga-lhe a verdade.

O Senador suspirou, as rugas se destacando em seu rosto. Ele não renovara sua falsa juventude desde a convocação de Sidonia.

— Pois bem. O Imperador está me vendo com certo desagrado, mas não estou em perigo...

— É você quem está, Sidonia – disse a Matriarca.

Donia hesitou, o choque transparecendo em seu rosto.

— E-eu? – Ela me lançou um olhar urgente.

Eu me aproximei.

— Não tenha medo.

— *Eu* estou em perigo, mãe? – gritou Donia.

— Você foi convocada ao Crisântemo para encarar o Imperador – disse a Matriarca. – Para ser responsabilizada pela tolice de seu pai, naturalmente. Mas você não vai.

Donia não era tola. Ela ligou tudo em um instante – a mudança na minha aparência, meu treinamento ao lado dela, e então... isso.

— Não – disse ela, baixinho.

O Senador deu um passo à frente e segurou a filha pelo ombro delicado.

— Sua mãe tem um plano para mantê-la a salvo do Imperador. Não vamos mandar você. Nunca a arriscaríamos assim, querida. Em vez disso, vamos mandar Nemesis.

— Não — disse Donia novamente, balançando a cabeça furiosamente. Então correu até mim e segurou minhas mãos. — Não.

— Tem de ser assim — disse a Matriarca. — Sidonia, você não vê que foi precisamente por isso que lhe arrumamos uma Diabólica? Compramos Nemesis para proteger nossa filha. Nossa herdeira. E agora aqui está Nemesis, pronta para nos ajudar a fazer isso.

— Estou — assegurei a Donia.

— Então... então Nemesis será a refém do Imperador? — indagou Donia, segurando firmemente minhas mãos.

— Esperamos que ela fique em tutela da corte. Esperamos que ela não sofra nenhum mal.

— E se ele me convocou para a morte? — exclamou Donia. Depois virou-se para mim. — E então?

— Então *você* estará segura com sua família — eu disse simplesmente.

— Sidonia — disse o Senador —, seja razoável: Nemesis não é nossa herdeira. Ela é nossa propriedade.

Donia olhava de mim para a mãe, horrorizada.

— Não. Não! Não vou deixar isso acontecer! Mesmo que consiga enganá-los no início, e se alguém descobrir *o que* você é?

— Como? — perguntei, olhando para mim mesma. Não parecia mais uma Diabólica.

— Eles não vão nem cogitar a ideia — disse a Matriarca. — Nunca vão pensar que alguém poderia ter a audácia de manter um Diabólico vivo, muito menos enviar um no lugar da filha para o coração do Império. Nemesis é inteligente o suficiente para conseguir. É o plano perfeito.

— A menos que ela morra! — gritou Donia. E sacudiu meu braço. — Você não pode ir. Ordeno que você não vá. Não vou deixar que se arrisque por mim! Mãe... — Então ela se virou para a mãe, lágrimas correndo pelo rosto, mas viu o olhar duro e frio no rosto da Matriarca, e a tranquilidade descuidada do pai. – Não! Não, isso não pode acontecer!

Donia virou-se e saiu correndo da sala.

Dei-lhe tempo para processar as novidades e, em seguida, localizei-a nos jardins da fortaleza, junto à área dos tigres. Os grandes felinos estavam reunidos na beira do cercado, miando por sua atenção, mas Donia apenas os encarava com um olhar vazio.

– Como você pôde? – disse ela assim que me viu. – Como pôde conspirar com meus pais pelas minhas costas? Como pôde esconder isso de mim?

– Não foi particularmente difícil – eu disse sem rodeios. – Sei mentir bem. É uma das razões pelas quais estarei mais preparada para o Crisântemo do que você.

– E se você morrer? O que eu faço, então?

– Se eu morrer, é porque morri em seu lugar. Você fará o que todos queremos que faça: vai viver.

– Odeio você. Odeio tanto! – Donia se atirou em cima de mim, me batendo com os punhos, sem grandes resultados. Os golpes resvalaram por meus braços enquanto eu a observava, ligeiramente desnorteada pela veemência de sua reação. Comecei a me preocupar que ela pudesse machucar as mãos.

Ao longo dos jardins, os animais se agitaram, fazendo farfalhar a folhagem enquanto instintivamente fugiam do barulho.

Então ela deu um passo atrás com um grito e lágrimas no rosto, e correu para a porta. Acabou se chocando com Sutera nu Impyrean, que dava a última volta na fortaleza antes de retornar à sua vida planetária.

Donia desabou em seus braços, chorando. Sutera acariciou os ombros dela sem pensar, e depois se afastou.

– Não, não, não posso encorajar isso. O que eu lhe disse sobre demonstrações de emoção inadequadas? Quando estiver na corte...

– Não estarei na corte! – gritou Donia. – Minha mãe não vai me mandar para lá. Vai mandar Nemesis. É por isso que ela estava treinando comigo.

Prendi a respiração.

— O quê? — indagou Sutera.

Aproximei-me, tentando enviar um olhar de advertência para Donia, mas ela estava perturbada e não percebia o que estava revelando a Sutera.

— Eles são como você. Pensam que ela é uma propriedade. Vão fazê-la se passar por mim e arriscar a vida como se não valesse nada!

— Isso é traição — disse Sutera, ofegante.

As palavras chegaram à minha mente como uma sentença de morte, e não para mim. Sidonia fora longe demais contando tudo a Sutera nu Impyrean, e agora eu tinha de cuidar disso.

— Donia.

Minha voz, baixa e perigosa, pareceu atingi-la em meio ao seu ataque de fúria. Donia ficou parada, o corpo todo tremendo, e enxugou as lágrimas com sua mão fina.

— Donia, vamos conversar. Mas primeiro, Sutera, preciso lhe dar uma explicação. — Cruzei a distância entre nós, e a professora de etiqueta não pensou em resistir quando tentei levá-la para fora da sala comigo. — Veja bem, as coisas são muito complicadas...

Donia ficou imóvel por um bom tempo, e então, de repente, pareceu adivinhar o mal que eu pretendia fazer.

— Nemesis... não!

Olhei para ela. Não queria fazer isso diante de seus olhos, mas, se ela insistia, então que assistisse.

Sutera me encarou, perplexa e absolutamente inocente, uma pergunta em seus lábios. Que ela nunca fez.

Quebrei seu pescoço.

7

O GRITO DE SIDONIA cortou o ar enquanto eu deixava Sutera cair no chão e me afastava do corpo. Ela correu para aninhar a professora de etiqueta, sacudindo a mulher mais velha.

— Sutera, Sutera!

— O que você esperava? — falei em voz baixa.

Sidonia me encarou, horrorizada de um jeito que eu não via desde aquele primeiro dia antes de eu ser civilizada. Era como se ela não tivesse entendido — verdadeiramente entendido — até aquele momento exatamente o que eu era.

— Por quê? — gemeu Donia. — Ela nos ajudou.

— Porque você contou a ela algo que ela não precisava saber. Sutera teria nos entregado, e então eu não conseguiria salvar você. — Aproximei-me e Donia se afastou, ainda no chão, olhando para mim com um pavor abjeto.

Aquilo, percebi, era o que eu precisava dela agora. Não sua adoração, não seu carinho. Precisava que ela me entendesse. Precisava que ela finalmente me visse do jeito que sua mãe via, da maneira como o vigário via... do jeito que eu *era*. Senti um nó na garganta ao pensar em ver a repulsa arder no rosto de Donia quando as vendas fossem finalmente arrancadas de seus olhos, mas eu tinha que fazer isso, pelo bem dela.

— Você não entende, Sidonia? Eu não sou sua amiga. Amigos são iguais. Nós não somos. Não sou um daqueles tigres ali, geneticamente modificada para ser fofa e deixar você coçar minha barriga. Não estou aqui para lhe fazer companhia. Sou uma assassina, e estou aqui para matar por você ou morrer por você, se necessário. Sou sua ferramenta, sua arma... sua propriedade.

— Não, não é. — Seu lábio tremia. — Somos mais do que isso.

— Para você, talvez. Mas não para mim. Não consigo sentir o que você quer que eu sinta. — Ajoelhei-me para olhar em seus olhos e martelar a verdade brutal. — Você *sabe* o que eu sou. Sabe que matei uma de suas servas. Acha que fiz aquilo por misericórdia? Eu teria feito mesmo se ela estivesse cheia de saúde.

Ela balançou a cabeça, mas não conseguiu tirar os olhos de mim. Estava lutando consigo mesma, sem querer acreditar em mim — mas agora incapaz de negar.

— Eu vejo você na heliosfera — falei, me lembrando daquelas cerimônias em que ouvíamos o vigário falar de Hélios e da vontade do divino. — Você se questiona sobre o universo. Pondera sobre o que a criou, qual é o seu propósito, qual poderia ser o significado de sua existência... Mas eu não me faço essas perguntas, porque *sei* as respostas. Não sou filha de seu Cosmos Vivo, e não há nenhuma centelha do divino em mim. Deixe-me ir cuidar do que fui feita para fazer. Não lute contra isso.

Donia levantou-se, me encarando como se nunca tivesse me visto. Parecia mais velha do que nunca, com mais de dezoito anos, como se eu tivesse tomado algo mais valioso do que qualquer posse material dela.

— Sei que você foi forçada a me amar — disse ela, juntando as mãos. — Mas... mas só porque alguém *forçou* esses sentimentos não significa que são menos importantes, ou que *você* é menos humana. Você é minha melhor amiga, e eu te amo, Nemesis. E meus sentimentos não perdem valor só porque são por você. Talvez o fato de eu te amar independentemente do que você seja signifique que meus sentimentos valem mais, porque ninguém me forçou a sentir, só aconteceu. Escolho amar você. Escolho me preocupar com o que acontece com você, e você não pode tirar isso de mim.

— Você vai superar a minha perda.

— Não, não vou. — Ela balançou a cabeça, os olhos arregalados e assombrados. — Você significa para mim mais do que jamais vai entender, então me deixe lhe dizer algo agora: se você morrer, eu morro em seguida.

— Eu não entendo.

— Se você for ao Crisântemo e eles te matarem, então me atirarei no espaço. Eu juro.

A raiva cresceu dentro de mim.

— Não seja burra.

Ela deixou escapar uma risada curta e louca.

— Você não se importa com o que eu sinto, não se importa com nada além da minha segurança, eu entendo. Então está bem, é isso o que vai acontecer: eu não estarei segura se *você* não estiver. Você vai sobreviver, ou *eu* vou morrer.

Eu me empertiguei, me perguntando por que ela estava dizendo algo tão estúpido, tão irracional. Ela me encarou com uma espécie de triunfo louco, como se tivesse me derrotado de alguma forma, então sibilei:

— Retire essas palavras.

— Não.

Agarrei-a pelos ombros frágeis, com aqueles ossos como os de um passarinho, que eu poderia quebrar e estilhaçar tão facilmente, e a sacudi com tanta força que sua cabeça balançou. Mas aquela convicção insana não saía de seu rosto, mesmo quando gritei:

— *Retire o que disse!*

— Não!

E, enquanto eu olhava nos olhos dela, arregalados e triunfantes e tão autodestrutivamente devotados a mim, logo a mim, me senti impotente de raiva, porque eu sabia que não havia como arrancar aquilo dela. Eu poderia parti-la ao meio, poderia esmagar com meus pés cada osso em seu corpo, reduzindo-os a pó, e ainda assim nunca iria subjugar aquela determinação, aquela loucura.

A DIABÓLICA

Foi então que percebi pela primeira vez que Sidonia Impyrean – mansa, receosa, tímida e gentil – podia ser indomável.

Eu a soltei, e ela tropeçou vários passos para trás, ainda com aquela teimosia e determinação irritantes em seu rosto.

– Tudo bem – falei.

Ela se endireitou, olhando para mim com esperança.

– Tudo bem – repeti. – Voltarei viva. Farei tudo em meu poder para preservar minha própria vida, como preservaria a sua. Farei isso ou destruirei este Império tentando.

Silêncio. Percebi que algo estranho havia mudado entre nós, talvez para sempre. As ilusões haviam desaparecido, nossas verdades descobertas, e ainda assim sentia como se eu a visse e ela me visse, e talvez, de alguma maneira, nós fôssemos iguais pela primeira vez. Minha força sempre excedera a dela e sua importância excedera a minha, e agora ali estávamos, emparelhadas, por fim. Minha vida agora tinha o mesmo valor que a dela – porque a vida dela dependia da minha.

Sidonia endireitou suas roupas com dignidade. Baixou o olhar para Sutera, e seu rosto se contraiu. Então desviou os olhos como se não aguentasse mais ver aquilo.

– Seu nariz – disse ela. – Faça de seu nariz sua feição característica. Não o conserte. É unicamente seu.

Toquei a cicatriz na ponte do meu nariz, aquela marca singular de tanta violência no meu passado.

– Como a *Grandeé* Sidonia Impyrean acabaria com um nariz assim?

Ela abriu um sorriso triste.

– Você é uma boa mentirosa, Nemesis. Invente alguma coisa.

8

A NAVE que chegou para me levar ao Crisântemo era tripulada por Excessos. Eles se espalharam como uma massa desordenada pelo hangar, suas vozes caóticas dominando o espaço:

– ... então este é o domínio Impyrean...

– ... sempre quis saber como era...

Um puxão urgente em minha mão chamou minha atenção para Donia. Ela olhou em meus olhos, e um estranho vazio me preencheu. Aquela talvez fosse a última vez que eu a veria.

E certamente era o momento final em que eu seria eu. Assim que entrasse no campo de visão daqueles Excessos, *eu* me tornaria Sidonia Impyrean.

– Se eu pudesse escolher alguém no universo para ser eu – sussurrou Donia, trêmula –, seria você, Nemesis.

À medida que os últimos dias passavam, ela se dedicara a me ajudar a me tornar uma *Grandeé* com mais entusiasmo até do que sua mãe. Escolhemos juntas a nova cor do meu cabelo – castanho-escuro – e minha nova cor de pele bronzeada. Ela escolheu as sobrancelhas arqueadas escuras, e os longos cílios pretos implantados sobre meus novos olhos verdes. E me deu infinitas dicas sobre como melhorar no meu papel de herdeira Impyrean. Ficávamos acordadas até tarde, enquanto ela relatava todos os detalhes irrelevantes que conseguia lembrar sobre os jovens Grandíloquos com quem tinha interagido nos fóruns galácticos, para o caso de eu encontrar essas mesmas pessoas no Crisântemo.

E, claro, mantive meu nariz como era.

Donia segurou meu rosto.

— Você é maravilhosa. — A preocupação tomou conta do rosto dela. — Por favor, volte.

Coloquei as mãos sobre as dela. A única pessoa neste universo que me definia.

— Vou voltar.

Então as vozes aumentaram, e nos separamos. A Matriarca entrou, acompanhada por um séquito de servos. Só ela viria se despedir. O Senador já mandara seu curto adeus.

Ela me pegou pelo braço.

— Venha, *Sidonia*.

Ela começara a me chamar por esse nome, para que eu me acostumasse. Eu não era tão desatenta quanto ela pensava, e o nome soava errado na presença de Donia. Olhei de novo para ela enquanto a Matriarca me guiava para longe.

— Lembre-se do que lhe falei sobre os Excessos — sussurrou a Matriarca em meu ouvido.

— Eu lembro.

Os Excessos não eram todos como Sutera nu Impyrean (cuja morte atribuímos a um incidente com os cercados dos animais, e cujo corpo lançamos na estrela mais próxima porque a Matriarca sabia que ela iria querer um enterro no estilo heliônico). Também não eram como o Dr. Isarus nan Impyrean, o médico da família. Esses dois eram Excessos que acreditavam no sistema imperial, que haviam se tornado parte dele e conquistado um lugar ali. Tinham servido fielmente os Impyrean e provado sua lealdade, então receberam as denominações nu e nan, mostrando sua filiação como servos feminino e masculino da família, respectivamente.

Aqueles Excessos ali, no entanto, estavam sendo pagos por seus serviços. Não eram leais à família Impyrean, mas ao dinheiro que ganhariam servindo-os.

Eram chamados de "empregados".

E estavam sendo contratados especificamente para me acompanhar à corte.

– Os Grandíloquos controlam toda a tecnologia mais poderosa, Nemesis – me explicara a Matriarca naquela última semana. – Temos as naves espaciais e o armamento, por isso somos o governo que conecta um sistema estelar ao outro. Nós *somos* o Império.

Eu sabia que a maioria dos planetas habitados não era muito favorável para a vida humana. Poucos eram autossuficientes, e a maioria dependia de recursos do espaço – que os Grandíloquos controlavam por completo. Também dependiam de tecnologia emprestada a eles pelos Grandíloquos. Dessa maneira, os Excessos eram forçados a servir aos Grandíloquos simplesmente para sobreviver.

Os empregados ficaram em silêncio quando a Matriarca e eu dobramos o corredor. Os Excessos estavam dispostos em grupos dispersos, de frente uns para os outros e nos encarando como se fôssemos uma espécie alienígena. Olhei para eles, sentindo o mesmo.

Assim como Sutera nu Impyrean, todos, menos os mais jovens, tinham vários defeitos físicos decorrentes das condições de vida nos planetas e da exposição à luz solar sem filtro. Marcas na pele, aquelas linhas chamadas "rugas", excesso de pele ou, às vezes, uma escassez dela, de forma que os ossos se delineavam contra a pele. Todos tinham tonsuras – a raspagem do centro do couro cabeludo, deixando o resto do cabelo crescer em torno da parte calva como uma coroa. Era um visual curioso, principalmente nas mulheres de cabelo mais comprido, muitas das quais tinham trançado os cabelos para dispô-los em um círculo em torno da área calva.

A tonsura era obrigatória para qualquer Excesso que desejasse procurar emprego com uma família imperial no espaço. Sinalizava que a pessoa tinha se convertido à fé heliônica da nobreza, ou pelo menos fingia. Se fossem aceitos como empregados, então recebiam uma tatuagem do selo da família na parte calva, e a partir daí tinham de exibir o selo até serem demitidos.

Havia algo na maneira como eles olhavam para a Matriarca, e para mim, que me alertou de que não havia afeto ali. Eles deviam se ressentir de sua posição, forçados pelo monopólio grandíloquo da tecnologia a adotar uma religião indesejada, a servir para sobreviver. Lembrei a mim mesma que aqueles Excessos haviam passado por uma triagem para ver se não tinham inclinações guerrilheiras, então não deviam ser uma ameaça. Guerrilheiros, afinal, eram aqueles moradores de planetas entre os Excessos que acreditavam estar melhor livres do Império. Eles se opunham à supressão grandíloqua do conhecimento. Ser um guerrilheiro era a mais perigosa traição possível, e alguém com tendências guerrilheiras nunca poderia chegar tão perto da herdeira Impyrean.

Os Excessos não se curvavam nem se ajoelhavam. Eles se aprumaram e nos encararam de volta enquanto a Matriarca os inspecionava. Alguns olhavam inquietos para os servos carregando meus pertences. Sabia-se que a maioria dos Excessos não gostava de servos.

A Matriarca os recebeu com um sorriso rígido e uma saudação.

– Olá – disse ela. – É bom ver vocês. Mostrem-me seus selos. – Então completou: – Por favor.

Deve ter sido difícil para ela dizer aquelas palavras. Nunca precisara usá-las com ninguém na fortaleza.

Os Excessos abaixaram a cabeça para mostrar a tatuagem de um sol nascendo por trás de um planeta, que servia como selo da família Impyrean. Vi punhos se cerrarem, mandíbulas se contraírem. Alguns dos empregados se entreolharam enquanto a Matriarca verificava o selo em cada um deles, e senti um arrepio subir pela espinha. O ressentimento pesava no ar.

Eu tinha ficado confusa antes, perguntando-me por que a Matriarca se dera ao trabalho de contratar Excessos como escolta para o Crisântemo. Achei que seriam apenas um incômodo. Afinal, não se precisava de seres humanos para *nada*. Podia-se usar máquinas para controlar uma nave, navegar e até mesmo reparar as máquinas que controlavam naves e navegavam. Usavam-se máquinas para combater em guerras, desenvolver novos remédios, realizar tratamentos. Essa era a razão pela qual os humanos não precisavam saber como as máquinas funcionavam, ou a ciência por trás de sua construção. O sistema se sustentava.

– Usamos empregados porque os Excessos são caros e perigosos, Nemesis – dissera a Matriarca. – Poder sobre a máquina é uma certeza. Poder sobre um servo é natural, se você for rico o suficiente para comprar alguns. Já o poder sobre a vontade de um membro dos Excessos... pessoas que o servem porque você comprou sua lealdade e o servem talvez contra suas inclinações ou seu gosto pessoal... bem, esse é o poder mais perigoso e imprevisível de todos. Atesta nossa força como família termos um séquito de empregados para acompanhá-la ao Crisântemo. Se você não tivesse empregados em sua escolta, as pessoas na corte poderiam começar a falar que esta família não tem como pagar por eles, ou pior, não tem como *controlá-los*. Você os dispensará do serviço assim que for apresentada ao Imperador.

A Matriarca terminou sua inspeção.

– Obrigada, empregados. Tenho certeza de que servirão bem minha filha. – Então ela se virou para mim e estendeu as mãos. – Fique bem, minha filha. Que você encontre o seu caminho no hiperespaço. Tente não morrer.

Peguei as mãos dela, fiquei de joelhos e pressionei os seus dedos em meu rosto.

– Vou tentar – e então disse aquela palavra tão estranha aos meus lábios: –, mãe.

Nós nos entreolhamos por um instante, o olhar aguçado da Matriarca e o meu, enquanto nossa conspiração mútua se desenrolava. Em seguida, nos despedimos. Os empregados se afastaram para me dar passagem até sua nave contratada. Os servos designados para o meu séquito me seguiram, carregando baús de roupas e outras coisas, como convinha a Sidonia Impyrean em sua viagem ao Crisântemo.

A DIABÓLICA

Se não tivesse uma audição superior, poderia não ter captado alguns sussurros trocados pelos Excessos enquanto a cabine pressurizada se fechava; coisas que eles acharam que eu nunca ouviria.

– Que despedida mais fria – disse um deles. – Acho que ela não vai sentir muita falta da filha.

– Estou dizendo, os nobres são insensíveis. Eles não sentem as coisas como as pessoas normais. Muitas alterações genéticas ao longo dos séculos.

Não demonstrei ter ouvido, mas as palavras quase me fizeram sorrir – um impulso que me surpreendeu, porque o humor não era algo natural em mim. O simples fato era que aqueles Excessos realmente não tinham nenhuma ideia de como eu era insensível e geneticamente modificada.

Eu tinha apenas dois objetivos: convencer as pessoas de que eu era Sidonia e, claro, tentar não morrer.

9

PASSEI A VIAGEM CONFINADA em minhas câmaras com os servos, revendo tudo o que aprendera sobre a Corte Imperial. Podia imaginar Donia andando inquieta de um lado para outro, esperando pelo momento em que minha nave deixaria o hiperespaço e eu poderia lhe enviar uma mensagem novamente.

Obriguei-me a ficar deitada na cama por oito horas, como Donia faria. Obriguei-me a comer tanto quanto Donia precisaria. E lutei contra o desejo de me mover, me mover e de alguma forma trabalhar meus músculos.

Foi mais fácil renegar os exercícios quando eu estava enfraquecida pelos redutores de músculos. Agora eu sentia como se fosse explodir com a energia que não estava usando. Mas não me atrevia a ceder a esse impulso, ou acabaria com todo o trabalho feito para perder medidas.

Sidonia sempre me dissera que o espaço era vasto, além da compreensão, mas até então eu não entendia. Estávamos nos movendo através do hiperespaço a uma velocidade incompreensível e nossa jornada ainda assim levaria semanas. Atravessávamos uma parte minúscula da galáxia conhecida. Do lado de fora da janela se assomava uma imensidão escura, sem estrelas.

As coisas ocasionalmente davam errado no hiperespaço. Era um acontecimento raro, mas terrível, quando uma nave do Império se despedaçava no hiperespaço, e o Imperador sempre reconhecia a tragédia e estabelecia um período de luto em toda a galáxia. Como essas tragédias foram se tornando mais frequentes, no entanto, passaram a ser quase um segredo. Temores a serem suprimidos. O Senador Von Impyrean acreditava que os desastres aconteciam porque as naves estavam ficando velhas demais.

Tais catástrofes não apenas matavam as pessoas a bordo das naves, mas também danificavam *o espaço*. Uma zona letal se formava naquela área, que devorava qualquer nave estelar ou corpo planetário por perto. Era chamado de "espaço maligno".

E o espaço maligno me pareceu ainda mais ameaçador agora que eu estava ali, olhando para a escuridão interminável, sabendo que a qualquer momento algo poderia dar errado, deixando-nos à mercê do mesmo destino.

A saída do hiperespaço foi um alívio. Foi abrupta: a escuridão simplesmente desapareceu, e a luz entrou pelas janelas quando irrompemos no sistema estelar sêxtuplo, onde o Crisântemo nos esperava.

Ouvi uma batida na porta, e então entraram vários empregados.

– *Grandeé* Impyrean, chegamos ao Crisântemo. Nossa aproximação foi autorizada.

– Que bom. – E então: – Obrigada – acrescentei, lembrando-me de que os Excessos valorizavam cortesias inúteis.

Os empregados se entreolharam, e então o homem à frente arriscou:

– Importa-se que a gente assista da sua janela?

Eu tinha uma das poucas janelas da nave, como era meu direito.

Cheguei para o lado, para que os Excessos pudessem acompanhar comigo a aproximação do Crisântemo.

– Está bem.

A nave sofreu um grande solavanco quando as forças gravitacionais entraram em ação, e o brilho ofuscante de três pares de estrelas binárias inundou a janela, todas orbitando o mesmo centro de gravidade.

Logo uma massa escura começou a surgir contra o fundo branco ofuscante, e a nave seguiu sacudindo através de um corredor de armas carregadas flutuando pelo espaço, espalhadas pelo sistema como dentes esperando para nos rasgar.

— Meu Deus, estamos mesmo aqui — murmurou uma das empregadas. — Nós vamos ver.

Os outros assentiram em silêncio. A nave oscilou ligeiramente durante toda a aproximação. O sistema de seis estrelas tinha forças gravitacionais tão caóticas que havia apenas um estreito canal de espaço suficientemente seguro para a chegada de naves. Se uma grande armada algum dia tentasse atacar, um dos empregados explicou a outro, teriam de voar praticamente em fila única, ou seriam despedaçados pelas estrelas daquele sistema antes de poderem se aproximar.

— Quem tentaria atacar? — perguntei a eles.

Todos me encararam surpresos, já que eu ainda não havia falado com eles por iniciativa própria. E a resposta me ocorreu: outras famílias imperiais.

Famílias como os Impyrean.

Essas defesas barravam qualquer ideia que alguém pudesse ter de entrar ali e cortar a cabeça do Império, matando a família real Domitrian.

Os empregados sabiam que não deviam dizer isso em voz alta. O homem só riu, constrangido, e apontou a janela.

— Bem, obviamente ninguém.

Passamos por milhares de painéis de energia e armas estacionárias, e então a primeira torre do Crisântemo surgiu em nosso campo de visão. Um murmúrio de assombro escapou dos empregados ao verem a maior estrutura do Império.

O Crisântemo tinha a forma da flor que lhe dera o nome. Era formado por milhares de naves que se juntavam no centro, onde assomava a maior heliosfera do Império. O setor central era constituído por torres menores, ligeiramente curvas, ao redor de um grande espaço de convivência. Era uma única nave chamada *Valor Novus*, que servia como o domínio da realeza imperial e dos altos funcionários em visita. Era também ali que ficavam as câmaras do Senado e o centro de comando. Todas as torres mais altas faziam parte de naves de ligação, ramificando-se da nave central e abrindo-se por quilômetros do interior para o espaço.

O Crisântemo em si era enorme o suficiente para exercer uma força gravitacional sem qualquer ajuda artificial. Cada seção podia se separar do conjunto, tornando possível desmembrar todo o centro imperial em duas mil naves individuais.

A história que eu lera às pressas e as lições que aprendera nos últimos meses não saíam da minha cabeça, e não pude deixar de pensar no que eu estava fazendo: eu era uma Diabólica pronta para entrar no coração do Império, onde minha mera existência já pedia pela morte. Eu ia fingir ser a filha do Senador conhecido como o Grande Herege diante de uma corte de políticos que queriam destruí-lo. Eu tinha que enganar mentes capazes de governar um lugar como *aquele*, e, se eu falhasse, Sidonia podia cumprir sua ameaça e morrer junto comigo.

Havia uma agitação em meu estômago que eu não sentia há anos.

E soube imediatamente o que devia ser: medo.

Não caminhe com passos pesados, e sim deslize graciosamente, como um cisne...
As palavras de Sutera nu Impyrean voltaram à minha mente enquanto os mais fortes dos meus servos se esforçavam para erguer a túnica cerimonial que eu precisava usar para entrar na presença do Imperador. Havia empregados esperando junto à porta para me escoltar, então não me atrevi a aliviar os servos daquele fardo...

Túnicas cerimoniais eram trajes intrincados feitos de metal. Comprimiam impiedosamente a cintura, e consistiam de ouro suficiente para pesar duas vezes mais do que o Grande ou a *Grandeé* que a usava. A túnica cerimonial exigia uma anágua, que era um traje de proteção – finas tiras de metal que envolviam os membros e a coluna e serviam como um esqueleto mecanizado para fazer todo o trabalho pesado.

Com minha força superior, eu conseguiria mover a túnica sem ela, mas novamente tinha que fingir uma fraqueza que não possuía. Então eu disse aos servos para levantarem-na para mim, bancando a perfeita herdeira imperial. O metal frio envolveu minha pele.

Quando já estava usando a roupa elaborada, eu disse a um servo para me entregar os controles para os suportes no meu cabelo. Com um movimento simples, rearrumei as mechas em uma série de tranças elaboradas, e esperei outro servo enfeitar meu cabelo com pedras preciosas entrelaçadas aos fios.

Examinei o resultado no espelho. Não reconheci a pessoa olhando de volta, alta e magra, resplandecente em sua túnica cerimonial, cabelo castanho-escuro trançado e enfeitado com joias, a pele elegantemente bronzeada que Sutera nu Impyrean pigmentara.

Somente o nariz permanecia o de Nemesis dan Impyrean.

Toquei-o para me lembrar de que ainda era eu, consciente de que os empregados se remexiam na entrada, ansiosos para seguir em frente.

— Estou pronta — falei para o ar.

Eu teria uma escolta de seis empregados e um séquito de oito servos atrás de mim para a caminhada do hangar da *Valor Novus* à sala de audiência. Como futura Senadora Von Impyrean, eu era importante o suficiente para o Imperador me receber pessoalmente — mesmo em desonra.

Se ele me receberia com uma execução sumária... Isso eu ainda estava para descobrir.

10

MESMO COM O TRAJE DE PROTEÇÃO, deslizar graciosamente como um cisne era complicado sob centenas de quilos de metal, principalmente porque Sutera também enfatizara a importância de manter um semblante sereno e relaxado. Ser serena e relaxada era tão antinatural para mim quanto o humor.

Forcei-me a olhar para a frente, enquanto minha escolta guiava o caminho, embora meus olhos e meus instintos quisessem examinar tudo e todos em *Valor Novus*. Aquela nave era a parte central do Crisântemo, a maior em tamanho, e anexada diretamente à maciça heliosfera. A certa altura, não pude resistir em dar uma olhada para o alto, e o que vi me fez parar na hora.

Céu aberto.

A sala era tão grande que o tom de azul da atmosfera artificial apagava minha visão das janelas no alto e do teto. Um par de sóis binários brilhava através do que imaginei serem janelas invisíveis, e, por um momento desconcertante, senti como se tivesse ido parar em algum planeta, não em uma nave. Nunca antes eu estivera em uma sala em que não dava para ver o teto. Nenhuma das minhas habilidades e instintos de sobrevivência tinham sido preparados para um espaço tão aberto e sem fim. O confinamento da túnica cerimonial começou a ficar mais intenso, mais apertado.

Os empregados me encaravam com ar indagador, então me forcei a andar, passo a passo, e ignorar aquela imensa ilusão de céu. Em seguida, as grandes portas diante de mim se abriram e entrei na sala de audiência do Imperador.

Toda a ansiedade que eu sentia se acalmou enquanto meus olhos se ajustavam ao cômodo, à medida que a multidão entrou em foco. As pessoas se afastaram para abrir caminho até a frente da sala, junto às imensas janelas com vista para quatro das estrelas do sistema, e bastou um olhar para perceber qual daquelas figuras imponentes era o Imperador Randevald von Domitrian, porque os olhos que não se focavam em mim estavam direcionados a ele, incluindo os de sua mãe, Cygna Domitrian – à direita dele.

Primeiro, o cumprimento grandíloquo.

Meus empregados também chegaram para o lado, abrindo caminho para eu me aproximar do Imperador. Três passos, ajoelhar. Assim como Sutera nu Impyrean tinha instruído, ergui os olhos cada vez que minhas mãos tocaram meu coração, e olhei para o homem robusto com longos cabelos loiros que caíam pelos ombros como um manto.

A jornada até os pés do Imperador pareceu interminável, e os sussurros formavam um mar de barulho ondulando à minha volta enquanto os outros Grandíloquos observavam. Haveria tempo para estudar todos eles mais tarde. Por ora, meu foco era o único homem que poderia determinar se eu iria viver ou morrer.

Então parei, ajoelhada diante do Imperador, seus olhos negros fixos em mim, e um rosto que era todo falsa juventude, aparentando não ter mais de vinte anos, fora aquele olhar frio e cínico. Seu corpo era imponente, a pele de suas mãos macias e elegantes quando as ergueu diante de mim. Peguei-as para pressionar seus dedos às minhas bochechas.

Mas, no último momento, o Imperador soltou as mãos e me agarrou pelo cabelo.

O instinto de atacar tomou conta de mim ardentemente, mas me contive com todas as forças, lembrando-me de que devia ser Sidonia, e não eu.

Permaneci tão passiva quanto uma boneca de pano quando ele puxou minha cabeça para trás, seus olhos varrendo meu rosto.

— Então — falou o imperador, sua voz amplificada para chegar a cada ouvido no salão — esta é Sidonia Impyrean. Como vai seu pai?

A pergunta foi feita de forma leve, benigna. Somente sua mão implacável emaranhada em meu cabelo, fazendo meu pescoço se tensionar com a cabeça puxada para trás, me alertava de que não havia nada gentil ou inofensivo naquela pergunta.

— Ele está bem, Vossa Suprema Reverência. — Continuei olhando em seus olhos, esperando que meu olhar não revelasse a frieza do meu coração. — Ele ficou muito honrado com o convite que me fez para vir à corte.

Os lábios do Imperador se curvaram; vi amargura em seu rosto eternamente jovem.

— Não foi uma honra, menina. Seu pai cometeu graves heresias.

Risadas soaram pelo salão atrás de mim. Fui pega de surpresa. Esperava que a verdadeira razão para minha visita permanecesse um pretenso segredo, já que era o que a Matriarca tinha imaginado.

Ela estava errada.

— Eu... — Procurei por algo que Sidonia diria. E me deu um branco. Então falei apenas: — Espero não ofender Vossa Reverência Suprema como meu pai claramente fez.

— Isso ainda veremos. Sua vida será uma garantia contra possíveis faltas. — O Imperador soltou-me abruptamente.

Então, eu não estava ali para morrer. Fui tomada de alívio. O Imperador observou meu séquito.

— Diga-me, *Grandeé* Impyrean, qual destes é o seu servo favorito?

Hesitei. Um servo favorito? Eu nunca tinha pensado neles individualmente. Tudo o que faziam era obedecer ordens. Eles não eram capazes de ações pessoais.

— Anda — repreendeu o Imperador, seus lábios contraídos de diversão. E me levantou com uma das mãos debaixo do meu braço. — Todo mundo tem um animal de estimação favorito. Atrás de mim estão três dos meus favoritos: Perigo, Angústia e Hostilidade.

Pela primeira vez, olhei para além do Imperador e observei os dois homens e a mulher montando guarda atrás do trono. Todos me encaravam diretamente; os olhares resolutos em seus rostos como os de predadores alertas, músculos retesando a pele, força em cada centímetro quadrado de seus corpos.

Senti um grande choque.

Eram Diabólicos. Todos eles.

O Imperador queria me assustar com eles, e conseguiu por motivos que ele não podia nem imaginar. Uma terrível paranoia tomou conta de mim: a de que me examinavam daquele jeito porque pressentiam o que eu era, assim como eu podia ver com um olhar o que eles eram. Havia algo de animalesco neles, como se fossem um bando de leões de prontidão, e imaginei que viam a mesma coisa em mim. Um dos homens tinha a pele escura, com vívidos olhos castanhos; o outro tinha cabelos negros e olhos azuis brilhantes. A mulher se assemelhava a mim em meu estado natural: sem cor e com olhos claros. Não me surpreenderia se ela compartilhasse boa parte de meu código genético. Nós provavelmente tínhamos sido projetadas pelo mesmo criador.

Meu olhar correu de volta para o Imperador, meu coração batendo apressado. Será que tinham descoberto à primeira vista o que eu era?

— Tenho um fraco por todos eles — disse o Imperador, olhos fixos nos meus. — Não consegui me livrar de meus próprios Diabólicos e, como Imperador, me senti livre para fazer uma exceção. Afinal, minha vida é mais preciosa do que a dos homens comuns.

— Certamente, Vossa Supremacia.

— Agora, seu servo favorito. Qual é?

Ele não tinha como saber o que eu era. Não podia. Seus Diabólicos já teriam me matado. Era o que eu faria se o Diabólico de outra pessoa se aproximasse de Donia. Apontei aleatoriamente para um servo.

— Excelente — disse o Imperador. Ele curvou o dedo para ela, e a serva se aproximou obedientemente. Eles não podiam deixar de obedecer. — Diga-me, *Grandeé* Impyrean, qual é o nome desta serva?

Por um instante alarmante, me deu um branco. Então misericordiosamente me lembrei.

— Leather. Seu nome é Leather dan Impyrean.

— Leather. Isso me dá uma ideia. Dê a Leather esta lâmina — ele me disse, oferecendo-me uma adaga.

Confusa, peguei a adaga de sua mão e passei-a à serva. Notei que toda a corte tinha ficado em silêncio, uma estranha expectativa como eletricidade no ar.

O Imperador colocou a mão em meu ombro e sussurrou em meu ouvido:

— Instrua a ela que comece a arrancar a própria pele. A começar pelos braços.

Olhei para ele, tentando imaginar que tipo de exigência era aquela. Ele podia simplesmente ordenar direto a Leather que fizesse isso.

O Imperador me encarou, seu rosto de falsa juventude impiedoso e sorridente.

— Faça.

Então ele queria que *eu* fosse especificamente responsável pelo que estava por vir. Muito bem.

— Leather, corte a pele de seus braços — eu disse a ela.

Leather obedeceu. E começou a choramingar em agonia. Então o Imperador transmitiu instruções para que ela passasse às pernas, e eu disse isso a Leather. Sua pele se descamava sangrando, lágrimas escorrendo pelo rosto enquanto se cortava.

Durante todo o tempo o Imperador observava meu rosto.

De repente, percebi que eu precisava estar reagindo de alguma forma. A brutalidade não me atingia por causa do que eu era, mas incomodaria Sidonia. Incomodaria *qualquer* pessoa normal. No entanto, senti que qualquer demonstração de medo alimentaria o impulso do Imperador — e talvez o inspirasse a repetir o ato para seu próprio prazer.

O que Sidonia faria?

Eu vi Leather berrar enquanto cortava a própria pele, sem deixar de obedecer, seus gritos abafando os sons na corte. Tentei imaginar que reação deveria exibir. Muitos dos Grandíloquos pareciam se sentir mal. Outros discretamente desviavam os olhos. E outros olhavam através de Leather, como se não pudessem vê-la. E os demais... pareciam gostar do que viam.

Sidonia não ficaria ali estoicamente.

Ela gritaria com o Imperador e defenderia Leather. Não podia suportar ver criaturas indefesas serem maltratadas. Claro que era por isso que eu estava ali, e não ela.

O que mais Sidonia poderia fazer? O que mais?

Ela choraria.

Eu não conseguia chorar. Nem mesmo era capaz disso.

Só havia uma coisa que eu poderia fazer.

Então revirei os olhos e deixei meu corpo ficar mole, como se o horror tivesse sido forte demais para mim. A túnica cerimonial era tão pesada que fez um barulho metálico bem alto quando bati no chão, e eu fiquei lá, os músculos relaxados, a respiração lenta, a imagem da fragilidade atordoada. Eu eficientemente me colocara fora do alcance da brutalidade do Imperador e neutralizara sua eficácia. Talvez aquilo funcionasse.

Fez-se silêncio por uma fração de segundo, e depois houve uma explosão de riso.

– Forçamos demais a menina Impyrean? – indagou o Imperador, triunfante. – Suspeito que sim. Onde estão os empregados dela? Aproximem-se, não sejam tímidos. – Sua voz ficava cada vez mais implicante. – Não, eu não pretendo esfolar nenhum de vocês. As festividades acabaram.

Cheio de bom humor agora, o Imperador os instruiu a me levarem para os meus novos aposentos.

Mantive os olhos fechados, bancando a oprimida inconsciente. Eu era pesada demais para ser carregada com o traje de proteção e a túnica cerimonial, então meus empregados retiraram as partes maiores. Leather não parava de chorar e, enquanto era preparada para sair, não resisti e abri os olhos por um segundo para olhar para a serva, irritada ao perceber que o Imperador iria deixá-la naquele estado.

Ela estava encolhida no chão, tendo perdido tanto sangue que não podia mais ficar de pé, o vestido vermelho e encharcado. Os outros servos passavam por Leather como se ela nem estivesse ali. Percebi então como uma criatura ficava profundamente impotente quando lhe privavam do livre-arbítrio. Eles não podiam sequer tomar decisões em autodefesa. O mais simples inseto tinha essa capacidade, mas eles não.

— Ela nunca vai parar de fazer esse ruído infernal? – exigiu um jovem, aproximando-se para examinar Leather.

Eu o reconheci imediatamente.

Ele era alto e de ombros largos, com cabelos curtos e acobreados. A posição de Tyrus Domitrian transparecia apenas pelo número de olhos pousados nele. Assim como seu avatar, ele parecia imperfeito – com sardas e uma fenda no queixo. Diferentemente de seu avatar, a loucura fazia seus olhos quase brilharem. Cada poro de seu corpo irradiava uma energia frenética, quase um deleite pela cena diante dele.

— Isso é tão impróprio. Pare com esse choramingo imediatamente – disse Tyrus a Leather, como se a serva estivesse em condições de ouvi-lo. – Não é apropriado na nossa presença.

Leather estava muito perdida em meio à sua dor para ouvi-lo e obedecer, então o jovem revirou os olhos azul-claros, puxou uma arma fina e cilíndrica do bolso e disparou um clarão de luz em seu peito. Ela ficou quieta. Soube na hora que a serva estava morta.

— Tyrus! – censurou o Imperador. – O que eu lhe falei sobre matar pessoas?

— Sim, sim, devo perguntar a você primeiro, tio – resmungou Tyrus, fazendo uma reverência. – Mas, em minha defesa, ela estava me irritando.

— Ah, você não tem jeito – disse o Imperador com carinho. – Ela estava morta de qualquer forma. Por que apressar?

Tyrus inclinou a cabeça para cima, os olhos azuis brilhando sob os cílios claros, os lábios se curvando em um sorriso lunático.

Lembrei-me de tudo o que eu sabia sobre Tyrus Domitrian. Eu passara a ter um interesse especial nas conversas de Sutera nu Impyrean a respeito dele, depois de ter conhecido o avatar daquele louco. Ele era uma das grandes piadas do Império. A coisa mais sensata que Randevald von Domitrian tinha feito fora nomear o sobrinho lunático como herdeiro. Até mesmo os mais resolutos inimigos de Randevald não se atreveriam a assassiná-lo, por medo de seu sucessor.

Meus olhos se abriram mais sem que eu percebesse. Só me dei conta quando meu olhar cruzou com o de uma garota do outro lado da sala, que me encarava diretamente com um olhar cínico – a única que prestava atenção em mim, ao que parecia. Seu cabelo preto encaracolado estava cuidadosamente arrumado sobre os ombros, os olhos fixos em mim.

Forcei minhas pálpebras a se fecharem novamente, insatisfeita por ela ter me notado. Quando fui levada da sala, o Imperador voltou a presidir sua corte. Todos tinham esquecido a serva brutalizada.

Aquelas pessoas eram verdadeiramente cruéis.

Mas se representassem qualquer tipo de ameaça a Sidonia, descobririam que eu era mais cruel ainda.

11

OS GRANDÍLOQUOS em visita ficavam alojados em moradias de luxo sob uma daquelas cúpulas da *Valor Novus*, tão grandes que não dava para ver o teto. Assim que os empregados me levaram para longe da maior parte dos Grandíloquos, fiz uma encenação exagerada de que despertava do desmaio simplesmente para ver o que havia em volta quando entramos.

Os claustros dos animais e os jardins da fortaleza Impyrean sempre me impressionaram. Ali, no Crisântemo, o verde se estendia tanto a distância em colinas que a atmosfera deixava indistintas as árvores mais distantes.

O sentimento desconcertante tomou conta de mim assim como antes, como se estivéssemos de fato na superfície de um planeta, embora eu soubesse ser o compartimento abobadado de uma nave. Os empregados seguiram as instruções recebidas e me levaram para a residência designada à família Impyrean.

Já dentro da luxuosa moradia, respirei aliviada pela primeira vez desde que entrei na sala de audiência.

— *Grandeé* Impyrean, você está bem? — perguntou um dos empregados.

Olhei para ele.

— Estou bem. Vocês todos já cumpriram seus deveres. Acompanharam-me até o Crisântemo e representaram a família Impyrean da melhor forma. Eu agradeço. É hora de vocês partirem.

Notei a surpresa nos rostos dos empregados, mas não expliquei melhor. Servos não podiam pensar, não sabiam ponderar. Eles não notariam o que havia de "estranho" em mim. Mas uma hora os empregados notariam; então, agora que seus deveres oficiais tinham terminado, eu não precisava mais deles. Já tinham sido vistos, e eu fora apresentada como sua senhora.

Pelo menos dessa maneira, nenhum deles compartilharia o destino de Leather.

Na fortaleza Impyrean, estávamos acostumados a dezesseis horas de luz do dia, quando as luzes ficavam acesas no máximo, e oito horas noturnas, em que diminuíam todas as luzes. O ciclo dia/noite da *Valor Novus* era regulado pelas estrelas do lado de fora. Era errático, e variava de acordo com a parte do Crisântemo que estava de frente para o sol. No entanto, cada uma das residências tinha telas, que podiam bloquear as janelas e simular a noite. Os servos obedeceram minha ordem de fechá-las, para me dar a chance de dormir antes das celebrações na heliosfera no dia seguinte – que eram sempre realizadas durante esses períodos, três vezes por semana, quando todos os seis sóis eram visíveis da *Valor Novus*.

No fim, foi difícil pegar no sono, mesmo para alguém como eu, que precisava de tão pouco. O primeiro visitante da minha residência chegou com um anúncio alto pelo intercomunicador:

– Neveni Sagnau para ver Sidonia Impyrean.

Neveni Sagnau? Coloquei um vestido semiformal, tentando me lembrar do nome na época do meu treinamento. "Sagnau" não era um dos nomes senatoriais, e eu não conseguia me lembrar de Donia já ter mencionado alguém chamado Neveni de seus fóruns sociais.

Quando saí para ver meu visitante, encontrei uma garota baixa de cabelos pretos sedosos e pálpebras sem dobra, parecidas com as que Sutera nu Impyrean tinha adotado por uma questão de moda. Mas aqueles olhos ficavam mais naturais com as feições da garota, o que me fez suspeitar que eram uma daquelas características recessivas, como cabelo vermelho e lóbulos de orelha não fixados, que raramente eram vistos naturalmente nas pessoas. Um colar em forma de crescente pendia sobre seu colo. Era um metal curvado com a borda afiada, enfeitado por contas de coral que ocultavam sua natureza letal como uma adaga improvisada. Outra pessoa poderia ter se deixado enganar. Eu não.

– *Grandeé* Impyrean, espero que esteja bem. – Neveni se ajoelhou, e eu estendi as mãos. Ela as levou ao rosto. Isso me informou que aquela garota certamente era de uma posição inferior a Sidonia. – Vi você desmaiar mais cedo. Muitas vezes sofro de tontura também. Pensei em trazer-lhe uma essência. – Ela se levantou e procurou ansiosamente em sua túnica, então me ofereceu um pequeno frasco de metal, os olhos arregalados e atentos aos meus.

– Basta adicionar três gotas à sua próxima bebida.

A necessidade elétrica de alguma resposta crepitava dela. Imediatamente suspeitei dos motivos da moça. Ela era agradável demais.

– Obrigada.

– Sinto muito por sua serva. Foi uma maneira desonrosa de... – Ela se deteve antes de criticar o Imperador. Então: – Quando vim para cá, o Imperador também estava muito descontente com minha família. Então entendo o que você deve estar passando, tendo que testemunhar aquilo.

– Entende?

Ela baixou a voz para um sussurro, inclinando-se para bem perto de mim.

– Nós duas estamos aqui pela mesma razão – disse ela suavemente. – Temos muito em comum.

– O que você quer dizer?

– Quero dizer que seu pai e minha mãe compartilham uma causa. – Ela corou. – Eles não se conhecem pessoalmente, mas minha mãe atraiu a ira do Imperador quando tentou reformar nosso sistema educacional. Ela queria que aprendêssemos matemática, ciências e...

Fiquei tensa. Esse era exatamente o tipo de pessoas que eu precisava evitar, mas não tinha certeza se podia desdenhar daquela menina, se ela viesse de uma grande família.

— Não ouvi falar da sua família. Queira me perdoar.

Suas bochechas ficaram rosadas.

— Não somos uma família senatorial. Minha mãe administra uma colônia dentro do território Pasus.

Então tudo fez sentido.

— Ela é uma vice-rainha?

— Sim. — Notei um toque defensivo na voz dela.

Então aquela garota era um dos honrados Excessos, de uma família que se sobressaíra das massas através de eleições, não de uma proeminência antiga e hereditária. Isso também significava que ela respondia aos Grandíloquos locais, à família Pasus. Não era de admirar que ela estivesse ali. O Senador Von Pasus se considerava o principal defensor da fé heliônica. Ele nunca permitiria que alguns humildes Excessos em seu território cometessem blasfêmias tão declaradas.

Aquela garota não serviria para nada além de manchar a reputação Impyrean ainda mais. Eu não me envolveria de forma alguma com ela.

— Obrigada pela essência — eu disse, entregando-a de volta. — Mas duvido que tenhamos tanto em comum quanto você pensa.

Meu tom foi frio. Ela estudou minha expressão por um instante; então seu rosto se fechou.

— Se é o que você quer.

Ela sabia que uma oferta de aliança estava sendo recusada, mas eu não podia ver como aquela garota, Neveni, beneficiaria minha posição ali de qualquer forma. Ela só me colocaria em perigo. Donia nunca teria afastado alguém que ofertava amizade, mas, por amor a Donia, eu podia facilmente fazer isso.

— Se me der licença — eu disse, afastando-me de Neveni —, fiz uma longa viagem.

— Claro, minha *Grandeé*. Vou deixar você descansar. — Ela hesitou. — Se mudar de ideia...

Balancei a cabeça e lhe assegurei com frieza:

— Não vou.

A DIABÓLICA

* * *

No dia seguinte, toda a corte apareceu na Grande Heliosfera para a celebração. A família imperial – o Imperador Randevald; sua mãe, Cygna; seu sobrinho louco, Tyrus; sua sobrinha, Devineé, e o marido dela, Salivar – ocupou os lugares de honra no centro, ao redor do vigário.

Os dois assentos flanqueando o Imperador ficaram vazios, mas não por muito tempo. De repente, dois dos Diabólicos do Imperador preencheram os lugares, seus deveres de guarda deixando-os no círculo mais importante da heliosfera. Reconheci a mulher, Hostilidade, e o de pele escura e atento, Angústia. Não vi Perigo entre eles, mas sem dúvida estava perto.

Peguei-me observando Hostilidade por um longo tempo, traçando as linhas de seu rosto – quase idênticas às minhas – e seus cabelos e olhos claros, que tinham minha coloração natural. Se o tratamento muscular da Matriarca tivesse sido menos eficaz, e meu nariz, corrigido, eu teria grandes motivos para me preocupar. Apenas alguns meses atrás, teríamos parecido gêmeas idênticas.

Ela notou minha análise detalhada, e seu olhar encontrou o meu. Desviei os olhos rapidamente. Ocupei minha posição na fileira seguinte com os Senadores e famílias senatoriais, e na fileira de trás vi Grandíloquos inferiores. Atrás deles, os mais importantes dentre os Excessos, como Neveni Sagnau. Desviei rapidamente os olhos dela, não querendo atrair sua atenção novamente.

Nossos vários servos tomaram posições nas seções mais distantes, logo atrás dos empregados, com suas cabeças tatuadas com insígnias de várias famílias. Todos usavam o traje cerimonial para as celebrações, e o metal captava o brilho ofuscante das estrelas. Eu não sabia bem para onde olhar.

Foi quando notei os olhares sobre mim, vozes aumentando e diminuindo em sussurros sobre a herdeira Impyrean que desmaiara diante da corte. Meus ouvidos podiam captar facilmente as conversas:

– ... muito mais alta do que eu esperava...

– ... uma pena ela não ter corrigido o nariz...

– ... com certeza o Imperador ainda não ficou satisfeito. Eu esperava mais...

Ergui o queixo. Donia se encolheria ao se ver no centro de tantos olhos curiosos, mas eu não me importava com aquelas pessoas. Contanto que se limitassem a sussurrar sobre mim e não me ameaçar, eu poderia ouvi-los sem me preocupar.

O vigário iniciou a bênção e a luz se inclinou, se refletindo em mil pontos ao longo das paredes, acendendo um círculo de cálices sagrados, e o calor que preencheu a sala me surpreendeu. Senti o suor escorrendo por baixo da minha roupa cerimonial. Sequei-o de leve com um lenço e senti um olhar pesando sobre mim.

Ergui os olhos e encontrei os de Salivar Domitrian, que se inclinou para sussurrar alguma coisa para a esposa. Devineé Domitrian também olhou para mim. Devineé e Salivar eram exemplos de falsa juventude. Estavam, no mínimo, na casa dos cinquenta anos, mas não pareciam ser mais velhos do que Donia. Eu sabia que Donia falava com Salivar de vez em quando nos fóruns sociais, mas apenas por insistência de sua mãe. Ela me contara que Salivar e sua esposa eram conhecidos por sua perversidade.

Os dois sorriram para mim lentamente, e naquele momento me lembraram de um par de víboras enroladas, prontas para dar o bote.

Eles me observaram durante o ofício religioso. Eu checava discretamente, enquanto fingia ouvir o vigário. Era difícil com o calor sufocante, a presença dos Diabólicos, cuja atenção eu queria evitar acima de tudo, e, claro, o comportamento do sobrinho louco do Imperador.

Tyrus Domitrian fazia jus à sua reputação. Irrompeu em frequentes e inapropriadas risadas durante toda a celebração, e saiu perambulando de seu lugar para examinar os vários servos, como se tentasse decidir qual deles mataria depois. Se não fosse louco, seria considerado mais blasfemo do que o Senador Von Impyrean. Em algum momento, o terceiro Diabólico, Perigo, materializou-se na multidão e pegou-o pelo braço. Tyrus revirou os olhos, então saiu da sala com ele. Toda a assembleia fingiu não notar o desrespeito do herdeiro – até mesmo o tio de Tyrus, o Imperador.

Depois da celebração, os Grandíloquos entraram na sala de audiência para inalar os vapores. Servos andavam por ali com frascos de inaladores para estimular os sentidos. Peguei um para mim e fingi respirar fundo. Foi quando Devineé e Salivar Domitrian conseguiram se aproximar, sorrindo maliciosamente.

— Minha querida Sidonia Impyrean — disse Devineé, examinando-me —, como você é diferente assim em pessoa.

Como sobrinha do Imperador, Devineé era uma Sucessora Secundária ao trono, então ela e seu marido me excediam em importância. Ajoelhei-me diante deles, e cada um estendeu uma das mãos para eu levar ao rosto.

— Levante-se, por favor, minha querida — disse Devineé, ainda com um sorriso. — Meu tio não foi muito amistoso com você ontem.

Olhei cautelosamente para ela enquanto me erguia.

— Meu pai foi o culpado por desagradá-lo, Vossa Eminência. Não compartilho de suas estranhas inclinações.

Eles trocaram um olhar.

— Ah, temos certeza de que não, querida Sidonia — ronronou Devineé. — Toda essa tolice sobre heresia é tão tediosa, não é? Preocupo-me muito mais com os prazeres mais refinados da vida do que com as rudes manobras da política. Queremos que você venha à nossa residência esta noite. Junte-se a nós em nossos banhos de sais.

— Ah, são um luxo incomparável — falou Salivar, parando para inalar profundamente o vapor de seu frasco. — Você vai gostar de dar um mergulho.

Havia algo naqueles dois que me deixava tensa, mas eles também eram exatamente o tipo de pessoas com quem a Matriarca iria querer que Sidonia se associasse. Se eu conseguisse fazer amizade com duas pessoas da realeza, ou mostrar-me uma menina tola, interessada em "luxos" e com uma cabeça vazia demais para me preocupar com o conhecimento científico, então faria progressos em afastar a suspeita de que Sidonia pudesse ter inclinações hereges.

— Eu ficaria muito feliz em me juntar a vocês — falei. — Também estou cansada dessa bobagem política.

Devineé abriu mais o sorriso e expirou vapor pelas narinas.

— Mandaremos nossos servos escoltá-la.

Acenei com a cabeça, agradecendo, e então eles se afastaram. Em seguida, encontrei a garota de cabelos pretos cacheados que me pegara fingindo desmaio no dia anterior. Seus olhos se fixaram nos meus, e um sorriso perigoso iluminou seus lábios. Ela ziguezagueou pela multidão para me alcançar.

— Ora, Sidonia Impyrean, como é bom finalmente conhecê-la de verdade!

Ela estendeu as mãos, e eu as apertei. Ela não era da realeza imperial, então não poderia ser mais importante do que eu. Não me ajoelhei, nem ela. Em vez disso, demos as mãos como faziam duas mulheres de mesma posição — comprimindo firmemente os dedos até soltarmos.

— Os avatares enganam tanto — eu disse, confusa. — Por favor, me lembre de quem você é.

— Ah, não precisa fingir, Sidonia. É insultante. Ora, eu sempre mantenho os mesmos olhos e penteado — disse a garota, apontando para si mesma... seus frios olhos cinza-azulados, o cabelo negro cacheado. — São minha assinatura. Alguns de nós usam avatares que de fato *se assemelham* conosco. Sou Elantra, é claro.

— Elantra Pasus — me lembrei instantaneamente, meus músculos se tensionando. Eu tinha que ser muito cautelosa perto daquela garota. Era estranho ver alguém da temida família Pasus pessoalmente.

Ela era muito menor do que eu. Como eu poderia matá-la facilmente, se tentasse!

— É um grande prazer conhecê-la — eu disse, imitando o tom ronronante que Devineé acabara de usar comigo. Meus olhos se fixaram em seu pescoço, tão fácil de quebrar, e fui tomada pelo anseio de solucionar as coisas como meu "eu" Diabólico fora projetado para fazer: simplesmente erradicar todos os inimigos de Sidonia usando a força bruta.

Em vez disso, eu tinha que bancar a herdeira refinada e passar por apresentações tranquilas. Os dois atrás de Elantra eram Credenza Fordyce e Gladdic Aton, ambos filhos de senadores, que conheciam Sidonia dos fóruns sociais. Suas famílias estavam nas graças do Imperador, então eles estavam no Crisântemo como convidados, em vez de reféns importantes, como eu. Os empregados atrás de Elantra exibiam o selo da família Pasus na cabeça: uma supernova. Adequado para a família que se via como os principais defensores da fé.

— Como você é mais alta pessoalmente — comentou Elantra, examinando-me de cima a baixo. — Seu avatar não a representa muito bem, não é mesmo? Por outro lado, imagino que alguns usem os avatares como realizações de desejos... Embora seu avatar não refletisse sua *ousada* escolha de nariz! Foi de propósito ou isso aconteceu durante a viagem para cá?

Além de ser uma Pasus, Elantra estava provando rapidamente ser irritante.

— Eu tive um pequeno contratempo. — Toquei a saliência em meu nariz, lembrando-me da sugestão de Donia para mantê-la. Por ela, eu a exibiria orgulhosamente. — Gostei do efeito e mantive.

— Que escolha mais diferente, mas sua família é conhecida por essas... diferentes maneiras de pensar, não é? — disse Credenza Fordyce, os olhos atentos e brilhantes. Havia uma avidez em seu rosto, como se esperasse que eu desse a resposta errada.

— Gostou da celebração na Grande Heliosfera? Você parecia... distraída — pressionou Elantra, tentando me forçar a dizer algo, qualquer coisa que pudesse ser interpretada como heresia. Ela não estava sendo muito sutil.

— Foi uma cerimônia longa — disse Gladdic, no meu lugar. Seu olhar parecia solidário.

Era um menino magro, de pele morena, os olhos de um verde brilhante artificial. Os fios dourados entremeados em seu cabelo lhe davam um ar de delicadeza, como alguém que sempre fora bem cuidado. Ele obviamente não compartilhava a ansiedade de suas companheiras em me ver dizer alguma heresia. Eu teria que me lembrar disso.

— A cerimônia não foi maior do que de costume — disse Elantra. — Ou... ou as celebrações são conduzidas de maneira diferente em sua fortaleza, Sidonia?

E mais uma vez ela tentava me fazer cometer um deslize e admitir que raramente as assistia. Garota esperta. Ela era uma cobra.

Mas mal sabia ela que eu também era.

— Ah, *Grandeé* Pasus, você está inteiramente certa. Eu *estava* distraída durante a celebração — falei despreocupadamente. — É tão emocionante estar aqui no Crisântemo. Mal posso esperar para experimentar todos os... — como Devineé falara? — ... prazeres *refinados* à minha volta.

As duas garotas sorriram, e havia um brilho nitidamente malicioso nos olhos de Elantra.

— Sim, eu sei que você já deve ter planos de ir aos banhos de sais de Salivar e Devineé.

Pisquei. Ao que parecia, as notícias corriam rapidamente por ali.

— Você devia... — começou Gladdic.

— Aproveitar o banho — cortou Elantra, lançando-lhe um severo olhar de advertência.

Gladdic ficou em silêncio, intimidado por ela. Ele contraiu os lábios, engolindo o que quer que estivesse prestes a dizer.

— Aproveite bastante — acrescentou Elantra. — Tenho certeza de que os Domitrian a farão esquecer aquela cena dramática que presenciou diante de todos nós. Não é de admirar que tenha sido demais para você! — Seus olhos encontraram os meus, brilhando de diversão por um último instante, a acusação lá no fundo: *Sua fingida!* — Devo dizer, Sidonia, que você já é bastante diferente de tudo o que eu esperava.

Não tive que forçar um sorriso. Se ao menos ela soubesse. Se ao menos eu pudesse lhe *mostrar* como eu era diferente do que ela esperava, apertando sua garganta e vendo aquele sorriso desaparecer...

— Já eu não posso dizer o mesmo — respondi suavemente. — Você é exatamente como eu imaginava. — Sem lhe dar um instante para pensar na frase, eu me virei e os deixei.

Tinha certeza de que havia dedicado tempo suficiente à socialização pós-celebração. Estava me preparando para sair quando Neveni Sagnau me encontrou junto à porta.

— Você tem um minuto?

Senti a irritação ferver em meu corpo. Eu não queria ser vista com ela.

– Não, não tenho.

Neveni estendeu a mão para me impedir de passar.

– Por favor, ouça – pediu ela. – Você estava conversando com Devineé Domitrian e seu marido ainda agora. Eu vi.

– Não gosto de ser espionada. Me solta.

– Mas Devineé e Salivar são... – Ela olhou ao redor, percebendo que qualquer um poderia estar nos ouvindo. Então sussurrou: – Não beba o vinho. Digo isso para seu próprio bem.

Então ela se afastou às pressas.

Eu a observei, perplexa. Só podia imaginar que Neveni estava falando sobre veneno, mas Devineé e Salivar Domitrian não tinham razão para matar a refém Impyrean.

E se tentassem... bem, descobririam rapidamente que tinham cometido um erro fatal.

12

OS BANHOS DE SAIS de Devineé e Salivar Domitrian ficavam na *Tigris*, bem onde a nave se juntava à *Valor Novus*. Devineé era dona de toda aquela nave.

Mais uma vez, a câmara em que entrei era tão grande que parecia a atmosfera de um planeta, sendo difícil ver o teto. Eu ficara sabendo que essas coisas eram chamadas de "domos celestes". Examinei a folhagem que pendia e senti a forte umidade na pele. Teria que me acostumar com isso. A maioria das pessoas devia gostar de não ver o teto.

— Ah, Sidonia! — Devineé me chamou. Ela e seu marido já estavam relaxando nos banhos de sais. — Junte-se a nós.

— A água parece agradável — eu disse, tirando as roupas.

Um servo se aproximou para pegar meus trajes, e então deslizei para dentro da água morna e acolhedora. Meu olhar correu pelas árvores frondosas de onde caíam folhas à nossa volta e pelos lagos em um tom azul esverdeado logo abaixo, que rodopiavam com a luz de criaturas bioluminescentes, que estavam lá para enfeitar.

Os dois Domitrian observavam todos os meus movimentos, e, embora Sidonia fosse se contorcer de desconforto, algo em mim se rebelava contra a ideia de fingir a mesma emoção. Eles não faziam nenhum esforço para me deixar confortável, então parecia que queriam que eu me sentisse deslocada. E, como era o que queriam, eu não ia dar isso a eles.

— Como você é linda — sussurrou Salivar.

— Sim, você tem um corpo magnífico — disse Devineé.

— Eu sei — respondi.

Ela e Salivar riram.

— E pensar — disse Salivar — que passamos o último mês imaginando como seria um mergulho com a tímida e inocente garota Impyrean. Mas olhe, meu amor, ela nem está corando.

— Mas ela é pura — disse Devineé, uma espécie de satisfação em sua voz. — Estou certa disso. — E trocaram um olhar que não entendi.

Interessante ouvir que eles ansiavam pela chegada de Sidonia. Eu não entendia o que havia de tão importante naqueles banhos que eles pudessem querer tanto assim mostrar a ela. Mas tudo o que eu podia fazer era entrar no jogo.

A água era espessa e lamacenta, e me empurrava de leve para trás. O ar era úmido o bastante para eu me sentir encharcada e grudenta dentro ou fora d'água. Meu olhar encontrou o azul-claro da atmosfera sobre nós, como um céu sem nuvens, e me forcei a olhar para ele, tentando me acostumar com aquela vastidão.

Devineé me observava com um sorriso.

— E o que você tem achado da corte até agora, *Grandeé* Impyrean?

— Bem cheia, Vossa Eminência — respondi honestamente.

— Você vive bem isolada em seu setor da galáxia, não é? Ah, como isso tudo deve ser estranho para você.

Encontrei um lugar para me acomodar em um dos lados do lago. Devineé e Salivar me acompanhavam vorazmente, como se estivessem brincando com um rato antes de devorá-lo.

— Preciso me ajustar — admiti cautelosamente. — Esta nave é sua?

— Ah, a *Tigris* é nosso próprio domínio, mas você é bem-vinda a qualquer hora — disse Devineé.

— A qualquer hora — repetiu Salivar, sorrindo.

— Os banhos de sais foram ideia minha. Visitei uma colônia onde o mar tinha tanto sal que as pessoas relaxavam em sua superfície como se fosse grama, e eu falei...

— Ela falou: "Salivar, nós precisamos disso" — completou Salivar.

Devineé estremeceu em uma gargalhada.

— Falei, e ele disse: "Você quer abandonar as viagens espaciais por uma vida planetária?" E eu respondi: "Ah, não. Pelo amor das estrelas! Não."

— E então temos isso aqui. — Salivar gesticulou, mostrando o lugar à nossa volta. Com o mesmo aceno de mão, ele pegou um jarro pousado no emaranhado verdejante de plantas.

Meu olhar ficou alerta. Estava curiosa sobre o que eles planejavam. Neveni Sagnau tinha me alertado sobre o vinho. Claramente estaria misturado com... alguma coisa.

— De fato, foi a melhor ideia que tivemos — acrescentou Salivar, servindo uma taça de vinho e entregando-a à esposa.

Ela sorria para mim com um brilho nos olhos quando levou o vinho aos lábios... mas não engoliu. Eu percebi.

Salivar encheu outra taça e estendeu-a para mim. Inspecionei o líquido vermelho-escuro, perguntando-me o que podia haver ali dentro.

Eles não podiam pretender me envenenar, mas com certeza queriam me drogar. Sutera nu Impyrean dissera que algumas pessoas na corte gostavam de brincar com os recém-chegados desacostumados aos intoxicantes. Colocavam uma substância eufórica ou um alucinógeno na bebida, e então deixavam o recém-chegado fazer papel de tolo. Era uma maneira fácil de animar uma festa e gastar horas ociosas.

Eu teria que identificar que substância era aquela rapidamente para saber que reação fingir.

— Uma taça de vinho e algum tempo relaxando nos banhos de sais, sob este céu azul, e todos os seus problemas desaparecem — acrescentou Devineé. Ela levou o vinho aos lábios novamente, e mais uma vez não engoliu.

Olhei de um para outro com cuidado.

— Com certeza. — Tomei um gole do meu vinho.

A umidade e o calor faziam minha cabeça rodar um pouco, mas o que quer que tivessem acrescentado ao vinho, passou pelo meu corpo sem me afetar. Bebi mais, tentando descobrir o que era aquele suave sabor cítrico, tentando reconhecê-lo. Sidonia e eu tínhamos experimentado uma vasta gama de intoxicantes com Sutera, então certamente eu já provara aquele antes. Eles continuavam com aquela conversa frívola:

— ... as celebrações aqui são muito mais grandiosas do que em qualquer outro lugar no Império...

— Você já esteve em um planeta, minha querida? Ah, vale a pena experimentar. Muitas pessoas desprezam esse estilo de vida. Viver preso à gravidade, dizem eles, é só para os Excessos, mas aprendi a gostar.

— ... uma pena seus pais não poderem se juntar a nós, mas estávamos ansiosos para conhecer a jovem Sidonia Impyrean...

E então, quando ergui a taça aos lábios, já meio vazia, Salivar riu e estendeu a mão para pegá-la.

— Você bebeu mais rápido do que eu pensava. Já é o bastante!

— Sim, colocamos uma coisinha na sua bebida — disse Devineé —, mas não queremos que você entre em *coma*.

Eu ainda não tinha descoberto que substância era, mas sabia como reagir. Saí dos banhos de sais, exibindo um olhar de horror.

— Vocês me envenenaram?

— Não foi veneno — disse Devineé. — Só algo para ajudá-la a relaxar. Tente não fazer tantos movimentos bruscos. Você vai logo ficar muito zonza.

Zonza. Apática. Essas eram as reações que eu precisava fingir. Deixei minhas pálpebras pesarem e encenei estar meio trôpega. Para disfarçar minha maquinação e me comportar como Sidonia, murmurei:

— Por que vocês fizeram isso?

— Não tenha medo, Sidonia. Não faremos nada de que você possa se lembrar amanhã. — O sorriso dela se abriu ainda mais, predatório. — As garotas e os rapazes nunca lembram.

— Você pode até se divertir — acrescentou Salivar, observando-me cheio de expectativa.

— *Nós* certamente iremos nos divertir — ronronou Devineé. E olhou para mim com um suspiro de felicidade. — A verdadeira juventude. Nunca me canso dela. Traga-a aqui antes que ela apague, Salivar.

Eu tentava entender a situação enquanto Salivar atravessava os banhos de sais, vindo em minha direção. Aquela droga devia apagar minha memória, então não era uma substância recreacional.

Então compreendi tudo.

Pensei em Neveni me alertando, e até mesmo na sutil provocação de Elantra. Isso devia ser um costume de Salivar e Devineé quando alguém jovem, vulnerável e sozinha chegava à corte. Eram duas das pessoas mais poderosas da galáxia, no entanto ainda recorriam a drogar suas conquistas. E saíam ilesos disso por serem Domitrian. Ninguém poderia recusar um mergulho em seus banhos sem insultá-los. Ninguém poderia se recusar a beber seu vinho.

Usavam seu poder para forçar essa situação e, embora eu fosse imune ao que tinham colocado em minha bebida, outros não eram.

A Matriarca tinha me alertado sobre sexo na corte. Só devia ser considerado como uma troca de poder ou um meio de exercer influência, nada mais. Mas eu não ganharia nenhum poder ali, e, embora pudesse ser imprudente resistir a eles, tudo em mim se rebelava contra a ideia de lhes permitirem essas liberdades.

Então Salivar saiu da água, estendeu a mão para mim e disse algo que me fez ver tudo com clareza:

— Como vai ser divertido deflorar a herdeira Impyrean. Esse será nosso maior feito até agora.

De repente, meu coração congelou. Percebi que aquilo não tinha sido planejado para mim.

Mas para *Donia*.

Senti um ódio se inflamar dentro de mim, como nunca antes. Empurrei os braços de Salivar para longe e o atirei na água. Só vi de relance o rosto chocado de Devineé antes que eu pulasse atrás dele, uma fúria cega me eletrizando. Peguei Devineé e, em um instante, segurava os dois pelo pescoço. Eles não tiveram nem chance de gritar de surpresa ou de medo. Enfiei a cabeça deles dentro d'água.

Começaram a se debater, a me agarrar, mas não cedi em nenhum momento, pensando no que poderia ter acontecido se não fosse eu, se tivesse sido Donia. Eu apertava cada vez mais suas gargantas enquanto eles tentavam impotentemente resistir, e tudo em que eu conseguia pensar era que aquelas pessoas queriam estuprar a herdeira Impyrean, minha herdeira Impyrean. Um aperto um pouco mais forte e eu poderia quebrar seus pescoços, acabar com os dois, e eles mereceriam.

Mas minha cabeça clareou, e percebi o que eu tinha feito. Tirei-os da água e empurrei-os para longe.

Eles tossiram, colocando água para fora, levando a mão ao pescoço, e por um instante senti um profundo desânimo, tentando pensar no que faria. Eu não podia deixá-los viver e contar para alguém sobre minha força anormal, mas me parecia desaconselhável cometer um assassinato duplo no meu primeiro dia na corte.

Devineé se recuperou primeiro, rastejando para fora da água, engasgando.

— O que você é... o que você é? Que coisa monstruosa é você?

Sua mão trêmula, agitada, virou uma taça de vinho. Então percebi como lidar com aquelas duas criaturas desprezíveis.

— Volte aqui. — Minha voz soou baixa, bestial.

Ela gritou quando eu saí da água e fui em sua direção. Agarrei-a pelo cabelo antes que pudesse escapar e bati sua cabeça no chão. Ela ficou imóvel. Salivar me acertou por trás, tentando defendê-la, e eu o prendi rapidamente em uma gravata e o joguei no chão.

Com a mão livre, servi uma taça de vinho.

— Este vinho faz com que a pessoa esqueça o que aconteceu, não é? — eu disse com voz rouca. — Uma dose muito forte faz você entrar em coma, não é, Salivar?

— Espere, espere — gemeu ele.

— Você não tem direito de falar — rosnei em seu ouvido. — Reze ao seu Cosmos Vivo para sobreviver. — Então comecei a derramar o vinho em sua garganta. Ele engasgou, parecendo que ia vomitar, mas tapei seu nariz e despejei mais e mais vinho garganta abaixo, até ele estar caído, todo mole no chão, confuso e perdido.

Devineé despertou. Torci seu braço nas costas, então lhe dei o resto do vinho.

Quando tinha certeza de que havia feito tudo o que podia, deixei-os lá no chão. Levantei-me, peguei minhas roupas e, então, torci meu cabelo. Minha mente estava em disparada, tentando pensar em como eu esconderia aquilo, como esconderia o que eu tinha feito. Todo mundo sabia que eu iria lá naquela noite! O que eu devia fazer agora? Não tinha a menor ideia...

Um farfalhar nos arbustos. Congelei quando Neveni Sagnau saiu correndo... a lâmina curva de seu colar na mão.

Meu olhar se aguçou mesmo enquanto eu tentava registrar aquela nova complicação. O vinho tinha acabado. Eu não podia drogá-la. Precisaria afogá-la, então.

— Sidonia! — gritou ela, olhando para os Domitrian. O casal estava drogado e apagado no chão. — O que... o que aconteceu?

— Há quanto tempo você está aqui? — perguntei. — Está sozinha?

— É... é claro que estou sozinha. Eu... acabei de passar pelos servos... — Ela apontou para trás.

Então ela não tinha visto. Que bom. Ela não teria motivos para me temer.

Minha voz era muito suave e perigosa:

— Venha aqui. Vou lhe contar o que aconteceu.

Ela olhou para os dois, atordoada. Comecei a andar na direção dela, pronta para quebrar seu pescoço. Mas Neveni me surpreendeu. Ela mostrou os dentes em um sorriso feroz e depois deu um chute nas costelas de Salivar. Parei de avançar, tentando entender aquilo. Neveni chutou-o novamente, e então chutou Devineé também. Ela cambaleou para trás, se afastando dos Domitrian, os olhos brilhando com lágrimas não derramadas. Ela tentava conter as lágrimas e, ao mesmo tempo, estava rindo.

— Não sei o que você fez com eles, e não me importo. Eles vão morrer? Diga-me que eles vão morrer!

— Eu não sei — respondi, completamente perplexa. Olhei para a lâmina em sua mão de novo, e percebi que ela fora até ali preparada para... me ajudar?

— Se morrerem, eles bem que merecem. Já fizeram isso tantas vezes — disse Neveni com raiva, acenando com a lâmina na mão. — Você não é a primeira. Eu também não fui. Nem me lembro da minha primeira noite aqui, mas já os vi convidando outros, e *sei* o que aconteceu comigo. Eu não ia simplesmente ficar parada desta vez e deixar acontecer de novo!

— Você veio mesmo até aqui para detê-los? — Eu simplesmente não conseguia entender.

— Não sei o que eu ia fazer — confessou ela, a mão trêmula ainda segurando a lâmina curva. — Provavelmente esfaqueá-los, ou talvez só cortar o rosto de Devineé, mas... mas eu *não podia* deixá-los fazer isso de novo. — As lágrimas se derramavam dos olhos dela agora, de maneira ardente e furiosa, e me dei conta de que aquela garota tinha ido até ali salvar a herdeira Impyrean. Salvar Donia.

Eu nunca poderia machucar uma garota que faria aquilo por Donia.

— Obrigada. Obrigada *mesmo*. — Eu não estava acostumada a dizer essas palavras, mas fui sincera.

— Nós vamos ter que encobrir... seja lá o que foi que aconteceu aqui — disse Neveni, gesticulando vagamente em volta. — Não vou perguntar, Sidonia. Não vou mesmo. Mas ouça, sei como acessar as filmagens de segurança. Fiz isso antes de vir para cá, para ter certeza de que conseguiria. — Ela sorriu amargamente. — Vou apagar todas as gravações do último dia. E você e eu podemos pensar em uma história juntas.

Fiz que sim, atordoada.

— Juntas.

E assim aceitei Neveni Sagnau como aliada. Ela não era meu tipo preferido de aliado, e não faria nada para melhorar a reputação de hereges dos Impyrean... Mas às vezes o destino não nos oferecia as melhores opções, e sim as que devíamos aceitar por falta de alternativas.

Eu não a mataria, por enquanto. Só esperava nunca me arrepender disso.

13

DONIA já estava preocupada comigo; então, quando falei com ela pelo subespaço para lhe contar o que acontecera no Crisântemo até aquele momento, deixei de fora o episódio com Salivar e Devineé. E o consequente interrogatório que enfrentei.

Os Domitrian tinham sido encontrados no dia seguinte, em coma e despidos em seus banhos de sais. O Imperador logo ficou sabendo que os dois me esperavam naquela noite. Aparentemente, o que Devineé e Salivar faziam aos jovens que estavam sozinhos e sem amigos na corte não era bem segredo. A provocação de Elantra me veio à mente enquanto eu estava sentada diante de Hostilidade em minha residência. Ela *sabia* o que eu enfrentaria naquela noite. E tinha se divertido com a ideia.

Um dia eu esperava agradecer à garota Pasus por isso. Mas não agora.

Hostilidade parecia preencher todo o lugar, ali de pé diante de mim. Neveni tremia ao meu lado, embora eu soubesse por experiência própria que essa era a reação de quase todo mundo quando encurralado e interrogado por um Diabólico – mesmo quando inocentes.

Ela desempenhava bem seu papel.

– Encontrei Sidonia perto da *Tigris*. Ela parecia muito desorientada e confusa.

Assenti, sem ousar desviar os olhos de Hostilidade.

— Realmente não lembro o que aconteceu. Suas Eminências foram tão gentis em me convidar para o banho, e depois disso... — Agitei vagamente a mão. — Minha cabeça ainda lateja muito. É tudo um borrão.

— Eu a levei de volta para seu quarto, para dormir, e fiquei com ela para o caso de passar muito mal. Como *estão* Suas Eminências? — Neveni se inclinou para a frente, uma falsa preocupação em seu rosto. — Estamos tão preocupadas.

A Diabólica ponderou cada palavra em silêncio, sem piscar. Eu nunca passara tempo com outro da minha espécie. E me ocorreu como era estranho que eu tivesse sido capaz de me passar por uma pessoa até agora. Cada movimento, cada respiração daquela criatura berrava que ela não era como os seres humanos que eu via à minha volta, que era uma assassina e predadora, e que eu deveria ficar alerta. Ela devia ter feito tudo o que eu fizera para chegar até ali, para chegar ao ponto em que era digna de ser civilizada. Forcei-me a piscar, para ela não notar meu olhar fixo.

Então Hostilidade disse:

— Os robôs médicos não conseguem despertá-los do coma. Os dois parecem ter ingerido uma neurotoxina muito poderosa, chamada Hálito de Escorpião, e em grande quantidade. É estranho que você estivesse com eles e tenha conseguido escapar de seu destino, *Grandeé* Impyrean.

— Fui incrivelmente afortunada — eu disse em tom solene.

O olhar da Diabólica corria entre nós duas — e então se fixou atentamente em mim. Por um instante de medo, perguntei-me se ela via nossa semelhança... se ela podia ver algo de diabólico em mim, assim como eu via nela, ou se minha aparência frágil efetivamente a enganara, mesmo que não parecesse possível.

Hostilidade estendeu a mão de repente e agarrou meu queixo. Congelei quando ela ergueu meu rosto em direção à luz.

Pisque, procurei me lembrar quando nossos olhos se encontraram. *Não olhe fixamente. Aja como uma pessoa.* Então me fiz engolir em seco, me mostrei inquieta, como Sidonia provavelmente faria. Hostilidade só me observou atentamente por um longo instante, enquanto Neveni ria, nervosa.

– Qual é o problema? – disse Neveni. – Tem algo no rosto de Sidonia?

– Você não está mentindo para mim? – disse Hostilidade com uma voz ameaçadora.

Meu coração acelerou. Eu sabia que ela podia sentir. Mas qualquer pessoa ficaria desconfortável com uma Diabólica agarrando-a assim.

– Não – respondi firmemente. – Agora me solte. – Consegui manter a voz suave, como a de Donia, mas o tom não deixava dúvidas. Eu era filha de um Senador, até onde ela sabia. Ela devia me obedecer.

Hostilidade não teve escolha a não ser me soltar. Olhou de uma para outra mais uma vez, e então nos deixou sem qualquer palavra. Mas não relaxei depois que ela saiu.

– O que foi aquilo? – murmurou Neveni, apontando o próprio queixo.

Balancei a cabeça e não respondi. Hostilidade desconfiava de mim. Eu sabia. Mas do que ela desconfiava, no entanto... eu ainda não fazia ideia.

– Diabólicos são tão assustadores – disse Neveni.

Sorri para ela. Sim, acho que éramos mesmo.

A cerimônia para a Consagração dos Mortos Queridos era um dos dias mais sagrados do Império, então naturalmente o Senador Von Impyrean não o celebrava, a menos que houvesse companhia. Quando permitia a celebração, os Impyrean seguiam o mesmo procedimento de toda grande família imperial: encomendavam um Exaltado especialmente criado e projetado para a cerimônia, passavam uma semana cuidando da criatura e tratando-a como algo muito amado, e então a colocavam em uma nave estelar e lançavam na corona de uma estrela, onde queimaria até a morte. Ao entregarem ao seu Cosmos uma criatura de verdadeira inocência e pureza, esperavam mitigar os pecados e as transgressões de seus próprios mortos queridos que passaram ao pós-vida.

O Imperador sempre comemorava o Dia da Consagração e passava a semana que o antecedia andando por aí com um Exaltado: um rapaz ou uma moça careca e sem cílios, sem cor e sem capacidade cognitiva para engano, impureza, violência ou qualquer desses impulsos humanos desagradáveis que maculavam pessoas reais. O Exaltado tinha um assento de honra em cada festa e ocasião importante e vivia como o animal de estimação mais mimado do mundo.

Até o Dia da Consagração chegar e o Exaltado morrer, claro.

– Anda! – Neveni me apressou na manhã do Dia da Consagração. – É para os Grandíloquos superiores, mas posso ir, se você me levar.

Acobertar meu crime contra os Domitrian e suportar o interrogatório de Hostilidade criara um vínculo entre nós. Passávamos os dias na companhia uma da outra.

Neveni não era como Donia, tímida, doce e intelectualmente curiosa. Era inquieta, impaciente e dada a explorar os lugares. Funcionava ao contrário; com ela não podiam *me* negar acesso a quase lugar nenhum do Crisântemo. Eu abria as portas, e ela orientava nossos movimentos.

Ela também tinha uma incrível capacidade para reunir informações ou rumores em todos os lugares aonde íamos. A Matriarca uma vez dissera que informação era uma moeda, e Neveni com certeza me garantia bastante. Ela me contou as últimas novidades enquanto caminhávamos até a heliosfera para a Cerimônia de Consagração.

– Tyrus Domitrian já arruinou todo o feriado. O Imperador está furioso.

– Está? – indaguei, distraída com meu cabelo armado.

Nós duas tínhamos arrumado nossos cabelos, assim como todos os participantes, em halos em forma de estrela, entremeados por essência efervescente. Usávamos túnicas douradas e brilhantes, como convinha à ocasião. Todos por quem passávamos com membros da família mortos para prantear tinham lágrimas desenhadas no rosto para representar a dor que os anos tinham trazido.

Neveni assentiu entusiasticamente, seu penteado se afrouxando um pouco. Ela não tinha suportes para fixá-lo, como eu.

– A família Pasus deu ao Imperador um Exaltado chamado Unidade há um ano. Um criado por tratador, então nada de crescimento acelerado. Era na verdade um Exaltado masculino que crescera durante um período de vida humana normal.

Ergui as sobrancelhas.

— Isso deve ter sido caro. — Mesmo os Diabólicos eram levados a passar por crescimento acelerado nos primeiros anos de vida. Não fazia muito sentido em termos econômicos alimentar e cuidar de uma criatura humanoide antes que se tornasse útil.

— O Senador Von Pasus pode pagar — disse Neveni. — E o Imperador sabia que precisava de um Exaltado de alta qualidade, porque muitas pessoas da realeza imperial morrem jovens. Todos dizem que são desprezados pelo sol. — Ela revirou os olhos ao dizer isso, porque nós sabíamos que o Imperador não tinha como ser de fato supersticioso com relação a todas aquelas mortes. Ele sabia bem a causa delas.

— Este ano — disse Neveni —, ele estava empolgado por ter ganhado Unidade. Ele tinha certeza de que o Cosmos Vivo o favoreceria. Mas Tyrus arruinou tudo. Ele deflorou o Exaltado.

— *Fez sexo* com ele?

Eu nem era religiosa, e a blasfêmia do Primeiro Sucessor me assombrou. Neveni assentiu ansiosamente.

— Ele só admitiu isso ontem, quando Unidade estava sendo preparado com os óleos cerimoniais. Agora ele não pode ser sacrificado porque é impuro, e o Imperador está furioso.

— Não é de admirar.

Tyrus Domitrian era realmente um louco. A ironia era que sua luxúria salvara aquele Exaltado de um destino terrível.

Neveni e eu entramos na Grande Heliosfera para observar os resultados daquela ação. Os servos passavam com suntuosas bandejas de bebidas, aperitivos e narcóticos. Havia saquinhos de pó, frascos de inalantes, conta-gotas de vários intoxicantes para acrescentar às bebidas, alguns unguentos para aplicar diretamente à pele. Sutera nu Impyrean nos mostrara como usar todos eles, e nos fizera praticar. Fiz questão que me vissem pegar um unguento e passá-lo na pele, simplesmente porque sabia que não iria me afetar, e algumas pessoas poderiam estranhar se eu recusasse entretenimento químico em um dos maiores feriados imperiais.

O Imperador tinha ordenado que acorrentassem Tyrus à janela mais iluminada, e mandara tirar temporariamente o filtro uv para que o Primeiro Sucessor tivesse que suportar um dia inteiro de calor intenso do sol. Ele também fora proibido de participar de qualquer dos prazeres da festa.

A pele de Tyrus já estava vermelha quando o vimos, mas ele não parecia nem um pouco constrangido com sua desgraça pública. Na verdade, pelo sorriso em seu rosto, eu diria que estava gostando dos olhares escandalizados das pessoas que passavam por ele.

— ... não posso evitar, vovó – dizia Tyrus com voz arrastada quando nos aproximamos.

Meus ouvidos captaram a conversa. Olhei para Neveni, mas ela estava ocupada, esvaziando sutilmente seu frasco de intoxicante, enquanto fingia passá-lo no pulso. Depois da experiência com os Domitrian, era natural que detestasse qualquer coisa que alterasse seu autocontrole.

Voltei minha atenção de novo para a conversa.

— Você não sabe o que uma combinação de falta de cabelo e inocência faz comigo – disse Tyrus. – Pedir para me controlar é como estender a mais fina iguaria diante de um homem faminto e exigir que ele se abstenha de comê-la. É desumano esperar tal autocontrole.

— Você é uma vergonha para este Império! – repreendeu a Matriarca da família Domitrian, *Grandeé* Cygna. – Você nem sequer se pintou. – O rosto dela, ao contrário, estava decorado com uma imagem elegante de lágrimas.

— Essas tintas irritam terrivelmente minha pele.

Tyrus exibia um sorriso indolente, os olhos azuis descontraídos e quase tímidos sob os cabelos acobreados e curtos. Seu nariz era longo, e seu queixo tinha uma fenda antiquada que ele nunca corrigira. Neveni me dissera que ele nunca mudava nenhuma de suas feições, nem mesmo em ocasiões especiais. Como para muitas pessoas insanas, sua aparência não parecia ter muita importância. Ele devia ter atraído a ira do tio e ter sido submetido àquele tratamento da janela várias vezes, a julgar por suas sardas. O mistério era o fato dele nunca tê-las removido.

— Você não tem respeito por sua falecida mãe? — perguntou Cygna. — Seus irmãos? O Dia da Consagração é encenado em honra de nossos mortos!

O tom de Tyrus mudou sutilmente, parte da leveza sumindo:

— Ora, minha avó, considero a morte de meus pais uma tragédia tão grande que nenhuma comemoração pode se comparar a ela... Como tenho certeza de que você e meu querido tio concordariam.

Todos sabiam que a mãe do Imperador tinha ajudado no assassinato dos pretendentes rivais ao trono, incluindo seus próprios filhos menos favorecidos. E o Imperador Randevald recompensou a mãe nomeando seu sobrinho insano como sucessor, apenas para garantir que ela nunca se virasse contra ele.

E agora aquele sobrinho insano lançara uma perigosa acusação no ar, aparentemente sem perceber. Não pude resistir à tentação de olhar para eles e avaliar a reação de Cygna.

A Matriarca da família Domitrian corou com aquelas palavras. E estreitou os olhos em direção a Tyrus.

— Está insinuando algo, querido neto? Porque estamos falando do sangue do meu sangue.

— Não estou insinuando nada. Estou só dizendo que você não me falou por que eu deveria consagrá-los novamente. Veja como foi generosa ao desenhar sua própria tristeza... creio que você lamenta a morte deles o suficiente por nós dois. — E então sua voz mudou de novo, adotando o tom arrastado e despreocupado que usara antes: — Além disso, o que são as mortes de alguns membros da família? Meus pais ficariam honrados em saber que geraram um deus vivo como eu.

O olhar de desconfiança no rosto dela foi substituído pela irritação.

— Que Hélio me ajude. Você é um tolo e um louco, uma praga nesta família! Ai desse Império se você subir ao trono. Juro ao Cosmos que, se esse dia desprezado pelo sol chegar, eu *me* lanço em uma estrela! – Cygna então virou as costas e deixou-o em suas correntes junto à janela.

Os olhos de Tyrus encontraram os meus, e rapidamente desviei o olhar. Ele não tinha como saber que eu ouvira aquilo. Ninguém, a não ser um Diabólico, poderia ter ouvido a conversa de tão longe.

Livre de seu intoxicante, Neveni me cutucou para seguir em frente, e fiquei feliz em fazer isso. Mas era tarde demais.

– Você! – soou a voz de Tyrus. – Garota Impyrean! Venha me divertir. Eu ordeno.

Neveni e eu trocamos um olhar; então seguimos em direção a Tyrus Domitrian, e começamos a nos ajoelhar.

– Não, não – disse ele impacientemente, seu olhar inquieto correndo entre nós duas. – Nada disso quando estou neste estado. Não vamos fazer disso uma farsa ainda maior do que já é. Já nos encontramos muitas vezes, minha *Grandeé*. Mas você... – Ele se dirigiu a Neveni. – Que tipo de pessoa é você? Não a conheço.

– Não sou Grandíloqua. – Neveni levantou-se. – Sou filha da vice-rainha de Lumina, Vossa Eminência.

– Território Pasus. – Ele fechou os olhos por um bom tempo. – Ah, é claro. Aquela mulher que queria construir bibliotecas e ensinar as ciências.

Neveni ficou tensa.

– Sim, Vossa Eminência.

Olhei de soslaio para ela, imaginando como se comportaria diante de um Domitrian.

– E o que você acha das ações de sua mãe? Seja sincera – disse Tyrus.

Era uma exigência ridícula. Louco ou não, sinceridade ao herdeiro do Imperador podia custar caro. Neveni o encarou de uma maneira que parecia dizer isso, mas respondeu com muita cautela:

– Vossa Eminência não pode esperar que eu fale contra a minha própria mãe.

– É claro que não.

— Nesse caso — disse ela, um pouco mais ousada —, minha mãe é devotada ao bem-estar de Lumina. Ela não pretendia desrespeitar de forma alguma o seu... o *nosso* divino Cosmos, ou a família Pasus. Ela só queria melhorar a vida em Lumina.

— A vida planetária é horrível — disse Tyrus solidariamente.

— Ah, não, não é — disse Neveni.

— Não é? Não há furacões, terremotos e doenças?

— O clima é altamente variável, mas as formas de vida também. Há todos os tipos de animais e jardins que crescem sem auxílio, e Lumina tem duas luas para agitar as marés. É tudo muito imprevisível, Vossa Eminência, mas isso a torna muito mais interessante do que a vida no espaço.

— Você fala como uma guerrilheira loucamente apaixonada por seu planeta.

Neveni empalideceu, e eu fiquei tensa também. Ele falava com desinteressada curiosidade, mas fizera uma séria acusação, e parecia alheio a isso enquanto Neveni se contorcia.

Ele estava ocupado observando as próprias unhas.

— Mas, obviamente, você não é uma simpatizante. Isso seria loucura. Principalmente aqui no Crisântemo. Suas palavras poderiam ser terrivelmente mal interpretadas.

Em outras circunstâncias, eu suspeitaria de que ele estava dando a ela um conselho velado de falar com mais cuidado. Neveni rapidamente disse:

— É claro que seria um terrível equívoco, Vossa Eminência. Obviamente não sou simpatizante.

Tyrus deixou-se recostar contra a janela, erguendo as mãos até onde suas correntes permitiam para entrelaçar os dedos atrás da cabeça.

— As estrelas estão falando comigo, e sua voz as abafa. Fique quieta um instante para que eu possa ouvi-las. Vocês duas. Principalmente você, *Grandeé* Impyrean. Você fala demais.

Isso me intrigou. Eu mal tinha falado. Neveni e eu ficamos em silêncio.

— As estrelas dizem... Elas dizem que estou particularmente bonito hoje — anunciou Tyrus. — Que gentil. Você me acha bonito, *Grandeé* Impyrean?

A pergunta era ridícula. Em uma corte de pessoas que modificavam sua aparência até a perfeição, ele se destacava por ser imperfeito como um Excesso comum. Por um longo instante, eu não soube como responder sem ofender.

— As estrelas não mentiriam para você, Vossa Eminência.

— Acho que você está certa — falou Tyrus. — Assim que me libertar destas correntes, prometo exibir minha bela aparência diante de admiradores próximos e distantes...

Então a lucidez do herdeiro do Império sumiu. Ele começou a fazer poses bizarras para melhor exibir seus músculos e aparência, e graciosamente aceitava elogios de um público fantasma. Neveni e eu recuamos lentamente, deixando-o falar sozinho, enaltecendo suas próprias virtudes. A luz dos seis sóis brilhava intensamente pela janela, e sua pele continuava a queimar.

Naquele momento, a multidão se agitou quando o Imperador chegou flutuando em sua cadeira antigravidade, e então o espetáculo realmente começou; luzes brilhando do teto, as paredes da Grande Heliosfera mudando para exibir cenários, em vez de espaço vazio — imagens de membros da realeza há muito falecidos, ou trechos de batalhas importantes no passado imperial. E ainda fotos de naves perdidas para o espaço maligno, os mortos mais reverenciados do Império.

Avistei o trio de Diabólicos do Imperador. Perigo e Angústia o flanqueavam, e Hostilidade...

Estava mais para o lado, olhando diretamente para mim.

Desviei rapidamente os olhos.

— Isso foi bem estranho — disse Neveni distraidamente enquanto seguíamos para a mesa do banquete. — Os rumores não exageram. Ele é mesmo louco.

Não havia sacrifício a celebrar, graças a Tyrus, mas uma vez que a comida tinha sido preparada com antecedência, estava tudo servido. Enquanto eu observava Neveni se servir de um prato de pato assado de verdade, as palavras orgulhosas que dissera sobre seu planeta, Lumina, ecoavam em minha cabeça.

Tive que perguntar.

— Você é uma simpatizante?

Eu não me importava se Neveni queria seu planeta livre do Império. Só me preocupava se ela era inteligente o suficiente para manter seus sentimentos em segredo. Se admitisse ser simpatizante, teria que morrer rapidamente. Eu não poderia confiar que uma tola soubesse a verdade perigosa do que eu tinha feito a Devineé e Salivar.

Mas Neveni apenas me lançou um olhar cuidadoso e me devolveu outra pergunta:

— O que *aconteceu* com os Domitrian, afinal?

Meu coração deu um pulo, e eu olhei em volta. Havia alguém perto o suficiente para ter ouvido? Não, Neveni não era idiota o bastante para falar tão francamente quando tinha alguém por perto.

— Não vamos nos fazer perguntas que não queremos responder — sugeriu Neveni, com leveza.

Mas eu não a ouvia mais. Não, não havia pessoas perto o suficiente para nos ouvir... mas, em meio a uma abertura na multidão, vi Hostilidade. Ela ainda me observava, mas estava mais perto agora, perto o suficiente para ter ouvido Neveni, se estivesse prestando atenção.

Ela estava... tão perto quanto eu de Tyrus quando ouvi sua conversa com Cygna. Ela começou a caminhar em minha direção, e então eu soube que tinha escutado cada sílaba perigosa dos lábios de Neveni.

E eu não tinha nenhuma desculpa para dar. Não dessa vez.

14

PEDI LICENÇA a Neveni e me dirigi à porta, desejando alguns minutos de silêncio para pensar em minhas opções. Hostilidade agora sabia que a história que eu inventara com Neveni era mentira. Exigiria outra explicação. Provavelmente concluiria que eu – e somente eu – era responsável pelo destino dos Domitrian.

Alguém acreditaria nela?

Os entretenimentos químicos tinham começado a fazer efeito em todos. Passei por Grandíloquos de todas as idades caídos no chão, falando coisas sem sentido, apoiados nos braços das cadeiras, recostados contra janelas, às vezes conversando, às vezes observando as próprias mãos como se fossem muito fascinantes. Médicos chamados de nu Domitrian ou nan Domitrian circulavam pela multidão, cuidando de overdoses e reações adversas aos narcóticos.

Apesar do que Sutera nu Impyrean dissera, vi muitas pessoas que pareciam desmazeladas. Vi muitas mais que pareciam enlouquecidas. Até mesmo Credenza Fordyce estava esparramada no chão, com as pernas abertas, dando um sorriso torto para várias pessoas que passavam. Elantra estava de pé junto a ela, rindo eufórica e mandando que se levantasse.

A DIABÓLICA

Passei direto, sem falar com elas, e o alívio tomou conta de mim quando a multidão diminuiu, o abraço frio do corredor me acolhendo. Então ouvi passos atrás de mim, e percebi que não tinha conseguido escapar.

— Saindo tão cedo, *Grandeé* Impyrean?

Virei-me lentamente para encarar Hostilidade. Ela deu a volta ao meu redor daquela forma animal e fiquei imóvel, todos os pensamentos sobre como me comportar como uma pessoa real sumindo da minha mente.

Minha gêmea. Minha sombra. Era apropriado que fosse ela a ver quem eu realmente era.

Eu só conseguia me concentrar na predadora diante de mim.

— E o que lhe interessa? — Minha voz soou muito dura, ameaçadora... muito como a *minha* voz.

Hostilidade não respondeu, só olhou para mim.

— Estou muito cansada. — Controlei meus verdadeiros sentimentos e forcei um sorriso, tentando parecer sincera. — Que celebração maravilhosa. Uma pena com relação ao Exaltado.

Fiz menção de passar por ela, mas a Diabólica de repente se meteu diante de mim. Tão rápida e tão silenciosa, os pés tão leves. Antes da minha redução muscular, eu poderia ter me movido assim, acompanhando-a passo a passo. Eu poderia ter lutado de igual para igual com aquela criatura.

Mas agora não. Eu não poderia derrotar um Diabólico em plena força, e ainda assim, se ela descobrisse o que eu era, teria que matá-la antes que contasse a alguém. Só não conseguia imaginar como faria isso.

Hostilidade se inclinou para bem perto de mim, os olhos pálidos e insondáveis, me estudando. Ela era muito grande, comparada a mim.

— O que você quer? — ousei perguntar, após um silêncio prolongado.

— Sei que você está mentindo sobre os Domitrian, *Grandeé* Impyrean.

Negação. Era a melhor coisa que eu podia fazer.

— Eu já lhe disse...

— Aquela garota Sagnau falou. Eu *ouvi*. Sua história foi uma mentira.

— Minha história? Não tenho uma história. Eu lhe disse, não lembro o que aconteceu! — Esperei soar histérica, com medo. Na verdade, eu estava tentando calcular se seria forte o suficiente para matá-la, com a minha força reduzida. Eu precisaria surpreendê-la.

Algo animal e estranho surgiu em seu rosto, e ela inclinou a cabeça para o lado.

— Tem algo de muito diferente em você. Eu só não consigo identificar exatamente o que é. Ainda não.

Então ela ainda não tinha percebido que eu era como ela. Tinha seguido seus instintos e fora ali atrás de mim, mas mesmo agora, mesmo me olhando tão de perto, não conseguia determinar com absoluta certeza que eu não era uma pessoa. Na verdade, devia estar duvidando até que tivesse ouvido o que pensara ou estaria retorcendo meus ligamentos agora, tentando arrancar uma confissão de mim. Como, afinal, poderia a herdeira Impyrean incapacitar dois Domitrian em seu primeiro dia na corte?

Perceber isso me encorajou.

— Não tenho tempo para essa tolice, sua coisa desumana. Agora, afaste-se e deixe-me passar.

Ela não se moveu.

— Eu disse para se afastar! — repeti, a adrenalina correndo pelas veias. Eu queria empurrá-la. Queria atacar. Tive que me esforçar muito para conter cada impulso agressivo rugindo dentro de mim.

E então...

E então uma voz:

— Está tudo bem aqui?

As palavras, espontâneas e muito humanas, finalmente conseguiram interromper aquela estranha conversa. Foi quando vi Gladdic Aton, o jovem aristocrata que encontrei com Elantra e Credenza no primeiro dia.

Hostilidade baixou a cabeça.

— Sim, meu Grande Aton.

— Sim — confirmei, afastando-me de Hostilidade.

Os cuidadosos e brilhantes olhos verdes de Gladdic encontraram os meus, uma emoção no fundo deles que eu não conseguia entender.

– Posso acompanhá-la de volta à sua residência, *Grandeé* Impyrean?

Assenti, deixei que ele se aproximasse e passei meu braço pelo dele.

– Leve-me daqui.

Não olhei de volta para Hostilidade. Sentia seu olhar ardendo em minhas costas a cada passo que me levava para mais longe de sua atenção mortal. Por enquanto.

Gladdic levou um tempo para reunir coragem para falar.

– Receio tê-la desagradado – disse ele.

Olhei para Gladdic.

– Como assim?

– Quando lhe disse naquele fórum social que devíamos manter distância um do outro, você sabe que não se tratava... de *você*, não é?

Do que ele estava falando?

– Meu pai é um aliado próximo do Senador Von Pasus – disse Gladdic. – Não me importa em que seu pai acredita, mas meu pai é veemente nesse assunto. Não sou livre para socializar com você, por mais que eu queira! Odeio tê-la ofendido.

– Por que você acha que estou ofendida? – falei lentamente.

– Porque... – Ele piscou, ingênuo como uma criança. – Porque não nos falamos mais. Nem mesmo em particular. Pensei que você gostaria de me conhecer pessoalmente. – Ele olhou para o chão, as bochechas ficando levemente vermelhas. – Você tem sido tão fria comigo. Sei que mereço, mas dói muito.

Olhei espantada para ele, então me recuperei e procurei disfarçar o choque. Então Donia devia tratá-lo de maneira muito diferente, nos fóruns galácticos, de como eu o vinha tratando desde que chegara ali.

– Não estou brava com você. E não me ofendeu. Eu... – Tentei pensar em uma explicação. – Só não quero criar novas dificuldades para você ou para mim. – Isso era verdade.

Ele engoliu em seco visivelmente enquanto seguíamos pelo caminho para a imensa cúpula celeste onde nossas residências ficavam.

– Tenho pensado nisso, e não acho que faria mal algum se, talvez, de vez em quando, ficássemos juntos... em eventos públicos. O que você acha?

Chegamos à minha residência, virei-me e encontrei seu olhar sério fixo em mim, em um apelo desesperado.

Entendi subitamente: Gladdic estava apaixonado por Donia. E claramente ela não fizera nada para desencorajá-lo.

Tirei a mão de seu braço, sabendo que Donia havia deixado de me contar algo.

– Sim, acho que não faria mal algum se nos víssemos mais frequentemente.

Donia tinha que me dar algumas explicações.

– Você conheceu Gladdic?

Donia não disse isso muito empolgada. Poderia ser porque estava usando o avatar de sua mãe emprestado para falar comigo nos fóruns galácticos, e era difícil qualquer um expressar empolgação usando a voz fria e cínica da Matriarca.

Mas enquanto eu a observava, usando o avatar habitual de Donia para falar com ela de volta, senti que havia algo mais.

– Você não gosta dele?

– Não é isso – disse Donia rapidamente. Ela cruzou os braços.

Eu vinha lhe contando tudo o que podia a respeito do Crisântemo. Tínhamos que tomar muito cuidado, já que alguém podia estar ouvindo. Fazíamos isso sob o pretexto de sermos mãe e filha, entrando em contato em um fórum virtual privado.

– Ele parecia gostar muito... de mim – eu disse a Donia. – E eu não sabia disso. – Isso fora o que mais me deixara perplexa, porque Donia nunca escondera nada de mim.

— Porque sinceramente não há nada para contar. Olha — ela deu de ombros —, eu sempre soube que eu... que *você* teria que se casar e fazer uma aliança com outra grande família algum dia.

— Sim.

— Gladdic Aton é uma pessoa simpática, intelectual e paciente. — Ela suspirou. — Tão bom quanto qualquer outro.

— Mas *eu* não me importo com ele — concluí. — Então não preciso ser gentil.

— Não! Seja agradável.

— Então eu me importo com ele?

— Não, Neme... Sidonia. Gosto mais dele como futuro cônjuge, hã, para você, do que de qualquer outra pessoa. Mas isso não significa que eu goste dele como cônjuge. Não gosto de ninguém para ser seu marido, na verdade, mas gosto de Gladdic mais do que de qualquer outra pessoa. Entende?

— Não — respondi francamente.

— Apenas lembre-se de que eu... que *você* tem que se casar com alguém, então poderia muito bem ser Gladdic. — Ela fechou os olhos por um longo momento. — Os pais dele são heliônicos fervorosos. Sua família está acima de qualquer suspeita. Se eu... se *você* se unir a ele, estaria muito mais segura. Então depende de você — ela me olhou intensamente — mantê-lo interessado em desposá-la. — Ela baixou a voz: — Por favor, faça isso. Por mim.

Franzi a testa. Então Donia não amava aquele garoto, mas planejava se casar com ele, e obviamente o fizera ficar interessado em se casar com ela. E queria que eu o mantivesse interessado no casamento, mesmo sem ter nenhuma ligação emocional com ele.

— Até que ponto devo ser "agradável"? — perguntei a ela.

— Só converse com ele. Seja carinhosa, se puder.

— Devo manter relações sexuais com ele?

— Não! — disse ela, nervosa. — Não faça isso.

— Tem certeza? Não faz diferença para mim se...

— Eu disse NÃO, Nemesis! Não quero que ele a toque!

Suas palavras foram tão veementes que me pegaram desprevenida. Ficamos em silêncio por um tempo, olhando em volta como se estivéssemos preocupadas que alguém pudesse ter nos ouvido. Ela usara meu nome no momento de raiva. Mas não havia sinal de que alguém estivesse tendo acesso a nossa discussão e, além disso, era tarde demais para corrigir o erro.

— Eu não vou fazer isso — falei de maneira tranquilizadora. — Não vou fazer nada.

Ela respirou fundo e depois soltou o ar, trêmula. Então:

— Só... ele gosta de conversar. Apenas seja uma boa ouvinte. É tudo que ele realmente precisa. Seja o mais agradável que puder. Mas nada mais. Mais *nada*. Está bem?

— Está bem.

Depois de desligar, olhei para mim mesma na superfície reflexiva do console. Ainda com o cabelo castanho-escuro que Donia preferia, ainda com o mesmo nariz. Ela reagira tão negativamente à mera sugestão de uma relação sexual com Gladdic... Foi então que percebi: Donia estava com ciúmes. Morrendo de ciúmes. Ela gostava muito mais de Gladdic do que admitira.

Ainda estava espantada com o fato de ela não ter me falado sobre ele, mas eu podia ler nas entrelinhas. Se ela queria se casar com ele, então eu faria o máximo para avaliar Gladdic e ver se ele era adequado para Donia. Se fosse bom o suficiente, tão bom quanto ela acreditava, então eu faria tudo ao meu alcance para melhorar as relações entre as famílias Impyrean e Aton. Se isso ajudasse a tirar as suspeitas de inclinações hereges de cima de Sidonia, melhor ainda. Eu podia fazer isso por Donia.

15

HOSTILIDADE começou a me seguir. Evidentemente o Imperador exigia apenas dois de seus Diabólicos ao seu lado, o que lhe dava muitas oportunidades de me acompanhar pelo Crisântemo, vigiando para ver se me pegava em alguma outra ação suspeita.

Ela era inteligente, ficando longe o suficiente para que uma pessoa comum nunca notasse sua presença. Agia como uma Diabólica patrulhando normalmente o Crisântemo, não como uma caçadora atrás de sua presa. Apenas uma mente muito paranoica poderia ter feito a ligação entre nós. Ela estar sempre perto de mim pareceria mera coincidência.

Mas não para mim.

Fiquei muito atenta a cada um dos meus movimentos, a cada respiração, imaginando quanto da minha verdadeira personalidade eu já havia entregado. A única coisa em que conseguia pensar era bancar a *Grandeé* da melhor forma possível: envolver-me com frivolidades e esperar que ela perdesse o interesse em mim.

Por mais que tivesse recebido treinamento de Sutera nu Impyrean e da Matriarca, eu não tinha um verdadeiro instinto social. Não tinha nenhum impulso de procurar entretenimento ou fazer novos amigos, mas precisava me comportar de modo a me misturar perfeitamente – eu *precisava* me comportar como se quisesse participar das atividades da corte. Quanto mais eu fizesse isso, mais cedo Hostilidade teria que aceitar que suas suspeitas eram infundadas.

Foi quando Neveni se provou mais útil.

Ela tinha fome de experiências. Até agora, tínhamos vagado por todos os jardins da *Valor Novus* e passado um longo dia caminhando cinco quilômetros pela Trilha Berneval e depois voltando. Era a torre mais longa que se projetava do Crisântemo, com poucas pessoas e um grande número de máquinas automatizadas cuidando de suas tarefas. Não era uma caminhada glamourosa, mas Neveni insistiu que a fizéssemos, uma vez que terminava abruptamente em uma parede onde aqueles que se arriscavam a ir tão longe deixavam seus nomes.

Vi os nomes e selos da maioria dos jovens Grandíloquos ali, e soube que era um tipo de rito de passagem da corte. Havia o quasar da família Aton, a supernova dos Pasus, o eclipse solar dos Fordyce, as seis estrelas do ramo real dos Domitrian, e até mesmo o selo de buraco negro do ramo não real dos Domitrian – o lado da família da *Grandeé* Cygna. Acrescentamos nossos nomes à parede, e eu entalhei o sol se erguendo por trás de um planeta: o símbolo dos Impyrean.

Neveni, um tanto desafiadora, tirou seu colar e usou a lâmina para gravar as luas gêmeas de Lumina.

– Se os Grandíloquos não gostam disso – disse ela –, não deviam ter me trazido para cá.

Outra noite, fomos com Gladdic apostar nas lutas de criaturas. Vários Grandes e *Grandeés* torravam seu dinheiro encomendando animais geneticamente modificados para uma arena nos poços da *Tigris*, e, na maioria das vezes, suas criaturas eram mortas no primeiro confronto. Outros gastavam dinheiro apostando nos perdedores e apreciavam entusiasticamente o derramamento de sangue nesse meio-tempo.

Essa era uma daquelas ocasiões públicas inofensivas que Gladdic mencionara em que poderíamos passar um tempo juntos sem censura. Durante a maior parte da noite – mesmo durante a luta de sua própria criatura –, ele ficou olhando em meus olhos e me direcionando sorrisos discretos. Forcei meus lábios a se curvarem de volta, sem ter certeza se algum dia eu poderia reproduzir a suavidade e a ternura de Sidonia.

A criatura de Gladdic ganhou a disputa, então ele pediu licença para descer até lá e verificar a saúde do animal. Neveni aproveitou a oportunidade para me dizer:

– Quero muito participar disso um dia. – Sua voz estava rouca de torcer pelo híbrido de urso e tigre em que apostara duas disputas atrás. – Devíamos encomendar uma criatura nossa.

Olhei para ela com ceticismo.

– E você espera que eu pague por isso.

– Vamos, Sidonia. Não quer tentar nem uma vez?

A ideia fazia meu estômago se agitar desagradavelmente, embora eu não soubesse dizer por quê. Não era que eu ficasse perturbada pela visão de tamanha brutalidade selvagem. Comprar uma criatura parecia uma coisa grandíloqua bem típica a fazer, e meu objetivo era parecer o mais normal possível. Então lhe dei o dinheiro e deixei a encomenda da fera em suas mãos.

A criatura de Neveni ficou pronta em uma semana, feita de acordo com o código genético que ela encomendou e alcançando o tamanho final com o uso de um acelerador. Assim que estava pronta para o primeiro combate na arena, Neveni me convidou para ir aos currais ver a criatura. Eu convidei Gladdic.

Neveni nos levou até uma área nas profundezas da arena, onde um cheiro avassalador subia pelo ar.

Gladdic resmungou e tirou um frasco de óleo perfumado da manga. Passou uma gota por baixo de cada narina e nos ofereceu o frasco. Neveni também passou um pouco.

Balancei a cabeça. Perfumes nauseantes me incomodavam muito mais do que o cheiro dos animais.

À medida que nos aproximávamos dos currais, Neveni falava sobre sua nova criatura, e Gladdic lhe fazia perguntas baseadas na própria experiência em encomendar animais para as lutas. Desliguei-me dos dois, prestando atenção até distinguir os passos suaves e familiares de Hostilidade atrás de mim. Perguntei-me se ela já estaria ficando entediada.

Meus pensamentos ainda estavam nela quando entramos nos currais, mas então meus olhos captaram toda a cena diante de mim e me vi parando bruscamente, sentindo meu estômago revirar.

Não consegui me mover por um bom tempo. Meu olhar corria à volta, traçando os anéis de fortes luzes fluorescentes que demarcavam paredes invisíveis. Os rugidos e sons das criaturas chegaram aos meus ouvidos, misturando-se com o súbito zumbido na minha cabeça. Fui tomada pela estranha sensação de que tinha voltado no tempo.

Estendi a mão para o anel fluorescente mais próximo, sentindo o campo de força que me separava de um híbrido de tigre. Eu podia ver a criatura, mas ela só poderia me ver se eu decidisse tornar o campo transparente. Eu sabia disso sem ter que perguntar.

Um dia eu tinha sido a criatura do outro lado daqueles campos de força.

A mão firme da memória me imobilizou. Os currais eram do mesmo jeito daqueles em que eu passara meus primeiros anos. Lembrava-me de pessoas passando por lá, olhando admiradas para mim. E ali estava eu, do outro lado.

Não percebi que tinha parado junto a um dos cercados, olhando lá para dentro, até sentir o toque em meu braço.

Minha mão voou até a garganta de Gladdic por instinto, mas não apertei. Recobrei o juízo bem a tempo. Meus olhos encontraram os dele, a respiração acelerada, e baixei o braço novamente.

– Você me assustou.

Gladdic fez uma expressão confusa. Eu sabia que tinha feito algo distintamente inumano.

– Onde está a criatura? – perguntei para distraí-lo, forçando um sorriso.

– A Srta. Sagnau disse que está logo ali.

Segui Gladdic, sentindo-me como se estivesse me movendo através de um pântano; sentindo-me como Nemesis dan Impyrean, completamente visível ali em uma pele que não se encaixava, onde certamente a qualquer momento alguém veria que eu era uma impostora.

Chegamos ao cercado onde o animal de Neveni esperava. Todas as demais criaturas ao nosso redor andavam de um lado para outro, inquietas em seu espaço confinado, grunhindo ou agitadas. A de Neveni sentou-se sobre o traseiro com uma pata levantada, a cabeça abaixada para se lamber.

— Ah, por favor — disse Neveni, desviando os olhos.

Gladdic abafou um riso.

— Acho que está gostando.

— Ei, pare com isso! — gritou Neveni, e bateu a palma da mão no campo de força. Ela soltou um uivo de dor quando sua mão ricocheteou com um choque. — Ah, não, e se isso acontecer na arena? Vai ser um desastre.

— Pelo menos ele vai desfrutar dos últimos minutos de sua vida — brincou Gladdic.

Peguei-me olhando por cima do ombro para a mulher musculosa que acabara de entrar nos currais — a Diabólica me seguindo. Hostilidade também olhava em volta com ar de quem reconhecia aquele tipo de lugar.

Senti um aperto curioso no peito.

Pela primeira vez, olhei para Hostilidade e não vi uma complicação, um inimigo, alguém que poderia me matar ou alguém que eu poderia ter que matar em breve.

Vi uma pessoa... não, uma *criatura* que era como eu. O mesmo passado, as mesmas experiências, alguém que, em circunstâncias diferentes, poderia ter entendido aquele meu lado que era insondável até mesmo para Sidonia. Eu sabia exatamente o que ela devia estar sentindo e pensando, porque estava sentindo e pensando a mesma coisa.

Então seu olhar encontrou o meu, e desviei os olhos rapidamente.

Hostilidade e eu éramos brotos gêmeos do mesmo solo, e ela nunca poderia saber. Nunca. Porque me mataria, se soubesse.

* * *

Neveni estava tensa enquanto esperávamos junto à arena a vez de sua criatura lutar. Ela a nomeara Mortal antes de vê-la, um nome que certamente se tornaria uma piada se a fera aparecesse ali e voltasse a se limpar, em vez de lutar.

— Isso é horrível — lamentou Neveni enquanto estávamos lá sentados. — Acrescentei leão e urso. Vocês viram algum sinal de leão ou urso? Ou ele é todo cachorro?

— Era maior do que a maioria dos cães — disse Gladdic. — E tinha bastante pelo em volta do pescoço.

Vimos a fera de Neveni ser colocada no cercado ao lado da arena, pronta para lutar no próximo grupo.

— Vamos ser motivo de riso — ela me disse.

— Eu financiei — falei para ela. — Não encomendei nada. *Eu* não vou ser motivo de riso.

O desânimo em seu rosto me informou que eu tinha falado a coisa errada. Então eu disse, mais gentilmente:

— Se você realmente teme que ela vá perder feio, então vamos tirar a criatura daqui agora.

— Ora, Sidonia, essa seria uma reação exagerada.

Elantra Pasus aproximou-se e se acomodou do outro lado de Gladdic. Seu séquito de empregados e servos se arrastava atrás dela... dentre eles Unidade, o Exaltado deflorado por Tyrus Domitrian.

Neveni e eu ficamos tensas. A pele escura de Gladdic empalideceu um pouco.

— Elantra.

— Gladdic — ela o cumprimentou, encarando-o com ar indagador... e de repente lembrei que Gladdic queria evitar desagradar a família Pasus. Parecia haver um aviso silencioso nos olhos dela, eu podia jurar, mas então Elantra se dirigiu a Neveni: — Quase *todo mundo* fica constrangido com a exibição de sua primeira fera na arena.

— Mesmo? — Os braços de Neveni estavam firmemente cruzados sobre o peito. E tinha tanta razão para ficar nervosa perto de um Pasus quanto eu. Ela só estava ali porque sua mãe atraíra a ira do Senador Von Pasus.

— É claro – disse Elantra. – Você só precisa fazer mais pesquisas na próxima vez e certificar-se de escolher um criador de qualidade. Os mais baratos diluem a força de seus animais com muito de cão. Deixe-me adivinhar: não lhe forneceram nem um animal para aquecimento, não é?

— Um animal para aquecimento? – disse Neveni cautelosamente.

— Um companheiro de cercado – eu disse calmamente. Isso ajuda um animal a aprender a matar.

Ou um Diabólico.

Elantra riu.

— Menina tola, você não pode simplesmente jogá-lo no ringue e esperar que ele saiba o que fazer. Um criador de qualidade teria lhe dito isso. Eles deveriam fornecer também outro animal mais fraco. Seu animal o mata, sente o sabor do sangue, e então está pronto para uma disputa real. Seu cachorrinho vai ser despedaçado se não se aquecer primeiro. – Ela inclinou a cabeça e seus cachos para o lado, o sorriso tímido. – Posso facilmente fornecer alguns. Tenho uns a mais hoje.

Neveni ainda estava rígida, mas forçou um sorriso.

— Imagino que seria melhor do que colocá-lo na arena para ser derrotado.

— Vou encontrar o Primeiro Sucessor em seu camarote, então por que você não vai para lá com meus acompanhantes? Eu me juntarei a vocês em breve – disse Elantra. Então, para Gladdic: – Você vai se sentar comigo, não é?

Gladdic mudou o peso de um pé para o outro, sem jeito.

— Sim, sim, claro.

Eu o encarei, surpresa com a facilidade com que era intimidado. Dizia gostar de Sidonia, mas não ousava desagradar Elantra recusando-se a fazer o que ela queria. Minha opinião sobre ele caiu bastante.

Elantra abriu ainda mais o sorriso quando ele concordou imediatamente.

— Vá com ela, então – disse Elantra, a voz doce como mel. Não era uma sugestão, mas uma ordem implícita.

Gladdic não olhou para mim. Virou-se para acompanhar Neveni.

Gladdic e Neveni saíram junto com os servos de Elantra e seu Exaltado deflorado. Aquilo, eu percebi, era um jogo de poder. Neveni parecia ser parte do séquito de Elantra agora. Gladdic, aparentemente minha companhia para aquele combate, simplesmente me abandonara ao comando dela. Uma Pasus estava reivindicando o território de uma Impyrean.

Eu ainda estava tentada a atacá-la, mas isso não seria apropriado, então concluí que a melhor reação era fingir não ter percebido nada.

— Que generoso de sua parte, Elantra — eu disse, e sorri. — A criatura de Neveni certamente lucrará com isso.

— Ah, sinto uma imensa responsabilidade por esses Excessos do nosso território. — Elantra fingiu uma risada agradável. — Embora, claro, Sidonia, eu não guarde ressentimentos se você realmente considera aquele Excesso uma... amiga. — Ela disse a última palavra com um tom de desgosto. — Vou mandá-la voltar aqui.

— Você é tão gentil — eu disse simplesmente, esperando que ela revelasse por que queria falar comigo.

— Vocês duas são tão íntimas — observou Elantra, olhando de mim para o camarote do Primeiro Sucessor, onde Neveni, Gladdic e os outros se ajoelhavam para saudar a chegada de Tyrus Domitrian. — É incomum no Crisântemo ver duas estranhas virarem confidentes tão rápido quanto vocês viraram desde... Ah, desde aquele infeliz incidente com Salivar e Devineé, eu acredito?

— Ela foi muito gentil em me ajudar — falei, sem emoção na voz. — Aquela noite ainda é um mistério para mim.

— Ah, sim. — Os olhos dela brilharam malevolamente. — Mas, com sorte, isso é algo que poderá ser resolvido em breve... para sua própria paz de espírito. Afinal, Devineé e Salivar despertaram.

Meu coração deu um pulo desagradável.

— Despertaram?

— Sim. Será interessante ouvir o que eles têm a dizer, não? — E, sem me dar outro instante para contemplar a ameaça contida no que disse, Elantra se levantou e se afastou da minha seção.

A DIABÓLICA

Depois reapareceu no camarote do Primeiro Sucessor, onde Neveni e Gladdic esperavam. Vi Elantra levar os dedos de Tyrus às bochechas. Aparentemente, ela estava determinada a ser gentil com Tyrus, mesmo depois de ele ter arruinado o presente de sua família para o Imperador.

Então, Salivar e Devineé estavam acordados. Isso não significava que eu precisava me preocupar. Neveni lembrava muito pouco do que os dois fizeram com ela após uma dose bem menor de Hálito de Escorpião. Com sorte, eu os forçara a tomar o suficiente para apagar meses de sua memória.

Meu coração, então, acalmou-se.

Nessa hora, ouvi um grande rugido. Mortal tinha sido solto lá embaixo, na arena. Ele trotou para o centro, a cauda balançando, as orelhas para trás, as narinas tremendo enquanto farejava o ar. Levantei-me para ver melhor, uma tensão que eu não conseguia explicar tomando conta de mim; então vi Elantra acenando para alguém perto de onde estava.

Seus empregados pegaram o Exaltado e lançaram o jovem assustado na arena, com a criatura de Neveni. A multidão arfou em conjunto, e até mesmo Tyrus Domitrian – deflorador da criatura inocente – lançou-se para frente como se fosse pegar o rapaz, mas não conseguiu. O Exaltado caiu todo encolhido no chão rochoso, a cabeça calva brilhando sob a luz. Por alguns instantes, Unidade ficou ali agachado, aturdido. Então se levantou e olhou em volta com infinita inocência.

Então o Exaltado era o companheiro de cercado que Elantra pretendia dar para Mortal praticar.

Ao entender o que estava acontecendo, cerrei meus punhos suados. O Exaltado tinha sido criado para ser indefeso, para não pensar em nenhum mal, para não entender nenhum mal. Não teria nenhum instinto de correr ou se defender antes de ser feito em pedaços. No entanto, diferente de um servo, ele tinha a capacidade cognitiva de entender a morte quando ela chegasse. Precisava ter... porque o Exaltado deveria apreciar seu destino ao ser sacrificado.

Meu olhar se voltou para Elantra, para seu sorriso ao descartar o Exaltado que lhe causara tanto inconveniente. Neveni levara as mãos à boca, e

Gladdic baixara a cabeça para evitar ver o massacre. Ao lado de Elantra, vi o Primeiro Sucessor, responsável por deflorar aquele Exaltado.

Tyrus olhava para o garoto, horrorizado.

Observei-o por um bom tempo e um pensamento estranho me ocorreu: ele não queria que o Exaltado fosse morto. Era curioso que isso importasse para ele.

Meus olhos foram atraídos de volta para a arena, onde Mortal perseguia o indefeso Exaltado, mas não atacava. A fera farejou o ar, depois se virou desinteressadamente.

Vi Elantra apontar para um criado na arena. Ela sussurrou algo para Neveni.

Então o criado levantou uma arma e atirou na fera. Forquilhas de eletricidade envolveram Mortal por um momento, fazendo-o ganir e uivar, correndo em círculos frenéticos.

E de repente eu não conseguia respirar. Não conseguia.

Deram outro choque na fera. E mais outro.

Eu não via a arena, apenas aquela garota indefesa que haviam jogado no meu cercado nos currais. Aquela garotinha que estremecera no canto e depois ficara desesperada o bastante para tentar pegar minha comida. Eu a afastara, gritara em seu rosto, e ela tremera com lágrimas de terror. Mas eu não a atacara. Eu não tocara nela. Olhara para ela por um bom tempo, tentando descobrir o que era aquela coisa pequena e desamparada, e agora eu não podia respirar, pensando nela enquanto eu os via atormentar a fera lá embaixo.

Na arena, a fera uivou de novo com outra descarga elétrica, e agora latia furiosamente, rosnando para torturadores que não conseguia alcançar, espumando de uma raiva crescente que logo se extravasaria em algo, em *alguém*, e senti um nó no estômago sem conseguir pensar em mais nada além dos choques que eu tinha recebido, os que não pararam até eu não conseguir mais enxergar, não poder me segurar, não conseguir fazer nada além de atacar, rasgar, ferir e matar, e então ela estava morta, morta aos meus pés, o primeiro ser humano que matei...

A DIABÓLICA

E então Mortal estava correndo para o Exaltado, e já não parecia mais somente um cachorro, mas um assassino letal, musculoso, nascido e criado assim. O Exaltado deixou escapar um gemido e cobriu o rosto com as mãos, exatamente como a garota quando finalmente eu a atacara. Quando ela percebeu que eu iria matá-la, que eu era uma coisa terrível e monstruosa sem piedade, sem racionalidade, sem compaixão; e eu não sabia exatamente o que me dominou naquele momento enquanto me lembrava daquele dia, mas me atirei sobre o cercado e caí na arena.

Aterrissei nas rochas, ciente do silêncio que se fez por todo o lugar, ciente dos gemidos confusos do jovem Exaltado, e dos rosnados aterrorizantes de Mortal. Tanto o Exaltado quanto a fera olharam para mim, a recém-chegada que interferia na ordem natural das coisas, e minha sanidade retornou em uma onda súbita de terror.

Eu tinha acabado de fazer algo que Sidonia nunca faria. Algo que ela nunca ousaria fazer. Tinha me atirado na arena de luta diante de todas aquelas pessoas. Aquilo era loucura. Insanidade.

A criatura furiosa se aproximou de mim, a nova ameaça, e outro pensamento terrível me ocorreu.

Se eu lutasse contra aquela criatura, iria me expor diante de todos. Diante de Hostilidade, em algum lugar da multidão, que identificaria a força e os movimentos de um Diabólico com um único olhar.

Mas se eu não lutasse contra aquela fera, ela me mataria.

16

RESPIREI FUNDO e olhei para a multidão, todos aqueles olhos em mim, prontos para me trair. Eu podia fazer aquilo. Podia. Permaneceria absolutamente fiel às habilidades de Donia, e ainda assim derrotaria aquela criatura. Eu não me moveria como uma Diabólica. Não lutaria como uma Diabólica. E ainda assim ganharia.

Pessoas na multidão estendiam as mãos, ansiosas para cair nas graças da herdeira Impyrean, resgatando-a. Vi Gladdic e até mesmo Tyrus Domitrian tentando me alcançar. Elantra ficou para trás, observando-me com cruel interesse.

Neveni arrancou seu colar.

– Sidonia! – Ela o atirou na arena, onde caiu com um leve ruído.

Mesmo em meio ao terror coletivo diante de minha situação, a multidão murmurou, escandalizada. Neveni acabara de quebrar um tabu, revelando abertamente que seu colar era uma arma.

Procurei alcançá-lo, certa de que poderia me ajudar.

Mas Mortal bloqueou meu caminho, suas narinas se contraindo, o rugido ficando ameaçadoramente mais grave. Apesar do gesto amável de Neveni, ela não ajudaria.

Afastei-me lentamente da criatura que se aproximava. Mantive sua atenção em mim, sua companhia maior e mais perigosa naquela arena. A fera irradiava ódio e hostilidade. Abaixei-me e energicamente rasguei tiras do meu vestido. Se aquele animal de fato era essencialmente um cão, então atacaria o primeiro membro ao alcance. Mantive meus olhos fixos nele enquanto protegia o braço esquerdo com o tecido. Então me abaixei para pegar uma das pedras no chão.

— Vem, fera — sussurrei para ele.

O grunhido de Mortal soava mais como o de um urso a cada segundo. Eu precisava acabar com aquilo. Dei um passo repentino para o lado.

Com um rugido estrondoso, o animal saltou para a frente, uma massa de músculos e dentes afiados. Venceu a distância mais rapidamente do que qualquer canino puro conseguiria, e eu estendi o braço esquerdo, preparando-me para o momento em que aqueles dentes se cravariam em minha pele. A grande boca se fechou em torno do meu braço; então o puxei para mim, alheia à dor, enquanto suas mandíbulas o comprimiam. Com a mão livre, bati com a pedra em seu crânio.

Teria sido fácil para mim esmagar a cabeça dele, se eu tivesse usado toda a minha força, mas eu era Sidonia, então foram necessários três golpes leves. O animal desmoronou, ficando caído no chão. Recuei um passo e desenrolei o tecido do meu braço esquerdo. Os dentes haviam rasgado o pano, mas eu só tinha pequenas e fracas marcas de corte na pele.

Recuperei o fôlego e joguei a pedra para o lado. Um silêncio mortal tomou conta da arena. Quando levantei a cabeça, vi centenas de olhos me observando em choque. Minha mente ficou vazia. Eu teria que explicar por que fizera aquilo. Como poderia responder? Como poderia colocar em palavras o impulso que me levara a intervir, a deter a situação, quando nem eu mesma entendia? Donia nunca teria feito isso.

Espera.

Meus pensamentos clarearam.

Não, Donia *teria* feito isso. Não saltando para a arena como eu fizera... mas antes. Ela teria agido no momento em que Elantra mandou atirarem o Exaltado lá embaixo. Ou talvez até mesmo no momento em que Neveni pedira financiamento para encomendar o próprio animal.

— Vocês não têm vergonha? — gritei para os rostos que me encaravam. Caminhei até o Exaltado, encolhido e assustado, e recolhi o menino em meus braços protetores. Acariciei enfaticamente as costas trêmulas de Unidade, assim como Donia faria. — O que há de errado com vocês? Que prazer podem sentir em ver essa criatura indefesa ser despedaçada? Somos selvagens?

Sussurros e murmúrios encheram o ar.

Olhei nos olhos de Elantra, e ela me encarou de volta, cheia de ódio. O seu olhar era de puro desprezo, e eu sabia que ela já estava interpretando minhas ações como um movimento contra ela, contra a família Pasus.

E então, para meu profundo choque, Tyrus Domitrian levantou a mão pedindo silêncio. O ruído da multidão diminuiu, e o Primeiro Sucessor olhou para baixo, de onde estava, a expressão clara e lúcida dessa vez.

— *Grandeé* Impyrean, você garantiu a todos nós um espetáculo inesperado. Não é mesmo? — Ele olhou em volta, e riso percorreu a multidão. Tyrus olhou para mim. — Acho que, como recompensa por seu valor, podemos deixar o Exaltado sob sua proteção.

Soltei o garoto rapidamente. Eu não queria isso.

— Não.

— Não? — Tyrus arqueou as sobrancelhas.

— A criatura, Vossa Eminência. A fera. Eu quero a fera. Paguei por ela. E a quero de volta. Ela não vai mais lutar em seus... em seus entretenimentos selvagens.

Foi só naquele momento que entendi, entendi o que me levara a me atirar entre o caçador e a presa. Não fora com o Exaltado que eu me identificara, apesar das mentiras que contei para a multidão, fingindo ser Sidonia. Não, fora com a criatura prestes a matar o Exaltado, aquele animal feito da mesma forma que eu para assassinar impiedosamente, e levado a isso mesmo quando resistiu.

Eu não deixaria isso acontecer. De novo, não.

Em vez disso, eu o tornaria meu.

Meu corpo tremia pelo excesso de adrenalina quando fui finalmente erguida para fora da arena e levada até os cercados dos animais para aguardar a volta de Mortal.

Eu esperava que Neveni voltasse depressa para junto de mim, mas quem apareceu foi Gladdic. Seus cabelos escuros estavam tortos nos suportes dourados, e eu esperava que ele estivesse preocupado.

Em vez disso, ele disse:

— Por que você fez uma coisa dessas?

— Como assim?

Ele deu um passo em minha direção, depois não se aproximou mais.

— Sidonia, isso foi um escândalo! Você não está ajudando nem um pouco os Impyrean comportando-se de forma tão irracional. Meu pai nunca deixará eu me unir a você depois disso!

A raiva cresceu dentro de mim. Puxei a manga para expor os pequenos cortes em meu braço para os robôs médicos mais próximos, e de repente me peguei pensando em Gladdic obedecendo Elantra tão prontamente e saindo para se juntar a ela.

Aliás, naquele primeiro dia no Crisântemo, Elantra comentara sobre os banhos de sais, e Gladdic começara a falar, mas depois parara. Ele ia me alertar sobre o que estava por vir, eu percebia agora, mas Elantra o silenciara. E ele *deixara* que ela o silenciasse.

— Então, para evitar o escândalo e preservar minha reputação — falei com frieza —, eu simplesmente deveria ter deixado que aquele animal fosse torturado, e o Exaltado, feito em pedaços?

— Não é como se ele fosse humano — disse Gladdic.

Examinei-o clinicamente, vendo-o sob uma nova luz. Não apenas um jovem frágil e delicado por fora, mas por dentro também.

Aquele ser fraco e patético era indigno de Sidonia.

— Deixe-me em paz, Gladdic.

— Sidonia...

Eu queria bater nele. Em vez disso, virei as costas.

— Eu disse *me deixe em paz*. Não tenho mais nada a dizer.

Covarde como era, Gladdic não discutiu, não contestou. Ouvi seus passos se afastando. Percebi que eu estava tremendo de raiva. Quando notei um movimento atrás de mim, achei que ele tivesse voltado para dizer uma última coisa. Virei rapidamente, pronta para brigar com ele, mas então meu coração congelou.

Era Hostilidade.

A Diabólica me observava sob a brilhante luz fluorescente dos campos de força. Os robôs médicos ainda cuidavam do meu braço ferido. Afastei-os, preparando-me para o momento em que ela se aproximaria e me mataria.

Ela tinha me visto na arena. Tinha visto tudo.

Eu tentara ao máximo me mover como Donia durante a luta, disfarçar minha força, minha velocidade. Mas, pela maneira como ela olhava para mim – como se não enxergasse mais nada –, eu suspeitava com uma grande dose de apreensão que tinha falhado.

Mas Hostilidade não fez nenhum movimento em minha direção. Ela só me estudava com uma estranha curiosidade.

— Você acredita no que disse a ele?

— Acredito... no quê? – indaguei cautelosamente.

— No que acabou de dizer para aquele garoto, agora mesmo. Você acredita que salvar aquela criatura era a coisa certa a fazer?

A pergunta me pegou desprevenida. Tudo o que pude dizer foi:

— Eu não podia permitir aquilo. O que ia acontecer naquela arena era... – Eu não conseguia explicar direito o estranho impulso que tive de intervir. Tudo que saiu foi: – Era errado.

Hostilidade olhou ao redor, vendo os cercados, aquele lugar que se parecia tanto com os currais onde nós duas havíamos sido criadas. Onde nós duas tínhamos sido as criaturas do outro lado do campo de força.

— Talvez eu a tenha julgado mal, *Grandeé* Impyrean. Dado o que sou, compaixão é algo muito estranho para mim. – Seu olhar frio me encontrou. – Mas não desconheço seu valor. Você me pareceu estranha desde o momento em que nos conhecemos, e agora desconfio que seja por isso. Eu simplesmente não compreendi alguém tão... gentil.

Com essas palavras, ela pareceu contente por ter resolvido o mistério que era Sidonia Impyrean, e se afastou. Fiquei lá enquanto os robôs médicos voavam de volta para curar meu braço, tentando entender como conquistara sua confiança com o que eu dissera a Gladdic. Ao intervir por um ser que não era uma pessoa – uma criatura como Hostilidade, como eu –, eu agira de uma forma muito semelhante a Donia, e isso fizera com que ela deixasse de desconfiar de mim.

E, daquele dia em diante, Hostilidade não me seguiu mais.

Minhas ações provocaram vários sussurros horrorizados pelo Crisântemo. Os Grandíloquos de sentimentos mais nobres, que detestavam secretamente as lutas de animais, encontraram maneiras de se aproximarem de mim e dizerem em voz baixa:

– Achei sua atitude muito corajosa, *Grandeé* Impyrean.

Outros me evitavam. Quando eu me aproximava, faziam questão de se afastar e baixar a voz, na esperança de não serem ouvidos. Afinal de contas, eu criticara publicamente um passatempo popular.

Não me preocupei muito com isso até uma noite, depois da cerimônia na Grande Heliosfera, quando os Grandíloquos se reuniram na sala de audiências para inalar os vapores. Senti o peso do olhar de alguém em minha nuca e me virei – bem a tempo de ver os olhos do Imperador em mim, e *Grandeé* Cygna inclinando-se para sussurrar em seu ouvido.

Foi quando arrisquei olhar à minha volta para os Grandíloquos por perto, aqueles que tinham expressado simpatia por minhas ações na arena. Então olhei para aqueles que tinham me evitado, nuvens de vapor saindo de suas bocas, seus olhares avaliando ocasionalmente o meu grupo. Senti um choque.

Estavam divididos de acordo com a mesma rivalidade que existia entre o Senador Von Pasus e o Senador Von Impyrean no Senado. As pessoas inclinadas a apoiarem minhas ações e ficarem por perto eram os Amador, os

Rothesay e os Wallstrom. Todos defensores da restauração das atividades científicas.

Aqueles com uma visão oposta, que haviam detestado meu gesto e começavam a se vangloriar abertamente e em voz alta, principalmente onde eu pudesse ouvir, sobre as novas criaturas que tinham encomendado, como para reforçar seu ponto de vista – esses eram os Fordyce, os Aton, os Locklaite e outros aliados dos Pasus. Os mais ardentes heliônicos.

Não podia ser coincidência. As famílias que não ousavam expressar desagrado ao Imperador abertamente estavam fazendo isso de modo indireto, tomando uma posição contra seus inimigos em relação às lutas de animais. E começando a se reunir ao meu redor. Em torno da herdeira da família Impyrean, o foco de seu descontentamento.

Pedi licença imediatamente e fugi da multidão, porque aquilo era o oposto do que eu deveria fazer ali na corte. Eu devia *evitar* as atenções, não atraí-las!

No entanto, quando cheguei à porta, olhei de volta para o Imperador. Ele estava sentado, agarrado aos braços de sua cadeira, examinando a facção Impyrean de seu posto privilegiado, um olhar frio no rosto.

Era um homem sem misericórdia, e agora seus inimigos se uniam à vista de todos.

17

COMECEI a passar mais tempo em minha residência, esperando ser esquecida. Quando pessoas que tinham expressado apoio com relação às minhas ações na arena queriam me visitar, eu dizia para os meus servos não as deixarem entrar. Fingia estar doente para todos, menos Neveni.

Felizmente, eu tinha Mortal para ocupar grande parte do meu tempo.

No começo ele fora hostil, pronto para me atacar sempre que eu me aproximava. Proibi meus servos de interagirem com ele e lhe dei um cômodo próprio em minha residência. Então, quando tive certeza de que não havia vigilância naquela sala, usei descaradamente minha força superior para lhe ensinar obediência. Quando ele me atacava, eu o imobilizava, obrigando-o a mostrar sua barriga. Quando ele vinha para cima de mim com suas mandíbulas, eu o agarrava pela nuca até que desistisse.

Eu não tinha certeza, no início, se um monstro criado para matar em uma arena poderia ser domesticado. Mortal era uma mistura tão distinta de animais que tratá-lo como um cachorro significava ignorar o leão, ignorar o urso. Mas, gradualmente, Mortal aprendeu a me obedecer. E até mesmo revelou um lado frívolo. Quando eu voltava para os meus aposentos à noite, ele corria para mim com entusiasmo, esperando que eu o acariciasse, até ficar satisfeito. Então puxava a barra das minhas roupas para me incitar a brincar com ele. Descobri que se eu corresse meus dedos pelo chão, como se fossem pequenos animais, ele os mordia e perseguia, entusiasmado.

O único problema que ele enfrentava em ser civilizado era toda a energia que precisava gastar, assim como eu, e o espaço limitado que tinha para andar. A torre mais longa que se estendia para o espaço servia como uma das poucas caminhadas vigorosas que podíamos realizar longe de olhares curiosos.

Neveni juntou-se a mim e à fera durante uma de nossas caminhadas pela Trilha Berneval. Ela dava um pulo de susto sempre que ele se aproximava muito de nós.

— Tem certeza de que quer ficar com essa fera?

— Ele já está ficando mais fácil de controlar. Aprende bem rápido. Ah, e tenho algo para você. — Enfiei a mão no bolso e peguei seu colar. — Obrigada. Sei que você arrumou um problema revelando-o em público. Não vou esquecer seu gesto.

Ela tocou o colar cuidadosamente.

— Não me importo com o que os outros pensam de mim. Todos eles têm armas. São hipócritas por agirem como se eu fosse a errada por isso, principalmente depois... — Sua voz falhou. — Depois do que Salivar e Devineé fizeram comigo.

Eu não respondi, porque não sabia bem como consolá-la, então parecia melhor não tentar.

— Onde está a sua? — perguntou Neveni com um sorriso sorrateiro. — Você deve ter uma arma. Eu sei que tem. Não vou contar a ninguém.

Eu não me importava em carregar uma arma. Eu era a arma. Mas senti necessidade de lhe dar uma resposta, então inventei uma:

— Meu sapato. Há uma lâmina escondida na sola.

— Por que você não a usou contra Mortal?

— Eu... não sou tão corajosa quanto você diante da censura pública.

Neveni riu e cutucou meu braço.

A DIABÓLICA

— Diz a garota que pulou em uma arena para salvar um Exaltado. — Ela parou. — Não consigo mais andar com esses saltos. Continue sem mim, Sidonia.

Eu me despedi, sentindo-me indulgente com relação a ela depois de seu recente gesto. Havia algo nela de que eu gostava, e quase *confiava* em Neveni, até onde podia confiar em qualquer um que não fosse Sidonia. Quando Mortal e eu voltamos a caminhar, senti sua falta.

Mas pelo menos podia me mover mais rápido sem Neveni por perto, e, agora que Hostilidade não me perseguia mais, eu me permitia isso. Acelerei o passo. Mortal se animou, ansioso para correr também. Não éramos criaturas de ficar nos arrastando sem pressa.

Comecei a correr. Mais rápido do que em qualquer outra vez desde que eu fizera a redução muscular, e, para o meu imenso prazer, Mortal me acompanhou, elétrico de energia como eu. Chegamos à ponta rápido demais, meus pulmões ardiam de maneira agradável, meus músculos se livravam da terrível rigidez do desuso.

Manter essa fraqueza física cobrava um preço de mim. O canino rodopiava ansiosamente junto aos meus pés, farejando aqui e ali. Deixei-o descansar enquanto observava a parede de selos e nomes. Havia mais nomes ali desde minha primeira visita, famílias de todo o Império.

Meu olhar percorreu indolentemente os selos — e depois se aguçou. Comecei a estudá-los de perto.

Os Bellwether. Os Wallstrom. Os Amador. Os Rothesay. Os mesmos nomes que recentemente haviam se aglomerado à minha volta. Sua chegada à corte não despertara nem de longe a mesma atenção que a minha, como filha do Grande Herege, então não tinha me dado conta. Não tinha percebido quantos deles eram recém-chegados ao Crisântemo.

Eles tinham sido convocados ali exatamente como Sidonia.

Todo meu instinto de sobrevivência começou a gritar enquanto eu analisava os novos nomes na parede. Havia tantos rostos na *Valor Novus* que eu não tinha prestado muita atenção aos novatos. Mas aquela parede de selos ilustrou a situação para mim com a mais absoluta clareza.

A família de Sidonia não era uma exceção, em que o filho era levado à corte no lugar dos pais. Foi apenas a primeira de muitas outras grandes famílias. O Imperador estava reunindo os herdeiros em sua fortaleza.

Mas por quê? Para quê?

Eu já tinha parado há tanto tempo que Mortal estava inquieto ao meu lado. Quando começou a fazer barulhos estranhos, virei-me para ele. Mortal pulou em mim... mas não para me morder. Só começou a lamber meu rosto.

Um som radiante escapou dos meus lábios, para minha surpresa. Levei um instante para sentir meu sorriso, para perceber o que era o som.

Eu tinha dado uma gargalhada. Uma gargalhada.

Afastei-me do cachorro, levantei sua guia e puxei-o para caminhar comigo, ainda abalada por dentro. Corri os dedos pelos meus lábios, onde aquela risada saíra de mim sem planejar, sem querer.

Qual era o meu problema?

– Minha mã... humm, eu estou preocupada.

Sidonia estava usando o avatar da Matriarca novamente, fazendo com que sua voz aguda e hesitante parecesse ainda mais incongruente.

– Preocupada comigo? – ecoei.

O olhar de Donia vacilou.

– Mais ou menos.

É claro que a Matriarca não estava preocupada comigo. Ela devia ter algumas fontes na corte. Devia ter ouvido falar da minha interferência na arena e do escândalo que isso causou.

– Está tudo bem. Diga isso a todos na fortaleza. Agi imprudentemente, mas isso não vai se repetir. E assegure, hã, a você mesma que estou sendo bem discreta no momento. A atenção se dispersa bem rápido por aqui. Logo serei esquecida. Embora eu...

– Você o quê?

– Não acredito que Gladdic e eu iremos nos unir depois disso. Sinto muito. – Ele não era digno dela. Eu explicaria isso algum dia.

Para minha surpresa, Donia balançou a mão como se isso não tivesse importância.

— Mas me fale de você. *Eu* estou preocupada.

E, dessa vez, eu sabia que se referia a si mesma.

Estou bem. Eu queria dizer isso para tranquilizá-la imediatamente, mas o jeito como ela estava me olhando – mesmo por trás dos olhos da Matriarca – me fez sentir um nó no peito.

Se alguém poderia responder minha pergunta, seria ela.

— Estou bem. É só que... – Meus pensamentos correram de volta para Mortal, para a maneira como ele lambera meu rosto. Para o que eu tinha feito depois disso. – Eu tenho andado meio estranha. Não estou acostumada a estar nessa posição. Eu dei uma *gargalhada*.

— Você o quê? – disse Donia, ofegando.

— O híbrido de cão pulou em mim. Achei que quisesse me morder, mas ele foi carinhoso. Lambeu meu rosto e parecia tão carente... E isso simplesmente aconteceu. Dei uma gargalhada. Foi sem querer.

— Neme... hã, Sidonia, isso não é algo a temer.

As palavras me colocaram na defensiva.

— Não estou com medo.

Um pequeno sorriso curvou seus lábios.

— Eu sei. Você não tem medo de nada. Não foi isso que eu quis dizer. É só que o riso não é motivo para você ficar *preocupada*.

— Você não entende. Eu não sou assim. Pode ser um sinal de que há algo errado comigo.

— Você não... – Ela soltou um suspiro, obviamente notando, assim como eu, a dificuldade de dizer praticamente qualquer coisa em uma conexão potencialmente insegura. – Você não se lembra do dia em que ganhou sua Diabólica, Nemesis, e a maneira como certas partes do cérebro dela foram ampliadas? Isso foi feito para que ela pudesse te amar. – Sua voz soou trêmula. – Mas não dá para construir uma parte de um cérebro para servir a uma pessoa. Uma vez que a parte existe, ela existe. Aposto que Nemesis poderia ter amado outras coisas, se tivesse tido chance. Aposto que ela poderia aprender a rir das coisas também.

— Isso é ridículo. Estamos falando de uma *Diabólica*.

— Ou estamos falando de uma *garota* — disse Donia suavemente. — Uma garota que cresceu tratada como um monstro, então ela pensa isso de si mesma; uma pessoa que nunca se permitiu sentir porque pensava que não deveria...

— Que bobagem. Isso é absurdo.

Mas, mesmo sem querer, comecei a pensar em Hostilidade, cujos instintos como Diabólica ditaram que devia me perseguir, descobrir meus segredos. Hostilidade, que deixara as próprias desconfianças de lado após um indício de que eu estranhamente via criaturas como ela como pessoas. Era como se ela ansiasse por tal compreensão, ou mesmo precisasse dela.

Poderíamos mesmo ser mais do que eu imaginava?

Donia parecia pensar que sim.

— Você não vê por que Nemesis nunca riria? Nunca lhe permitiram rir, nunca lhe foi dada uma razão para rir. Não sei como eram os currais, mas devem ter sido terríveis, traumáticos. E eu não era nem um pouco melhor com ela.

Dessa vez, "eu" se referia à mãe dela, é claro.

— Então, quando ela passou a ter, hã, *você* para cuidar, Nemesis assumiu seu papel com tanta seriedade que não podia se permitir fazer algo como rir. Se ela tivesse uma chance, longe de tudo isso, para ser ela mesma e aprender a se abrir para seus sentimentos... Não haveria nada a temer. É lindo. É uma coisa maravilhosa.

A irritação foi crescendo dentro de mim.

— Se tudo o que você diz fosse verdade, se... se Nemesis fosse capaz de tais sentimentos, então não haveria diferença entre um Diabólico e uma pessoa, além da força física.

— Talvez não haja. Não tanto quanto você pensa. — Donia contraiu os lábios. — Isso é o que eu sempre pensei. É o que eu sempre disse.

Fechei os olhos. Minha mente voltou para aquela garotinha no cercado comigo. Na expressão ingênua de Sutera, pouco antes de eu atacá-la. Meus pensamentos correram de volta para todas aquelas vidas que eu havia tirado ao longo dos anos.

Aquilo tudo havia feito de mim uma boa Diabólica.

Ser uma boa Diabólica significava ser uma pessoa horrível.

Se eu fosse uma pessoa, então tudo o que eu era, tudo o que eu tinha me tornado, era profano, distorcido e maligno. Eu era uma Diabólica perfeitamente aceitável ou um ser humano abominável.

— Essa história toda é uma bobagem. Não posso mais falar com você. Preciso ir.

— Mas...

— Estou encerrando essa conversa! — Então cortei a transmissão e fiquei ali, abalada, em minha residência. Olhei para Mortal, dormindo no canto, e decidi levar o cão para a arena no dia seguinte e me livrar dele. Então ele levantou a cabeça ao sentir que eu o observava e me olhou de volta, abaixando as orelhas, e senti um aperto esmagador no peito ao notar que não conseguiria fazer isso.

Qual era o meu *problema*? O único ser pelo qual eu já sentira alguma coisa tinha sido Donia. Ela era tudo o que importava, e agora aquele híbrido estúpido e geneticamente modificado estava me fazendo agir como uma idiota irracional.

Eu tinha até mesmo me esquecido de contar a Donia que os herdeiros imperiais estavam sendo levados para a corte, o que era o motivo para eu ter entrado em contato com ela.

Não seria nenhum desastre esperar até a próxima conversa.

18

O GRANDE SANTUÁRIO ficava na *Valor Novus,* logo abaixo da Grande Heliosfera. Raramente era usado. Existia para as poucas ocasiões em que os senadores e outros representantes do governo chegavam de todo o Império para uma Convocação. As Convocações eram eventos importantes, geralmente quando um novo Imperador assumia. Gerações podiam entrar no Senado e nunca assistir a uma Convocação formal. Não eram apenas os senadores que se reuniam, mas todos os quóruns menores das classes governantes do Império: vice-reis, governadores e detentores de títulos hereditários de importantes famílias tradicionais, que sempre conseguiam um cargo, mas eram pobres demais para ter um território de verdade.

Então para mim foi um choque quando recebi uma mensagem de que haveria uma Convocação no dia seguinte. Fui convidada a comparecer como suplente do Senador Von Impyrean.

Ouvi a mensagem novamente, tentando compreendê-la. Foi então que o interfone da minha residência anunciou: "Neveni Sagnau está aqui para ver Sidonia Impyrean."

Virei-me para Neveni quando ela entrou. Seu cabelo estava uma bagunça, como se tivesse acabado de sair da cama e vindo direto até mim, tão perplexa quanto eu.

— Você ouviu sobre uma Convocação, ou alguém está pregando uma peça em mim?

— Você também foi convocada?

— Como suplente da minha mãe. — Seus olhos estavam arregalados de pânico. — Não sei nada sobre o trabalho da minha mãe. Como assim eles querem que eu seja suplente dela?

— Nós vamos no lugar deles. — Mesmo enquanto eu falava, a ideia me confundia. O Senador Von Impyrean poderia atender à Convocação através dos fóruns galácticos. Não havia necessidade de eu ir em seu lugar. Alguma coisa estranha estava acontecendo ali.

— Haverá milhares de pessoas lá — disse Neveni, quase para si mesma. — Com certeza não teremos que fazer nada, a não ser ouvir.

— Isso.

— Mas... ouvir o quê?

Balancei a cabeça, tão perdida quanto ela.

— Tentei contatar minha mãe e não consegui. — Ela se afundou em um assento. — Sidonia, isso é realmente estranho. Eles não podem nos avisar apenas um dia antes. Como o Imperador espera que todos cheguem a tempo?

Senti um calafrio. Minha mente voltou para a parede de selos que eu tinha visto na Trilha Berneval, evidência de todos os Grandíloquos recém-chegados.

Percebi, então, que o Imperador já tinha reunido todas as pessoas necessárias para a Convocação. Ele devia estar planejando aquilo desde antes de exigir a presença de Sidonia.

Mas para quê?

Como Neveni, enviei uma mensagem para minha família. Tentei entrar em contato com a fortaleza Impyrean, esperando instruções, orientação. Qualquer coisa.

Mas, assim como Neveni, não recebi nenhuma resposta.

As convocações exigiam algo mais do que apenas túnicas cerimoniais. Exigiam um traje de tela reflexiva; assim, quando todos os representantes do Império se reunissem no Grande Santuário, onde a gravidade era especialmente projetada para permitir que cada centímetro quadrado de chão, teto e paredes fosse ocupado por assentos e pessoas, nossas roupas ampliariam a imagem do Imperador em seu trono flutuante no centro.

A maior parte dos Grandíloquos inferiores teve que pedir dinheiro emprestado para seu traje especial. Eu comprei o de Neveni. A Matriarca não ficaria satisfeita com essa despesa quando eu entrasse em contato com ela.

Havia sessenta famílias de Grandíloquos superiores no total: os mais poderosos do Senado e os mais importantes detentores de território do Império. Como suplente da família Impyrean, meu assento ficava no círculo interno, sobre plataformas precárias que circundavam o lugar do Imperador. Quando encontrei meu assento, a escada se recolheu para o chão atrás de mim. Eu olhei em volta.

A grandeza da Convocação me deixou sem fôlego. Por todo o espaço esférico, corpos se movimentavam, pessoas se deslocavam, seus trajes especiais cintilando com a cor correspondente à seção que deviam ocupar. Em algum lugar por ali estava Neveni. Mais perto de mim estava o Senador Von Pasus. Era a primeira vez que eu via o grande adversário dos Impyrean pessoalmente.

Observei-o; minha visão aguçada capaz de identificar suas feições apesar da distância. Tinha cabelos longos e grisalhos, sinais de idade no rosto. Claramente, ele não usava muito o tratamento da falsa juventude. Talvez fosse sua tentativa de parecer mais digno. Ocorreu-me que, ao contrário de muitos outros senadores ali, Von Pasus tinha sido avisado com antecedência suficiente para vir pessoalmente de seu sistema estelar.

Meus olhos correram pelos outros representantes de grandes famílias. Os senadores Von Fordyce e Von Aton estavam ali, mas algumas outras famílias eram representadas apenas por seus herdeiros como suplentes. O traje de Convocação era programado para exibir o selo da família, então facilmente identifiquei os herdeiros das famílias Amador e Chomderley. Todos jovens, todos inquietos e agitados.

A DIABÓLICA

Havia uma distinção clara, percebi de repente. Os senadores da facção heliônica estavam *todos* ali pessoalmente. A facção do Senador Von Impyrean, porém, estava completamente ausente – os herdeiros ali como suplentes em seu lugar.

Fechei e abri os punhos, sabendo que havia algo muito errado. Mas eu só podia esperar.

Então a música da celebração imperial irrompeu pelo ar e teve início a grande procissão de parentes reais. Eles tomaram seu lugar no círculo interior ao nosso.

Por fim, saíram o Imperador e seus três Diabólicos.

Juntos com milhares de robôs de segurança.

Prendi o ar e olhei em volta, enquanto as pequenas máquinas metálicas subiam zumbindo e ocupavam suas posições por toda a sala. Sem disparar, apenas posicionando-se como uma ameaça silenciosa diante de cada seção. Um robô de segurança se posicionou diante de cada assento das grandes famílias. Peguei-me encarando diretamente a mira de um pequeno dispositivo arredondado que pairava a poucos metros de onde eu estava. Meus olhos identificaram logo o minúsculo disparador de laser que se projetava, pronto para me cortar em duas.

No entanto, quando olhei para o Senador Von Pasus, descobri que as famílias a favor do Imperador não tinham esses robôs de segurança apontados para eles. A facção heliônica, novamente, tinha sido poupada.

Senti arrepios na espinha. Eu poderia saltar daquela cadeira e acertar o robô à minha frente, mas sabia que um dos outros poderia facilmente se virar e me matar instantes depois. Eu tinha que ficar ali sentada e ser obediente, independentemente do que acontecesse. Estava encurralada.

O Imperador abriu os braços e imediatamente as imagens refletidas nos trajes mais distantes mudaram e começaram a formar pixels de uma imagem maior: a do rosto do Imperador Von Domitrian, sua pele em tom de pêssego naquele dia, o cabelo loiro entremeado por fios dourados e preso como um halo sobre a cabeça, os olhos brilhando orgulhosamente enquanto observava seus súditos. Quando ele ergueu o queixo, todos pressionamos as mãos junto ao coração em cumprimento. A ondulação dos braços de tantos corpos movendo-se ao mesmo tempo me hipnotizou momentaneamente.

E então o Imperador falou:

— Amados súditos, agradeço por terem comparecido como representantes ou suplentes de todos os territórios de nosso grande Império. Nós nos reunimos aqui hoje para celebrar vitórias sobre nossos inimigos, atuais e passados. Essas batalhas formam a base da atual grandeza e domínio galáctico da humanidade...

Olhei para os lados, o rosto orgulhoso do Imperador me encarando radiante de todos os ângulos, e vi outras pessoas — suplentes, como eu — olhando em volta também, tentando entender o que estava acontecendo. Com certeza o Imperador não tinha ordenado uma Convocação sem uma razão importante.

Então ficamos sabendo por que estávamos ali.

— Infelizmente, apesar deste Império exibir prosperidade e força sob o domínio da família Domitrian por muitos séculos, nós nos encontramos em uma encruzilhada perigosa. Há uma ideologia maléfica crescendo como um câncer em nosso meio. Falo, naturalmente, daqueles que anseiam por recuperar as ciências, que são melhores assim, esquecidas.

Fiquei sem ar. Era por *isso* que estávamos ali.

— Aqueles que acreditam nessa nova e perigosa ideologia não são meramente histéricos que acham que o espaço maligno é uma grande ameaça que um dia certamente engolirá o Império, ou guerrilheiros entre os Excessos que se acham mais poderosos sem nossa mão benigna para guiá-los. Há traidores e blasfemos entre as mais altas fileiras deste glorioso Império.

Meus olhos permaneciam presos a ele, àquela pequena figura em seu trono no meio da grande assembleia — não o rosto exageradamente grande que me encarava dos trajes eletrônicos. Eu só conseguia pensar nas opiniões divididas após minhas ações na arena, na maneira como o Crisântemo parecera polarizado. Os Impyrean estavam no centro disso. Eram os líderes não oficiais da facção "cancerosa" que o Imperador detestava.

A DIABÓLICA

— Alguns senadores e vice-reis colocaram na cabeça que eles, e não eu, devem tomar as decisões para o bem do Império. Passaram aos Excessos essas heresias que eles não precisam saber. Violaram os mistérios sagrados do Cosmos Vivo, mesmo contra minhas ordens expressas. Muitos de vocês sabem quem são esses traidores. Muitos de vocês são filhos desses traidores.

Cerrei os punhos, o coração batendo forte. Olhei diretamente para a máquina flutuando diante de mim, pronta para atirar, perguntando-me se eu estava prestes a morrer.

O Imperador deixou o silêncio pairar no ar, ficar mais pesado. A cada momento que passava, ficava mais difícil imaginar alguém quebrando-o, e talvez isso fosse o que o Imperador queria. Seu sorriso abriu-se ainda mais em seu rosto de falsa juventude.

— É por isso que os chamei aqui para uma Convocação muito especial. Entendam, os poucos que espalham essas blasfêmias... não foram convidados. Em respeito à santidade das grandes famílias, procurei dentre os Grandíloquos pelos herdeiros mais apropriados, aqueles que representam tradição e obediência aos seus líderes legítimos, e chamei todos aqui.

Olhei para ele, apreensiva.

— Hoje estamos aqui reunidos para um único propósito: alguns de vocês se provaram dignos do poder de suas famílias, mas seus parentes, infelizmente, não. A partir de hoje, vocês assumem seus títulos, seus deveres. Aqueles de vocês que aqui estão como suplentes agora foram elevados à liderança de suas famílias.

Olhei para ele, espantada. Ele não podia decretar que o Senador Von Impyrean não era mais senador, e que Sidonia tinha tomado seu lugar. Não funcionava assim. Nem mesmo o Imperador podia simplesmente substituir de maneira arbitrária as pessoas desse jeito.

E se não fosse por aqueles robôs de segurança posicionados para matar todos nós, alguém já poderia ter ressaltado isso.

— E, para garantir essa tranquila transição de títulos — continuou o Imperador com seu sorriso frio —, eliminei os outros contendores que poderiam questionar sua reivindicação.

Senti meu corpo inteiro congelar.

Eu não entendia. Não podia entender.

Os rumores começaram a se espalhar ao meu redor quando as pessoas compreenderam suas palavras. E eu só podia ficar ali sentada pensando, sem conseguir acreditar, que aquilo não estava certo, que eu tinha ouvido mal.

– E assim, pedi esta Convocação hoje para que vocês possam conhecer melhor uns aos outros – disse o Imperador –, os novos e antigos herdeiros deste grande Império. E, claro, para podermos prestar homenagem àquelas almas equivocadas, que não estão mais aqui para corromper esta nobre assembleia. – Ele acenou elegantemente a mão no ar.

E então, na roupa reluzente dos Grandíloquos inferiores do círculo externo, as imagens começaram a cintilar. Uma imponente estação espacial envolta por súbitas chamas. Uma frota de naves engolida por um campo minado automatizado. Um planeta devastado por uma explosão.

Eu ainda não entendia o que estava vendo, até que a fortaleza Impyrean apareceu no visor, com a indicação do dia anterior.

Não.

Então ela explodiu.

Fiquei de pé em um pulo ao ver aquilo, quase caindo da plataforma.

– Não!

Não, não, não. A palavra ecoava em minha mente, e não era real, não estava acontecendo.

Mas a cena passava diante de meus olhos, vívida e cruel; a fortaleza desmoronando e detritos espiralando no alto da familiar gigante gasosa que eu tinha visto todos os dias de minha vida com Sidonia.

Estava vendo minha casa ser destruída – a casa de *Sidonia*.

– Não! – berrei, e lembrei que a Matriarca não me respondeu quando tentei entrar em contato com eles.

Que os Impyrean não me responderam.

Mais imagens de mais destruição, famílias antigas e novas, todas poderosas, derrubadas pela raiz em um ataque furtivo, e o rosto orgulhoso do

A DIABÓLICA

Imperador logo substituiu as imagens, seu olhar aguçado parecendo penetrar minha alma. Choros e gritos seguiram-se às imagens. A distância, as pessoas se curvavam de tristeza. Outros tinham o corpo sacudido por soluços. Alguns só ficaram ali sentados, o olhar vazio. Alguns, como o Senador Von Pasus, olhavam em volta presunçosos, eximidos da carnificina pela graça imperial.

E tudo em que eu conseguia pensar era: *Isso não pode ser real. Isso não pode estar acontecendo...*

— Alguns de vocês perderam famílias inteiras — anunciou o Imperador quando as últimas imagens se apagaram —, e asseguro-lhes que eles cavaram os próprios destinos. Aqueles de vocês que vieram aqui como suplentes deixam esta Convocação como figuras poderosas no Império. E vão se lembrar para sempre das blasfêmias equivocadas que levaram as famílias a isso. Confio que vocês sempre se lembrem com gratidão do Imperador que os escolheu para este alto posto. Caso contrário, bem, podemos sempre ter outra demonstração como esta, talvez com diferentes pessoas presentes e vocês na tela.

Senti como se o mundo fosse se dissolver à minha volta, porque aquilo não era real, tinha que ser um pesadelo do qual eu poderia acordar.

O Imperador concluiu seu discurso falando de um baile de gala — um baile para *comemorar* a súbita ascensão de posto de tantos jovens Grandíloquos. Eu mal podia ouvi-lo, e não estava despertando daquele sonho.

Se não conseguisse despertar logo, teria que acreditar que o Imperador havia matado os Impyrean.

Teria que acreditar que ele tinha feito isso.

Ele tinha matado todos eles.

Incluindo Sidonia.

19

IMPOSSÍVEL. Era impossível. Sentei-me em minha residência, enviando transmissão após transmissão, sem ser respondida. Ignorava meus servos e só tentava acordar daquele terrível pesadelo.

Estava enviando outra transmissão quando Gladdic entrou. Eu não tinha ouvido o interfone.

— Sidonia, eu sinto muito. — Havia lágrimas em seu rosto.

Olhei para ele, para aquele estranho que parecia que eu nunca tinha visto antes. Enviei outra transmissão. Dessa vez responderiam.

— Eu não tinha ideia de que isso ia acontecer. Meus pais souberam antes, mas não me disseram nada — continuou Gladdic. — Eu teria lhe avisado. Juro. Por favor, acredite em mim. Estou aqui para ajudar.

— Silêncio. É uma espécie de jogo. Não é verdade — rosnei para ele. — Você está me interrompendo. — Nenhuma resposta para a transmissão. Enviei outra.

— Escute. Sou um herdeiro senatorial — disse Gladdic, aproximando-se, seus olhos me buscando, urgentes. — Um dia poderei tomar decisões sozinho, e, quando isso acontecer, você terá um aliado na família Aton. Você não está sozinha...

— Não me importo com a família Aton. Você está falando bobagem. O Senador Von Impyrean é o aliado que me interessa.

— Seu pai está morto. Você é a Senadora Von Impyrean agora. Eu sinto muito.

— Eu disse *silêncio*!

Ele estava me irritando, ficando ali sugerindo que o que eu tinha visto era real, e que o Imperador tinha realmente destruído a família Impyrean enquanto eu estava fora. Que Sidonia tinha morrido, e ali estava eu para protegê-la, para me sacrificar em seu lugar, e não tinha adiantado nada. Eu não podia estar viva se Sidonia estivesse morta. Não funcionava dessa maneira. Eu saberia, de alguma forma. Sentiria se ela estivesse morta. Eu saberia. O universo não podia parecer normal se toda a razão para sua existência tivesse desaparecido.

— Por favor, você está nervosa. — A mão de Gladdic estava em meu braço, tentando me afastar do painel. — Você deveria descansar. Podemos conversar sobre...

— Me solta.

As palavras saíram com raiva, e de repente olhei para aquela criatura sem absolutamente nenhuma paciência ou desejo por sua opinião.

Se fosse verdade, se Sidonia estivesse morta, eu mal podia pensar isso, mas se fosse verdade, ele não me serviria de nada. Eu não tinha nenhuma razão para ser agradável. Se não fosse verdade, então como ele ousava dizer que era, como ele ousava tentar me afastar do painel?

— Sidonia... — Ele puxou meu braço.

Perdi a cabeça.

E acertei um soco em seu rosto. O som de seu nariz sendo esmagado sob meu golpe me encheu de tal satisfação que o persegui quando ele gritou, e então agarrei seu cabelo e o arrastei até a porta.

— O que você está fazendo? O que você está fazendo? Pare! Pare! — gritava Gladdic, lutando para se soltar.

Eu o joguei lá fora.

Gladdic levou as mãos ao rosto coberto de sangue, olhando para mim em choque.

— Se você voltar, eu te mato. — Com estas palavras, fechei a porta.

Então mandei outra transmissão para a fortaleza Impyrean.

Sem resposta.

Sem resposta.

Eu não dormia há cinco dias, e a verdade começava a me vencer, corroendo nocivamente minhas entranhas, estrangulando minha garganta. Os servos andavam de um lado para outro, sem rumo, como os autômatos estúpidos que eram, executando tarefas domésticas simples, como cuidar das minhas roupas para a próxima vez que eu fosse usá-las, mantendo as aparências. Lembrei-me de pedir que levassem Mortal para passear. Apesar de todo o treinamento e disciplina que eu dedicara ao canino, foram necessários vários servos para levá-lo para fora e trazê-lo de volta.

Fora isso, meus pensamentos estavam desorganizados, caóticos.

Peguei-me de pé no meio da sala, olhando ao redor, atordoada. O sangue de Gladdic deixara manchas grossas no tapete. Olhei para elas.

Tudo parecia surreal, errado. Diferente.

Saí da minha residência para a grande cúpula celeste, quatro dos sóis derramando luz do alto, e olhei para eles até meus olhos arderem. Eu não sabia aonde ir ou o que fazer.

— Sidonia.

Eu estava pronta para matar essa pessoa, quem quer que fosse, mas então o rosto de Neveni rompeu minha insanidade. Seus olhos estavam injetados.

— Sou a vice-rainha de Lumina agora, Sidonia — ela sussurrou.

Apenas a encarei.

Seu lábio inferior tremeu.

— Liguei para casa. Ela está morta. O Imperador enviou tropas e mataram minha mãe, simples assim. Ele me nomeou vice-rainha em seu lugar, mas estou proibida de voltar a Lumina. Perguntei porque... porque não tinha certeza do que fazer. Mas tenho de ficar aqui. Quem já ouviu falar de uma vice-rainha supervisionando um planeta a distância? Vice-reis não são senadores. Seu trabalho é onde governam. E... e como vou explicar aos Excessos que elegeram minha mãe que estou tomando seu lugar? Tenho *dezessete* anos. É uma piada. O cargo nem sequer devia ser hereditário. – Ela piscou, atônita. – E você é a Senadora Von Impyrean. – Ela caiu em uma gargalhada histérica, e eu continuei observando-a. – Senadora Sidonia von Impyrean!

Foi quando eu soube com absoluta certeza: não era um pesadelo, nem uma alucinação. O Imperador tinha mesmo feito aquilo. Tinha matado Sidonia. Tinha matado a Matriarca e o Senador, e pretendia substituí-los pela garota em seus domínios. Eu. Ele queria que *eu* fosse a próxima senadora.

– O que vamos fazer? – sussurrou Neveni. – Meu Deus, o que vamos fazer?

Fechei os olhos, o calor dos sóis contra a minha pele. Agora eu era uma Diabólica sem senhora. Sem uma razão para existir. Era uma grande piada cósmica eu ter ido até ali para salvar Sidonia e, em vez disso, tê-la condenado. Ela deveria ser a Senadora suplente. Ela deveria ter sobrevivido. Mas eu sobrevivera em seu lugar.

Mas não por muito tempo.

Para mim bastava. Nada mais de sorrisos falsos, cortesias falsas, nada mais de fingir ser gentil e fraca. Iria deixar todo o fingimento de lado e provocar o máximo de destruição possível, vingar-me da melhor forma, antes que o Imperador me matasse.

– Vou matar o Imperador.

Só percebi que falara em voz alta quando Neveni arfou. Meus olhos se abriram, e a vi olhando em volta, horrorizada.

– Você não pode dizer isso em voz alta. É traição! Vão acabar com você!

Agarrei-a e puxei-a para mim.

– Se você contar o que falei para alguém – sussurrei, minhas mãos apertando os ombros dela com tanta força que eu sabia que devia estar machucando –, vou esmagar seu crânio. Está entendendo?

Neveni ficou boquiaberta. Ela assentiu rapidamente:

– Não vou falar nada. Não vou.

Ocorreu-me que eu deveria matá-la, assim como fiz com Sutera nu Impyrean. Seria tão fácil, só torcer seu pescoço. Se eu não fizesse isso, ela poderia avisá-los.

Mas algo deteve minha mão.

Empurrei Neveni para longe e saí, um vazio em meu coração que eu sabia que iria persistir até meu último suspiro.

Assim que decidi matar o Imperador, a assustadora desorientação desapareceu, deixando apenas um caminho bem claro diante de mim.

Eu ia matar o Imperador. Faria isso naquele mesmo dia. Logo depois seus Diabólicos viriam atrás de mim e eu morreria. Minha vida podia ser medida em questão de horas, nem mesmo dias, e eu aceitava isso.

Assim que formulei meu plano, soube como agir. Eu poderia matar o Imperador porque tinha o elemento surpresa a meu favor, e eu conhecia bem o bastante o layout da corte para completar minha missão sombria.

Eu já observara o suficiente para conhecer a rotina do Imperador. Depois de se reunir com seus conselheiros, ele gostava de relaxar por várias horas. E sempre seguia por um corredor estreito em direção à sua sala de descanso. Seria lá que eu o atacaria. Em frente à sala de descanso. Eu contrairia o rosto, como se estivesse chorando. E cairia de joelhos como uma garota apavorada, os ombros trêmulos, como se estivesse soluçando. Eu imploraria, como a indefesa herdeira Impyrean – como a mansa e tímida Sidonia –, para ele ouvir as palavras que eu mal podia sussurrar entre soluços.

O Imperador, certo de ter vencido os Impyrean, certo de ter uma jovem maleável e fraca em mãos, dispensaria seus Diabólicos e se aproximaria para ouvir minhas palavras, pronto para saborear cada sílaba trêmula saída de meus lábios enquanto eu suplicava... pelo quê? Pelo que ele esperaria? Por um sinal de que eu o temia, ou talvez por um sinal de que eu estava desesperada para cair em suas graças?

Não importava. Eu só conseguia pensar naquele dia na corte em que ele ordenara que Leather se esfolasse viva, e na maneira como avidamente observava meu rosto. Ele era um homem que sentia prazer em ver o sofrimento e o pavor dos outros, ou talvez particularmente de garotas novas. De qualquer maneira, eu o tentaria com o seu maior prazer.

E então eu acabaria com ele. Enfiaria uma adaga em seu corpo. Se ele estivesse perto o bastante e seus Diabólicos longe, eu miraria em algum ponto letal que lhe daria vários minutos de agonia antes de sua morte inevitável. Se eu não tivesse esse luxo, sua aorta serviria.

A câmara privada do conselho estava reunida quando entrei furtivamente no corredor. Eu sempre imaginara que as últimas horas da minha vida, à espera da morte, voariam enquanto aproveitava cada minuto de existência. No entanto, agora o tempo parecia se estender por uma eternidade.

Perguntei-me se Sidonia teria conseguido as respostas às dúvidas que tinha sobre o sentido da vida e sobre a razão da existência, se não no pós-vida, então como alguma reação química no cérebro, momentos antes da morte. Ela me contara que às vezes as pessoas viam uma luz antes de morrer, uma que parecia oferecer todas as respostas para todos os mistérios do Cosmos. Eu esperava que ela tivesse visto. Pensei se ela sentira medo. Pensei se...

Aquele pensamento me esmagou como um punho fechado.

Imaginei se ela havia pensado em mim, se tivera um instante para se perguntar por que eu não estava lá para protegê-la.

Então a porta se abriu, e Hostilidade saiu, examinando o corredor. À meia-luz, ela se movia como um grande tigre.

Seu olhar me encontrou.

— Senadora Von Impyrean, o que está fazendo aqui?

Nós nos entreolhamos, e eu não tinha desculpas.

Ela sempre suspeitara de mim. Agora eu estava prestes a provar que suas desconfianças estavam certas. Eu era sua inimiga. E, em instantes, eu seria sua morte ou ela seria a minha.

20

— PRECISO ESPERAR — eu disse a ela, dando-lhe uma oportunidade. — Tenho que falar com seu senhor.

Hostilidade estreitou os olhos.

— Não. Você vai sair daqui. Imediatamente.

Eu poderia matá-la e tudo ainda seguiria de acordo com o plano. O Imperador sairia daquela câmara se Hostilidade não voltasse para alertá-lo. Eu estaria assustada, histérica, e ele exigiria saber onde estava Hostilidade. Eu gaguejaria uma desculpa... e o mataria também.

— Você me ouviu? Eu disse para se retirar daqui, Senadora Von Impyrean — disse Hostilidade, movendo-se em minha direção em uma ondulação de músculo, seus olhos de um tom gélido e insondável de azul. — Vá agora ou vou arrastá-la.

Eu ia matar seu senhor. Até o final daquele dia, mesmo depois que ela esmagasse meu crânio, arrancasse a pele de meus ossos e pulverizasse o que restasse de mim, seu senhor ainda estaria morto. Assim como Sidonia. Aquele grande e terrível vazio dentro de mim também a consumiria.

A morte nem sempre era uma crueldade. Eu preferiria morrer mil vezes a viver mais do que Sidonia. Então eu faria a Hostilidade uma gentileza e a mataria agora.

Curvei a cabeça, forçando meus ombros a tremerem, fazendo som de soluços saírem da minha garganta, escondendo meu rosto com uma das mãos. A outra agarrou a adaga escondida nas dobras do meu vestido.

– Eu disse *saia*! – Hostilidade se aproximou.

Foi quando enterrei a adaga na lateral de seu corpo.

Fui um segundo lenta demais para atravessar sua aorta. Ela se moveu no último instante, uma Diabólica em plena força com toda a massa muscular que eu já não tinha. Qualquer traço de calma desapareceu instantaneamente de seu rosto, e ela me lançou com imensa força pelo ar, me fazendo voar a toda velocidade em direção à parede do corredor.

Minha cabeça se chocou violentamente contra a parede, mas a dor não me perturbou. Levantei-me e me virei para enfrentá-la, e vi Hostilidade examinando o sangue que escorria de seu torso.

Ela cerrou a mão esquerda e enfiou o punho contra a lateral do corpo, usando o nó de um dos dedos para estancar o sangramento. Em seguida olhou para mim.

– Então eu estava certa. Você esconde alguma coisa.

– Sim. Você estava certa.

Ela veio furiosa em minha direção. Eu me esquivei e a golpeei com a adaga novamente.

A arma fez um corte em sua bochecha, mas ela agarrou meu braço e virou-o para trás, torcendo meus ligamentos. Gritei por reflexo, deixando cair a adaga de meus dedos formigando; então cravei meu salto no peito do seu pé. Senti seu pé ser esmagado, e Hostilidade rugiu de dor. Girei e acertei seu rosto com meu punho, um golpe atrás do outro, e depois a chutei para longe.

Ela tropeçou, ainda com a mão estancando o sangramento.

– Você é rápida demais – disse ela, ofegante. – Você não é uma pessoa!

– Você sabe exatamente o que sou.

Ela disparou para cima de mim e eu mirei um soco em seu ferimento... mas ela previu isso e se virou no último instante, acertando seu cotovelo em meu rosto. Meu nariz explodiu em dor, e perdi o equilíbrio. O mundo girou enquanto eu tombava para trás. Procurei me reerguer, mas Hostilidade já estava em cima de mim, uma massa de músculos e punhos. Seus socos acertavam meu rosto, irradiando dor pelo meu crânio. O sangue me cegou, ardendo em meus olhos, mas me lembrei de onde suas pernas estavam e acertei seus joelhos com minhas botas, sentindo sua patela se deslocar com um horrível estalo.

Hostilidade mirou sua queda diretamente em mim, com o cotovelo na frente.

O cotovelo quebrou minhas costelas quando me acertou com todo o peso dela por trás, e foi então que minha perda de músculo começou a contar.

Ela era pesada, mais pesada do que eu estava preparada para aguentar, e seu peso me esmagou no chão enquanto seus punhos começaram a me acertar furiosamente, provocando uma dor nauseante em minhas costelas, e então o mundo virou um borrão ofuscante, girando e oscilando, e quando me vi de barriga para baixo, tentando me levantar, não consegui. Meus braços cederam.

Então vi botas se arrastando à minha frente, Hostilidade tentando andar com seu joelho bom e mancando diante de mim. Sua mão agarrou meu colarinho e me levantou, mas minhas pernas não se sustentavam.

– Que fascinante – disse ela, os olhos azuis insondáveis nos meus. – Você é uma Diabólica que sofreu uma modificação corporal muito eficaz. De quem você é?

Mordi seu braço e tentei acertar seus olhos com os dedos, mas minhas mãos não me obedeciam bem, e ela me sacudiu, gritando:

– Quem é o seu senhor?

– É Sidonia Impyrean! – gritei para ela. – Era...

As palavras pairaram no ar entre nós, e me senti como se estivesse desmoronando, me consumindo, e notei alguma emoção no rosto ensanguentado da Diabólica. Não podia ser pena. Não tínhamos sido feitas para isso. Mas era alguma coisa.

– Compreendo.

Ela me largou jogada no chão, e eu fiquei lá enquanto ela se inclinava para pegar minha adaga. Meu cérebro de repente se deu conta de que eu não tinha matado o Imperador, mas, em meio à dor lancinante e ao desespero, não consegui sentir raiva por isso.

Não era vingança o que eu queria, percebi então.

Mas um fim para o vazio imenso que era uma existência sem Donia.

Hostilidade também sabia disso.

Ela cambaleou até mim em meio a um borrão confuso e ergueu a adaga, a lâmina refletindo a luz. Eu estaria morta em poucos instantes e estava pronta, estava grata.

– Hostilidade!

A voz soou no corredor estreito, e passos ligeiros chegaram depressa.

– Hostilidade, o que está fazendo com a Senadora Von Impyrean?

– Esta não é Sidonia Impyrean, Vossa Eminência – disse Hostilidade, sem se mexer. – É uma Diabólica que pretendia atacar o Imperador.

– Você tem certeza?

– Tenho, Vossa Eminência. Ela precisa morrer. – Seguiu-se então um instante de silêncio, e depois a indagação aguda de Hostilidade:

– O que...

Hostilidade não conseguiu completar a frase antes que uma arma de energia fosse disparada contra ela.

O brilho me cegou por um minuto, e eu não tive certeza se estava vendo direito.

Hostilidade não era como Leather, que levara um único tiro no peito e morrera. Ela tropeçou para trás com o disparo e, mesmo com o ferimento em seu torso e os outros danos que eu causara, conseguiu se levantar rapidamente e rugiu de raiva.

Ela se lançou para cima do agressor, e ele atirou de novo – um feixe contínuo que começou a queimar um buraco em seu corpo enquanto ela lutava, enquanto forçava suas pernas a continuarem se movendo. Então uma cratera de sangue e carne se abriu, expondo seu esqueleto e órgãos, e ela desabou no chão.

Após um pesado silêncio, senti mãos me puxando para cima.

– Venha.

O rosto de Tyrus Domitrian entrou no meu campo de visão.

Meus pensamentos se voltaram em uma direção. Tateei com meus dedos entorpecidos e peguei a arma dele, então consegui me apoiar nas mãos e nos joelhos.

Tyrus olhou para mim, espantado.

– O que você está fazendo?

Hostilidade estava morta. Eu ainda estava viva. Ainda podia me mover, então terminaria o que tinha começado. Não conseguia me levantar, então rastejei em direção às portas. Não tinha tempo de esperar que o Imperador viesse até mim. Provavelmente morreria de hemorragia primeiro. Eu iria até ele. Uma imensa névoa escura avançava pelos cantos da minha visão, fechando-se sobre mim.

– Você não consegue nem se levantar. Não pode realmente achar que vai matar meu tio desse jeito.

– Fique... longe... te machucar... – As palavras pareciam esgotar minhas forças. A escuridão aumentava rapidamente, e o chão se apressava em minha direção.

21

EU ESTAVA DE VOLTA aos banhos de sais, onde a água me carregava, e eu flutuava, flutuava. Mas tudo doía e latejava, e era Donia sentindo dor, chorando como daquela vez em que levara um choque inesperado em seu console de computador, e eu não pudera fazer nada para ajudar. Nós duas éramos jovens, pequenas.

— Donia. Donia!

— É sua senhora?

A pergunta veio de cima, dos arredores, me fez olhar para o alto e ver um rosto familiar perto do meu. Por um instante, senti os braços me carregando, o peito contra o meu rosto. Podia ver as sardas dele na ponte do nariz, os olhos azuis de cílios claros flutuando em uma névoa acima de mim.

Então Donia estava me encarando com os olhos arregalados, dos claustros de animais, e se aproximando demais dos tigres. Eu sabia que eram civilizados, embotados pela engenharia genética, mas aqueles instintos humanos primitivos que até mesmo os Diabólicos possuíam me diziam que aqueles animais eram musculosos, fortes e podiam matá-la com um só golpe.

— Não vá perto deles — eu disse a ela. — São perigosos.

— Você está delirando — disse a voz, e era Tyrus Domitrian ajoelhado à minha frente; tinha me colocado na cama e pressionava um pano úmido à minha testa. Eu não conseguia me sustentar. Sentia pontadas nas costelas. Ondas de calor e frio percorriam meu corpo. – Você está gravemente ferida. Pode morrer. Mas é o que você queria, não é? – Ele me observou por um intenso instante.

Quando dei por mim, robôs médicos se enxameavam ao meu redor, zumbindo, o calor fraco de seus geradores de energia soprava em minha pele. Meus dentes batiam, e minha cabeça fervilhava com pensamentos sobre Donia, as lágrimas em seus olhos quando me recusei a deixá-la me chamar de outra coisa que não Nemesis dan Impyrean. Ela sempre quisera de mim algo diferente, que eu não entendia, e agora eu nunca iria entender.

As sutilezas da forma como as pessoas – as pessoas de verdade – pensavam, agiam e sentiam estavam além da minha compreensão. Talvez fossem apenas os currais; crescer daquele jeito, como o pior tipo de monstro, talvez tivesse me corrompido, mesmo que minha natureza não...

Eu estava vomitando, sentindo ânsias, o sangue respingando o chão da beirada da minha cama. Robôs médicos ainda fervilhavam à minha volta. Tyrus Domitrian estava de pé, com os braços cruzados, junto à porta, observando-me. Eu podia notar inteligência e uma fria deliberação em seu rosto, muito diferente das outras vezes em que ele gargalhara e resmungara para si mesmo, e não conseguia conciliar as duas imagens.

– Sidonia Impyrean era sua senhora? – perguntou ele. Percebi que tinham se passado horas. Ele pressionava um pano à minha cabeça novamente.

Os lençóis pareciam embolados e sufocantes ao meu redor. Eu tinha dificuldades para entender aquilo, entender onde estava.

– Fizeram um bom trabalho disfarçando-a – disse Tyrus. – Eu desconfiava que havia alguma coisa estranha em você, mas nunca imaginei... – Ele sorriu ironicamente. – O Senador Von Impyrean era um homem de visão, e os Impyrean eram inteligentes. São uma verdadeira perda para o Império.

Isso me fez lembrar, como um golpe tirando meu fôlego. Isso fez com que eu me lembrasse de onde estava, o que era aquilo, que Sidonia tinha morrido e tirado todo o significado da minha existência, e que eu não tinha conseguido matar seu assassino. Em vez disso, estava ali, viva, e, se eu pudesse chorar, teria chorado. Mas nenhum Diabólico podia derramar lágrimas, e não havia nenhuma forma daquele vazio e tristeza hediondos me deixarem, então gritei.

Os gritos me rasgaram por dentro, terríveis e infelizes, gritos animais.

Só mais tarde me dei conta do fogo queimando em minha garganta, das ondas de calor e frio substituídas por uma espécie de vago conforto físico. Tyrus havia voltado ao quarto.

— Já acabou de gritar? — disse ele de uma maneira desinteressada. — Está tudo bem, se não tiver terminado. Ouvir gritos saindo do meu quarto só ajuda a reafirmar minha má reputação.

Olhei para ele por baixo das pálpebras inchadas, a dor ainda enevoando minha consciência, mas, quando me sentei por um tempo, percebi que não sentia nenhuma agonia muito intensa.

Os robôs médicos tinham cuidado dos meus piores ferimentos.

Tyrus ficou imóvel enquanto eu me sentava mais ereta e via os hematomas em meus braços, de onde tinha ficado presa... mas não estava mais.

— Você não vai morrer — disse ele. — Chegou perto. Tenho certeza de que Hostilidade... O que você está fazendo?

Girei o corpo, fiquei de pé, e depois o empurrei para o lado com todas as minhas forças. Eu não estava nem de longe tão forte quanto normalmente era, e Tyrus manteve o equilíbrio. Parecia que meus músculos estavam todos chorando de exaustão, drenados de sua vitalidade.

Quando entrei na sala ao lado, a porta diante de mim se trancou, vários servos inexpressivos avançando para me barrar. No estado em que eu me encontrava, eles poderiam até conseguir.

— Aonde pretende ir? Tentar matar meu tio outra vez? — Tyrus falou atrás de mim. — Mesmo que, por algum milagre, consiga passar por Angústia, não vai passar por Perigo. E mesmo que, enfraquecida como está, consiga vencer esses dois Diabólicos como não venceu nem um só, o Imperador tem todo um séquito de Grandíloquos ao seu redor, isso sem falar nos robôs de segurança e...

— O que você quer? — rosnei enquanto me virava em sua direção.

– Seu nome é Nemesis, não é?

Estreitei os olhos.

– Dei uma olhada no registro de mortes da grande purga dos Diabólicos. Havia uma Nemesis registrada em nome de Sidonia Impyrean. É você, eu presumo.

– O que importa agora?

– Porque odeio desperdício. – Tyrus se acomodou em sua cadeira, observando-me com uma deliberação fria e calma totalmente estranha às suas feições; as feições que eu vira tantas vezes iluminadas por alguma animação enlouquecida. – Eu nunca tive meus próprios Diabólicos. Meu tio se assegurou de que nenhum dos outros membros da realeza imperial os tivesse. Diabólicos tendem a atrapalhar quando você quer matar alguém, e meu tio costuma matar membros da família de forma bastante generosa.

Eu não disse nada. Não tinha nenhum interesse no que ele queria me dizer, a menos que revelasse por que me salvou, e quando eu poderia ir embora.

– Sinto muito por sua senhora – disse ele, me observando cuidadosamente. – Mas você pode ver isso como uma oportunidade.

– Uma oportunidade? – balbuciei.

– Queremos a mesma coisa, Nemesis. Você quer meu tio morto, eu quero ser Imperador... o que exigirá, claro, a morte de meu tio e um pouco de manobra também. Você não tem como conseguir isso sozinha, e nem eu. Por que não nos ajudamos?

– Eu não dou a mínima para o seu tio ou a política. Não me importo nem um pouco se você irá se tornar Imperador um dia. Ele matou Donia, e agora vou matá-lo ou morrer tentando. Me deixe sair daqui.

– Receio que não.

Aproximei-me dele ameaçadoramente.

– Não estou pedindo!

Tyrus estalou os dedos.

Apêndices finos, compridos e incandescentes subiram pelo meu pescoço e para dentro de minhas têmporas, e fui parar no chão, arfando.

— Realmente sinto muito — disse ele em um tom neutro, nada arrependido. — Mas prefiro não ter meu pescoço quebrado agora. Só vou ativar isso se você se mover na minha direção.

Levei a mão ao pescoço, de onde vinha aquela sensação estranha.

— São eletrodos sob a sua pele. É praticamente a única maneira de conter um Diabólico. Quero que me ouça.

Olhei para ele, fervilhando de ódio.

— Vou arrancar seu coração do peito!

— Um dia, talvez. Mas não agora. — Ele caminhou em direção à porta, então acenou da entrada. — Você não conseguirá passar da soleira. Quero que você tenha tempo para pensar sobre o que estou pedindo, antes de tomar uma decisão.

— Já tomei minha decisão! — gritei, mas ele já estava passando pela porta, deixando-me, seus servos saindo atrás.

Corri até lá, mas o choque incapacitante de eletricidade me jogou de volta de quatro no chão, arfando em busca de ar, meu coração pulando no peito.

Não restava nada para mim naquele universo, e eu só queria que aquela dor e o vazio tivessem fim. Eu não mudaria de ideia, independentemente do tempo que Tyrus me aprisionasse ali.

22

AS HORAS PASSARAM. Servos vinham me oferecer bebidas e comida, em silêncio. Eu queria atirar tudo na cara deles. E apenas o fato de saber que eles não iriam se encolher nem reagir de alguma forma segurava minha mão. Não havia prazer em intimidar criaturas estúpidas e indefesas.

Comecei a observar a porta novamente, tentando imaginar que impulso teria que dar para passar antes que a eletricidade me derrubasse.

Foi quando Tyrus Domitrian voltou.

– Impaciente?

Apenas o encarei, imaginando como seria ótimo esmagar seu crânio.

– Queria que você tivesse tempo para deliberar. Caminhe comigo.

– Onde?

Ele se virou de lado para que eu pudesse passar por ele na porta.

– Esta é minha nave.

A *Alexandria*, assim como a nave *Tigris* de Salivar e Devineé, ramificava-se a partir da seção *Valor Novus* do Crisântemo. A diferença era que ninguém visitava o domínio do herdeiro louco. Toda a nave estava praticamente abandonada, fora as máquinas e servos encarregados de cuidar dela para o Primeiro Sucessor.

A DIABÓLICA

Quando me aproximei, Tyrus pareceu pensar melhor sobre me deixar passar diretamente por ele, e começou a andar, deixando-me a vários passos de distância. Mas nunca me virava completamente as costas.

— Você deveria saber que me deu muito trabalho apagar qualquer vestígio do nosso DNA da cena da morte de Hostilidade, mas não consegui encobrir o assassinato. Os Grandíloquos estão sendo observados atentamente, sobretudo aqueles que tiveram suas famílias assassinadas. As armas secretas de todos foram confiscadas. As pessoas mais respeitáveis foram humilhadas publicamente, sendo revistadas pelos Diabólicos do meu tio. Perigo e Angústia encontraram brincos que serviam como dardos envenenados, cadarços de arame farpado, neurotoxinas escondidas em todos os tipos de artigos de higiene pessoal... Nós, Grandíloquos, somos muito mais selvagens do que aparentamos.

Eu não me importava com nada disso. Não tinha intenção de ficar na corte. Assim que saísse dali, voltaria ao que tinha planejado antes. Então me perguntei o que aconteceria se eu cruzasse a distância até Tyrus e quebrasse seu pescoço antes que ele pudesse ativar a eletricidade.

Como se pudesse ler meus pensamentos, Tyrus disse:

— Você poderia me matar, mas os eletrodos iriam enviar um choque ao seu coração e pará-lo. Creio que não valha a pena morrer só para me matar. O que Sidonia diria?

Só ouvi-lo mencionar o nome dela me fez transbordar de raiva. Ele não tinha o direito de dizer seu nome.

— Peço desculpas por mantê-la confinada aqui como um animal, mas queria discutir isso racionalmente. Diabólicos são projetados com a capacidade de pensar e raciocinar. Quero uma oportunidade de apelar para essa razão, mas não pretendo me arriscar a morrer. Você vai descobrir que raramente subestimo meus inimigos.

— E seus amigos? As pessoas devem saber que estou aqui. Como você explica manter Sidonia Impyrean na *Alexandria* por... já faz quanto tempo?

— Cinco dias. E é bem simples, Nemesis. Eles vão pensar que o louco herdeiro do Império sequestrou você. Mais tarde, você e eu poderemos inventar outra explicação... Mas ninguém interferirá com o Primeiro Sucessor, independentemente do que ele faça em sua insanidade.

Estreitei os olhos.

— Você não é louco. Vejo isso agora.

O olhar de Tyrus vacilou.

— Não. — Ele se afastou, e passamos por grandes janelas com vista para a Trilha Berneval. — A maior parte da minha família morre jovem, geralmente pelas mãos de outros membros da família. Descobri quando criança que minha única esperança de sobrevivência estava em uma projeção de fraqueza, então comecei a fingir insanidade.

— E as pessoas sempre acreditaram.

— Uma mentira palatável é facilmente engolida. Os Domitrian não são uma dinastia muito amada. Não é segredo para ninguém que meu tio esvaziou os cofres reais, gastando generosamente com seus próprios prazeres, e agora ele quer tributar os Excessos para pagar o déficit que causou. Ele se esconde por trás de sua fé para justificar a repressão dos Excessos, assim como meu avô fez, e a mãe dele, e o pai dela antes disso. Nós, os Domitrian, temos sido uma toxina envenenando este Império por séculos.

Fui vencida por uma relutante curiosidade.

— Você realmente fingiu loucura por metade de sua vida?

— Uma criança assustada é capaz de todo tipo de façanhas para preservar sua existência. Se não tivesse feito isso, tenho certeza de que estaria morto agora também, em vez de ser herdeiro do Império. No início, foi preciso mais esforço, principalmente quando os robôs médicos não conseguiam "curar" a minha doença, mas ultimamente só preciso de algum gesto estranho em público de vez em quando, e as pessoas acreditam. É assim que vou explicar o rapto de cinco dias de Sidonia Impyrean.

Minha mente relembrava o que mais eu sabia sobre ele. Seu desrespeito durante as celebrações na Grande Heliosfera.

— Leather — recordei.

— Uma serva que iria morrer de qualquer maneira de uma forma hedionda. Achei que seria um ato de misericórdia matá-la. E, se reforçasse minha reputação, seria bom para nós dois.

— E o Exaltado?

Um lampejo de desgosto surgiu em seu rosto.

— Não sou um estuprador. Os sacrifícios no Dia da Consagração são bárbaros, então contei uma mentira, que foi prontamente aceita. É claro que a garota Pasus quase arruinou meu gesto antes de você intervir na arena. Por falar nisso... — Ele se virou para mim. — O que aconteceu com minha prima e seu marido?

Não havia por que mentir.

— Forcei-os a beber o próprio vinho.

Os lábios dele se curvaram.

— Apropriado.

Entramos em um cômodo com um piso de vidro transparente, e abaixo de nós havia uma grande cúpula celeste. Uma sensação de desorientação tomou conta de mim enquanto eu olhava para o céu azul sobre o qual parecia estar de pé. A sala abaixo de nós consistia de paredes de prateleiras que desapareciam na atmosfera azul, o sol brilhando entre elas.

— Você sabe o que são? — perguntou Tyrus, olhando para baixo. — O que estão nessas prateleiras, em campos de estase?

— Não.

— São artefatos valiosos chamados de "livros". São repositórios antigos de conhecimento feitos para serem móveis.

— São algum tipo de... de textos científicos? — indaguei, pensando nos materiais proibidos do Senador Von Impyrean.

— Alguns deles — disse Tyrus com um meio sorriso. — Os bancos de dados perdidos na supernova eram eletrônicos. Aqueles que não foram eliminados pela supernova foram excluídos com apenas alguns cliques. Esses livros, no entanto, contêm conhecimento de forma *física*. Muitos deles foram levados da Terra quando as primeiras colônias foram fundadas, e, com o tempo, esses livros caíram completamente em desuso. Ninguém se preocupou em destruí-los, então os coleciono. É uma das minhas... excentricidades. Ninguém estranha quando um louco mostra interesse em tais coisas.

Pensei na Matriarca e suas coisas antigas "inestimáveis", todas provavelmente destruídas agora junto com ela. Estranhamente, embora eu não tivesse vínculo com ela, senti uma pontada ao pensar que estava morta.

– Conhece alguma coisa da história humana, Nemesis?

– Por que eu deveria?

– É a sua história também. Cada fita de DNA em seu corpo se originou na Terra.

Eu nunca tinha pensado dessa maneira, mas ainda não entendia por que isto deveria me interessar. Olhei fixamente para ele, esperando.

A maior parte das pessoas ficava desconfortável sob aquele olhar. *Um olhar predador*, a Matriarca me dizia. Muito firme e direto para um ser humano. Eu tinha treinado evitar olhar alguém assim, mas agora eu não tinha necessidade de esconder o que era.

Tyrus me observava também, não de forma calculista, mas pensativo. Um jovem que tinha fingido loucura e conseguira se alçar à segunda posição mais poderosa no Império em face das constantes ameaças de morte.

Desconfiei, de repente, de que ele nunca teria medo de mim.

– A história humana – disse Tyrus – é uma repetição de padrões. Impérios se erguem e depois entram em declínio e decadência. Repetidamente. Há muito tempo, os seres humanos progrediram tecnologicamente de maneira exponencial. Nós nos expandimos para o espaço; deixamos a Terra e viajamos pela galáxia. E então aconteceu o mesmo de sempre... ficamos preguiçosos. Tínhamos tecnologia que deixamos de aprender a usar. Deixamos as máquinas pensarem por nós, agirem por nós. A supernova e a ascensão da fé heliônica meramente pioraram um problema que já existia. Nossos antepassados buscavam conhecimento, mas nós, seus descendentes, glorificamos a ignorância. Se você vasculhasse este Império inteiro, não encontraria uma única pessoa capaz de consertar a tecnologia que nossos ancestrais construíram para nós.

— Por que é necessário que as pessoas possuam essa habilidade? – perguntei. As máquinas cuidavam de tudo.

— Porque isso não vai durar para sempre – disse Tyrus. – Nossa tecnologia está envelhecendo. A cada ano, mais máquinas deixam de funcionar e não podem ser restauradas. Quando nossas naves antigas têm um problema, rasgam o próprio espaço. *Precisamos* de um avivamento científico, mas isso não é possível porque os Grandíloquos... porque minha família... sabem que qualquer revolução intelectual leva inevitavelmente a uma revolução política.

As palavras de Tyrus ecoavam exatamente aquilo em que o Senador Von Impyrean acreditara. Aquelas crenças eram a razão pela qual o Senador e sua família agora estavam... estavam mortos.

Fui tomada pela dor ao pensar nisso.

Eu não podia suportar ouvir mais nada daquilo.

— Isso não me interessa, Vossa Eminência – eu disse asperamente. – Diabólicos não são filósofos.

— Só quero que você entenda o meu objetivo: quero me tornar o Imperador não por mim, mas pelo futuro. Quero que os seres humanos se tornem criaturas que pensam, planejam e lutam por mais, e não o que somos... essa espécie indolente que lentamente esgota as inovações de nossos antepassados, ignorando os perigos que se aproximam. Mas não posso ser Imperador sem você.

— Como é que eu poderia ajudá-lo nisso?

Ele se afastou, olhando para o céu abaixo de nós, e para as estantes que desapareciam nas profundezas azuis.

— Sobrevivi até aqui fingindo loucura. O Imperador me nomeou Primeiro Sucessor porque está confiante de que seus inimigos vão querer evitar a minha sucessão a todo custo. Tenho que começar a demonstrar força para convencer as pessoas de que eu seria um sucessor apropriado; no entanto, assim que eu começar a buscar qualquer apoio, me tornarei uma ameaça para o meu tio e meus dias estarão contados. – Ele caminhou em minha direção. – Se meu tio decidir se livrar de mim, não posso impedir. Ele vai criar uma situação em que eu não possa ter uma arma. Ele tentará me pegar desprevenido ou indefeso. – Tyrus pegou minha mão, apertando com força. – E é aí que você entra. Você é uma Diabólica escondida à vista de todos. Isso faz de você a defesa mais poderosa que existe. Você pode garantir que eu sobreviva. Seja minha Diabólica, Nemesis.

– Não funciona assim. Eu estava ligada a Sidonia.

– Então me escolha. Sidonia Impyrean se foi. Você está livre para decidir por si mesma.

Balancei a cabeça.

– Como eu poderia estar ao seu lado em todas essas ocasiões que você diz? Se tudo o que diz é verdade, o Imperador nunca permitirá que você tenha um guarda-costas, então como você vai explicar me manter ao seu lado?

– Porque você será minha esposa.

23

ACHO QUE SE EU FOSSE qualquer outra pessoa, teria rido. Em vez disso, apenas olhei para seu rosto sério e decidido com descrença.

— Talvez você seja mesmo louco, afinal.

A mão de Tyrus apertou a minha quando tentei soltá-la.

— O que mais você pretende fazer? Perecer em vão, em outra tentativa de assassinato? Você pode mudar o curso da história humana comigo.

— Não tenho nenhum interesse em mudar o curso da história humana – interrompi. – Eu existia para um propósito. Não há mais nada neste universo para mim.

— Sim – disse Tyrus suavemente. – Era mais fácil quando você estava ligada a Sidonia Impyrean, não era?

— Mais fácil?

— Sim. Mais fácil. Você já sabia seu propósito nesta existência. E agora não sabe. Agora você tem que lidar com as mesmas perguntas que o resto de nós enfrenta... Para onde vou daqui? O que devo fazer agora? É aterrorizante perceber que suas decisões estão moldando o seu destino.

Ele dizia bobagens. Tais decisões não cabiam a um Diabólico.

— Solte-me, Vossa Eminência.

— Deve haver uma maneira de convencê-la. — Seus olhos percorreram meu rosto. — Não posso trazer de volta os mortos, mas, quando for o Imperador, posso lhe conceder o que mais desejar.

— Já disse, me solte. — Minhas palavras eram uma cortesia. Em um instante, eu quebraria seu braço.

Ele me soltou.

— Não posso forçar você — disse ele. — Não vou tentar. Tudo o que peço é que antes que você se destrua, Nemesis, pense bem sobre o que deseja que sua existência signifique. Não acredito que um Diabólico entre e saia dessa vida apenas como o acessório de uma pessoa real. Todos nós estamos destinados a retornar ao mesmo esquecimento. E você pode escolher o que acontece entre agora e a hora final. Ninguém mais pode. Nem mesmo eu.

Eu não disse nada. Ele caminhou em direção à porta.

— Você encontrará instruções sobre como deixar a *Alexandria* e voltar à *Valor Novus*.

— E os eletrodos?

— Eram temporários. Quero que possamos agir com base na confiança de agora em diante, Nemesis. Os eletrodos se dissolverão assim que você estiver a uma distância segura de mim. Tenho certeza de que você entende a necessidade dessa medida de segurança.

— Eles são... temporários?

— Sim. — Tyrus parou à entrada, seu rosto aparentando vulnerabilidade apenas por um instante. — Bem, me fale se mudar de ideia. O baile de gala será daqui a três dias, e eu gostaria de anunciá-la como minha acompanhante.

— Um baile de gala. Você quer que uma Diabólica o acompanhe ao baile de gala em comemoração à morte de sua senhora.

Ele sorriu amargamente.

— Ou o baile de gala em comemoração ao primeiro passo para se vingar do assassino dela. A moldagem de um futuro diferente daquele que o Imperador deseja... Essa é a verdadeira vingança. Pense nisso.

Levei a mão ao pescoço e o vi sair.

A DIABÓLICA

* * *

A caminhada para sair de *Alexandria* foi breve, e, assim que pisei no pavilhão lotado da *Valor Novus*, recebi uma série de olhares assustados. Eu sabia que eles estavam se perguntando o que Sidonia Impyrean fazia na nave de Tyrus Domitrian.

Ignorei-os e voltei para minha residência. O mundo parecia estéril e esmagador. Eu já não sentia mais aquela determinação assassina, mas também não tinha o propósito de proteger Sidonia para guiar meus passos.

Meu olhar correu para os aristocratas que passavam por mim, seus cabelos em suportes elaborados, usando túnicas, exibindo sua mais nova cor de pele ou traço facial, passando o tempo em um Império em decadência. E então me ocorreu um pensamento estranho: todas aquelas pessoas sussurravam sobre o infame Tyrus Domitrian, mas eu era a única que sabia a verdade sobre sua mente deliberada e calculista. Ele era o mais inteligente dentre todos. Talvez isso fizesse dele o mais digno de governá-los.

Mas quem era eu para determinar isso, de uma maneira ou de outra?

Ele pedira para eu me casar com ele. O absurdo daquela ideia me atingiu. Uma Diabólica *se casando*.

Era loucura.

Eu não poderia adotar sua causa como minha. Filosofias e ideais eram para pessoas como o Senador Von Impyrean, pessoas como Tyrus, não criaturas como os Diabólicos. Eu não podia escolher meu destino. Meu caminho tinha sido pensado para mim muito antes do meu desenvolvimento em um laboratório.

Eu continuaria como tinha planejado antes. Mataria o Imperador sem me importar com as consequências. O destino de Tyrus Domitrian não era problema meu.

Atravessei a cúpula celeste saturada de sol e entrei em minha residência, onde os servos se aproximaram, atentos, prontos para receberem ordens.

– Onde está o Mortal? – perguntei, lembrando-me da criatura de repente.

Imediatamente me senti invadida por uma sensação perturbadora – *culpa* – porque me esquecera de deixar instruções com relação ao cachorro antes de sair em minha missão assassina. Eu nem sequer tinha pensado nele. Os servos não tinham recebido ordens para alimentá-lo, para cuidar dele, e não saberiam fazer isso por iniciativa própria.

Mas um dos servos me entregou uma folha, e então li a mensagem:

Sidonia,
Ouvi rumores de que você está na nave de Tyrus Domitrian.
Levei Mortal para os cercados de animais. Oro pelo seu
bem-estar e espero vê-la em breve!

Sua amiga, Neveni

Li e reli a mensagem, afundando-me em uma das poltronas de veludo. Tentava compreender aquela garota que eu ameaçara de morte e se esforçava para me ajudar.

Sua amiga, Neveni.

Imagine só.

Amassei a folha até virar pó, pensando no quanto o universo podia ser estranho.

Fiquei feliz por não tê-la matado.

Eu tinha que tentar atacar o Imperador de novo, mas primeiro precisava dormir – mais do que jamais precisara antes. Meus sonhos foram assombrados por Sidonia.

Seis horas depois, meu corpo ainda doía em alguns lugares, mas estava determinada. O imenso vazio ainda me envenenava por dentro, e eu sabia que seria assim até eu morrer.

Dessa vez não me deixei tomar pelo pesar. A morte de Hostilidade certamente colocara o Imperador em alerta sobre uma ameaça à sua vida. Isso significava que eu tinha que ser mais ponderada dessa vez.

De um jeito ou de outro, eu o mataria e depois morreria.

Caminhei até os cercados dos animais, meus pensamentos em Mortal. Pelo bem dele, eu o sacrificaria. Quer fosse amanhã ou na semana seguinte, eu morreria logo e não haveria ninguém para cuidar dele. Mortal provavelmente acabaria na arena de novo, e seria rapidamente abatido. Era melhor que eu mesma assumisse isso.

Um cuidador de animais com a cabeça calva tatuada com o selo Domitrian me cumprimentou:

— Senadora Von Impyrean, acredito que esteja aqui para ver sua fera?

— Meu cachorro. Ele é um cachorro.

— É claro. Por aqui. — Ele se virou e me conduziu pelo corredor, entre fileiras de cercados.

Enquanto eu o seguia, desviei o olhar para os outros animais nos cercados, alguns com orelhas rasgadas, alguns com feridas abertas após as lutas mais recentes, cujos donos eram muito mesquinhos para pagarem por robôs médicos. Outros eram criaturas imaculadas, com mais sorte em relação aos donos. Então passei pela criatura mais impressionante de todas, a fera do Imperador, que ele gastara uma fortuna projetando. Ele aparentemente exigira a mesma configuração genética repetidas vezes, com alguns pequenos ajustes, até chegar ao campeão que desejava. O Imperador o chamara de manticora, embora na verdade fosse uma mistura de touro, tigre, urso e várias espécies de répteis. Minha mente cogitou indolentemente a ideia de matá-lo para atingir o Imperador, e então vi que o animal roía um osso.

Parei e fiquei olhando para ele.

O cuidador percebeu que eu não o seguia e voltou para o meu lado.

— Senadora Von Impyrean, é por aqui.

Mas eu não conseguia desviar o olhar da manticora, enquanto ela rasgava aquele... aquele fêmur. Era um fêmur humano. O osso da coxa. Um fêmur forte e grosso, e eu já vira fraturas abertas o suficiente para saber que não era tão frágil quanto um osso humano comum.

— Senadora Von Impyrean...

— Quem é? — Minha voz mal era um sussurro.

Os rosnados e os ruídos de mastigação da manticora enchiam o ar, sua grande cauda balançando.

— Quem o animal está comendo? — perguntei, virando-me para o cuidador, pronta para fazê-lo em pedaços, porque eu sabia, eu sabia.

O cuidador piscou para mim com olhos arregalados e confusos.

— Ah, não é uma pessoa, não se preocupe.

Comecei a tremer de raiva e horror. Meu estômago revirava. Eu sabia. Eu sabia.

— O Imperador gosta que sua manticora coma carne fresca sempre que possível...

— *Quem é?*

— Era a Diabólica dele, eu creio. — Diante do olhar que lhe lancei, ele disse rapidamente: — Ela já estava morta.

— Suma da minha vista.

— Mas...

— Suma antes que eu o faça em pedaços! — gritei, e ele se afastou correndo.

Pressionei meu corpo contra o campo de força, absorvendo o horror do que eu via. A manticora percebeu que eu a observava e me encarou com olhos ameaçadores. Eu queria atravessar o campo de força e reduzi-la a uma massa disforme, mas sabia que aquela temível criatura poderia me matar facilmente. Minha visão se enevoou enquanto eu via Hostilidade em seus últimos momentos, a luta incrível que ela travara, aquele magnífico ataque final quando a arma de Tyrus a acertou. Hostilidade, que apreciara a compaixão. Que viera dos currais, como eu.

Ela morrera por Randevald von Domitrian. Passara a vida inteira, até o último suspiro, até a última contração de suas fibras musculares, defendendo seu senhor contra os inimigos e lutando por ele, e como recompensa ele dera seu corpo para a manticora.

Carne fresca.

A DIABÓLICA

Eu queria gritar. Aquele grito desesperado de fúria subiu pela minha garganta diante do destino que dizia que eu valia tão pouco, que eu não passava de um acessório para um ser humano real... porque eu era mais do que isso. Ela era mais do que isso. Nós éramos mais do que isso.

Eu aceitara por muito tempo que não era uma pessoa de verdade, e nunca teria questionado isso se não fosse pela dor que sentia agora. Como poderia uma criatura que não era real sentir toda a angústia que tomara conta de mim desde que Sidonia... desde que Sidonia... desde que ela...

Desabei no chão, seca, os sons sufocados rasgando meus lábios, o mais perto das lágrimas que poderia chegar — porque a pessoa a instruir a primeira máquina a criar um Diabólico também dissera para não nos dar dutos lacrimais. Tinham decidido me fabricar muito menos humana do que eles, e ainda assim não tinham tirado minha capacidade de sentir dor, só minha habilidade de expressá-la.

Meus dedos formigavam contra o campo de força. Enquanto observava a manticora dilacerar os restos de Hostilidade, eu sentia vontade de atravessá-lo e matar aquela fera, porque aquilo não iria acontecer comigo. Eu não desapareceria em um vazio, como se nunca tivesse existido. Eu não aceitaria que era menos do que aquelas pessoas só porque tinham me projetado dessa maneira.

Eu sentia, me enfurecia e sofria, e eles não podiam tirar isso de mim. Sidonia estava morta e eu nunca iria superar isso, mas não seria o meu fim. Não, não. Eu voltaria a me erguer e existiria como Nemesis, a Diabólica, e faria meu próprio destino, apesar deles.

Eu seria uma Diabólica que forjaria um novo futuro. Não apenas para mim, mas para todas as pessoas *de verdade* também. E, dessa forma, eu teria a maior vingança de todas: faria minha vida ser significativa.

Quando voltei para a *Alexandria*, Tyrus me encontrou novamente acima da sua biblioteca, o céu azul sob seus pés e os sóis brilhando, projetando grandes sombras no teto acima, e então minha sombra se juntou à dele, e, sob o ângulo em que estávamos, eu me estendia mais alta, maior, até sermos um borrão, uma força acima deste universo.

— Você mudou de ideia? — perguntou ele, pegando minhas mãos.

Não fiquei de joelhos, nem levei os nós de seus dedos ao rosto. Violei cada protocolo que existia e olhei diretamente em seus olhos.

— Não serei sua Diabólica. Mas serei sua Imperatriz.

24

MINHA PRIMEIRA SESSÃO do Senado foi na manhã do baile de gala. Eu não tinha sido treinada a vida inteira para aquela tarefa, não como Sidonia, então a única pessoa que eu podia consultar sobre isso era Tyrus Domitrian. Enviei um servo até ele com uma folha, perguntando o que seria esperado de mim.

Sua resposta veio logo:

> *– Sente-se em qualquer lugar no segundo círculo.*
> *– Marque presença por mais de quinze minutos, menos de trinta.*
> *– Não há necessidade de arriscar dar opiniões.*
> *– Perceba como meu tio quer que você vote e faça o que ele gostaria que você fizesse. Isso é vital nesta fase.*
> *– Não há nada a temer.*

Amassei a folha até virar pó, levemente insultada pelo último item.

O Fórum Inferior era uma sala nada impressionante. Poucos senadores compareciam pessoalmente, a maioria designando conselheiros para monitorar os processos nos fóruns galácticos. Quando precisavam fazer discursos, apareciam via avatar. Mas nós, que agora éramos prisioneiros do Imperador no Crisântemo, não tínhamos desculpas para não comparecer.

Então fiquei no mais absoluto silêncio enquanto os discursos eram proferidos no Fórum Inferior, principalmente sobre coisas em que eu não tinha interesse: agricultura, preço das mercadorias, contratos para o transporte galáctico...

E então a verdadeira questão surgiu: uma resolução para a remoção forçada de vice-reis de qualquer colônia de Excessos que embarcasse em uma reforma educacional sem o consentimento do Imperador.

Essa decisão visava lugares como Lumina, o planeta natal de Neveni, e ia contra pessoas, como a falecida mãe dela.

Eu sabia exatamente como o Imperador queria que eu votasse. Votei a favor da resolução. Como todos os outros senadores. Parecia que todos nós éramos ardentes heliônicos agora. Nenhum dos novos senadores se atrevia a arriscar ter o mesmo destino de seus predecessores. A votação foi unânime.

Quando o Senado se esvaziou em direção à antecâmara, onde homens e mulheres proeminentes do Império – com dinheiro, mas não detentores de cargo público – aguardavam, meus olhos foram surpreendidos por um visitante inesperado que causava agitação na entrada distante.

Era Tyrus.

Sussurros e murmúrios aumentaram ao meu redor com a surpreendente presença real. Senti olhares correrem entre Tyrus e eu, porque a notícia sobre algum negócio peculiar envolvendo o herdeiro do Império e a nova Senadora Von Impyrean rapidamente se espalhara.

Agora iríamos esclarecer exatamente que negócio era esse. Ele se aproximou e pegou minhas mãos.

– Meu amor, você me permite mandar alguns assistentes para ajudá-la a se vestir para esta noite?

Pude notar todos os olhares em cima de nós.

– Seria uma honra, Vossa Eminência.

Tyrus levou os nós dos meus dedos até suas bochechas, seus olhos nos meus, e pressionou os lábios frios ao meu pulso.

— Contarei os minutos.

E então ele se retirou, e de repente eu estava no meio daquela sala cheia, sendo observada por vários olhares especulativos.

Virei-me e segui para a saída. Fui, então, às câmaras dos Excessos visitantes, querendo falar com Neveni pessoalmente, antes que ela ouvisse os rumores.

Quando cheguei à sua porta, Neveni só me encarou por um instante com os olhos arregalados; então me puxou para um forte abraço.

O gesto me pegou desprevenida, e demorei um bom tempo antes de me lembrar de retribuí-lo.

— Você voltou! Você está bem? Recebeu meu bilhete?

— Recebi — eu disse rigidamente, afastando-me. — Queria agradecer por cuidar de Mortal para mim. Você vai precisar que eu lhe consiga um convite para o baile de gala desta noite?

Neveni cambaleou para trás, olhando fixamente para mim, boquiaberta. Ocorreu-me que poderia haver algo errado com ela, e então o rubor tomou conta de suas bochechas.

— O quê? É só isso?

Franzi a testa.

— Nada mais? — Seus olhos estavam brilhantes e vidrados. — Sidonia, onde você esteve na última semana? O que aconteceu com você? As pessoas disseram que foi sequestrada por Tyrus Domitrian e... e todo tipo de coisas horríveis! E, pela maneira como estava se comportando antes de sumir, pensei que faria algo imprudente.

— Mas não fiz.

Tyrus e eu conversáramos sobre nosso plano. Iríamos nos anunciar oficialmente como um casal no baile de gala, mas eu queria revelar a nossa ligação para Neveni antes.

— Na verdade, Tyrus Domitrian e eu agora estamos envolvidos.

— En... envolvidos?

— Sim.

— Romanticamente?

— Sim. — Ele tinha me dado um texto para recitar, então o segui, esperando parecer sincera. — Estive com ele por cinco dias de flerte alegre na *Alexandria*...

— Com Tyrus? O louco Tyrus Domitrian?

— Sim, e vamos ao baile de gala esta noite. Se você quiser vir...

— O tio dele matou sua família! — gritou ela. — Eu estava com medo de que você tivesse sido morta também! O que está fazendo, Sidonia? Você está louca? Acha que eu quero ir a um baile de gala e dançar a noite toda com essas pessoas?

Ela começou a chorar.

Fiquei ali parada, sem saber como lidar com aquele seu extravasamento de emoção, sua raiva, medo e tristeza. Ela sempre se agarrara ansiosamente a todas as oportunidades que eu pudesse lhe dar na corte. Nem sequer me ocorrera que ela reagiria de forma diferente dessa vez, mas agora parecia óbvio que aquilo ia acontecer.

Eu não tinha pensado em me colocar no lugar dela.

Simplesmente não tivera empatia suficiente para fazer isso.

— Sinto muito, Neveni.

— Não me importo se sente muito. Não entendo você! Sua família está *morta*. Você não sente nada?

— Claro que sinto.

Eu poderia dizer a ela como isso me machucava, como eu ansiava por algum alívio pela dor de perder Sidonia. Poderia lhe contar sobre minha luta mortal com Hostilidade quando estava atrás do sangue do Imperador, sobre a verdadeira natureza do meu acordo com Tyrus. Eu poderia lhe contar essas coisas e talvez ela entendesse, mas esses segredos não eram só meus para compartilhar. Também pertenciam a Tyrus, e eu não tinha o direito de assumir tal risco por nós dois.

Então tentei outra tática.

— Venha comigo para a festa — insisti. — Talvez isso a faça esquecer um pouco que sua mãe morreu.

Mas minhas palavras, minha tentativa de solidariedade, só a perturbaram ainda mais.

— Apenas me deixe. Não quero ir a nenhum maldito baile. Você não percebe o que está sendo comemorado? Estão comemorando o assassinato de pessoas que nós amávamos!

Era verdade. Esse era o objetivo do baile. Baixei o olhar, incapaz de encarar sua expressão angustiada.

— Ah, Deus — disse Neveni, soluçando —, eu só quero ir para casa. Minha mãe está morta e claramente não tenho nem uma amiga aqui mais! Volte para o seu novo caso de amor com Tyrus Domitrian. Espero que ele a faça muito feliz, Sidonia. Que lealdade você tem pelos seus pais!

Ela então me deu as costas e voltou para o quarto.

Saí de novo para o corredor, piscando em razão das fortes luzes que brilhavam no teto em frente aos alojamentos dos Excessos visitantes. Eu finalmente me declarara algo mais do que sempre pensara ser, mais do que uma mera Diabólica, mas ainda havia um grande abismo de compreensão a vencer antes que eu pudesse realmente assumir o papel de uma pessoa de verdade.

Ao unir-me a Tyrus, eu acabara de perder Neveni como aliada para sempre. Perdera a coisa mais próxima que eu tinha de uma amiga.

25

ENQUANTO ESPERAVA pelos atendentes de Tyrus em minha residência, fiz flexões, apreciando a dor de meus músculos sendo usados novamente. Eu sabia que o exercício significava arriscar desfazer o trabalho árduo da Matriarca em me disfarçar, mas não conseguia parar de pensar em como me sentira fraca na luta contra Hostilidade. Nunca mais queria me sentir tão inútil. A atividade física me proporcionou um alívio glorioso de meus pensamentos, que giravam em torno da apreensão com o que estava por vir. Sempre que eu não estava pensando na perigosa empreitada que estava prestes a empreender com Tyrus, meus pensamentos tomavam um rumo ainda mais sombrio, em direção a Sidonia.

Donia sorrindo para mim naquele primeiro dia no laboratório, sentir seu coração batendo contra a palma da minha mão, o primeiro instante em que algo se abriu dentro de mim e a capacidade de amar pôde entrar...

Pensar nela já me fazia desejar a morte, então tentava não pensar. Os exercícios ajudavam.

Portanto, fiquei ainda mais irritada quando o interfone tocou em minha residência:

– Empregados de Tyrus Domitrian para ver Sidonia Impyrean.

Levantei-me com um impulso das mãos contra o chão e fui para a porta. Lá, vi que meus servos já tinham aberto as passagens, como tinham que fazer automaticamente sempre que um representante da realeza visitava alguém de uma posição inferior.

Uma enxurrada de homens e mulheres entrou, os cabelos entrelaçados de modo elaborado em torno do selo Domitrian de seis estrelas tatuado em suas cabeças. À frente, havia um homem que claramente não era um empregado, mas um membro dos Excessos acolhido pela casa Domitrian devido à sua lealdade. Ele ainda tinha seu cabelo, e colorira a pele em listras, como um animal exótico. E abriu um grande sorriso ao me ver.

— Saudações, Senadora Von Impyrean. Sou Shaezar nan Domitrian. — Ele se ajoelhou ostentosamente e passou os nós dos meus dedos contra suas bochechas. Quis me soltar imediatamente de suas mãos suaves e perfumadas. — Fomos enviados pelo Primeiro Sucessor para prepará-la para o baile.

— Assim fui informada. Que preparações você tem em mente? Eu já sei dançar. — Embora tivesse sofrido algumas vezes para aprender com Sutera nu Impyrean, isso só acontecera porque tinha sido enquanto passava pela redução muscular. Agora eu estava absolutamente confiante de que não erraria um passo.

— Essa não é a preocupação de Sua Eminência — disse Shaezar delicadamente. — Ele quer que a senhora seja suficientemente ornamentada e adornada com joias, como convém a uma acompanhante do Primeiro Sucessor.

— Eu tenho joias.

Ele ergueu as sobrancelhas finas, gravadas com linhas douradas.

— Sua Eminência parece pensar que a senhora pode precisar de ajuda para escolher as adequadas para essa ocasião.

Porque Tyrus sabia agora o que eu era. Suspirei.

— Muito bem. Vamos acabar logo com isso.

Pensei que levaria uma hora, no máximo, mas os assistentes se agitaram em torno de mim até à tarde, remexendo cada fio de meu cabelo, reparando cada ponta dupla, entremeando tons de dourado, castanho-claro e vinho em meu cabelo castanho-escuro; então todo o meu cabelo foi preso em pequenas tranças, para melhorar sua fluidez durante a dança. Fiquei observando os assistentes, perplexa em ver a quantidade de tempo que podia ser gasto com algo tão fundamentalmente sem importância. Como uma Diabólica, eu me atentava a pequenos detalhes, e ainda assim não teria notado de forma alguma se uma pessoa tivesse pontas duplas.

Talvez Grandíloquos notassem detalhes como esse, que eu não percebia. Os assistentes revelavam bandeja após bandeja de elaborados adornos para a cabeça, broches e colares que teriam sido pesados demais para o pescoço de Sidonia.

Apesar de todos os esforços do Imperador em confiscar armas disfarçadas, itens como aqueles poderiam ser empunhados facilmente contra um oponente. Examinei os colares, imaginando o efeito que teriam se fossem atirados contra o crânio de alguém.

Naturalmente, o peso não era um problema. O evento seria realizado em uma cúpula de baile, um ambiente de gravidade zero, que permitia aos Grandíloquos se ornamentarem ainda mais do que o normal sem sequer precisarem de um traje de proteção. Estes mesmos assistentes iriam escolher as joias agora, e colocá-las em mim minutos antes de a festa começar.

Eles sussurraram e murmuraram entre si, não dando muita atenção às minhas preferências, principalmente quando perceberam que eu estava só apontando aleatoriamente para alguns itens, ansiosa por acabar com aquilo. Não era uma tentativa de ser hostil: tudo o que eles me mostravam era parecido. Quando tentei apontar para as peças maiores e mais brilhantes – imaginando que *aqueles* eram os ornamentos certos para a acompanhante do Primeiro Sucessor –, Shaezar riu.

— Muito berrantes para a senhora, Senadora Von Impyrean! Esses são para *Grandeés* de uma posição inferior tentando se afirmar.

Aparentemente, eu tinha mau gosto. Minhas outras sugestões foram igualmente descartadas. Duas assistentes me despiram para cuidar da minha pele, injetando brilho logo abaixo dos meus olhos e acima da linha da minha mandíbula, e então acrescentando pigmento adicional à pele sob minhas maçãs do rosto. Elas até mesmo fizeram um trabalho com brilhos e sombras em meu nariz, de tal forma que, quando o observei no espelho, vi que passava a ilusão de ser reto, a saliência quase imperceptível.

A DIABÓLICA

Sob seus cuidados, minha pele foi umectada com óleo perfumado enquanto robôs de beleza retiravam a laser qualquer mancha. Escolheram um delicado vestido de seda, completamente branco e otimizado para obter máximas ondulação e fluidez em um ambiente de gravidade zero. Como os sapatos eram projetados exclusivamente para a gravidade zero, e não para caminhar, eram apenas tiras elaboradas, com franjas enfeitadas por pedras preciosas. Examinei os acessórios nada práticos, relembrando as instruções de Sutera nu Impyrean a respeito deles: o truque era não balançá-los com muita força para que as franjas não ferissem ninguém, nem mesmo eu.

A menos que eu *quisesse* ferir alguém.

Os últimos acréscimos foram uma série de voltas de joias para os meus braços e coxas, além dos elegantes anéis magnéticos de direção, utilizados para navegar na cúpula de baile. Duas pessoas direcionando os anéis em posições diferentes tinham o efeito de atrair os corpos um para o outro.

— *Grandeé* gostaria de uma massagem para relaxar antes do evento? – perguntou Shaezar nan Domitrian, solícito, enquanto os assistentes embalavam as coisas para levar minhas joias para perto da cúpula de baile.

— Vou relaxar o suficiente se vocês me deixarem em paz por uma hora. Suponho que já terminamos? – Quando ele assentiu, perguntei: – Quanto eu lhe devo?

Ele balançou a cabeça.

— Isso é um presente de Tyrus Domitrian. Eu nunca vi o Primeiro Sucessor apaixonado. Por ninguém, mas parece que a senhora ganhou o coração de Sua Eminência.

— Sim, ele está... Estamos muito encantados um com o outro – entoei, esperando soar convincente. Então, com alívio, consegui me soltar do aperto de mãos perfumado de Shaezar.

Seu comportamento era estranho, muito bajulador. Mesmo como a importante Sidonia Impyrean, eu nunca tinha sido tratada de tal maneira.

Mas Shaezar nan Domitrian foi só o primeiro a reagir à minha ascensão a interesse amoroso do Primeiro Sucessor do Império. Ele não seria o último.

26

A CÚPULA DE BAILE localizava-se no Caminho Langerhorn, uma das longas e curvas torres. A cúpula assemelhava-se à Grande Heliosfera, com uma série de janelas com vista para o espaço e aposentos privados para os Grandíloquos, ramificando-se a partir do centro. O material cristalino era mais decorativo, cintilando com a luz e projetando prismas brilhantes sobre nós.

Meus servos e os assistentes de Tyrus levaram as roupas que eu vestiria. Eles me arrumaram na sala de espera privada, fora do salão de baile, enquanto a cúpula se destacava da estrutura maior da *Valor Novus*.

A cúpula de baile se impeliu para longe do Crisântemo, balançando suavemente com as forças gravitacionais enquanto se movia para um local mais pitoresco no sistema de seis estrelas, para que os dançarinos desfrutassem da visão enquanto se divertiam. Logo a cúpula de baile se instalou em órbita da menor das seis estrelas, próxima à poeira rosa e roxa de uma nebulosa, com vista para uma gigante gasosa e suas oito luas; todas coisas incrivelmente belas para fornecer uma infinita variedade de cenários contra a vasta escuridão do espaço.

Os sons iniciais de uma música invadiram o ar para dizer aos primeiros dançarinos que tomassem suas posições – que naturalmente seriam o Imperador e sua mais recente cortesã, uma prima do Senador Von Canternella. Coloquei-me em posição diante da grande janela unidirecional da minha câmara e segurei as barras ornamentadas prontas para mim.

E então a gravidade foi desativada.

Senti um choque quando fui tomada por aquela sensação de leveza, como se todas as células do meu corpo estivessem flutuando. Meus cabelos trançados esvoaçavam em finos cordões em torno da minha cabeça, o tecido ondulante do meu vestido como uma planta subaquática se balançando nos lagos do jardim.

E então, no centro da grande cúpula, duas figuras entraram vindo de diferentes direções. O Imperador e a *Grandeé* Canternella. O ódio se avolumou quente e venenoso em minhas veias enquanto eu o observava, aquele homem que tinha matado Sidonia. Estenderam as mãos um para o outro, e então se aproximaram elegantemente enquanto uma melodia lenta e encantadora enchia o ar.

Para deixar de pensar em pular até lá e arrancar sua caixa torácica, me forcei a estudar a técnica deles como dançarinos. O Imperador e a *Grandeé* giravam em círculos perto um do outro, e então contraíam os braços para se impulsionarem para trás, quase em uníssono. Os dois usavam túnicas fluidas que lhes faziam parecer pétalas de flores se abrindo para o sol, e um fluxo contínuo de poças globulares de luz efervescente começou a flutuar através do ar sem peso em direção a eles.

Sutera nu Impyrean me alertara que uma dificuldade da gravidade zero era evitar colidir com o cenário. Ondulações flutuantes de luz, até mesmo poças flutuantes de vinho, serviam como agradáveis toques decorativos, mas podiam facilmente arruinar túnicas caras e causar embaraço se um dançarino incauto esbarrasse nelas.

Mas quem quer que tivesse soltado as bolhas de fogo, fizera isso com cuidado, e, à medida que a dança do Imperador e de sua parceira acelerava o ritmo, eles permaneceram afastados das esferas de fogo.

E então o vidro começou a deslizar para cima, diante de mim. A segunda dupla de dançarinos estava sendo convocada para o salão – o Primeiro Sucessor e sua parceira.

Eu.

Fiquei incomodada porque Tyrus e eu não tínhamos praticado os movimentos de dança em gravidade zero. Aquele era um momento importante – revelar-me como sua parceira e confirmar quaisquer rumores que tivessem começado a circular a nosso respeito, e eu não queria fazer papel de tola.

Mas não havia tempo para mudar de ideia. Tyrus olhou em meus olhos, lá de onde sua própria divisória de vidro se abrira, o cabelo ruivo curto flutuando em torno da cabeça, seu traje branco com apêndices se retorcendo ao redor do corpo musculoso. E então nós dois saímos: Tyrus, em uma queda graciosa, eu, com um giro pelo ar. As paredes da cúpula de baile cristalina giraram na minha visão enquanto eu virava e rodopiava.

Ele praticara aquilo a vida inteira e eu só tinha visto vídeos, mas as atividades físicas sempre foram tranquilas para mim, e controlar meu mergulho em gravidade zero se provou ser também. Assim que me aproximei do centro da grande cúpula, Tyrus estendeu os braços e pegou meus pulsos, e juntos descemos flutuando em uma ondulação de tecido branco e joias reluzentes, seus olhos fixos nos meus enquanto o mundo se movia ao nosso redor.

Eu não via nada além dele, mas sentia milhares de olhos sobre nós, atentos, questionadores, surpresos, vendo a herdeira Impyrean e o herdeiro imperial juntos. E então Tyrus e eu contraímos nossos braços para ativar os anéis magnéticos de direção, e ele soltou um dos meus braços para me girar contra ele e fazer nós dois mergulharmos. O alto estava para baixo e a parte de baixo para cima, e meu cabelo rodopiava no rosto e meu vestido ondulava como fogo branco. A pele de Tyrus brilhou à luz de uma bolha flutuante de fogo verdadeiro, que passou tão perto que uma corrente quente roçou meu pescoço.

Então a dupla seguinte de dançarinos foi convocada para o salão, e Tyrus e eu subimos flutuando até o Imperador e a *Grandeé* Canternella.

A DIABÓLICA

A pele do Imperador estava bem branca naquele dia, sem nem sequer uma sarda, seu cabelo louro fazendo com que parecesse um fantasma contra o traje escarlate que ele e sua parceira usavam. Ele e a *Grandeé* Canternella vieram em nossa direção, e Tyrus me segurou com mais força quando nos encontramos em um círculo no centro da vasta cúpula, prismas de luz das estrelas lá fora dançando ao nosso redor junto com as bolhas de fogo. Uma gigante gasosa rodopiou abaixo de nós e uma nebulosa roxa formou um céu no alto.

– *Grandeé* Impyrean – falou o Imperador, enquanto *Grandeé* Canternella olhava para nós dois com curiosidade. – Como você está encantadora esta noite.

Senti-me sufocada com um súbito impulso agressivo. Segurei Tyrus com tanta força que ele visivelmente se encolheu, e então apertou minha mão uma vez como alerta.

– Não é mesmo? – disse Tyrus descontraidamente. – Ela queria ficar de luto no quarto, mas eu lhe disse que tamanha beleza não podia definhar em isolamento.

O Imperador sorriu, indulgente.

– Já estava na hora de você comparecer a um baile imperial, Tyrus. Fiquei surpreso com a parceira que escolheu para esta ocasião...

As palavras pairaram desconfortavelmente no ar por um instante, e eu cerrei a mandíbula. Sim, ele estava surpreso por Tyrus ter levado uma Impyrean para um baile que celebrava a destruição dos Impyrean, entre outros.

– Mas agora vejo que escolheu uma parceira que dança magnificamente – concluiu o Imperador.

Enquanto ele falava, eu só conseguia pensar em como estava perto de mim, como eu poderia facilmente me lançar sobre ele, deixar de lado aquela farsa e estraçalhar seu crânio. Eu não via Perigo. Não via Angústia. Eu era uma entre os poucos Grandíloquos presentes que foram recentemente desonrados. Os outros só poderiam dançar depois que o Imperador se retirasse. Ele não era tão tolo a ponto de se colocar ao alcance daqueles cujas famílias recentemente matara.

Como parceira de Tyrus, eu era a única exceção. Um erro.

Eu poderia matá-lo agora.

Poderia matá-lo *agora*.

Tyrus pareceu perceber o que eu estava pensando, ou talvez pudesse sentir a tensão em meu corpo, porque de repente enterrou a cabeça no meu pescoço, seu hálito doce contra a minha pele, seus braços me envolvendo, firmes e fortes. Eu sabia que poderia quebrá-los em um instante e, quando ele nos impulsionou para longe do Imperador com uma despedida despreocupada, considerei seriamente fazer isso.

— Não — disse ele.

— Ele está bem aqui — sussurrei em seu ouvido. — Bem aqui!

— E então o quê? — Seus olhos pálidos correram para os meus. — Você vai morrer e a visão que ele tem da humanidade continuará florescendo, principalmente assim que uma guerra civil irromper, quando os Grandíloquos se erguerem contra o fato de o Império cair nas mãos de um louco.

Tyrus envolveu meu rosto com as mãos, e então apertou minha nuca com urgência. Seu toque era áspero contra minha pele, as mãos calejadas de qualquer que fosse o esforço físico que tinha moldado sua musculatura.

— Esse é o primeiro de uma série de passos — disse ele, bem baixo. — Você conseguirá exatamente o que deseja no final, se for paciente, e será para o bem de todos nós. *Por favor*, confie em mim.

Pensei no corpo de Hostilidade naquele cercado, e nas palavras que ecoavam em minha cabeça desde então. *Eu sou mais do que isso. Eu sou mais.*

Acenei com a cabeça rigidamente e depois permiti que ele me afastasse mais do Imperador. Enquanto girávamos, seu olhar se fixou atentamente no meu.

— A justiça será feita — disse ele calmamente. — Por Sidonia... e por todos os outros também. Por todo o Império.

Peguei-me olhando para ele, impressionada com a forma como seus olhos pálidos brilhavam à luz dos fogos flutuantes. Que pessoa estranha ele era, que assumia tão satisfeito uma obrigação e responsabilidade por trilhões... não só por aqueles que agora se juntavam a nós, um número cada vez maior de dançarinos se lançando para a gravidade zero, mas pelos desconhecidos através da galáxia, multidões que nunca mencionavam seu nome. E, na verdade, a maioria dos que mencionavam o considerava um louco. Ainda assim, ele queria que suas vidas fossem melhores.

Um estranho sentimento passou por mim, então. Eu ansiava com todo o meu ser por sua convicção. Era a mesma convicção – eu percebia agora – que o Senador Von Impyrean tinha de difundir as ciências. *Há coisas mais importantes do que o fato de uma pessoa viver ou morrer.*

As palavras distantes do Senador me voltaram quando o polegar de Tyrus acariciou meu rosto. Era uma encenação, claro, para todos que nos olhavam e que não podiam adivinhar a verdadeira natureza de nossa ligação, o conteúdo verdadeiro de nossa conversa.

Tyrus acreditava em uma causa e arriscava sua vida por ela. E me convidara agora para fazer o mesmo, ainda que soubesse que eu era uma Diabólica. Era difícil entender o que era ter uma causa, acreditar em algo. Mas eu queria saber.

Comecei a notar olhares voltados para nós, muitos olhares, e Elantra Pasus e Gladdic Aton passaram por mim dançando. Ela me encarou com um olhar penetrante e sorriu quando nossos olhos se encontraram, mas havia um pouco de ansiedade em seu rosto ao me ver com o Primeiro Sucessor. Elantra tinha bons motivos para ficar nervosa.

– Você também quer se vingar, não é? – indaguei a ele de repente.

Pensei em sua família, morta pelas mãos do tio, da avó. Dois heliônicos, firmes defensores do atual sistema. No entanto, Tyrus pretendia assumir o poder e desfazer tudo o que tinham lutado para proteger.

– De certa forma. – Seus lábios se curvaram. – Não posso dizer que não considerei isso um lucro.

Quando as primeiras notas de "A Rã e o Escorpião" começaram a tocar, lembrei-me de como foi aprender essa dança com Sidonia. Uma onda de pesar me atravessou, e Tyrus deve ter visto isso em meus olhos.

– Você está bem?

Engoli em seco.

– Conheço essa dança.

– Você tem uma habilidade incrível para a dança.

– É claro que sim.

Ele riu.

– Acho sua modéstia um encanto.

Seu tom era implicante, mas eu não via por que fingir modéstia. Meu físico era superior ao de todos naquela sala, e manobras em gravidade zero eram só uma questão de equilíbrio, coordenação e graça. Isso era bastante natural para mim.

Ficamos em silêncio enquanto ele dançava A Rã para o meu Escorpião, lançando-me, impulsionando-se para onde eu estava enquanto eu descia, e eu deslizava pelo seu corpo, girava ao seu redor, as pontas de nossas roupas se entrelaçando como anêmonas.

– Então, você conhece essa parábola? – disse ele, sem fôlego, enquanto nos reuníamos novamente. – É uma velha fábula, a história da rã e do escorpião.

Havia chegado a hora das batidas duras e dissonantes da canção, e eu me atirei para cima dele. Tyrus recuou, pegando meu braço e girando nós dois. Os dançarinos rodopiavam em minha visão como centenas de raios em uma imensa roda. Quando nos juntamos novamente, minhas costas pressionadas ao peito de Tyrus enquanto girávamos, ele me contou a história:

– Um escorpião precisa atravessar um riacho. Ele pede a uma rã que o leve em suas costas. A rã pergunta: "Como sei que você não vai me ferroar?" O escorpião lhe assegura que, se ele fizer isso, os dois afundarão e morrerão. Isso foi garantia o suficiente para a rã, que concorda em levar o escorpião. Eles chegam ao meio do riacho, e então o escorpião a ferroa.

Ele cambaleou após outro movimento meu de ataque, e, como parte da dança, depois de cada golpe os giros tinham menos energia, os acordes da música ficavam mais fracos, cessando aos poucos. O escorpião ferroava a rã até a morte, condenando os dois a morrerem. Tyrus e eu ficamos frente a frente de novo, prontos para nos afogarmos juntos sob as águas do rio.

— A rã pergunta ao escorpião por que ele a ferroou — concluiu Tyrus. — E o escorpião responde: "É a minha natureza."

Ficamos em silêncio e mergulhamos, afogando-nos juntos enquanto a música diminuía até parar.

Mais tarde, nossos trajes externos mais pesados foram removidos e fomos descansar um pouco em um dos bares, apreciando o retorno da gravidade. Robôs garçons nos traziam drinques. À nossa frente, a cúpula ainda fervilhava de dançarinos contra as janelas cristalinas e a vastidão do espaço, muitos dos Grandíloquos inferiores podendo agora se juntar também aos outros na pista.

Tyrus correu um dedo pela borda do copo, estreitando os olhos azuis ao examinar os dançarinos. Então falou:

— Esta noite foi o primeiro passo. Eles nos viram juntos. Eu lhe contei a fábula da rã e do escorpião por um motivo.

Olhei para ele. Parecia que Tyrus não fazia muita coisa sem um motivo.

— Nada muda totalmente de natureza. — Ele bateu na beira do copo. — Um leão não cria listras, nem um guepardo, chifres. Um escorpião não deixa de ferroar. Se quero mudar minha imagem diante da galáxia, deve haver uma explicação para a mudança que faça sentido para as pessoas. Tem que ser você, Nemesis.

— Eu?

— *Você* será a influência moderadora sobre mim, em público. Precisamos de uma explicação pronta para as minhas mudanças, e essa razão será *você* abrandando meu temperamento. Como a Senadora Von Impyrean, você já é um ponto focal ideológico. Isso só será um passo a mais. Só preciso de uma ocasião para fazer algo significativo e mostrar que estou mudando... um momento para que as pessoas vejam como o Império poderia ser sob meu comando, influenciado por *você*.

Eu não disse nada. Aquela não era minha maneira de planejar, de pensar. Ele era uma pessoa deliberada, cheia de planos de longo prazo. Eu só sabia como agir no momento.

— O que pretende fazer?

— Tenho que pensar em algo significativo para demonstrar nossa nova dinâmica. Algo que seja divulgado amplamente, discutido, repetido. — Ele terminou de tomar o vinho e se levantou, ajustando a túnica branca sobre o braço musculoso. Então estendeu a mão para mim. — Devemos voltar ao baile.

Larguei o meu cálice e peguei sua mão, sentindo sua força quando me puxou para cima.

Tyrus observava atentamente o meu rosto; um jovem líder, sereno e tranquilo, tão estranho para mim com seu comportamento calmo e calculado quanto meus instintos e agressividade inata eram para ele.

— Na próxima vez em que estivermos juntos em público, terei que te beijar. Achei que deveria lhe dizer isso antes, para não ficar surpresa. Eu não ia gostar nada que quebrasse meu pescoço.

A ideia me deixou mesmo surpresa. Por um instante, quase protestei. Mas a minha própria inquietação me intrigou. A lógica dele fazia sentido. Por que eu deveria me importar com uma encenação tão insignificante?

De qualquer forma, achei melhor alertá-lo:

— Gestos carinhosos que são instintivos para a maioria dos seres humanos não vêm naturalmente para mim. Não tenho certeza se saberei o que fazer.

— Nemesis, se consegue dançar tão bem, você consegue beijar. — A boca de Tyrus se curvou, seus olhos contornando meus lábios. — Um beijo é só uma questão de se ajustar ao movimento, ao ritmo da outra pessoa. Imagino que você vai achar mais natural do que poderia sonhar.

Por alguma razão, de repente não consegui mais olhar em seus olhos. Lá fora, na cúpula, longas filas de dançarinos se entrelaçavam como vinhas cintilantes, e a beleza da dança me deu uma boa desculpa para me virar.

27

OS DIAS SEGUINTES foram um turbilhão vertiginoso de atividade. Só por aparecer no baile com o Primeiro Sucessor, alcancei um novo status no Crisântemo. E isso logo na primeira hora razoável da manhã seguinte. De repente, meu interfone começou a anunciar uma série de visitantes, tanto Grandíloquos superiores quanto inferiores:

— Credenza Fordyce para ver Sidonia von Impyrean.
— Ivigny von Wallstrom para ver Sidonia von Impyrean.
— Epheny Locklaite para ver Sidonia von Impyrean.

E o anúncio era sempre seguido por alguma pessoa proeminente, junto à sua comitiva, que se afundava nas cadeiras de minha residência e me encarava abertamente, analisando meus servos, minhas posses, enquanto conversavam sobre futilidades. Jogar conversa fora não era uma habilidade fácil para mim, então me concentrei em não olhar fixamente para eles de forma que os deixasse desconfortáveis. Todos pareciam muito focados em se promover para notar qualquer comportamento de minha parte.

— Você se lembra daquele fórum social há três anos, não é, minha *Grandeé*, quando comentei sobre seu belo avatar? – disse *Grandeé* Von Fleivert.

— Um grupo tão robusto e bonito de servos – disse Credenza Fordyce. Ela fizera questão de me desprezar até então, e parecia rígida em seu novo papel. – Você *precisa* me contar o que dá para eles comerem.

— Comida — respondi. — Eles comem comida.

— Comida. Que interessante! — disse ela, animada.

Olhei para ela. Ela olhou para mim. O silêncio ficou mais pesado.

— Devo dar muito mais comida aos meus — disse Credenza, com um sorriso frágil.

Mas aquelas visitas não foram nem de longe tão estranhas quanto o momento em que o Senador Von Pasus apareceu, seguido por Elantra, um sorriso venenoso e tranquilo nos lábios.

— Foi um prazer conhecer seu pai, hã, vinte anos atrás. Ou foram vinte e dois? — falou o Senador Von Pasus, sua voz retumbante ressoando pelo salão.

— Foram vinte e dois anos, pai — disse Elantra. — Você me contou.

— Sim, vinte e dois anos atrás. Nós dois ascendemos à liderança de nossas famílias na mesma época. — O rosto do Senador Von Pasus relaxou em um sorriso. — Lamentei muito saber o que houve com ele. Acredite ou não, eu gostava bastante de nossos confrontos no Senado. É meu mais profundo pesar o fato de termos estado em lados opostos sobre as questões fundamentais dos nossos dias. Poderíamos ter feito grandes coisas juntos em diferentes circunstâncias. — Ele limpou a garganta, acariciando a barba curta e bem aparada. — A questão é, querida, que sei quando deixar para trás velhas disputas. Pode ser difícil não ter a orientação dos pais.

O sorriso de Elantra era completamente artificial.

— Meu pai e eu ficamos felizes em ajudar.

— De fato — acrescentou o pai. — Você ainda é muito jovem, querida. Não pode ter tido tempo de aprender todas as sutilezas do cargo. — Ele fez uma pausa. — Por exemplo, lidar com os Excessos em seu território. Imagina-se que vão aprender com seu exemplo e verão as coisas à sua maneira, mas muitas vezes eles podem se mostrar complicados. Nos momentos mais inoportunos, algum patife entre eles pode incitar os companheiros a desafiar seus superiores... convencê-los de que têm direito a dar mais opinião em questões...

— Como a vice-rainha Sagnau? — perguntei, em tom agradável.

Ele gaguejou e ficou em silêncio. Os olhos de Elantra brilharam rancorosamente em direção ao pai, como se tivesse lhe prevenido que isso aconteceria e ele a tivesse ignorado.

Não me importava ter quebrado um tabu ao mencionar para o Senador e sua herdeira a vice-rainha que os desafiara em seu próprio território... a mulher que acabara sendo morta junto com os inimigos Grandíloquos do Imperador.

Aquilo só podia ter sido obra do Senador Von Pasus. O Imperador não tinha razão para atacar uma simples vice-rainha, quaisquer que fossem suas opiniões. A mãe de Neveni não representaria nenhuma ameaça, a não ser que o Senador Von Pasus especificamente tivesse solicitado sua inclusão na grande purga.

O Senador Von Pasus endireitou-se, recuperando sua dignidade.

– Aquela província, Lamanos...

– Lumina – corrigiu Elantra com doçura.

– Lumina. Sempre foi problemática. Um planeta rochoso com uma habilidade incomum para se autossustentar, então seus líderes acabam se achando muito importantes. Aquela Sagnau era uma demagoga que desencaminhava seu povo. A maioria dos Excessos está cega demais por todas essas ideias, ou é simplesmente ignorante para ver o quanto precisam do Império, e como lucram com a proteção dos Grandíloquos. – Ele se inclinou para mais perto de mim, o olhar frio e aguçado sob a iluminação do meu átrio. – Mas ganharam uma grave lição. Não há nenhum planeta tão seguro ou buraco tão escondido que possa escapar do alcance grandíloquo. A força é a única coisa que os Excessos respeitam, e eles ficarão intimidados depois disso, guarde minhas palavras.

Dias depois, fui convidada para o meu primeiro jantar particular com a família Domitrian.

Tyrus puxou uma cadeira para mim na mesa da sala de audiências do Imperador, que ainda não havia se juntado a nós. Sua cadeira na cabeceira estava vazia.

Quando me sentei ao lado de Tyrus, senti o peso do olhar de harpia de sua avó, Cygna, me avaliando. Ela nascera em outro ramo da família, quando os Domitrian eram mais numerosos, menos inclinados a morrer jovens. Era o ramo errado dos Domitrian. Exibiam o selo do buraco negro, em vez das seis estrelas dos Domitrian reais.

Em vez de ter a chance de assumir o trono, Cygna teve que recorrer a se casar com o herdeiro. Quando seu casamento com o Imperador Lotharia ficou turbulento, ela procurou governar através do filho preferido, o atual Imperador. Fora ela também quem planejara a eliminação dos rivais de Randevald von Domitrian ao trono.

Para meu desgosto, juntaram-se a Cygna, naquela noite, Salivar e Devineé, ambos recuperados, mas ainda não em plena forma. Os dois abriram sorrisos educados, mas seus rostos pareciam pálidos e sem energia, os olhos enevoados, como se não vissem direito a sala diante deles. Notei que, do canto da boca de Salivar, escorria uma baba. Um servo se aproximou para limpá-lo com um lenço de seda.

Tyrus inclinou-se em minha direção, fingindo brincar com a joia pendurada na minha orelha. Senti o calor de sua respiração contra meu ouvido quando ele sussurrou:

— Eles não se lembram de nada. Devineé não consegue falar claramente. Salivar ainda esquece o próprio nome.

— Foi tão grave assim?

— O Hálito de Escorpião tem que ser usado com moderação. Qualquer dose mais alta e torna-se uma potente neurotoxina.

Senti uma onda de cruel satisfação quando olhei novamente para a sobrinha do Imperador e o marido dela, lembrando-me do que tinham pensado em fazer com Sidonia, do que tinham feito com Neveni. Empunhavam desajeitadamente seus talheres, travando uma luta com a comida, esforçando-se para pegá-la do prato.

Tyrus deu um peteleco de leve em meu brinco.

— Tente não deixar sua satisfação tão visível. Minha avó não deixa escapar nada. — Então se afastou.

De fato, quando olhei para *Grandeé* Cygna, encontrei seus olhos fixos em mim. Ela não deixara de notar minha reação.

— Você se diverte em ver a condição de minha neta e seu marido, Senadora Von Impyrean?

— Nunca, Vossa Eminência — falei apressadamente. — Se eu sorria, era apenas porque me lembrei de como eles foram gentis comigo antes...

— Antes do problema deles e da sua *completa* perda de memória.

Aquela mulher tinha matado os próprios filhos que não eram seus preferidos. Eu não tinha dúvida de que ela me mataria se algum dia suspeitasse do que eu tinha feito com Salivar e Devineé.

— Sim, Vossa Eminência — murmurei. — Uma noite tão trágica.

Os lábios de *Grandeé* Cygna se repuxaram impacientemente.

— Como você e meu neto se aproximaram?

Tyrus cobriu minha mão com a sua. Havia uma tensão sutil em cada linha de seu corpo.

— Já lhe contei essa história, minha avó...

— Quero que a jovem me conte essa história encantadora.

Por um instante, minha mente ficou vazia. Então lembrei-me das desculpas esfarrapadas que Tyrus inventara para estarmos juntos.

— Fiquei bastante perturbada após os recentes acontecimentos, como certamente a senhora entende. — Bebi um gole de vinho para me dar tempo de lembrar a história de Tyrus. Sua mão ainda descansava sobre a minha, o polegar roçando minha palma para a frente e para trás, um pequeno teatro para demonstrar sua suposta afeição. Aquilo me distraía um pouco, mas lutei contra o impulso de puxar a mão para o meu colo... pois Cygna também não deixaria isso escapar. — Sua Eminência me encontrou perdida em minha angústia e me levou para a *Alexandria*. Então me distraiu com belas antiguidades chamadas livros, e uma coisa levou a outra.

Então pensei em reforçar a história com um sorriso para Tyrus, esperando que ninguém notasse meu olhar frio e vazio. Ele sorriu de volta.

– Ah, é claro – observou Cygna. – A biblioteca a conquistou. Tyrus guarda essas coisas sabem lá as estrelas por quê, mas claramente *você* compartilha do amor de seu pai pelo conhecimento, então.

As palavras eram perigosas. Ela estava tentando me pegar em algum erro.

– Não, aprender não é a minha paixão, Vossa Eminência – eu disse rapidamente. – Os livros eram simplesmente... muito bonitos.

– Ah, mas o conteúdo pode ser muito perigoso. – Ela tomou um gole de vinho. – Todo esse desejo por aprender... Eu realmente não entendo. Aprender é um desperdício absurdo de tempo, na minha opinião, principalmente quando se pode simplesmente consultar um computador. Deve tomar muito cuidado, Senadora Von Impyrean. Você não gostaria de se deixar seduzir pelas mesmas filosofias excêntricas de seu pai.

Cerrei o punho sob a mesa.

– Não, Vossa Eminência, eu não faria isso.

– O que me surpreende – continuou Cygna – é meu neto ter se apaixonado por uma Impyrean. Não fazia ideia de que ele tinha tais inclinações. Eu achava que ele colecionava esses livros como uma excentricidade, não por apreciar a curiosidade intelectual.

Era uma afirmação perigosa, e Tyrus soube lidar bem com isso. Ele riu, então se recostou para olhar para o teto.

– Bem, minha avó, na verdade não tenho interesse em *ler* aqueles livros. Apenas achei que pudessem explicar por que eu estou tão acima do homem comum. Tenho tantas perguntas. Por que todos me olham sem ficarem cegos diante da luz da minha natureza transcendente? Por que tenho acesso à sabedoria divina do Cosmos e os outros não podem ouvir as mesmas vozes que eu? O que há em minha forma humilde que me faz muito superior a um homem comum? – Ele, então, levou minha mão até sua boca, de olho na avó. Senti seus lábios surpreendentemente quentes contra minha pele. – Mas Sidonia von Impyrean me deu as respostas.

Cygna ergueu uma sobrancelha fina em seu rosto de falsa juventude.

— É mesmo?

— Sim. Ela afirma que eu não sou, de fato, o Cosmos Vivo expressando sua vontade através da minha humilde forma humana, mas sim um produto da criação cósmica, como qualquer outra pessoa.

— Eu já lhe disse isso várias vezes — disse *Grandeé* Cygna.

— Mas, minha avó, isso soa muito mais convincente na doce voz dela. — Ele estendeu a mão e acariciou meu lábio inferior com o polegar. — Não lhe disse isso, querida?

Ele precisava continuar me tocando daquele jeito? Mas, quando meus olhos encontraram os de Tyrus, entendi que estava apenas executando seu plano: estava me retratando como uma influência moderadora sobre sua loucura. *Grandeé* Cygna observou-o, espantada, por um instante, a taça de vinho erguida no ar.

— Bem... — Recuperando-se, ela delicadamente tomou um gole. — Bem, Tyrus, com certeza estou espantada.

Foi então que vi que ela acreditava nele.

Claro que sim. Ela acreditara na farsa de que ele era louco por todos aqueles anos. Por que não acreditaria nessa nova reviravolta?

As luzes mudaram acima de nós, assumindo um tom de dourado que transformava as finas gravuras na parede em uma tapeçaria resplandecente de renda. Perigo entrou na sala. Então o Imperador apareceu, flanqueado por robôs de segurança e seguido por seu outro Diabólico, Angústia.

O Imperador, notei, usava uma armadura completa.

— Meu filho. Me dê um beijo. — Cygna inclinou o queixo pontudo para cima.

O sorriso do Imperador era duro como granito. Claramente o incomodava ter o poder supremo e ainda receber ordens de sua mãe. Mas, ciente do decoro, curvou-se para dar um beijo na bochecha macia dela.

— Como estou feliz em nos ver todos aqui reunidos — anunciou o Imperador, endireitando-se. Quando seu olhar passou por mim, um sorriso afetado repuxou seus lábios. — Devo elogiar seu gosto, meu sobrinho. A Senadora Von Impyrean é um encanto.

Eu chegara a pensar em voltar à minha coloração natural, principalmente depois que vi o corpo de Hostilidade naquele cercado da manticora. Havia uma parte vingativa e rancorosa de mim que queria ressaltar minha semelhança com a Diabólica que o Imperador tão facilmente descartara.

Mas eu não tinha feito isso, temendo que seus Diabólicos considerassem a semelhança próxima demais para constituir qualquer outra coisa que não um modelo de DNA compartilhado. Em vez disso, eu escolhera cabelo vermelho-escuro e pele bem branca, para combinar melhor com o cabelo vermelho natural de Tyrus. Nós agora parecíamos um par perfeito.

Quando os robôs garçons trouxeram o jantar, os drones de segurança começaram a zumbir em torno da mesa, em rotação circular. Enquanto isso, como era de costume, os outros membros da família do Imperador se revezavam para provar sua comida antes que ele mesmo a comesse.

Pude notar que ele prestou pouca atenção quando Tyrus provou a comida, mas observou atentamente *Grandeé* Cygna cortar uma finíssima fatia de seu suculento presunto. Ele balançou a cabeça quando Salivar e Devineé receberam sua parte dos criados.

– Seria quase misericordioso se eles ingerissem veneno a essa altura, você não diria? – Satisfeito em ver que sua comida não iria matá-lo, ele a atacou avidamente.

– Uma observação grosseira. Devemos todos orar pela recuperação deles. Deve haver robôs médicos melhores em algum lugar, você não acha? – *Grandeé* Cygna comia aos poucos, olhando com desagrado para os robôs de segurança. – Esse barulho é intolerável. Eles devem ficar à nossa volta durante toda a refeição?

O sorriso do Imperador era frio.

– Ora, mãe, você não pode me culpar por ser cauteloso. Uma semana atrás, eu tinha três Diabólicos. E agora só tenho dois.

A imagem de Hostilidade sendo devorada pela manticora preencheu meu cérebro. Apertei com força meus talheres, e lutei contra a tentação de saltar sobre a mesa e enfiar meu garfo nos olhos do Imperador.

A DIABÓLICA

Uma agitação perto da porta me salvou desse impulso. Os robôs de segurança do Imperador zumbiram em direção à entrada, e Angústia girou, seus grandes músculos tensionados.

O Senador Von Pasus entrou, as bochechas coradas, os cabelos grisalhos bagunçados como se tivessem sido puxados por mãos desesperadas.

O Senador caiu cautelosamente de joelhos e disse:

— Perdoe-me, Vossa Suprema Reverência, por interromper sua refeição, mas tenho notícias urgentes.

O Imperador suspirou e levantou-se para cumprimentar o Senador. Ele estendeu as mãos, permitindo que o Senador pressionasse seus dedos ao rosto. Então trocaram palavras que nem mesmo eu consegui identificar em meio ao zumbido dos drones de segurança.

O que quer que fosse, fez o Imperador ficar pálido.

— Encontre essa garota. Traga-a aqui embaixo. Isso não pode ficar assim — disparou ele, e voltou para a mesa.

Ao meu lado, Tyrus fingia examinar as unhas. Mas eu podia sentir o estado de alerta em seu corpo onde nossos ombros se tocavam. Devineé e Salivar continuavam a babar e olhar sem expressão para os pratos.

O Imperador deixou escapar uma risada venenosa.

— Mas que maravilha. Com certeza uma divertida virada no rumo dos acontecimentos. — Ele se virou para Cygna. — Os Luminares declararam independência. E expulsaram todas as autoridades imperiais do seu sistema.

O rosto de Cygna ficou pálido.

— Eles não podem fazer isso.

— E ainda assim fizeram. Eles exigem... *exigem*... o retorno da filha da vice-rainha. Neveni Sagnau.

Neveni. Enviei a Tyrus um olhar urgente. Ele ainda exibia o mais completo desinteresse e não captou meu olhar.

— Vou mandar a garota de volta para eles — jurou o Imperador. — Na verdade... vou lhes mandar a cabeça dela em uma caixa.

28

UM GRANDE NÓ de ansiedade parecia comprimir meus pulmões. Eles levariam Neveni até ali, provavelmente para sua execução. Eles a matariam bem diante de nós, e depois... depois, sem dúvida, retomariam calmamente o jantar.

Enterrei meus dedos nos músculos do bíceps de Tyrus. Ele olhou para mim com ar indagador, as sobrancelhas erguidas. Eu sentia o olhar de Perigo ardendo em minha nuca, mas os outros estavam distraídos: Angústia vigiava a porta com atenção predatória, enquanto o Imperador e sua mãe tinham se retirado para o canto, sussurrando energicamente. Se houvesse alguma chance de salvar Neveni, eu *precisava* falar com Tyrus... naquele mesmo instante, em particular. Tinha que nos afastar dos Diabólicos. Com a audição deles, era impossível conversar ali e não ser ouvida.

Havia outra maneira.

Inclinei-me em direção a Tyrus.

— Shh — eu disse, e passei a mão em volta de sua nuca, por seus ombros largos, tão surpreendentemente musculosos. Ele franziu a testa, me observando atentamente agora, e meu coração deu um pulo e começou a bater mais rápido. Eu não sabia bem como fazer isso. Tinha que fazer parecer convincente.

Pressionei meus lábios contra os dele.

Por um breve instante, ele ficou muito quieto. Quase me desesperei. Pressionei minha boca ainda mais forte contra a dele. *Me entende. Me entende agora.*

Lentamente ele tocou meu rosto, as pontas calosas dos dedos pousando muito suavemente, de maneira quase indagadora, em minha pele. E então, de repente, ele pareceu entender. Tyrus assumiu o controle, seus lábios se movendo sobre os meus, suavizando o beijo, tornando-o persuasivo. Seus lábios acariciaram os meus, então seguiram pelo meu rosto até finalmente roçarem minha orelha.

— Você está bem? — perguntou baixinho.

Afundei o rosto em seu cabelo. Ele usava um perfume agradável.

— Não — sussurrei.

Ele se afastou, então, e abriu um sorriso. Tomando-me pela mão, ele se levantou.

— *Grandeé* Von Impyrean e eu precisamos... conversar a sós por um instante — disse Tyrus para as pessoas à mesa, que não prestavam atenção nele. Para Perigo, cuja expressão dura não vacilou, ele piscou com ar lascivo.

Então me arrastou para fora da sala, até uma antecâmara com cortina, iluminada pelo fogo. O salão estava pronto para entretenimentos após o jantar, abastecido com bandejas de pós coloridos e frascos de inalantes.

Tyrus envolveu meu rosto com as mãos e se inclinou para perto, mal dando para ouvir sua voz:

— Sei que Sagnau é sua amiga, mas não posso fazer nada.

— Deve haver algum jeito de salvá-la. — Cerrei meu punho contra sua túnica. — Se você não puder fazer algo por ela, ninguém pode.

Tyrus tirou uma mecha de cabelo dos meus olhos, depois observou enquanto a deslizava pela minha bochecha, provavelmente para as câmeras de segurança.

— Isso é importante para você.

— *Sim.* Se você não intervir, eu mesma farei algo... a qualquer custo!

Ele pareceu refletir por um momento, antes de abrir um sorriso.

— Você é tão inspiradora, Nemesis. Volte comigo agora.

Tyrus me levou de volta à sala de audiência e eu o segui, sem ter ideia do que ele pretendia fazer, mas torcendo para que conseguisse acertar as coisas, que ele fizesse funcionar. Não ficava confortável confiando que alguém fosse tomar a frente de algo que eu não podia resolver.

Tyrus me acompanhou até a mesa com um floreio, o peito estufado da maneira convencida como ele só ficava nos momentos em que fingia loucura, aquele sorriso louco de volta em seus lábios.

— Tio, tive uma ideia brilhante!

Cygna bufou:

— Tyrus, agora não é a hora...

— É Vossa Eminência para você, minha avó, já que sou o Primeiro Sucessor. — Tyrus manteve a atenção fixa no tio.

Cygna apertou a mão em torno da taça de vinho, e os lábios do Imperador se repuxaram por um instante. Ele gostou de ver a mãe ser desrespeitada por seu herdeiro — como Tyrus, sem dúvida, tinha previsto.

— Meu novo amor nunca pôs os pés em um planeta — continuou Tyrus — e, na verdade, eu mesmo anseio por alguns prazeres planetários. Me dê Sagnau, e eu mesmo resolvo esta situação.

Grandeé Cygna deu uma gargalhada.

— Resolve? Você acha que pode resolver uma rebelião iminente?

— Acho. — Tyrus fez uma grandiosa saudação ao tio. — E, no mínimo, tentar será divertido. Se Sagnau não cooperar, arranco sua cabeça mais tarde.

— Ah, envie Tyrus, sim. — Os olhos aguçados de Cygna brilhavam como facas. — Isso de fato será muito *divertido*. O louco controlando os Excessos!

Com um sorriso indulgente, o Imperador recostou-se na cadeira.

— Tyrus, Tyrus... Você sabe tão pouco sobre o poder e como exercê-lo. O que pode fazer indo lá? Os Excessos respeitam força. Eles estão nos desafiando, então a única resposta é esmagá-los.

— Meu tio. — Tyrus caiu de joelhos, ainda exibindo aquele sorriso louco que descombinava muito do que estava realmente tentando conseguir. — Precisa entender, esta Sagnau é querida para minha Sidonia, e Sidonia, para Sagnau.

Acredito que, com a ajuda de Sidonia, ela pode ser persuadida a acabar com essa rebelião com um gasto mínimo do tesouro. Se estiver errado, então eu mesmo cuidarei das consequências.

– Ah, ha! – *Grandeé* Cygna inclinou-se para a frente. – Você assumirá a responsabilidade pessoalmente? – Ela olhou para o filho. – Mande Tyrus. Você o selecionou como seu Primeiro Sucessor. Dê a ele essa oportunidade de... – O sorriso dela era como o de um gato faminto, como se achasse a perspectiva de Tyrus fazer-se de tolo deliciosa demais para esconder. – De se mostrar como o homem que realmente é.

O Imperador esfregou um dedo no queixo, pensativo.

– Creio que economizaríamos se Tyrus persuadisse os Luminares a se encontrarem pessoalmente com ele. Na verdade, ele poderia... – um brilho refulgiu em seus olhos – *colocar algum juízo* na cabeça deles. Querido Tyrus, vou lhe falar *exatamente* o que quero que você diga. – Então o Imperador olhou para mim. – O que diz, Senadora Von Impyrean? Acha que consegue fazer Sagnau resolver nossos atuais problemas?

Eu ainda não conseguia entender o plano de Tyrus, mas estava decidida e pensei em quanto Sidonia teria desejado evitar uma matança desnecessária em uma situação como essa.

– Sim, Vossa Suprema Reverência. Tenho certeza de que podemos resolver essa situação.

Servos e vários robôs de segurança se aproximaram com Neveni Sagnau, nervosa, entre eles. Seu cabelo estava bagunçado, o rosto abatido em razão de seu recente pesar. Ao contrário de mim, ela não tinha o conforto dos meus planos para destruir o Imperador. Só podia contar consigo mesma.

Por outro lado, talvez Tyrus também tivesse planos para ela.

– Srta. Sagnau – disse o Imperador –, seu povo iniciou uma insurreição. Você acompanhará meu sobrinho e a Senadora Von Impyrean ao seu planeta, Lumina.

A esperança se acendeu nos olhos dela. Percebi naquele momento o quanto Neveni devia estar com saudades de casa.

— Você vai controlar a rebelião – disse o Imperador –, ou será responsável pela morte de todo o seu povo.

Rapidamente, a alegria no rosto de Neveni desapareceu. Então percebi o peso da tarefa que Tyrus, Neveni e eu acabáramos de assumir. Caberia a nós salvar inúmeras vidas.

29

ERA O PRIMEIRO DIA de nossa viagem de duas semanas para Lumina. Tyrus estava em meu quarto, olhando para o vazio estrelado fora da *Alexandria*, que se desprendera do Crisântemo, aparentemente deixando uma grande fenda vazia na lateral da *Valor Novus*. Mortal estava preso na sala ao lado, e de vez em quando começava a latir do outro lado da porta.

– No que você está pensando? – perguntei a ele.

Ele franziu a testa enquanto ponderava seus planos para nosso futuro, as engrenagens girando em sua mente ocupada. Ele procurou recuperar o equilíbrio quando a nave entrou com um solavanco no hiperespaço e as estrelas desapareceram lá fora. Então se virou para mim.

– Sou conhecido por ser blasfemo. Isso pode me ajudar em Lumina. Muitos Excessos, como você pode ter ouvido, acreditam em religiões mais antigas. Eles só realizam rituais heliônicos quando os Grandíloquos exigem. No entanto, se eu enfatizar meu apoio às suas... blasfêmias... terei outros problemas ao longo do caminho.

– Você perderia um futuro apoio entre os Grandíloquos.

– Precisamente. – Ele olhou para mim, com as mãos apoiadas no chão e as pernas erguidas em paralelo, e pareceu perceber algo. – Espera, você estava se equilibrando com as mãos esse tempo todo?

Como estávamos em meu quarto, pensei que Tyrus simplesmente teria que aguentar os meus exercícios. Eu me posicionara no chão e erguera as pernas para o ar, me balanceando com os dedos. Em vez de responder, dobrei as pernas, me impulsionei para o alto e fiquei de ponta-cabeça.

— Você é tão forte — murmurou Tyrus. Ele me rodeou lentamente, até que suas pernas pararam na minha frente de novo. — E isso não exige de você nenhum esforço?

— Mínimo. — Era uma sensação boa. — Tenho evitado esforço físico desde que tomei o lugar de Sidonia. Ganho músculos muito facilmente.

— Sempre dedico duas horas do meu dia a manter a força.

Então isso explicava seus braços musculosos.

— Tanta devoção assim à vaidade?

— Se fosse só pela aparência, eu teria feito com que aumentassem meus músculos com a ajuda de um robô de beleza. Me exercito porque não quero nunca me sentir fraco.

Espantada, olhei para ele meio de lado. Eu entendia muito bem essa ansiedade. Mas não esperava que o herdeiro do Imperador sentisse o mesmo.

— Temos muitas horas ociosas à nossa frente nesta viagem — disse Tyrus. — Eu adoraria participar de um combate simulado com você, qualquer hora.

— Você perderia.

— Podemos providenciar uma dificuldade. Um braço seu amarrado às costas.

— Amarre os dois. E você ainda perderia, Vossa Eminência. Não quero feri-lo, e com certeza iria.

— Vou correr o risco.

— Se com isso pretende testar como se sairia contra um Diabólico, você deve saber que não sou uma boa indicadora da força diabólica. Minha massa muscular foi bastante reduzida.

Ele abriu um sorriso lento.

— Bem, então nossa dificuldade já foi providenciada.

— Não uma que seja suficiente — eu disse, então hesitei. — Ainda sou uma Diabólica. — Os robôs tinham raspado meus ossos até eu parecer uma garota humana... mas eu nunca seria uma de verdade. Que estranho que ele parecesse esquecer isso.

E mais estranho ainda que a ideia me agradasse.

– Então você se recusa a lutar comigo? – insistiu ele.

Inquieta agora, impulsionei-me para o alto, girando, e aterrissei de pé. Ele arregalou os olhos.

– Muito bom – disse ele, como se eu tivesse realizado algum grande feito.

– Está bem – falei. Por que fiquei irritada de repente, não sabia dizer. – Se quer ser derrotado por mim, não lhe negarei isso. – Com certeza lhe daria uma bela lição sobre minha natureza. – Quer que eu lhe dê um soco agora?

Tyrus riu.

– Só depois da celebração. Melhor que não pareça que Sidonia Impyrean me bateu para eu aprender a respeitar o Cosmos Vivo.

Suas palavras me deram uma ideia.

– Vossa Eminência – falei ao perceber –, Donia é... – Então parei, a dor perfurando meu peito. Engoli a emoção e segui em frente. – Sidonia *era* muito devota. Sim, ela compartilhava o interesse de seu pai pela ciência, mas também estava sempre presente às celebrações.

Ele ergueu as sobrancelhas.

– Sim, ouvi falar isso sobre ela.

– Então por que não usamos isso? Você sugeriu que eu fingisse ser uma boa influência sobre você, em público, então por que não assim? Você pode agradar os Luminares por sua falta da fé, mas satisfazer os caprichos dos Grandíloquos comparecendo às cerimônias a *meu* pedido. Os Grandíloquos aceitarão que seja um blasfemo se parecer pronto para ser um ardoroso heliônico, quando encorajado.

– Muito inteligente – disse Tyrus, sorrindo. – Você será vista me convencendo a comparecer às celebrações, apesar do meu desinteresse. A notícia vai se espalhar pelos empregados da família Domitrian nesta nave e chegar aos ouvidos de todos no Crisântemo... E assim teremos mais um exemplo de Sidonia von Impyrean exercendo uma influência positiva sobre o maluco.

Então foi o que fizemos.

Em uma nave com poucas pessoas, as celebrações na heliosfera eram estranhas. A figura de mais alto escalão permanecia sempre no centro, mais próxima ao vigário, com os de posições inferiores vindo em seguida. Isso deixava Tyrus sozinho no círculo interno, e eu, sozinha, no círculo seguinte, e então Neveni. Nos círculos externos havia alguns criados, empregados e, em seguida, servos.

Por várias vezes durante o culto, Tyrus se remexeu impacientemente e deu a impressão de que ia sair. A cada vez, conforme cabia ao meu papel, eu quebrava o protocolo, dando um passo à frente para colocar a mão em seu ombro, "lembrando-o" de que desejava que ele ficasse.

Ele reagia a cada repreensão sorrindo para mim por cima do ombro, mostrando a todos como era indulgente com seu novo amor. Eu podia sentir os olhos dos empregados fixos em nós, já silenciosamente compondo relatórios para quem quer que pudesse estar subornando-os no Crisântemo. Haveria muitas pessoas dispostas a pagar por qualquer informação obtida durante a viagem com o herdeiro Domitrian.

Neveni, por sua vez, encarava o vazio negro com olhos vidrados, silenciosa e imóvel.

Fui até ela no final da celebração. Quando Neveni voltou para o corredor em direção ao seu quarto, chamei:

— Come alguma coisa comigo?

Não tínhamos nos falado desde que eu revelara meu relacionamento com Tyrus, e isso me incomodava mais do que eu queria admitir.

Neveni virou um pouco o corpo, mas não me olhou nos olhos.

— Não estou com fome.

Tentei pensar em algo para dizer.

— Você está contente em voltar para casa, pelo menos?

— Foi você que interveio por mim, Sidonia?

— Eu disse a Tyrus que você poderia ajudar. Que poderia acalmar a agitação.

Neveni deixou escapar um riso desesperado.

— Então é minha responsabilidade. Como vou fazer isso? Meu povo sabe que o Império e os heliônicos estão no caminho do progresso. O Império toma mais de Lumina através dos impostos do que Lumina recebe de volta do Império. Na verdade, o que o Império faz por nós? Fornece segurança? Contra o quê? O Império é a nossa maior ameaça estratégica! O Império com seus Grandíloquos decadentes, e suas naves antigas espalhando espaço maligno por toda parte!

Olhei ao redor para ter certeza de que ninguém estava ouvindo aquela conversa perigosa.

— E, além disso, o Imperador piorou as coisas ao matar minha mãe, a mulher que os Luminares elegeram como líder. — A voz de Neveni vacilou. — Não é de admirar que haja agitação. Meu povo foi privado de seus direitos, de qualquer pretensão de escolha. Devo dizer a eles que nenhuma das suas queixas importa?

— Não sei o que deve dizer — falei lentamente. — Mas sei que você é a única que tem chance de consertar isso. O Imperador não tem misericórdia, Neveni. Ele vai destruir o planeta antes de deixar Lumina sair do Império.

— Ele vai *tentar*. — Um brilho estranho surgiu em seus olhos. — Mesmo que eu ajude o Imperador, nada o impede de me levar de volta ao Crisântemo depois, para me matar de qualquer maneira. Nada o impede de destruir meu planeta mais tarde, quando não estivermos mais em alerta. Agora estamos em uma posição de força. Se deixarmos o Império, outros planetas também deixarão. Eles vão lutar conosco. Não tenho muito incentivo para ajudar seu amado Tyrus. Na verdade, vou lhe dizer algo muito pessoal. — Ela se inclinou para mim com ar de desafio. — Não acredito na fé heliônica. Acho que é uma besteira.

Assustada, olhei para trás em direção à heliosfera, certificando-me de que nenhum empregado dos Domitrian pudesse nos ouvir.

— Não creio que o Cosmos seja uma entidade divina viva que tenha nos criado intencionalmente — grunhiu Neveni. — Acho que o espaço é um vazio, o

Cosmos é uma coisa e *Deus* nos criou. Deus criou o Cosmos também. Minha mãe me criou acreditando nisso. – Ela franziu o rosto. – Eu não dava muito ouvidos a ela, e se eu pudesse voltar atrás...

Sua voz falhou, e ela respirou fundo para se acalmar.

– Sidonia, independentemente do que fizemos no Crisântemo, dos eventos a que fomos juntas, das roupas bonitas que usamos, ou do dinheiro que você me deu, não sou uma *Grandeé*. Não sou como você. Não nasci e cresci no espaço ou sou protegida pelo Império. Sou parte deles. Faço parte dos *Excessos*. – Ela cuspiu a palavra.

Só então percebi que essa palavra – essa palavra que eu tinha ouvido inúmeras vezes, e repetido sem pensar... era um insulto. *Excesso*. Ela implicava que a grande maioria dos seres humanos era inútil e insignificante.

– Sei que você nunca vai acreditar – eu disse suavemente –, mas não me importo se você é uma herege. Não me importo com nada disso.

Mas essa claramente não era a resposta pela qual ela estava esperando.

– Há duas semanas – disse ela com um sorriso amargo – eu teria ficado muito feliz em ouvir isso. Eu teria me sentido aceita pelos Grandíloquos. Como se eu me encaixasse. Eu costumava querer me enxaixar. Eu ficava tão irritada com a minha mãe por... – Ela parou, contraindo a boca. – Eu me perguntava: *por que* ela desafiou o Senador Von Pasus? Mas agora eu sei. Agora a vejo como ela era, Sidonia: uma heroína. Vou ser a filha que eu deveria ter sido quando ela estava viva.

Então Neveni se afastou sem dizer mais uma palavra.

Enquanto eu a observava partir, senti um peso no peito. Nunca tinha me ocorrido que ela pudesse se recusar a nos ajudar. Mas eu já não tinha certeza se podia confiar em Neveni. Ela estava muito irritada, muito abatida pela dor para ser uma jogadora previsível naquele jogo complicado.

30

QUANDO NOS APROXIMÁVAMOS de Lumina, diminuímos a velocidade para navegar com cuidado pelo trecho de espaço maligno que uma nave estelar que implodiu havia criado anos antes. Tyrus dirigiu-se à maior janela da *Alexandria* para ver com seus próprios olhos.

Eu me juntei a ele, curiosa sobre aquele fenômeno que parecia encher as pessoas de tanto medo.

A visão me surpreendeu. O espaço maligno assemelhava-se a uma fita de luz contra a vasta paisagem das estrelas. Por mais que eu tentasse me convencer de que estava vendo algo perigoso, parecia ser simplesmente uma faixa de energia brilhante, como uma grande explosão solar. Eu disse isso a Tyrus.

– Ah, as aparências enganam – ressaltou ele. – Aquela luz? Não está vindo do espaço maligno. São gases de hidrogênio das estrelas que foram despedaçadas por ele. A luz está sendo atraída para as rupturas... devoradas, poderia se dizer. Estamos vendo a morte de sistemas solares, Nemesis. É *isto* que assusta os Luminares. Eles estão a três anos-luz de distância daqui. Nós temos usado as mesmas máquinas repetidamente por milhares de anos, e agora nos fizemos esquecer como funcionam. Isso aqui é o resultado final de nossa ignorância: um problema que não podemos resolver.

Olhei novamente para as estrelas mortas que formavam uma fenda virtual no espaço, luz pura com bordas de um roxo pálido. Agora eu podia ver algo de terrível ali. Sabia que estava olhando para o próprio esquecimento.

— E pensar em todo o tempo e dedicação que investimos em aperfeiçoar os prazeres químicos e adorar estrelas — disse Tyrus. — E, no entanto, isso acontece cada vez mais, e simplesmente damos as costas. Muitos dos Grandíloquos ignorariam a questão até não haver lugar para fugir, nenhum espaço livre dessa malignidade.

Um tom amargo invadiu a voz dele:

— De certa forma, merecemos isso... Mas todos os outros que vão sofrer por nossas ações, não. Se puder deter isso, *preciso* fazer alguma coisa.

Ele se afastou da janela, uma veia pulsando em sua testa.

— Já vi o suficiente. Não posso mais olhar para isso. Quer treinar luta de novo?

Sua perseverança me surpreendeu:

— Já se recuperou da última vez?

— A distração seria bem-vinda.

Na primeira vez em que Tyrus e eu lutamos, mantive as mãos unidas nas costas. Logo ficou evidente que teria sido melhor para ele se eu tivesse contido minhas pernas.

Ele se movia rapidamente para um ser humano normal. Fiquei impressionada com a força por trás de seus socos e, se eu não tivesse sido rápida o suficiente para me esquivar de todos eles, tinha certeza de que Tyrus poderia ter me feito perder o equilíbrio.

Então dei um chute giratório em seu peito e ouvi o som de ossos rachando.

Tyrus voou pela sala e bateu na parede com um som surdo *assustador*. Ficou lá caído por vários segundos, gorgolejando em busca de ar enquanto segurava as costelas, antes que os robôs médicos reagissem a seus sinais vitais e fervilhassem em volta dele.

O choque tinha me congelado. Mas, ao ver os robôs médicos, saí do transe.

— Vossa Eminência? — Corri para ele e espiei entre os robôs aglomerados à sua volta.

Eu sabia que isso ia acontecer. *Sabia!* Por que eu tinha concordado com tal idiotice?

Quando reinflaram seu pulmão comprometido e remendaram suas costelas o suficiente para ele falar, Tyrus curvou-se para tossir sangue, depois se sentou, olhando para mim e limpando a boca com a parte de trás do braço.

— Você é extraordinária.

— O quê? — As palavras saíram em um sussurro atordoado. Eu esperara ansiosa, aterrorizada, mas não havia nada além de admiração em sua voz.

Ele cuspiu mais sangue.

— Entendo a força bruta, a velocidade, mas onde você aprendeu técnica?

Eu pisquei. Normalmente não gostava de nenhuma pergunta sobre minha criação nos currais, mas, uma vez que eu quase o matara, senti que lhe devia uma resposta.

— Enquanto eu me desenvolvia, disponibilizavam recursos visuais.

— O que isso significa? — Ele se endireitou, franzindo o rosto de dor, os robôs médicos ainda à sua volta como grandes insetos, cuidando de outras lesões causadas por seu voo pela sala.

— Projetavam holografias nos cercados. — Eu falei, hesitante, pois era difícil colocar em palavras aquelas lembranças que eu preferia esquecer. — Eram imagens de pessoas realizando manobras de combate. Eu assistia. Não tinha nada mais para fazer. E notei que, quando imitava, eu era recompensada.

— Recompensada... como? — Tyrus se recostou, deixando os robôs médicos trabalharem nele, olhando para mim com ávido interesse. O herdeiro legítimo do Imperador, que eu chegara perto de matar... esperando para ouvir sobre *mim*.

— Comida melhor — eu disse, atordoada. Por que ele se importava com a minha história? — Uma redução no ruído.

— Ruído?

Assenti.

— Um zumbido desagradável. A altura diminuía por um tempo se eu fizesse algo que agradasse o mestre do curral.

— Isso é horrível.

Sim. Tinha sido.

— Funcionava — respondi calmamente.

Ele franzia a testa.

— Até onde eu entendo, os Diabólicos têm uma capacidade neural superior para repetir movimentos que tenham visto, mas eu não tinha ideia de que esse treinamento fosse feito sob coação.

— Funcionava — repeti, e estendi uma das mãos para ele. Tyrus a segurou e se levantou.

— Mais uma vez? — perguntou.

Olhei para ele, espantada.

— Agora? Depois que você quase...

— Já estou me sentindo muito melhor. Sei o que você pode fazer agora, e estou preparado. Vamos novamente.

Ele não tinha aprendido nada depois de ter escapado por pouco? Talvez fosse realmente louco. Felizmente, eu não era.

— Não.

— Nemesis, eu insisto.

Aquele olhar teimoso estava se tornando muito familiar para mim.

— Não, a menos que você use armadura. — Ele tinha recusado antes.

— Está bem.

— E não vou te chutar — acrescentei.

— Com isso eu não concordo. Preciso aprender a absorver os impactos. — Ele limpou o sangue incrustado na testa, por causa da queda. — Aprendi muito com esse combate. Nunca tive um parceiro de luta disposto a arriscar me ferir. Pode fazer seu pior.

Louco.

— É melhor não, Vossa Eminência, ou acabará morto.

Mas não era possível resistir por muito tempo à insistência e à convicção de Tyrus. Finalmente, concordei com outra rodada. Dessa vez, apesar de seu encorajamento, não dei nenhum chute, e me deixei atingir várias vezes só para medir sua força. Era considerável. Um de seus golpes até me tirou o ar, antes que eu instintivamente atacasse e quebrasse seu braço.

Tyrus manteve o rosto impassível, tentando esconder sua dor enquanto os robôs voltavam a rodeá-lo — cuidando de seu braço quebrado, do ombro deslocado, da costela fraturada, do nariz quebrado, dos lábios inchados. Eu o observava, meus dentes cerrados de irritação.

— Feliz agora? — perguntei.

Ele riu, sem fôlego.

— Pelo menos eu a machuquei?

— Meus dedos estão doendo de socar você.

Ele sorriu, incrivelmente alegre com a coisa toda. Finalmente, os robôs médicos se retiraram, e ele testou o braço remendado.

— Então — disse, fazendo uma careta de dor. — Mais uma rodada?

— Não! — Pensei rapidamente. — Estou... cansada.

Seus olhos penetrantes brilhavam.

— É claro que está. Com certeza não está poupando meu ego porque viu que estou nos limites da minha força. Não é necessário, Nemesis, embora agradeça o gesto.

Eu fiquei de joelhos e me sentei sobre meus pés para observar aquele estranho jovem. Como eu podia ser a única pessoa que o via como ele era? Inteligente e perspicaz, incrivelmente resiliente, disposto a absorver golpe após golpe na esperança de que isso pudesse fortalecê-lo, mesmo que ninguém jamais testemunhasse sua determinação.

A curiosidade era uma sensação estranha. Eu não a sentia com frequência. Fiquei me coçando, até que finalmente tive que perguntar:

— *Por quê*, Vossa Eminência? Por que quer aprender a lutar contra mim? Com certeza tem mais motivos para se preocupar, com venenos ou facas nas costas. E força bruta não o protegerá contra isso.

Tyrus inclinou a cabeça para trás, contra a parede, deliberando sobre sua resposta. A luz pálida do alto captava o brilho das sardas pelo seu rosto. Ele pareceu muito jovem naquele momento, mais jovem até que seus dezenove anos.

— Ataques podem vir em qualquer forma e, se eu morrer, quero que seja depois de ter me esforçado ao máximo, me defendido com tudo que tenho... não depois de ter esmorecido por ser um inútil. — Seus lábios se contraíram, e seu olhar se perdeu em pensamentos. — Minha mãe morreu quando eu tinha oito anos. Tenho certeza de que você conhece a história.

— Não — falei. Sidonia tinha estudado história, eu não.

Ele me encarou. A tristeza em seu rosto me fez lamentar minha ignorância... me fez desejar poder poupá-lo de contar de novo a história.

— Não foi um golpe furtivo ou veneno que a pegou — disse ele. — Minha mãe era muito prudente, muito cautelosa, muito cuidadosa. Estávamos visitando um vice-rei, mas minha avó pagara o homem por fora. Um grupo de pessoas entrou em nossa residência. Mercenários. Eu não pude fazer nada.

O jeito amargo como ele contraía a boca me intrigou.

— É claro que não pôde — falei. — Você tinha oito anos.

— É claro — disse ele, sem emoção. Então, depois de um instante, deu de ombros. — De qualquer forma, eles a massacraram. E eu me escondi. — Ele olhou para o punho fechado. — E venho me escondendo desde então, só que de uma maneira muito diferente. — Uma pausa. — Você deve me achar um covarde.

— Não — falei, surpresa. Mas ele não levantou os olhos.

Estendi a mão para tocá-lo, mas o impulso me deixou confusa, então me contive.

— É óbvio para mim — falei lentamente — que você fez o que era necessário para sobreviver. Eu simplesmente não entendo por que sua família é tão...

— Assassina?

— Numerosa. Por que sua avó teve tantos filhos se planejou travar uma guerra contra todos os herdeiros, exceto um? A Matriarca Impyrean sempre dizia que as famílias imperiais atuais limitavam a prole para evitar esse problema.

Tyrus suspirou.

— Foi coisa do meu avô. Ele viveu pouco... só tinha noventa e três anos quando faleceu, mas insistiu em produzir o maior número de filhos possível. Alguma forma distorcida de orgulho masculino, creio eu. Minha avó só consentiu em gerar um filho. Randevald. Então meu avô retirou os ovários dela e criou novos filhos sem seu consentimento. A única limitação era que ele insistia em nascimento natural, usando úteros humanos em vez de incubadoras. Felizmente... de outra forma, poderia haver mais cem Domitrians por aí. Assim que ele começou a enfraquecer em razão da idade, minha avó passou a eliminar todos os outros descendentes que pudessem competir com Randevald pelo trono.

— Mas o Imperador desconfia dela. Eu percebi. Ela o colocou no poder e ele a teme.

Tyrus conseguiu abrir um sorriso quando o último robô médico terminou de remendar um grande corte em seu peito.

— Depois de ver um escorpião ferroar letalmente dezenas de outros, é difícil aceitar esse escorpião como aliado. Não dá para deixar de pensar que ele pode se virar contra você. Essa é uma das razões pelas quais Randevald nunca se casou, nunca teve filhos. Ele teme que minha avó acabe preferindo um deles, e nesse caso ele siga o mesmo caminho dos outros membros da nossa família.

— E também é por isso que o Imperador favorece você.

Tyrus assentiu.

— Minha avó me despreza. Sobrevivi à sua purga por tempo suficiente para ganhar a confiança do meu tio, e, graças à minha loucura, mantive sua confiança e proteção. Ela não ousa me atacar, não agora. Não a menos que eu cometa um deslize e demonstre ser algum tipo de ameaça para o meu tio.

Então ele poderia permitir que ela acabasse comigo. Do jeito que as coisas estão, ele gosta de mim porque sou seu baluarte contra ela.

Eu o observei, espantada. Evidentemente era uma bênção que eu nunca tivesse tido o fardo de pertencer a uma família. O mais próximo que eu tinha de alguém com quem compartilhasse algum DNA eram meus colegas Diabólicos.

– Vê por que eu quero lutar com você, Nemesis? – disse Tyrus. – Se você é uma ameaça terrível em batalha, então qualquer desafio seu é bem-vindo. Aprender com a mais perigosa só pode me tornar mais forte no final.

Suas palavras acenderam um estranho brilho em meu peito. Ninguém além de Donia apreciara o que eu poderia mostrar e ensinar, em vez de como eu poderia servir.

– Farei o máximo que puder – prometi a ele.

E, pelo resto da viagem através do hiperespaço, meus dias seguiram a mesma rotina. Celebrações na heliosfera, uma refeição ou outra com Neveni quando ela estava a fim de companhia... o que era raro. Exercícios com Mortal, correndo ao redor da nave para gastar o excesso de energia do cão. Em seguida, encontrar Tyrus e treinar luta tarde adentro.

Eu sempre me impunha algum obstáculo. Às vezes usava faixas para limitar minha amplitude de movimento. Insisti para que Tyrus usasse armadura. Às vezes lhe dava uma arma e lutava de mãos vazias. À medida que os dias avançavam, ele precisava de cada vez menos vantagens.

Não era que a força de Tyrus fosse páreo para a minha. Longe disso. Mas ele começou a descobrir como eu me movia, como agia em uma batalha. Ele previa meus golpes. Um dia, quando vestimos trajes de proteção para aumentar nossa força muito além da capacidade de seres humanos normais – tão além de nossa força habitual que a diferença entre nós se tornou irrelevante –, ele me derrotou.

Então me vi presa ao chão, um braço de metal esmagando o meu, pernas de metal imobilizando as minhas, e Tyrus acima de mim, muito longe para eu lhe dar uma cabeçada.

Avaliei minha situação cuidadosamente, e então tive que admitir:

— Eu me rendo.

— Você se rende? Sério? — Ele me olhou atentamente, sua respiração soando ofegante na sala.

— Você me derrotou, Vossa Eminência.

— Ora, ora... Imagine só. — Ele me soltou e se levantou. Desta vez, ele estendeu a mão para mim e me ajudou a ficar de pé. — Nemesis, quando estivermos a sós, me chame de Tyrus.

— Tyrus — repeti, o nome soando estranho em minha boca.

— Isso. — Ele não parava de sorrir enquanto me olhava, o prazer ainda iluminando seu rosto. — Sem o traje, é claro, eu nunca teria vencido.

— É claro que não.

— Nemesis — disse ele sinceramente —, obrigado.

Foi minha vez de sorrir. Durante nossa jornada, ele praticara suas habilidades de combate sozinho com tanta frequência quanto lutávamos. Eu não tinha certeza de que havia lhe ensinado tanto quanto ele achava. Mas seu óbvio respeito me deixava feliz de qualquer jeito. Era um prazer peculiar me sentir realizada, importante. Era gratificante ser necessária.

Eu me senti muito bem curvando a cabeça solenemente e dizendo:

— De nada... Tyrus.

Naquela noite, depois de ter voltado para meu quarto e examinado os hematomas em minha pele, me ocorreu que eu não pensava em Donia há várias horas. Eu não sentia aquela necessidade de gritar e desmoronar há dias.

E não era só porque eu tinha a vingança para me consolar.

Não, era mais do que isso. Fechei os olhos, a imagem daquela lúgubre chama de luz queimando atrás das minhas pálpebras. Espaço maligno. Eu via agora a verdadeira ameaça que Tyrus desejava impedir. Seguindo o curso atual da humanidade, o esquecimento estava à espreita, pronto para consumir, para destruir tudo.

Eu poderia desempenhar um papel em deter isso.

Eu. Uma Diabólica. Um ser que era feito para viver e morrer por apenas uma pessoa, e ainda assim minha vida poderia influenciar o destino de trilhões.

Encolhi meus joelhos nus, enterrei a cabeça neles e sussurrei palavras que nunca seriam ouvidas:

– Obrigada, Tyrus.

Eu ainda amava Sidonia, mas a minha vida anterior com ela tinha sido escolhida para mim.

A partir dali, eu escolhia por mim mesma. E eu queria ajudá-lo a reivindicar seu trono – e lidar com uma ameaça muito real. Esse era meu novo significado, meu novo propósito, e fazia a minha vida valer a pena novamente.

31

O SOLAVANCO sofrido pela nave quando deixamos o hiperespaço me acordou de um sono cheio de sonhos inquietos com a Matriarca me repreendendo por esquecer Sidonia. A turbulência fez Mortal latir animadamente. Levantei-me da cama para acalmá-lo, então olhei pela janela e senti um frio no estômago.

O planeta Lumina se assomava enorme lá fora, maior do que qualquer corpo que eu já vira no espaço. Nós intencionalmente entramos no alcance de sua gravidade. Havia continentes, oceanos roxos e redemoinhos de nuvens brancas e cinzentas. A nave balançou enquanto nos aproximávamos, e então o tom vívido de púrpura da atmosfera nos tinha em seu poder.

Não percebi que meus dedos agarravam com força os pelos de Mortal até ele morder de leve minha mão. Soltei-o, meu coração batendo freneticamente, e então forcei-me a olhar para trás, pela janela, onde o púrpura da atmosfera se aprofundava cada vez mais.

A distância, erguiam-se os grandes picos nevados de montanhas, e a gravidade à minha volta mudou quando a nave desligou a própria atração gravitacional, confiando na atração da massa do planeta para garantir nossa ancoragem. Fui tomada por uma desconcertante sensação de leveza. Já era possível ver alguns prédios à frente, e a nave desceu até o chão de forma não muito suave.

Um silêncio mortal me envolveu quando os motores se desligaram. Estávamos na superfície de Lumina.

Eu nunca tinha estado em um planeta antes. Sentei-me ao lado de Mortal, esfregando seu pelo, sentindo náuseas. Eu só conseguia pensar no espaço vazio acima do planeta, com seus raios cósmicos e asteroides mortais, e nenhuma parede de nave estelar ou campo de força para nos proteger desses riscos, apenas o brilho da fina atmosfera e um campo magnético.

Como as pessoas podiam viver em planetas com defesas tão insignificantes? Viver em um planeta significava se expor diariamente à radiação, à luz prejudicial de estrelas, a micro-organismos mortais. Um asteroide de tamanho suficiente poderia matar todo mundo naquele planeta, se o atingisse... E ainda assim os Excessos suportavam isso com satisfação. E até gostavam.

Minha porta se abriu, e Tyrus entrou.

– Falei com os representantes dos rebeldes. Eles concordaram em entrar em negociação. Ficaremos hospedados na capital.

– Não vamos ficar aqui? – perguntei bruscamente, levantando-me.

– Não, ficaremos no complexo dignitário. É um gesto de confiança, Nemesis. Mas deixaremos os servos. Você sabe o que os Excessos pensam deles.

Eu me senti presa ao chão por um momento, mas Tyrus seguiu tranquilamente pelo corredor, então me forcei a colocar a correia em Mortal e ir atrás dele.

Saímos do passadiço da nave e olhei para a minha sombra, ainda nauseada com a noção de todo aquele espaço vasto e infinito no alto. A atmosfera ali era mais leve que a padrão, então eu tinha que andar com cuidado para não saltar. Assim que inalei o ar da superfície, fiquei sem fôlego. Havia tantos aromas, cheiros estranhos, e o ar era tão quente e úmido quanto uma grande boca aberta. Senti um arrepio com a tensão de estar exposta a inúmeras bactérias, mas Neveni quase saiu dançando da nave de tanta alegria.

Havia dignitários à espera, e Neveni se atirou aos braços de alguém.

– Papai!

A DIABÓLICA

Ele a abraçou carinhosamente, e eu parei logo atrás de Tyrus. O mundo pareceu escurecer sobre nós por um instante e, quando olhei para cima, vi que uma massa grande e cinzenta de vapor d'água havia escondido os raios do sol.

— Devemos entrar antes que chova — disse um dos dignitários, lançando um olhar frio a Tyrus.

Fiquei imediatamente em alerta. Meu olhar corria de um rosto para outro, vendo semelhantes graus de aversão, desconfiança e até mesmo ódio na expressão dos dignitários. Tyrus teria uma tarefa difícil em tentar persuadir aquelas pessoas a confiarem nele.

O pai de Neveni, agora em posse da filha, enviou o olhar mais irritado de todos para Tyrus — o descendente da família que matara sua esposa.

Tyrus era inteligente demais para deixar de notar, mas sorriu com um olhar tranquilo e agradável, sempre atuando.

— Concordo. A Senadora Von Impyrean não está acostumada à vida planetária. Sinto que enfrentar o mau tempo seria pedir muito dela no primeiro dia.

O sangue correu para minhas bochechas quando percebi como meu desconforto tinha sido transparente, mas quando Tyrus me estendeu a mão sem olhar em minha direção, percebi que talvez fosse apenas uma desculpa para escapar daquele momento embaraçoso.

Peguei sua mão e deixei que me guiasse adiante.

— Querida, vou mandá-la para casa — disse o pai de Neveni a ela.

— Acho que seria melhor se a vice-rainha interina Sagnau permanecesse — interveio Tyrus.

Os dignitários à nossa volta olharam para ele com diferentes níveis de desdém.

— Ela não é uma funcionária eleita — disse um deles. — Aristocratas podem colocar os filhos em posições de autoridade, mas temos leis aqui.

— No entanto, ela é a única representante de seu sistema cuja autoridade meu tio reconhece, no momento — disse Tyrus. — Nenhuma negociação será reconhecida pelo meu tio sem a Srta. Sagnau presente.

O pronunciamento foi recebido com resmungos irritados. Neveni deu um passo à frente e disse:

— Vou comparecer.

— Neveni... — começou seu pai.

— Estive no Crisântemo entre os Grandíloquos por meses — respondeu Neveni com dignidade. — Não há razão para que eu não possa estar presente enquanto o destino do meu planeta está sendo decidido. Pai, por favor, me deixe ficar.

Um dos dignitários falou:

— Nesse caso, começaremos imediatamente, Vossa Eminência. Deveríamos escoltar sua companheira para o quarto dela?

Encarei Tyrus com um olhar aguçado. Seria inteligente me deixar afastada dele? Não me levara junto por proteção?

Ele pensou por um instante, depois pareceu se decidir. Olhou em meus olhos e balançou ligeiramente a cabeça, indicando que eu deveria fazer o que queriam.

— Minha querida, descanse.

A apreensão rugiu dentro de mim. Aquilo parecia um erro. Mas virei para seguir minha escolta. No último momento, Neveni cruzou a distância e me abraçou.

— Obrigada por me trazer para casa, Sidonia — sussurrou em meu ouvido. — Espero que saiba que, independentemente do que aconteça, aprecio sua amizade.

Mais tarde, sozinha em meu quarto, o que mais me incomodava era o *independentemente do que aconteça*.

Tyrus não voltou naquela noite, e eu perambulei pela ala residencial do complexo dignitário, tentando não pensar no céu vazio do lado de fora da janela. Era um pouco menos desconfortável do lado de dentro, mas eu ainda me sentia muito alerta com relação à contaminação da vida planetária, e a quanta radiação cósmica meu corpo absorvia a cada momento passado ali.

Era estranho pensar que todos os seres humanos primitivos tinham se originado de um lugar como aquele. E sobrevivido.

Mortal percebeu minha inquietação e ficou agitado. Não havia nenhum lugar ali dentro para levá-lo para se aliviar; então, seguindo a orientação de um de meus assistentes – um Luminar cabeludo que me olhava desconfiado e me respondia com monossílabos –, relutantemente levei-o do lado de fora.

O céu agora estava escuro, nenhuma estrela visível, as únicas luzes vindo dos edifícios distantes e das luas, que às vezes espreitavam por trás da espessa cobertura de nuvens. Luzes douradas iluminavam um caminho através de um denso jardim, mas era diferente de qualquer outro que eu já tivesse visto. O musgo subia pelas árvores e parecia consumir os ramos, e eu ouvia o barulho das folhas mortas sendo esmagadas sob meus pés. Frondes de plantas pareciam emaranhadas como combatentes em batalha.

Havia vários jardins no Crisântemo e na fortaleza Impyrean, mas não eram naturais, e sim cuidadosamente projetados. Aqueles haviam crescido sozinhos, com poucos casos de planejamento aqui e ali, nas flores arrumadas em formas geométricas. Todas as plantas pareciam em guerra pelo espaço, pela luz do sol. Era um caos. Com isso aliado à umidade do ar, eu não conseguia entender como as pessoas viviam com tanta imprevisibilidade.

E então uma gota caiu em minha pele.

Mortal abaixou as orelhas e rosnou. Fiquei congelada. Mais gotas atingiram minha pele, e eu sabia que a fonte tinha que ser aquelas nuvens de vapor acima de nós. Chuva. Já tinha ouvido falar sobre esse fenômeno. Os jardins da fortaleza Impyrean tinham sprinklers projetados para simular a chuva. E então, como se uma torneira tivesse sido ligada, a água começou a cair à nossa volta como se viesse de um milhão de minúsculas fontes. O inesperado encharcamento me pegou de surpresa e, enquanto puxava Mortal comigo de volta para a casa, o vento começou a soprar a água em meus olhos.

Mas que existência miserável. Sutera nu Impyrean estava certa, aquilo era...

Um clarão ofuscante rachou uma árvore, e então ouvi um estrondo ensurdecedor.

Uma explosão. Estávamos sob ataque! Atirei-me na lama, deixando escapar a guia de Mortal. Estreitei os olhos contra a forte chuva e vi outro clarão ofuscante que pareceu iluminar toda a noite, e mais estrondos de estremecer o chão. Mortal fugiu, uivando de medo.

Meu coração saltava no peito, porque eu nunca tinha estado em meio a tamanho caos. Eu podia enfrentar um agressor individual, mas aquelas armas eram poderosas demais para eu conseguir lidar com elas. Por um instante, não soube o que fazer. As perguntas não paravam de correr pela minha mente. Quem estava atacando? Estava vindo do espaço? Estava vindo de outro lugar? Que tipo de arma era essa? Quem era o alvo deste ataque?

Tyrus.

Claro. Tyrus!

Pensar nele me deixou em pânico. Eu tinha que encontrá-lo! Fiquei de pé. O vento parecia chicotear meu rosto, e as árvores à minha volta se contorciam como se estivessem sofrendo; a água não parava de atingir minha pele, e eu só conseguia pensar que tinha permitido que fôssemos separados, e que os Luminares podiam estar fazendo qualquer coisa com ele no meio daquele ataque.

Eu daria um jeito de protegê-lo. Encontraria alguma forma de protegê-lo.

Eu o encontrei na câmara do conselho diplomático. Ele me lançou um olhar chocado, viu meu vestido cheio de lama e a expressão de desespero, então se aproximou depressa e me envolveu em seus braços.

— Meu amor, qual é o problema?

— Tyrus, você foi atingido?

Ele recuou.

— O que aconteceu com você?

— Há um ataque em andamento. — Passei as mãos por seu corpo, inspecionando-o em busca de ferimentos. Seus músculos se retesaram sob meu toque. — Precisamos encontrar abrigo agora!

– Que tipo de ataque?

– Disparos vindo do alto. Eu não sei de que tipo. Brilhavam fortemente pelo céu. Escuta! Dá para ouvir agora! – Eu me encolhi quando o estrondo permeou o ar.

Por um momento, Tyrus ficou apenas me encarando. E então começou a rir.

O que havia de engraçado nisso?

– Me desculpa, Sidonia. – Ele segurou meu rosto. – Eu me esqueci de que você nunca esteve em um planeta. – Então baixou a voz enquanto estendia a mão para tirar o cabelo molhado do meu rosto. – E você não estudou para entender o que viu. Deve ter ficado assustada. – Ele olhou por cima do ombro para se dirigir aos dignitários com quem estivera em negociação. – Podemos encerrar por algum tempo? Tem algo que preciso mostrar à minha amada.

Eles pareciam tão confusos quanto eu me sentia. Mas Tyrus permaneceu calmo, imperturbável, e, quando concordaram em adiar, apoiou minha mão em seu braço e pôs sua mão por cima, como se eu fosse frágil e precisasse de orientação. Foi um gesto tão estranho que eu não soube como deveria me sentir. Ele me escoltou de volta para fora.

Eu me aproximei dele, porque Tyrus podia estar tranquilo com relação aos perigos, mas eu não. Estava pronta para atirá-lo no chão e protegê-lo ao primeiro sinal de que sua confiança estivesse equivocada. As armas ainda brilhavam pelo céu, mas, quando apontei para elas, Tyrus balançou a cabeça e resistiu aos meus esforços de puxá-lo de volta para dentro.

– Isso não são armas. Você confia em mim?

Pensei a respeito. Eu confiava nele tanto quanto era capaz de confiar em alguém. Fiz que sim.

Ele me guiou mais para fora, para a chuva. Juntos ali, entre os clarões e os grandes estrondos, ele apontou para o céu.

– Isto faz parte do clima! – disse ele, gritando para mim sobre os barulhos. – Estamos em meio a uma tempestade. Esses clarões não são armas, são descargas elétricas naturais chamadas "relâmpagos". E fazem parte da vida planetária.

— Esse relâmpago é normal? — Fiquei boquiaberta diante dos riscos ofuscantes de fogo. Eu já tinha ouvido falar sobre a chuva, mas clarões *elétricos*? — As pessoas convivem com isso? Mas... eu vi uma árvore ser partida ao meio! É perigoso!

Um forte vento passou por nós, despenteando seus cabelos enquanto ele ria.

— Os relâmpagos *podem sim* ser perigosos. Eu não nego. Mas também há tanta beleza neles, não é mesmo?

Peguei-me agarrando a mão de Tyrus com mais força, tentando ver aqueles clarões como ele via. Sim, talvez houvesse alguma imponência neles. Iluminavam a cúpula do céu, destacando as nuvens escuras.

— Sim — eu disse por fim, um arrepio em minha pele. *Era* bonito. Extraordinário, estranho.

Olhei para Tyrus e levei um susto. Ele estava olhando para mim, não para o céu. Seu cabelo estava encharcado, grudado na cabeça. A água escorria por sua mandíbula quadrada, descendo pela fenda no queixo.

Uma ideia estranha me ocorreu: agora que eu aprendera a vê-la, podia vislumbrar a beleza em qualquer lugar. Talvez até mesmo no rosto de outra pessoa.

Engoli em seco e desviei o olhar. A chuva ainda caía sobre nós, mas agora que não sentia mais tanto medo, notava outras sensações: meu vestido colado aos braços e às pernas, pesado e encharcado; a pele de Tyrus, tão quente e úmida contra a minha. Pelo canto do olho, notei o contrair de seus lábios, um sorriso rapidamente contido.

Ele estava debochando disfarçadamente da minha ignorância?

— O que foi? — perguntei cautelosamente.

Ele estendeu o braço e passou a mão pelo meu cabelo molhado, tirando-o dos meus olhos.

— Não tinha me ocorrido que algo pudesse te assustar. Eu achava que Diabólicos não tinham medo de nada.

— E não tenho – falei. Mas, assim que disse, vi que era mentira. Eu tinha sido treinada para aparentar não ter medo de nada, mas nunca transcendera de fato a emoção.

Ele passou a mão pelo meu braço.

— De qualquer jeito, sinto muito por não ter estado presente para explicar antes.

Sua expressão me pareceu estranha. Depois de um instante, percebi que era gentileza o que via em seus olhos – um olhar verdadeiramente indefeso de um jovem que estava sempre em alerta para o perigo. Ele ainda acariciava meu braço, e percebi que tentava me confortar. *A mim.*

Ele sabia o que eu era. No entanto, ainda assim queria me tranquilizar.

Olhei para trás, mas ninguém nos observava. Aquilo não era uma encenação de afeto para observadores externos. Ele estava simplesmente tentando reconfortar uma Diabólica.

Além disso, ele sabia que eu mentira sobre não ter medo de nada, mas não me julgou por isso.

Senti um nó estranho na garganta. Esfreguei a área, mas a sensação não passou.

A chuva foi parando e não havia mais relâmpagos.

— Preciso encontrar Mortal – murmurei.

Começamos a caminhar juntos em meio a um agradável silêncio. As luas por fim emergiram de trás das espessas nuvens, derramando raios prateados sobre a terra, reluzindo em gotas que haviam se grudado às exuberantes videiras verdes. *Beleza*, pensei de novo. Selvagem e sem controle, como o relâmpago. Eu não sabia se a admirava ou desconfiava dela. Então a luz brilhou no rosto cansado de Tyrus, e pensei nos dignitários tensos que tínhamos deixado para trás.

— Posso encontrar ele sozinha – eu disse. – Você não precisa procurar comigo.

— Estava ansioso por um intervalo. Além disso, eu preferiria que aquela criatura não atacasse um dos Luminares. Não ajudaria muito nas negociações.

— Como as coisas estão indo?

Seus lábios sorriram, mas o resto do rosto dele não.

— Eles estão céticos. O que é natural, é claro. Com esse espaço maligno por perto, estão preocupados de que dentro de algumas décadas não tenham mais um planeta. Os Grandíloquos não ouvem suas preocupações. A sugestão mais proveitosa do Senador Von Pasus é que considerem a evacuação deste planeta... Os Luminares estão furiosos com isso. Estou lutando com várias pessoas muito resistentes, mas tenho esperança de que vamos chegar a um acordo. Sua amiga Neveni permanecerá vice-rainha só no nome. Eles vão retirar a declaração de independência por enquanto... até a minha ascensão. E então, quando eu for Imperador, vou rever as políticas de educação científica, e eles terão acesso a qualquer coisa que possamos recuperar que possa ajudar a conter o problema.

— E eles aceitarão esse acordo?

Tyrus desviou o olhar, alguma preocupação franzindo sua testa.

— Espero que sim. Caso contrário, coloquei nós dois em mãos hostis.

Hostis? Virei-me para ele, querendo que olhasse em meus olhos e falasse francamente. Hostis como?

— Lá está seu cachorro. Rápido – disse Tyrus, correndo enquanto batia palmas. Zonza de alívio, disparei atrás de Mortal, a pergunta sobre as negociações de Tyrus recuando, por um breve momento, para o fundo da minha mente.

32

OS RAIOS E TROVÕES retornaram várias vezes durante a noite, atrapalhando meu sono. Toda vez que os estrondos voltavam, eu me sentava, o coração martelando, convencida por uma fração de segundo de que estávamos sob ataque. Então minha mente consciente me lembrava das palavras de Tyrus. Relâmpago. Apenas relâmpago.

Depois de dormir tão erraticamente, não acordei de imediato quando alguém entrou no quarto, mesmo depois que Mortal começou a latir de seu cercado. Os assistentes designados para mim tinham ido e vindo durante a minha estadia, embora tivessem passado a me evitar desde que eu abordara um deles no dia anterior ao tentar localizar Tyrus.

O colchão afundou sob um novo peso. Senti alguém tocar meu braço.

– Sidonia.

Sentei-me tão rapidamente que Neveni deu um pulo.

– Ah, é você – eu disse sem fôlego.

Neveni, o rosto grave, não retribuiu meu sorriso.

– Não vou fingir que entendo seus repentinos sentimentos por Tyrus Domitrian – disse ela. – Só posso imaginar que seja uma reação ao seu pesar.

– Pesar? – Esfreguei os olhos, tentando clarear a mente ainda cheia de sono.

— Você perdeu toda a sua família. Está sozinha no universo agora, e não posso imaginar o quanto seja doloroso. – Ela apertou meu braço. – É por isso que defendi o seu caso para os outros. Eles sabem quem é seu pai e o que ele tentou fazer... a maneira como ele tentou passar informações para os Excessos. Por essa razão, concordaram que você não será julgada, mesmo sendo uma Senadora Imperial.

Fiquei de pé tão rápido que nem percebi que tinha decidido me levantar.

— O que você quer dizer, Neveni?

Ela se encolheu com a maneira com que me inclinei sobre ela, mas levantou-se com toda a dignidade que pôde reunir, os olhos escuros brilhando de determinação.

— Lumina deixou o Império. Não vamos mudar de ideia. Chega de dominação imperial. Podemos não ter o Imperador por perto para punir por seus crimes contra o nosso povo, mas o Primeiro Sucessor servirá bem.

— Ah, não, não servirá – falei em um rosnado.

— Já está feito. – Ela deu de ombros. – Levaram ele durante a noite. Ele foi julgado e logo será condenado a ser execu...

Eu lhe dei um soco.

Neveni gritou, caindo no chão. Antes que pudesse recuperar o equilíbrio, eu a peguei pelos cabelos e a levantei.

— Onde?

— Socorro! – gritou ela. – Socorro!

As portas se abriram e logo entraram guardas claramente preparados para aquela ocasião. Meus olhos correram por eles. Quatro. Nenhum projétil, só cassetetes. Obviamente acreditavam que não precisariam de armas para derrubar Sidonia Impyrean. Grande erro.

— Ajudem! – berrou Neveni.

Atirei-a para o lado e saltei para a frente. O primeiro estendeu os braços como se quisesse me pegar. O sorriso condescendente em seus lábios desapareceu quando meu golpe forte e circular com o braço acertou seu rosto. Ele voou para a parede atrás. O seguinte estava ao meu alcance antes que percebesse minha aproximação. Arremessei-o pelo quarto com tanta força que ele estilhaçou uma mesa de vidro. Os outros dois vieram juntos em minha direção. Abaixei para escapar de seus braços, depois girei para agarrá-los pelas túnicas. E esmaguei a cabeça de um contra a do outro.

Quando me virei para Neveni, ela cambaleou para trás, pálida, os olhos arregalados. Olhou para a carnificina em volta, boquiaberta.

– Você... Você não é humana.

– Não – respondi. Então ali estava: o perigo que me fizera correr para proteger Tyrus na noite anterior tinha por fim chegado. – Para onde Tyrus foi levado?

Ela protestou, claro. Mas nossa negociação foi curta. Deixei claro que, se ela tentasse escapar de mim, eu quebraria seu pescoço. Vencida, Neveni me levou pelos corredores, lançando-me olhares traídos e cheios de lágrimas.

– Eu não entendo. O que é você?

Não fazia sentido mentir.

– Eu era a Diabólica de Sidonia Impyrean.

– Uma... uma Diabólica? Como Hostilidade? – Ela arregalou os olhos. – É impossível.

– Obviamente não é. Eu enganei você.

– Como pode estar viva?

– Sidonia Impyrean me salvou do abate. Então fui ao Crisântemo em seu lugar. – Minha voz ficou amarga. – Para protegê-la.

– Eu não entendo! Por que está ajudando Tyrus Domitrian? Se o que diz é verdade, você tem mais razão do que ninguém para querer os Domitrian mortos!

– Tenho. Mas *não* Tyrus. – Porque ele era um amigo também... Um amigo que confiava em mim. E eu temia por sua segurança como nunca tinha temido antes. Eu não pude impedir a morte de Sidonia. Mas o destino de Tyrus estava em minhas mãos agora.

Saímos na rua, fora do complexo.

– É tarde demais – disse Neveni, arfando. – Eles pronunciaram a sentença aqui. Já devem tê-lo levado para execução.

— Onde?

— O Anexo da Praça Central.

Ergui o braço.

— Onde fica?

— Você vai me bater de novo?

— Se for preciso.

Neveni cuspiu sangue. Na última vez em que a atingira, eu só tinha me segurado um pouco.

— A sessenta quarteirões, seguindo por aqui. — Ela balançou a cabeça em direção à rua.

— Quarteirões? — repeti, tentando entender o que ela queria dizer.

— Seções de calçada entre ruas transversais. Sessenta.

— Se você estiver mentindo...

— Por que mentiria? Você nunca chegará a tempo.

— Neveni. — Olhei para ela, pensando rapidamente. — Também valorizo sua amizade. Eu sinto muito. — Então a acertei tão rapidamente que ela não teve chance de sentir medo.

Tirei seu corpo inconsciente da rua. Em seguida, me virei e saí em disparada na direção da praça, correndo o mais rápido que podia, e sabendo que não era rápido o suficiente... sabendo que assim que recuperasse a consciência, ela mandaria seu povo atrás de mim.

Eu devia tê-la matado. Teria sido melhor ter matado.

Transportes flutuantes passavam por mim. Na terceira vez em que quase fui atropelada, uma ideia me ocorreu. Subi na escada de incêndio de um prédio, e então me lancei em um carro que passou zumbindo, prendendo os dedos nas fendas da estrutura quando uma forte corrente de vento quase me arrancou de lá. Olhos desesperados me observavam lá de dentro. Subi as pernas e chutei o mais forte que pude. O primeiro chute resvalou do vidro. O segundo rachou-o. Com o terceiro, consegui abrir caminho através dos cacos de vidro lá para dentro.

A DIABÓLICA

Os ocupantes gritaram e se afastaram de mim. Deviam ter me achado uma aparição aterrorizante – salpicada de sangue, usando uma camisola toda suja.

– Me leve para a Praça Central – eu disse. – *Agora*.

A Praça Central só era acessível para pedestres. Uma grande multidão de Luminares patrióticos já havia se aglomerado em frente ao Anexo – uma única torre de paládio retorcido – pela emoção de ver Tyrus Domitrian, Primeiro Sucessor do arrogante Império que presumia governá-los, perder a vida. Imensas telas se erguiam sobre a multidão reunida, prontas para transmitir a execução. A quantidade de pessoas na praça me surpreendeu – mais pessoas do que eu jamais vira em um só lugar.

Assim que entendi como os controles do transporte flutuante funcionavam, eu assumi a direção e guiei o veículo para a multidão, soando a sirene de aviso. As pessoas se jogavam para fora do meu caminho. Eu não conseguia descobrir como parar o veículo. Então respirei fundo, direcionei-o para a parede do Anexo e me preparei.

O veículo bateu com força. Em meio a todo o metal amassado, senti um cone de maciez sedosa me envolver. Procurei me soltar da rede de segurança, então chutei a janela para abrir caminho, rastejando para fora como uma criatura recém-nascida grotesca deixando sua casca quebrada.

A colisão tinha ajudado em outra coisa: abrira um buraco no edifício. Enfiei-me pela abertura, entrando na torre onde a elite de Lumina estava reunida, preparada para assistir a execução em primeira mão em um palco na outra ponta da sala.

O primeiro guarda me notou. Ele gritou para os outros, e os guardas apontaram suas armas. Raios de energia brilharam em minha direção de todos os lados. Saltei para trás no ar, não exatamente me esquivando, mas empurrando e saltando em meio aos espectadores mais próximos da maneira que só um Diabólico era capaz, e esperando que meus movimentos imprevisíveis me salvassem.

A elite de Luminar espalhada por ali gritou de medo, batendo uns nos outros em sua pressa de escapar de mim. Pulei sobre os ombros de um homem, então usei a altura para me impulsionar até o palco na frente da sala, onde Tyrus estava sendo mantido preso. Havia mais guardas a postos ali, apontando armas para mim, mas me abaixei e ataquei o mais próximo, tirando sua arma, que apontei então para seus colegas. Eles caíram em rápida sucessão.

Virei-me para os dignitários que cercavam Tyrus. Eles o mantinham de joelhos, pronto para a morte.

Eu mataria todos eles ou morreria.

Um tiro no pai de Neveni – não um tiro fatal, porém, porque ela era minha amiga. Mas quanto aos outros...

– Espere! – gritou Tyrus. – Não os mate!

Não era hora de ter misericórdia. Lancei a ele um olhar impaciente.

– Por que não? – Em um movimento rápido, girei minha arma para ele e destruí suas algemas.

Tyrus cambaleou para trás, assustado, quando suas mãos se soltaram, e ficou de pé. Dei a volta por trás dos dignitários para que os guardas abaixo do palco não pudessem me atingir.

– É melhor matar – eu disse. – Podemos manter o pai de Neveni vivo como refém, para ajudar em nossa fuga...

– Não. – Tyrus olhou para os dignitários. – Em troca de poupar suas vidas, vocês vão me ouvir uma última vez?

O que ele estava fazendo? Olhei para o restante da elite de Luminar que não havia fugido, para os guardas que se aproximavam de baixo do palco com as armas erguidas. O que Tyrus poderia dizer de diferente? Aquelas pessoas tinham se mostrado traiçoeiras, sorrateiras. Tinham entrado furtivamente durante a noite e o levado para a morte. Não mereciam mais nenhuma chance.

Mas Tyrus já havia se virado para o outro lado, dirigindo-se aos dignitários que momentos antes o rodeavam, agora de pé com as mãos erguidas, impotentes.

— Um último apelo à sua razão. Sei que não pediram minha presença. Eu vim sem ser convidado, e se os Luminares quiserem me usar para fazer justiça com relação à minha família, depois de me ouvirem mais uma vez, eu permitirei. De boa vontade.

Os dignitários agitaram-se. Notei algumas pessoas entrando através do buraco que eu tinha feito na parede. A própria Neveni entrou, com seus guardas atrás. Com as mãos na cabeça, ela examinou a sala. Quando nossos olhos se encontraram, pude ver a traição e a raiva que contorciam seu rosto.

O pai de Neveni cochichou com outro homem, então disse:

— Muito bem. Ouviremos um último apelo, com a condição de que você se submeta a qualquer justiça que a gente decida.

Tyrus assentiu.

— Então vamos baixar as armas e discutir isso.

Baixar as armas? Mordi a bochecha com força para conter a raiva. Ele queria dizer que *eu* devia baixar minha arma, mas eu não ia fazer isso. Eles estavam prestes a executá-lo momentos antes. O que Tyrus estava fazendo? Eles iam matá-lo!

Tyrus me encarou em um apelo silencioso, e havia uma intensidade em seus olhos que me implorava para confiar nele. Confiar em seu julgamento. Eu poderia confiar nele naquela situação? Poderia deixar acontecer?

Minhas mãos tremiam, mas me forcei a fazer o que ele queria. Baixei a arma.

Agora estávamos nós dois à mercê dos Luminares.

33

FUI ATRÁS DE TYRUS e de alguns dignitários que se retiraram para uma sala mais reservada. Fiquei o mais perto possível dele, e os outros tiveram o cuidado de manter distância. Havia sangue em minha camisola rasgada, e eu sabia que tinha revelado diante da elite de Lumina que eu não podia ser uma pessoa de verdade.

Tyrus enfrentava a morte iminente, e ainda assim tomou calmamente uma bebida e se acomodou diante dos dignitários de Luminar como se lhes liderasse – como se estivesse em uma reunião tranquila, e não em um breve tribunal antes de sua condenação.

– Minha abordagem foi incorreta – disse ele. A fraca luz dourada derramava-se sobre sua pele como mel, projetando sombras escuras em seus braços musculosos, na serena dignidade de seu rosto. Não havia nenhum sinal de ansiedade em seus traços, e, por mais jovem que fosse, parecia de fato um Imperador. Era de espantar que alguém acreditasse que era louco.

– Vim aqui para lhes assegurar que não me pareço em nada com meu tio, quando vocês não têm motivos para confiar em mim. Ainda não têm nenhum.

Todos concordaram de forma entusiástica à nossa volta, e pude ver o brilho dos olhos hostis.

— Eu esperei que vocês aceitassem cegamente minhas garantias de que eu lhes concederia independência. Mas por que eu iria manter minha palavra quando fosse Imperador? Quando estivesse seguro? Então me deixem explicar.

Ele enfiou a mão sob a túnica e puxou um fino frasco de metal. Depois, colocou-o calmamente na mesa à sua frente.

— Vocês me perguntam em que sou diferente do meu tio. *Este* é o método do meu tio. O estilo Domitrian. Estive com isso esse tempo todo, mesmo quando seu povo me prendeu, mesmo durante o julgamento nesta manhã, onde nem sequer me permitiram uma defesa. Vocês sabem o que é isso?

Um silêncio mortal pairou pela sala. Pude ver pelos olhares à minha volta que ninguém sabia.

— Com certeza alguns de vocês conhecem a história imperial. Meu tio sem dúvida conhece, e esperava repeti-la. Minha bisavó uma vez usou uma arma biológica assim para lidar com uma rebelião em Fortican.

Uma agitação tomou conta da sala, e vários Luminares se levantaram de repente, como se estivessem preparados para sair correndo da sala. E duas palavras soaram de muitos lábios:

— Névoa Resolvente! Névoa Resolvente!

— Sim, é Névoa Resolvente. E, se eu quisesse liberá-la – disse Tyrus, erguendo a voz, mas sem gritar –, eu já não teria feito isso? Enfrentei a *morte* em suas mãos, e ainda assim eu não ia usar isso e arriscar matar milhares de pessoas inocentes. Esse é o estilo do meu tio. E sim, esse é o estilo imperial Domitrian, mas *não* é o meu!

A sala toda ficou no mais absoluto silêncio. Aproximei-me do frasco e examinei-o sem tocá-lo. Lembrei-me de repente do olhar malicioso no rosto do Imperador quando concordou em deixar Tyrus conversar com os Luminares, quando disse que explicaria exatamente o que ele deveria falar.

— O Imperador mandou você aqui para liberar isso... esta bioarma, não foi? – murmurei. – Ele não queria que você negociasse.

Tyrus abriu um sorriso amargo e pegou o dispositivo, os olhos claros traçando os contornos metálicos do frasco.

— Não, ele não tinha o menor desejo de resolver isso pacificamente. Queria que os Luminares servissem de exemplo. Ele me pediu especificamente para conseguir entrar neste planeta e, em seguida, ao desembarcar, liberar esta Névoa, assim como minha bisavó um dia fez com os adversários dela. Há esporos o suficiente neste frasco para acabar com toda esta província. Você e eu estaríamos seguros. Recebemos imunidade contra ela junto com nossas inoculações planetárias padrão antes de deixarmos o Crisântemo. Mas os Luminares teriam enfrentado um destino terrível.

— Você está nos ameaçando? — falou o pai de Neveni, a voz vacilante.

Tyrus o encarou com o olhar fixo.

— Ainda não ficou claro para vocês que *não* estou? Fui enviado aqui para usar a Névoa, mas nunca faria isso. Nem mesmo à custa da minha vida. Já lhes *mostrei* isso. Vocês queriam me matar, e eu aguardava a morte, mas ainda assim não usei. Não tenho nenhuma intenção de continuar a usar os velhos métodos! Vim aqui resolver esse conflito com palavras para poupar este planeta dos planos que meu tio tem para ele. Quer vocês me matem hoje ou me deixem sair como um homem livre, este frasco permanecerá fechado, sem ser usado. — Ele se inclinou para a frente. — Mas se concordarem em me deixar viver, posso lhes prometer uma coisa: vocês nunca mais enfrentarão uma ameaça dessa natureza novamente. Pretendo voltar ao Crisântemo e tomar o poder do meu tio. Então vou acabar com o domínio grandíloquo sobre este Império e livrá-los de sua influência para sempre.

Fiquei sem ar ouvindo Tyrus falar tão abertamente sobre traição. Os Luminares murmuravam, atônitos com suas palavras, mas o deixaram falar.

— Vi seu espaço maligno. Sei bem a ameaça que enfrentarão em algum ponto de um futuro próximo — disse Tyrus. — *Sei* por que desejam se separar. O Império vem suprimindo a tecnologia, o conhecimento de que vocês precisam para se preservar, e essa supressão foi feita apenas para manter o poder dos Grandíloquos. Aqueles que questionam essa repressão são rotulados de blasfemadores, hereges, porque esta é a fé heliônica da nobreza... uma religião empunhada como um porrete por homens mesquinhos, sem nenhuma verdadeira crença. E sim, posso dizer isso com certeza. Nasci dessas pessoas, fui criado entre elas. A religião é a ferramenta, e nada mais.

Neveni saiu do meio da elite reunida, os olhos brilhando de desconfiança.

— E por que *você* seria diferente? Se fizer o que alega que vai fazer, só prejudicará o próprio poder.

— E qual é a alternativa? — perguntou Tyrus. — Esperar até que o espaço maligno esteja por toda parte? Esperar até que não possamos virar em nenhuma direção sem encontrar nosso próprio esquecimento? A estagnação é a morte, Srta. Sagnau. Em vez de entrar para a história como apenas mais um covarde, escondendo-me em meio ao prazer enquanto tapo os olhos com as mãos, escondendo-me das realidades diante de mim, quero ser aquele que dará o primeiro passo para mudar isso.

— E o que você faria? — zombou uma voz.

— Meu tio já me deu os meios de minar os Grandíloquos. Ele tirou o poder de muitas grandes famílias imperiais e o tomou para si. E pode agora agir arbitrariamente no Senado sem ninguém para questionar seu poder. Posso usar o poder que ele conseguiu... o mandato que forjou para si mesmo... e tomar medidas passando por cima das objeções dos Grandíloquos. E juro que farei isso.

— E como saberemos que você fala de boa-fé? — indagou o pai de Neveni. — Você poderia subir ao poder e mudar de ideia.

— Muito simples — disse Tyrus. — Falei aqui, para vocês, palavras de alta traição. Admito que planejo a morte de meu tio, o Imperador. Na verdade, até mesmo admito estar ajudando uma Diabólica a se passar pela Senadora Von Impyrean e escondendo-a em meio aos Grandíloquos, embora seja alta traição até mesmo possuir um Diabólico. — Ele gesticulou na minha direção.

Recebi vários olhares assustados. Neveni engoliu em seco, mas não olhou para mim.

— Dei a todos vocês — disse Tyrus —, a cada um de vocês, cerca de uma dúzia de testemunhas, a munição para me destruir prontamente antes ou depois de eu ser Imperador, porque quem dentre os Grandíloquos tolerará minha autoridade quando descobrirem o que pretendo com relação a eles?

Os murmúrios se espalharam pela multidão.

— Estou confiando a vocês meus segredos mais perigosos — disse Tyrus, seu rosto iluminado de convicção — porque compartilhamos uma causa. Estamos juntos nisso. Queremos a mesma coisa. Agora, vocês vão me deixar sair daqui e seguir com meus planos ou vão acabar comigo? Estou à sua mercê.

Tyrus estendeu os braços, e lutei contra a tentação de pular na frente dele para protegê-lo.

E uma a uma, vi as pessoas à minha volta soltarem as armas, deixarem cair dos coldres que as prendiam. Então Tyrus calmamente tomou outra bebida, e ficou muito claro para mim: ele sobreviveria. Os Luminares haviam sido conquistados para sua causa.

Estávamos sentados juntos à janela da *Alexandria* quando a nave deixou a superfície do planeta, e olhei para baixo, espantada, ao pensar que Tyrus Domitrian tinha de fato resolvido a situação. Pelo menos até onde o Imperador sabia, o planeta Lumina tinha se rebelado, e Tyrus fora até lá e os convencera a permanecer como parte do Império. Ele não sabia como, e não sabia o que Tyrus realmente dissera, que maquinações tinha tramado — e nunca saberia. Pareceria um ato de genialidade política da parte de Tyrus.

Antes de nossa partida, Neveni fora me ver. Ela ficara a uma distância cuidadosa, então comentara:

— Você deve saber que a maioria das pessoas... a maioria dos Excessos, como eu, devo dizer... não gosta muito dos humanos geneticamente criados. É como... É como se os Grandíloquos estivessem nos mostrando que não somos necessários. Que podemos ser substituídos.

Então era por isso que os Excessos achavam os servos repulsivos. E Diabólicos deviam ser algo ainda mais abominável.

A voz de Neveni vacilou:

— Nemesis, sei que criaturas como você tendem a... matar pessoas, e por isso deve significar alguma coisa você não ter me matado. Com isso e com o que sei agora que você deve ter feito a Salivar e Devineé, talvez possa perdoar-lhe um dia por suas mentiras.

Eu não deixara de notar que ela me chamara de "criatura".

– Lamento que tenha sido necessário machucar você... Mas, Neveni, eu ainda não me arrependo de tê-los machucado.

Ela sorriu.

– Que bom. – Então seu sorriso desapareceu. – Só quero deixar um aviso a você. Tyrus pode ser o inimigo de seu inimigo, mas ainda é um Domitrian. Nunca confie neles. Em nenhum deles. São uma família de assassinos e mentirosos. Ele pode não ter liberado a Névoa Resolvente... mas a trouxe, de qualquer jeito. O que isso diz a respeito dele?

Em seguida, Neveni e eu nos despedimos, talvez para sempre.

Agora, enquanto o oceano roxo, os vastos continentes, cordilheiras e nuvens ficavam cada vez menores, eu olhei para Tyrus, minha mente zonza com os dias que havíamos passado lá embaixo. Ele contemplava o frasco de Névoa Resolvente – a ordem de seu tio que desafiara. Os costumes antigos, desconsiderados.

– Estou impressionada – comentei. – Você pensa dez passos à frente dos outros.

Tyrus soltou o ar e afastou o frasco com a mão trêmula.

– Talvez seja apenas fingimento. Eu não previ que eles iriam invadir meu quarto e me levar para a execução nesta manhã. Quando aconteceu, pensei que estivesse morto. Pensei que tinha sido tudo em vão. E então você chegou.

Foi então que notei que seu corpo inteiro tremia, o excesso de adrenalina se derramando em seu sistema. Ele olhou para mim, absorvendo cada partícula minha, admiração e espanto em seu rosto.

– Nemesis, você é absolutamente extraordinária. Eu já tinha me preparado para a morte iminente, quando você irrompeu de repente naquela sala como um anjo vingador... – Sua voz falhou. – Eu me acostumei à ideia de que os seres humanos morrem ou traem, e de que eu só poderia confiar em mim, mas isso não é mais verdade. Sinto que posso confiar em você. Essa confissão pode parecer algo pequeno... – seus olhos ficaram nublados, a voz, rouca – mas, vindo de mim, é o maior elogio que posso fazer a alguém.

Fiquei vermelha, porque sabia que Tyrus perdera todo mundo que amava quando criança. Eu tinha visto sua dor enquanto falava da morte da mãe. Sabia que ele havia crescido sob a constante ameaça de morte pelas mãos de sua família, confiando apenas na própria inteligência para sobreviver. Suas palavras eram significativas, importantes, e eu não precisava que ele explicasse por quê.

O jeito que ele olhava para mim naquele momento... ninguém nunca tinha me olhado assim antes. Sentia-me incapaz de retribuir, mas quando baixei o olhar, me peguei encarando seus lábios, e meu rosto ficou quente, minha boca, seca.

Ele acariciou meu rosto com o polegar.

– Olhe para mim – disse Tyrus.

Respirei fundo e procurei afastar aquelas sensações inquietantes. Quando ergui a cabeça, seus olhos muito inteligentes pareciam penetrar os meus, enxergar dentro de mim.

– Você é extraordinária – disse ele suavemente. – É egoísmo o fato de eu só conseguir pensar agora que quero você para mim?

– Me quer... como...? – gaguejei, procurando o que dizer.

Um sorriso estranho curvou sua boca.

E então ele me beijou.

34

NÃO HAVIA NINGUÉM em volta para nos ver – ninguém que ele pudesse estar querendo convencer de que gostava de mim. Mas seus lábios estavam pressionados aos meus, a boca suave e quente.

A perplexidade me deixou completamente imóvel quando sua mão deslizou pelo meu cabelo. Enquanto roçava seus lábios contra os meus, fui tomada por uma estranha sensação de amolecimento nos braços e pernas. Seus dedos hábeis também sabiam disso. Eles perseguiram a sensação, acariciando meu pescoço. Ele não era fraco. Eu podia sentir sua força quando envolveu meu pescoço com os dedos. Mas não havia ameaça ali. Era mais doce do que qualquer toque que eu já sentira.

Sua boca tornou-se mais exigente. Minhas mãos de alguma forma encontraram o caminho até seu corpo, testando a densidade de seus braços musculosos. Abaixo de nós, o planeta se afastava, a escuridão do espaço nos envolvendo, vertiginosa. Eu me apoiei contra ele. Cada parte de mim parecia estar despertando, vibrando e ganhando vida. Eu não tinha percebido que era possível se sentir assim. Eu não me reconhecia mais; naquele momento, a mundanidade do cotidiano se tornou inimaginável.

De repente, o corpo dele parecia uma fantasia. Corri as palmas das mãos sobre sua pele febril, sobre seu peito largo. Ele deu um passo, me conduzindo, apoiando minhas costas contra a parede. Sobre seu ombro, pude ver a curvatura de Lumina diminuindo, as estrelas se expandindo em todas as direções.

Sua boca abriu a minha, e senti o sabor de sua língua.

Isso! Isso era viver. Isso era estar vivo, *ser* humano.

Eu não queria que acabasse nunca.

Mas depois de um tempo Tyrus se afastou, me encarando intensamente. Minhas pernas estavam bambas. Tal fraqueza deveria ter me alarmado, mas naquele momento parecia não ter importância, uma distração da revelação que se desenrolava ali. Eu o encarei de volta. Nunca o vira de fato antes – era o que parecia naquele momento. Cem detalhes se anunciavam, exigindo minha atenção: os pontos verde-claros em seus olhos cinza-azulados. A intensidade de seu olhar, a maneira como ele parecia ver bem dentro de mim. Como eu nunca sentira o cheiro de sua pele, ou notara a força, a habilidade e a confiança de suas mãos? Meus dedos desciam pelo volume de seus bíceps, e minha pele parecia emitir fagulhas com o contato.

Agora, finalmente, eu sabia o que significava estar inebriada. Podia ver por que outras pessoas se sentiam zonzas e fascinadas, inclinadas a risos tolos. Talvez eu até entendesse melhor o relâmpago: minha percepção parecia elétrica, expandindo-se para abranger todo o universo.

Tyrus sorriu, um sorriso torto e misterioso, enquanto erguia meu queixo e pressionava os lábios contra os meus novamente.

Sim.

Conseguimos chegar à sua espreguiçadeira de veludo e nos afundamos ali, nossos corpos sempre grudados, unidos como dois ímãs. Era inteligente fazer isso? Eu não saberia dizer. Uma névoa estranha, mas maravilhosa, tomava conta do meu cérebro. Parecia *certo*. Era tudo o que importava. Uma sensação de completa plenitude se espalhou pelo meu ser.

Depois de longos minutos, Tyrus passou o dedo pela saliência da ponte do meu nariz.

– Como você conseguiu isso? – murmurou ele.

– Lutando nos currais. – Observei a fenda em seu queixo, a disposição de suas sardas. – Você não se modifica como os outros.

– É uma perda de tempo. Por quê? Você acha que eu devo?

Pensei a respeito.

– Não. Cada um dos detalhes é importante para eu o reconhecer. As sardas, o cabelo, o queixo... Seus olhos.

Que olhos extraordinários. Não deixaram os meus por nenhum instante.

– Você repara em mim – disse ele.

– Reparo em todo mundo. Mas sim, principalmente em você.

Eu o vi lutar com um sorriso, e perder. Ele enterrou a cabeça em meu ombro, soltando a respiração longamente de um jeito que fez minha pele arrepiar. Passei os dedos por seu cabelo acobreado e senti a tensão ainda retesando seus músculos, o cansaço que ele procurava a todo custo esconder.

– As pessoas precisam dormir depois de acontecimentos estressantes – eu disse suavemente. – Faça isso.

Tyrus me virou para que eu me encaixasse contra seu peito, então nos deitamos juntos, sua respiração fazendo cócegas no meu pescoço. Eu nunca tinha dormido tão perto de alguém antes... mas, depois de um instante, descobri que não me importava. Era relaxante ficar abraçado assim.

Seus lábios traçaram o contorno da minha nuca.

– Boa noite, Nemesis.

Sorri, embora ele não pudesse ver. Sorri para o quarto vazio, e para a paisagem estelar fria e insensível do lado de fora da janela, e me senti plenamente satisfeita, ouvindo sua respiração se tornar mais profunda e regular.

Eu não estava com o menor sono. Sentir o corpo dele contra o meu não ajudava. Minha pele formigava, cada pedacinho de mim curioso para explorar a pessoa pressionada contra mim.

Com muito cuidado para não acordá-lo, eu me virei para observar Tyrus. A luz prateada das estrelas o favorecia, iluminando suas maçãs do rosto salientes, a mandíbula quadrada e orgulhosa. Passei os dedos por seu braço.

Eu me dei conta da estranheza do momento. Diabólicos não eram projetados para sentir desejo. Mas eu não conseguia encontrar outro nome para aquela ansiedade elétrica que sentia por ele.

Uma pressão curiosa se expandiu em meu peito. Eu não tinha sido ligada a Tyrus. Não havia nenhuma causa genética para o que eu sentia.

Só podia ser minha humanidade. Pura e inata.

Donia tinha razão. Eu tinha aquilo em mim o tempo todo.

Engoli em seco contra uma onda de sentimentos. Eu queria acordar Tyrus, agradecer-lhe como ele me agradeceu por salvar sua vida, porque, de muitas maneiras, ele tinha salvado a minha também.

Toquei seu rosto bem delicadamente. Ele precisava dormir mais do que eu. E havia certa palidez incomum em sua aparência. Sua quase execução tinha lhe cobrado um preço maior do que ele admitia, pensei.

Então, por fim, deixei-o dormir.

Quando entramos no hiperespaço, a luz prateada do lado de fora deu lugar à mais completa escuridão. Levantei-me silenciosamente, olhando uma última vez para ele antes de sair do quarto.

Tudo me parecia diferente: a beleza surgindo a cada curva mundana. Os consoles lustrosos que se estendiam pelo corredor; minha túnica tremulando graciosamente em torno dos tornozelos. Sentia como se estivesse andando em um sonho maravilhoso. Meu reflexo indistinto brilhou em um console ao meu lado e, por um instante, parei para avaliá-lo. E me espantei com aquela criatura sorridente. Ela não parecia em nada com a coisa sem graça e de olhar vazio que eu via nos espelhos da fortaleza Impyrean.

Ela estava *viva*.

No meu quarto, bati as mãos, esperando Mortal despertar para eu fazer aquela brincadeira de que ele gostava, em que eu movia meus dedos pelo chão como se fossem pequenos animais e ele latia. Meu olhar encontrou a escuridão pela janela, e fiquei maravilhada ao notar que até o vazio podia ser bonito. Então minha criatura arrastou-se languidamente para a frente.

Olhei para ele por mais uma fração de segundo, tempo suficiente para registrar o brilho estranho em seus olhos, a maneira como ele parecia arrastar as pernas, em vez de saltar animado. Sua cauda bateu uma vez, sem muito entusiasmo, e então suas pernas desabaram.

— Mortal! — Abaixei-me ao lado dele e foi então que o senti tremendo, seu corpo tanto rígido quanto relaxado demais em alguns pontos, e eu soube que havia algo muito errado.

Peguei a maleta de robôs médicos que Tyrus e eu usávamos durante os treinos de luta e abri a tampa. Eles enxamearam para fora e voaram em direção a Mortal, piscando suas luzes de alarme... mas em seguida se retiraram sem tratá-lo. Qualquer que fosse seu problema, estava além da capacidade deles de ajudar.

Ele era pesado, mas o levantei em meus braços e saí depressa para o corredor. Levei um instante para lembrar onde estava o médico de Tyrus, o Doutor nan Domitrian, mas consegui acordá-lo batendo a sua porta.

Ele olhou para mim furioso por despertá-lo por isso, mas examinou Mortal enquanto eu o segurava.

— Ele ingeriu alguma coisa no planeta?

Olhei para ele, meio perdida. Não tinha estado com Mortal o tempo todo; nos separamos durante a tempestade.

— É possível.

— Se os robôs médicos não podem ajudar, não sei o que você espera que eu faça. Esse é o perigo de se levar seu animal de estimação para um planeta desconhecido. Há vários tipos de patógenos e micro-organismos em um ambiente selvagem que não se encontra no espaço. Ele não foi criado para ser invulnerável.

Fui tomada pela preocupação.

— Mas ele vai se recuperar?

— Senadora Von Impyrean, esses animais foram feitos para lutar. Ninguém os projetou para viverem muito.

— Tem que ter uma maneira de curá-lo! Mortal não pode simplesmente ficar doente assim.

Naquele momento, algo no cinto do médico zumbiu. Ele olhou para baixo e então seguiu para a porta.

— Tenho que atender outro chamado. Sinto muito que não haja nada que eu possa fazer.

Olhei para ele, irritada. Então Mortal começou a tremer mais fortemente, debatendo-se, e o abracei.

— Fique calmo. Estou aqui para proteger você. Fique calmo. — Eu não sabia de onde estavam vindo as palavras, mas deixavam meus lábios como um cântico. Levei-o para meu quarto, que pelo menos era um lugar familiar para ele.

Seus olhos se reviraram várias vezes, a parte branca assumindo um brilho amarelo doentio. Ocasionalmente seu olhar focava em mim, indefeso, como se Mortal se perguntasse por que eu não o estava fazendo se sentir melhor. Tudo o que eu podia fazer era olhar para Mortal, muda e apavorada, enquanto ele tremia e se debatia em meus braços, um estranho som sufocado saindo de sua boca, junto com uma espuma.

Eu tinha sido muito negligente. Havia pensado que ele gostaria de estar em um planeta, e de ter coisas novas para cheirar, novos lugares para explorar. Era culpa minha. Era melhor tê-lo deixado morrer lutando na arena do que isso.

Eu não podia chorar. Podia apenas acariciá-lo atrás das orelhas e esperar que soubesse que eu não o havia abandonado, mas logo suas convulsões eram contínuas e os sons gorgolejantes intermináveis, a língua presa entre os dentes. Foi quando minha ficha caiu: eu não podia permitir que aquilo continuasse.

Passei o braço em volta de seu pescoço e apertei até suas pernas agitadas ficarem imóveis.

— Eu sinto muito — sussurrei para ele, ainda abraçando-o firmemente.

Não consegui soltá-lo. Seu corpo ficou rígido e frio em meus braços. Eu ainda não sabia se ele tinha comido alguma coisa no planeta ou pegado alguma doença, e senti um vazio no estômago ao pensar que isso podia acontecer, que uma vida podia ser simplesmente roubada.

E eu não vira enquanto ele sofria em meu quarto. Eu estava com Tyrus.

Tyrus.

Eu precisava vê-lo. Precisava abraçá-lo novamente e ser levada de volta para aquele lugar de contentamento, onde a morte não significava nada. Envolvi Mortal carinhosamente com um cobertor, e então saí depressa pelo corredor.

Quando passei pela porta de seu quarto, ouvi vozes. A de Tyrus e a do Doutor nan Domitrian.

— Vá com calma, Vossa Eminência.

Sons de vômito.

Uma névoa gelada caiu sobre mim. Lembrei que alguém havia chamado o médico. Ah, não.

Mortal não era o único doente naquela nave.

35

TYRUS se endireitou, envergonhado, quando me viu na entrada. Parecia pálido, suado.

— Sidonia, é melhor ficar longe. Não quero que fique doente.

Fui tomada pelo pavor. Pensei em Tyrus morrendo da mesma forma que Mortal. Olhei para o médico, horrorizada.

— O que há de errado com ele? Recebemos inoculações antes de ir ao planeta. Como ele está doente?

— É só uma febre planetária — respondeu Tyrus.

— O que é isso? — berrei.

— Um termo geral. — O médico balançou a cabeça. — Eu lhe disse como os micro-organismos prosperam em ambientes naturais, e habitantes do espaço têm pouca exposição a eles. As inoculações que lhes dei antes de saírem não poderiam cobrir tudo. Vossa Eminência nunca toma precauções quando vai a um planeta, então sempre pega as doenças locais.

Tyrus fez uma careta.

— E, acredite, prometo sempre escutar você na próxima vez, doutor.

Tudo o que eu podia fazer era olhar para Tyrus, parecendo já tão abatido poucas horas depois de eu tê-lo deixado. Agora que eu parava para pensar, sua pele parecera quente, febril. Por que eu não pensara que ele podia estar ficando doente?

Tyrus notou meu olhar.

— Não há nenhum motivo para ficar preocupada — disse ele gentilmente. — Vai passar.

— Beba isso. Voltarei em breve para ver como está — disse o médico a Tyrus, entregando-lhe um copo de alguma mistura fumegante.

Fiquei congelada ao pé de sua cama, atordoada e estúpida. Por que eu nunca tinha notado antes a fragilidade dos seres vivos?

— Você não está passando mal também, está? — Tyrus tomou um gole de sua bebida, o rosto molhado de suor. — Piorou quando eu estava dormindo, mas notei algumas dores mais cedo.

— Eu raramente adoeço. — Minha voz soou sem emoção, distante. Sentia-me estranha, como se eu tivesse me soltado de mim mesma.

Eu pensara, mais cedo, que por fim o via claramente? Agora eu só enxergava sua fragilidade: aqueles ossos, tão facilmente quebráveis, e a pele, tão facilmente dilacerável. Mortal tinha sido projetado para ser forte, para lutar e sobreviver... mas isso também não o salvara.

Que arrogância esquecer, mesmo que por um instante, como eu era diferente de Tyrus. Eu era a criatura mais mortal já projetada, e ele era um frágil ser humano. Eu sobreviveria e floresceria, enquanto outros se quebrariam e se partiriam.

— O médico me disse que seu cachorro está doente. — A voz de Tyrus soou rouca.

Olhei para algum ponto acima da cabeça dele.

— Ele não era um cão. — Soei dura, insensível, como um Diabólico deveria ser. — Era uma fera lutadora projetada para matar. Isso é tudo. — Minha visão marejou, e pisquei forte para clareá-la. — Ele... o animal morreu.

— Ah. — A voz dele era suave. — Nemesis, eu sinto muito.

— Era apenas uma criatura.

Ele franziu a testa.

— Mas você gostava dele. — Tyrus estendeu a mão. — Venha aqui.

Eu recuei.

— Não. Só descanse.

Sua boca se contraiu. Ele tentou se sentar, vir até mim... e falhou, desabando contra os travesseiros.

Escondi meu punho na saia. Lutei com todas as forças contra a vontade de ir até lá para ajudá-lo.

— Descanse — eu disse novamente, afastando-me.

Desta vez, Tyrus não protestou.

— Vou ver você quando tiver melhorado — murmurou ele.

Enquanto voltava para o meu quarto, sentia-me estranhamente esgotada. Aquela fantasia que me motivara pouco mais cedo estava morta, destruída. Agora eu recobrara o juízo, voltara para a realidade crua e brutal em que eu era uma Diabólica e Tyrus era apenas um ser vulnerável e frágil, assim como Sidonia fora.

Sidonia. Apertei a mão contra a boca e reprimi o som áspero que queria emergir. Eu tinha a força de quatro homens, sim. Mas não tinha forças para suportar outra perda como aquela. Ter um coração que ardia de emoção significava ter uma chama que poderia ser apagada em um instante por forças contra as quais não se podia lutar, perigos que não se podia ver. Gostar de alguém era se sentir desamparado da pior maneira possível.

Ao entrar em meu quarto, prometi a mim mesma: eu nunca mais voltaria a sentir aquela fraqueza.

A febre planetária de Tyrus durou uma semana. Eu sabia que ele não podia estar morrendo, porque o Doutor nan Domitrian passava o mesmo tempo de sempre comendo, em vez de ficar enclausurado no quarto do Primeiro Sucessor com ele.

Não visitei Tyrus novamente, mas ele nunca de fato me deixou. Intrometia-se em meus pensamentos, imagens dele infiltrando-se em minha imaginação. Quando eu dormia, quando eu me exercitava, a cada minuto do dia eu me pegava pensando em Tyrus, desejando-o. Era como se eu tivesse experimentado algum narcótico e ficado instantaneamente viciada. Eu não conseguia purgar o desejo do meu sistema.

Quando Tyrus finalmente saiu de seu leito, percebi que eu estava vividamente alerta às mudanças nele, por mais que tentasse focar em outra coisa. Ele estava visivelmente mais magro, mas bem-humorado. A ansiedade brilhava em seus olhos ao me ver. Encontrei razões para me afastar daqueles olhos – para evitá-lo mesmo ele continuando a atormentar meus pensamentos.

Um dia, enquanto eu fazia barra, vi que ele me olhava da porta.

– Você não pode me evitar para sempre – disse Tyrus.

Fixei minha atenção para o ponto entre seus olhos, querendo deixar minha visão desfocada.

– Não sei do que está falando.

– Qual é o problema? Sei que há algo errado.

Pulei para o chão para fazer flexões, fingindo ignorá-lo. Era como voltar as costas para uma supernova. Minha percepção se inflamava. Eu sentia sua presença em meus ossos.

– É porque eu a beijei, não é? – Ele se aproximou e se colocou diante de mim. – Você está ansiosa.

– Não estou ansiosa. – Forcei as palavras com um sorriso sarcástico enquanto me levantava, um brilho de suor umedecendo a pele. Ele estava tão perto que eu podia sentir o calor irradiando de seu corpo. – Estou irritada.

Suas sobrancelhas se ergueram.

– Hã?

– Não sou como você. Não posso sentir o mesmo que você, Vossa Eminência.

Um pequeno sorriso curvou seus lábios.

– Permita-me discordar. Você parecia perfeitamente provida de sentimentos quando deixamos Lumina.

— Você achou? — Eu estava satisfeita com o tom indiferente da minha voz. — Então devo pedir desculpas por confundi-lo, Vossa Eminência.

Ele segurou meu braço, seu toque me fazendo arder.

— Tyrus, droga. Já disse para me chamar pelo nome.

— Isso não é apropriado.

— Para o inferno com o que é apropriado, Nemesis! Nós nunca fomos assim.

— Nós nunca fomos nada! — Soltei-me dele e me afastei. — Não sou uma pessoa, *Tyrus* – disparei o nome para a parede. — Não posso sentir amor. Não posso ser uma amante nem uma companheira. Não é o que eu sou, não é do que sou capaz. — Virei-me de volta. — Você espera que eu seja mais do que sou. Está pedindo o impossível.

Ele não disse nada, mas seu rosto ficou pálido. Tão pouco tempo depois de sua recuperação, ver aquilo me deixou alarmada – e não era o que eu queria sentir. Eu não queria sentir *nada*, como cabia a um Diabólico.

Ele se aproximou e me puxou contra ele com força, sua boca encontrando a minha. O beijo foi impetuoso, exigente. Seus braços me envolveram, fortes e vigorosos, me puxando contra seu corpo esguio.

Por um estúpido e imperdoável instante, ele me venceu novamente. Senti-lo assim após tantos dias ansiando por ele... Como se estivesse acordada dentro de um sonho, tive a sensação de que estava saindo de mim. Era isso o que eu queria. Era tudo o que eu queria...

E poderia ser perdido em um instante.

O medo sombrio e sufocante livrou-me do meu atordoamento. Empurrei-o.

— *Chega!* Você pede demais de mim. Você pediria a um cão para criar arte? Que um servo criasse uma poesia? Eu *não posso* fazer isso. Sou incapaz de ter sentimentos reais por você. Nunca serei o que você quer. Esqueça. Pare com isso.

A expressão de Tyrus esfriou, aquela máscara cautelosa voltando para seu rosto. Ele me observou por um instante, daquela sua maneira inquietantemente calma que parecia penetrar todas as minhas defesas.

Então assentiu.

— Está bem — disse ele calmamente. — Não vou forçar meu afeto onde não é desejado. De agora em diante, deixarei você em paz.

— Isso é tudo o que eu peço. — Então me afastei dele e retomei o exercício. Mas continuei dolorosamente consciente de sua presença, até que Tyrus finalmente saiu.

Nós não treinamos luta novamente, nem falamos mais nada que não fossem conversas triviais pelo restante da viagem. Tyrus ficou tão distante e gelidamente cordial que teria sido mais fácil se demonstrasse raiva. Toda vez que ficávamos juntos em uma sala e aquela frieza glacial congelava o ar entre nós, eu tentava me convencer de que era isso o que eu queria. Eu não tinha nenhum interesse — e nenhum direito — em sentir um vazio tão dolorido e inquietante.

No entanto, não conseguia afastar aquela sensação.

Talvez Tyrus e Mortal não tivessem sido as únicas vítimas de Lumina. Aquela necessidade inquietante que ganhara vida de forma intensa quando deixamos o planeta parecia uma doença fatal.

Mas eu *iria* me curar daquilo. Afinal, eu era uma Diabólica, e Diabólicos não tinham alma. Todo mundo sabia. Eu nunca mais seria tola a ponto de duvidar disso.

36

QUANDO TYRUS E EU retornamos ao Crisântemo, havia uma celebração em sua homenagem. O próprio Imperador avançou para nos cumprimentar enquanto toda a *Valor Novus* fervilhava, os celebrantes usando um traje cerimonial reluzente.

– O homem do momento! – O Imperador riu entusiasticamente e puxou Tyrus para um caloroso abraço. – Você deve nos regalar com a história de como controlou essa rebelião. Liberou a Névoa Resolvente?

– Ah, isto? – Tyrus calmamente ergueu o frasco. A multidão arfou e recuou. Eles reconheceram. – Sei que você ordenou que eu usasse, mas depois de conversar com minha amada senhora... – Ele passou o braço em torno da minha cintura, me puxando para junto dele. – Bem, ela me convenceu a ver os Luminares de maneira diferente. "Meu amado", ela disse, "eles são criaturas racionais. Então converse com eles!". – Tyrus abriu um sorriso de admiração para a multidão em volta. – Vocês podem acreditar? Seguindo o conselho dela, nós simplesmente... resolvemos tudo conversando.

O rosto do Imperador se fechou, e não era de admirar. Com os Grandíloquos ouvindo atentamente, Tyrus tinha acabado de fazer pouco das determinações de seu tio. O Imperador lhe ordenara que matasse os governantes Luminares. Mas, em vez disso, Tyrus decidira poupá-los.

— Você tomou muita autoridade para si — disse o Imperador suavemente, um discreto tom de perigo em sua voz.

— Perdoe-me, tio. — Tyrus me soltou e caiu de joelhos, pegando a mão do Imperador e pressionando-a à bochecha. O silêncio era absoluto, a multidão em volta prendendo a respiração. Então Tyrus disse as fatídicas palavras: — Eu só pensei... Lumina é uma província rica, e com os cofres reais secando...

Um suspiro coletivo rolou através da multidão diante da revelação casual de um segredo de Estado tão perigoso. O Imperador ficou pálido.

— ... pareceu prudente — prosseguiu Tyrus — não iniciar um conflito em grande escala com eles. Não quando eu podia usar os poderes de persuasão para acalmá-los. — Ele hesitou, fingindo confusão enquanto olhava para o tio. — Imaginei que Vossa Suprema Reverência aprovaria. Acha que agi mal?

O Imperador olhou furioso para Tyrus, as veias do pescoço tornando-se salientes; a raiva, mal contida. Olhei para além dele e vi a *Grandeé* Cygna observando atentamente, um sorriso desagradável brincando em sua boca. Ela não era tola. Compreendera exatamente o quanto Tyrus havia minado publicamente o Imperador. Mas será que podia adivinhar que ele fizera de propósito? E se pudesse, usaria aquela ocasião para envenenar o ouvido de seu filho contra Tyrus?

O Imperador soltou sua mão de Tyrus e, em seguida, examinou lentamente a sala, englobando todos os Grandíloquos que tinham acabado de ouvir pela primeira vez uma discussão aberta sobre as dificuldades financeiras da Coroa... que tinham acabado de ver pela primeira vez que o Imperador pedia sangue, enquanto o Primeiro Sucessor defendia a moderação e a razão...

Encontrei os olhos de Tyrus e trocamos um olhar sério. Ele conduzira a situação habilmente: assegurara uma grande vitória, que garantiria que tivesse uma plateia significativa quando voltasse, e esperara até então, e só então, para fazer seu primeiro movimento contra o tio. Nem por um instante ele bancara o louco naquele dia também. Abandonara oficialmente aquele estratagema. E quando meus olhos correram de volta para *Grandeé* Cygna, vi pela confusão crescente em seu rosto que ela também notara.

Sob o peso de tantos olhos, o Imperador finalmente abriu um sorriso sem graça. Ele ajudou Tyrus a ficar de pé.

– Como você me surpreendeu, meu sobrinho. – Apesar do tom benevolente, seus olhos eram frios e implacáveis.

– A Senadora Von Impyrean é uma influência moderadora sobre mim – replicou Tyrus, dando de ombros. Ele me puxou de volta para perto. – Eu estaria perdido sem ela.

– Estou vendo.

Não havia calor na voz do Imperador, e seu rosto era como uma máscara mortal quando olhei para ele novamente. Uma grande apreensão correu pelas minhas veias. Aquele era um momento decisivo. Qualquer eventual confronto que Tyrus pudesse ter com seu tio, qualquer batalha mortal que fosse travar para usurpar o trono imperial... aquele momento marcava o início.

Fiquei surpresa em ver como me sentia aliviada por voltar à minha residência pela primeira vez em semanas. Enquanto caminhava até lá, até apreciei a beleza controlada da cúpula celeste banhada pelo sol, nem de longe tão assustadora, depois de ter estado na superfície de um planeta de verdade e conhecido seu clima aterrorizante.

Ali no Crisântemo, tudo era deliberado. Não havia insetos enxameando o ar, fora aqueles projetados para o jardim. Nenhuma umidade pesava nos pulmões. Não havia plantas brigando por espaço em uma disfunção caótica e aleatória. Os únicos organismos que agiam ali sem planejamento eram os seres humanos.

Então vi a árvore favorita de Mortal. Senti uma pontada no peito.

Meus pensamentos ainda estavam nele quando entrei na minha residência, então não notei imediatamente as mudanças. Mas comecei a perceber quando meus olhos se ajustaram à escuridão: um servo cuidando de um novo jasmim, outro fazendo bainha em uma túnica desconhecida.

Cada músculo do meu corpo se retesou. Fiquei muito quieta, tentando ouvir. Havia alguém ali. Ouvi passos que não soavam nada como o andar monótono, e até mesmo arrastado, de meus servos. Alguém deu alguns passos, parou, virou-se.

Caminhei em direção ao cômodo ao lado, onde o intruso espreitava. Quem quer que fosse, teria que me dar uma explicação... ou não sobreviveria muito tempo àquela transgressão.

Passei pela porta.

E Sidonia se virou, o rosto aliviado.

— Aí está você! Eu estava ficando preocupada.

O choque me fez congelar. Olhei para aquela miragem de queixo caído. Era um truque — tinha que ser. Sidonia estava morta. Mas aquela garota...

Ela havia mudado sua coloração; sua pele, o cabelo e os olhos estavam claros, uma tentativa muito rudimentar de disfarce. Mas seu modelo era claramente de Sidonia.

Eu não acreditava em fantasmas ou espectros. Mas não conseguia encontrar nenhuma outra explicação. Fiquei muda enquanto ela se aproximava, jogava os braços frágeis à minha volta e enterrava a cabeça na curva do meu ombro.

— Ah, Nemesis, você está bem!

O cheiro era de Sidonia. Seu óleo de lavanda favorito. Aquilo não era real. Com certeza não era real. Eu estava ficando maluca!

Afastei-me.

— Eu enlouqueci.

— Não, não enlouqueceu. — Os olhos de Donia encheram-se de lágrimas. — É uma longa história. Mas estou aqui agora, Nemesis. Estou bem.

Engoli em seco. Estendi a mão para tocá-la — e arfei, recolhendo a mão de volta quando meus dedos se fecharam sobre um corpo quente e vivo.

— Conte — sussurrei.

Quando ela tentou pegar minha mão novamente, eu recuei. Pude notar a mágoa em seu rosto.

— Você não quer chegar mais perto?

— Não. — Minha voz soou fraca. Eu estava com medo dela... medo de que provasse ser um sonho.

— Na última vez que conversamos, você estava nervosa – disse ela. – Você tinha gargalhado. Lembra? E isso a perturbou.

Soltei o ar. Isso tinha acontecido há eras. Naquela época, Mortal ainda estava vivo, Sidonia estava a uma transmissão subespacial de distância, e Tyrus era apenas mais um estranho, um louco na multidão...

— Eu sabia que você ficaria brava comigo, então não contei que estava vindo. – Ela deu uma risada curta e trêmula. – Não contei para a minha mãe nem para o meu pai também. Ainda tínhamos o chip de identidade de Sutera nu Impyrean, então usei para entrar furtivamente em uma nave de suprimentos, e simulei ordens para enviá-la para cá como sua professora de etiqueta. Pensei em vir dar uma olhada em você, ver se estava bem e depois partir...

Meus joelhos cederam. Caí no chão, sem conseguir tirar os olhos dela, sem conseguir respirar.

Ela se ajoelhou diante de mim, a expressão carregada de sentimentos.

— E então soube que nossa fortaleza tinha sido destruída.

— Donia – murmurei seu nome com espanto. Era ela. Ela estava ali. Estava viva!

— Então vim para cá... mas você não estava, Nemesis. Eu fiquei tão preocupada com você!

— Donia! – A palavra saiu rasgada de mim, e corri para junto dela.

Donia gritou quando a surpreendi, puxando-a para um abraço. E então ela riu contra mim, o som mais bonito em todo o universo. *Ela está viva, está viva...*

Percebi que eu estava tremendo, minha garganta fazendo um som como o de soluços, e notei que Donia estava assustada. Ela tentou se afastar, mas eu não a soltei, não podia soltá-la. E então ela disse, ofegante:

— Nemesis, você é muito forte, está me machucando.

Por fim, afrouxei meus braços em torno dela. Donia segurou meu rosto em suas pequenas mãos, e seus olhos brilharam nos meus.

— Ah, Nemesis, também senti sua falta. Você tem andado bem?

Levei um instante para responder àquela pergunta ridícula.

— *Não.*

A DIABÓLICA

Ela sorriu tristemente.

— Nem eu.

Mas isso iria mudar agora. Para nós duas.

Donia estava ali. Estava viva. Eu não poderia pedir mais nada desta existência, deste universo. Não podia questionar que havia uma força maior, que era amável, justa e benigna, assim como os vigários falavam nas celebrações da Grande Heliosfera, pois agora eu tinha uma prova. A luz das estrelas nunca abençoaria um Diabólico, mas, naquele momento, eu poderia de todo o coração passar a adorar o Cosmos Vivo por me devolver Donia.

Eu nunca permitiria que nos separassem novamente. Enquanto pensava nisso, uma pontada sombria de preocupação me tomou. Ela estava viva, mas não permaneceria assim uma vez que fosse descoberta. Se as pessoas soubessem que ela era a verdadeira Sidonia Impyrean, seria executada pela traição de me enviar em seu lugar – e eu, por tomar seu lugar. Tyrus seria questionado também. O Imperador explodiria para cima do sobrinho, e famílias como os Pasus clamariam ansiosamente pela erradicação de toda influência Impyrean.

Mas qual era a alternativa? Sidonia não podia se esconder como minha professora de etiqueta enquanto esperava que o Imperador a matasse. Ela era, por todos os direitos, uma Senadora galáctica, herdeira do seu pai.

Durante os dias seguintes, refleti sobre esse problema. Não deixei minha residência, descartando mecanicamente todas as mensagens ou chamados de Tyrus. Depois de um período tão confuso e tumultuado, parecia que toda a estranheza e ambiguidade de meu universo haviam desaparecido, substituídas por uma gloriosa profusão do que era certo: ela estava ali de novo, eu era sua Diabólica e meu propósito era cristalino mais uma vez. Eu me perguntara como o universo podia continuar existindo depois de sua morte, como eu podia seguir em frente sem ela. Mas acabou que eu não precisava.

Donia queria saber tudo sobre a minha vida no Crisântemo, então lhe contei todos os detalhes da maneira mais cautelosa e isenta possível. Contei que me afastara de Gladdic e, para minha surpresa, Donia sorriu e disse ternamente "Ah, Nemesis", como se isso não tivesse a menor importância para ela. Ela abriu um discreto sorriso ao ouvir sobre as tentativas fracassadas de Elantra me fazer expressar sentimentos hereges. E seu rosto ficou abatido de tristeza quando me ouviu contar sobre o dia fatídico que condenara sua família.

Tive que parar de falar por um tempo porque as lágrimas começaram a correr por seu rosto, então fiquei em silêncio, acariciando seus ombros enquanto ela chorava novamente por sua perda.

Abraços nunca foram algo natural para mim. Na época da fortaleza Impyrean, sempre pareceram um estranho movimento de dança que ninguém havia coreografado adequadamente. Mas eu começara a aprender como abraçar com Tyrus, e essa habilidade me serviu bem quando passei meus braços em volta dela.

— Está tudo bem — sussurrei, e por fim suas lágrimas diminuíram.

— Conte o que aconteceu depois disso — disse ela, enxugando o rosto com as costas da mão.

Eu não queria voltar àquela época. Lembrar-me daqueles dias horríveis depois de sua suposta morte era como sentir uma lâmina cravada bem dentro de mim, dilacerando medula e ligamentos.

— Eu fiquei muito perturbada — falei seriamente. Procurei me distanciar das lembranças, como se pertencessem a um estranho. — Tentei atacar o Imperador.

Donia arfou.

— A Diabólica dele, Hostilidade, lutou contra mim. Ela teria me matado, se não fosse... pelo Primeiro Sucessor. O herdeiro do Imperador.

Os olhos de Donia se arregalaram como os de uma corça, espantados.

— Tyrus Domitrian?

— Sim. Ele matou Hostilidade — sussurrei, embora ninguém pudesse nos ouvir. Tyrus mandava seus próprios robôs checarem meu quarto por sinais de vigilância duas vezes por dia. — Ele e eu chegamos a um entendimento, Donia.

Enquanto eu lhe contava sobre nosso esquema para redimir a reputação de Tyrus, colocá-lo em uma posição em que pudesse lutar contra o tio e ser bem-sucedido, Donia apoiou a cabeça em meu ombro.

– Vamos vingar a sua família – eu disse a ela.

– Ah, Nemesis, isso parece perigoso. Não posso perder você também.

– Não vai.

Mas ela estava certa. Era perigoso. Isso não me incomodara antes, mas tudo teria que ser reconsiderado agora que ela estava ali. Eu não podia continuar me apresentando como Sidonia von Impyrean – não quando significava usurpar seu lugar de direito. Minha farsa tinha que acabar. Mas se eu esperasse para fazer isso quando Tyrus fosse Imperador, ele teria que me condenar, para fazer de mim um exemplo.

Respirei fundo. Eu aceitaria esse preço com prazer. Sempre soube que era meu dever morrer por ela.

– Como é Tyrus Domitrian? – perguntou Sidonia.

Ao ouvir o nome dele, senti meu corpo ficar quente e tenso. Desviei dos olhos dela, estranhamente temerosa de que minha expressão pudesse me trair.

– Inteligente. – Minha voz permaneceu neutra, pelo menos. – Extraordinariamente inteligente. Muito deliberado em todas as suas ações.

– Ele é... você confia nele?

Sim. Mas essa certeza me parecia mais estranha na presença dela.

– Tanto quanto posso confiar em qualquer um que não seja você.

– Vai contar a ele sobre mim?

– Não. – A palavra saiu bruscamente. Sidonia endireitou-se, me encarando preocupada.

– Você – falei, segurando o queixo dela – ficará aqui e não revelará quem é a ninguém até eu pensar em um plano. Não posso... – Minha boca ficou seca, meu coração, apertado. – Não posso arriscar perder você de novo.

– Eu sei.

– Isso me destruiria.

– Eu sei. – Ela passou os braços ao meu redor, e senti suas lágrimas contra a minha pele. – Também amo você, Nemesis.

Suspirei. Eu nunca conseguiria dizer essas palavras, mas Donia sabia o que se passava em meu coração. E, quando se tratava dela, eu tinha um. Se aquele tempo todo Tyrus estava me carregando até o outro lado do rio, então eu estava me tornando um escorpião e voltando à minha verdadeira natureza – proteger Sidonia a todo custo. Ela sempre viria em primeiro lugar, mesmo que para isso eu tivesse que ferroá-lo.

37

AS SEMENTES da desconfiança, uma vez semeadas na mente de um tirano, floresciam rapidamente. Depois de nosso retorno de Lumina, o Imperador nunca mais pareceu muito indulgente com Tyrus. E, de sua parte, Tyrus acelerou furtivamente sua campanha para minar a autoridade do tio. Mas foi cuidadoso, sempre agindo de maneiras que só a mente mais paranoica poderia considerar deliberadas.

Fazia comentários descuidados aqui e ali sobre inimigos assassinados do Imperador, casualmente mencionando seus nomes na presença de parentes que provavelmente ainda sentiam sua perda. Fez mais referências ao estado de falência da Coroa, principalmente diante dos fofoqueiros mais fervorosos do Império. Também organizou uma recepção para os Grandíloquos que abominavam as lutas de animais, na mesma ocasião em que a manticora do Imperador enfrentou o híbrido premiado de tigre e urso do Senador Von Fordyce.

— Sidonia me fez ver que isso está errado — anunciou Tyrus grandiosamente a seus convidados, envolvendo minha mão onde estava apoiada na curva de seu braço. — É absolutamente bárbaro regozijar-se com esportes sanguinários. — Ele se inclinou para perto de mim, passando um dedo pelo meu pescoço, curvando os lábios. — Não é verdade, meu amor?

Os Grandíloquos que se opunham às lutas eram os herdeiros das famílias que compartilhavam um alinhamento político específico, então seu gesto foi ainda mais perigoso.

Muitas pessoas compareceram à recepção de Tyrus. O Imperador devia ter ficado irritado ao perceber que tantas deixaram de assistir ao triunfo de sua manticora. Ainda assim, não foi uma ofensa traiçoeira. Não era algo pelo qual pudesse atacar Tyrus publicamente. Nada que Tyrus fazia era passível de uma punição formal.

O Imperador estava estranhamente calado na refeição familiar seguinte, para a qual Tyrus me convidou. Sentou-se largado na cadeira, a boca comprimida em uma fina linha branca enquanto esperava a família provar sua comida. Mas, quando chegou a vez de Tyrus, ele se inclinou para a frente, observando-o com a intensidade que antes só reservava para a mãe.

— Experimente um pedaço do outro lado — disse ele a Tyrus, depois que o sobrinho cortou um pedaço de carne de javali.

Tyrus fez o que ele disse e estava prestes a passar o prato para a frente quando o Imperador falou:

— Agora, vire a carne e experimente a parte de baixo.

Cygna se virava de um para o outro, o olhar aguçado.

— Não restará nada para você, meu filho.

O Imperador observava Tyrus.

— Anda.

— É claro, Vossa Supremacia. — Tyrus cortou um pedaço exageradamente grande da carne e mostrou a todos que a saboreava. — Excelente. Sempre recebe os melhores cortes.

Isso irritou o Imperador.

— Passe para cá agora. — Ele examinou os restos de seu javali. — Ora, você acabou com ele! Devorou metade da minha refeição.

Tyrus fingiu inocência:

— Perdoe-me. Não me pediu que provasse todas as partes, Vossa Supremacia?

— Estou sem apetite hoje, de qualquer forma — rosnou o Imperador, ainda que atacasse a carne vorazmente.

E irradiou hostilidade pela estranha meia hora seguinte. Tyrus conversou com sua avó em uma encenação de despreocupada alegria. Seu humor descontraído parecia obscurecer ainda mais o semblante do Imperador.

Mais tarde, enquanto voltávamos para minha residência, Tyrus apontou para cima.

— Veja — disse ele. — Nenhum sol.

Olhei para cima, assustada ao ver o espaço vazio. A cúpula celeste não mostrava nenhuma das seis estrelas. Era uma visão rara.

— Desfrute enquanto é possível — disse Tyrus. — Em breve as seis estrelas estarão todas próximas umas das outras. E meu tio vai organizar a Grande Corrida. Na última vez, ele praticamente foi à falência.

— Como?

Tyrus riu.

— Ele apostou o valor em dinheiro equivalente a uma armada inteira em um único piloto. Então, durante o primeiro trecho da corrida, esse piloto teve um acidente... outra nave acertou a dele, e os dois pilotos saíram da corrida. Randevald perdeu tudo. — Seu sorriso desapareceu. — Ele ficou furioso. E mandou executar os dois pilotos, suas famílias e tripulações.

Um silêncio sombrio se fez entre nós. Lembrei-me do Imperador ordenando a Leather que esfolasse sua pele e senti um calafrio.

— O Imperador já está desconfiando de você — adverti Tyrus.

Ele me encarou calmamente.

— Sim, eu sei. Eu o tenho visto mais na companhia de Devineé e Salivar, mesmo desnorteados como estão. Ele quer me deixar preocupado, favorecendo eles dois. Desconfio que em breve precisarei de você mais do que nunca.

— Estou sempre a postos, Tyrus. — Eu tinha mais motivação do que ele imaginava. Ele era minha garantia agora de que Sidonia reassumiria o cargo após sua ascensão, de que ela teria um amigo no poder. E também...

Eu queria que ele vencesse.

Ficava nervosa em perceber o quanto o destino dele ainda pesava sobre mim. Donia estava de volta. Meus pensamentos deviam estar voltados apenas para ela. Mas tarde da noite, quando ela estava dormindo, era em Tyrus que eu mais pensava.

Eu me importava com seu bem-estar. Eu me importava demais.

Ele examinava atentamente meu rosto.

— Tenho notado uma melhora em seu ânimo, ultimamente.

— Eu não sabia que meu ânimo tinha piorado.

Ele suspirou, então parou de frente para mim.

— Nemesis. — Sua voz era baixa e firme. — Tivemos um desentendimento na nave, mas quero que você saiba... — Ele tocou meu rosto muito suavemente, como se eu fosse frágil, como se eu pudesse quebrar. — Nunca foi minha intenção deixar você desconfortável. Sinto muito.

Meu estômago se contorceu. Eu não queria falar sobre o que havia acontecido entre nós na nave. Se pudesse ter renegado até a lembrança, eu teria. Mesmo sem querer, notei como ele estava próximo, seus lábios tão perto dos meus. Tão perto...

Por que eu não conseguia amortecer os estranhos desejos que ele despertara?

— O que aconteceu na nave — eu disse, hesitante — não significou nada, é claro.

Tyrus tinha acabado de sobreviver a uma quase execução. E ficara grato a mim por salvá-lo. Sem dúvida, ele havia reavaliado seus sentimentos depois que eu o afastara. Ele vira que era tudo uma loucura.

— Nada — disse ele, sem emoção.

— Bom. Então, o que acontece agora?

— Agora? — Ele ergueu as sobrancelhas. — Sigo em frente com o que tenho feito. Pequenos gestos aqui e ali, nunca nada que justifique uma retaliação, mas o bastante para fazer meu tio mostrar seu pior lado e o meu melhor. E, é claro, o melhor significa meu lado mais nobre, trazido à tona pela *Grandeé*

Von Impyrean. — Então abriu um sorriso irônico, que rapidamente se desfez. — Minha avó é o maior obstáculo neste momento.

— Por quê?

— Ela é a víbora venenosa sussurrando no ouvido do meu tio. E pode aconselhar prudência, cautela. Pode espalhar rumores sobre mim para os outros. Eu nunca soube neutralizar sua influência.

— Você vai descobrir um jeito.

Os lábios dele se curvaram.

— Espero que não esteja enganada em depositar sua fé em mim. — Ele hesitou, estudando meu rosto, parecendo lutar contra o impulso de dizer alguma coisa. Mas, após um instante, encolheu os ombros e deu um passo atrás, então disse com neutra formalidade: — Boa noite, Nemesis.

Toda vez que eu me afastava de Sidonia, voltava temendo que ela pudesse ter sumido — simplesmente desaparecido na névoa como uma sombra, perdida de novo, morta. Mas até então meu pesadelo não se realizara. Quando voltei à minha residência e a encontrei me esperando, fui tomada de alívio. Continuava viva. E não era um fantasma ou uma ilusão.

Ela estava contente em permanecer isolada, em parte por medo, mas em parte devido à sua introversão natural. Pedi emprestado a Tyrus livros da *Alexandria* sobre a antiga Terra. Seus servos me trouxeram várias estantes deles.

— Está interessada em história agora? — perguntou Tyrus.

— Já espalhamos que Sidonia acha os livros bonitos, e que você supostamente me conquistou com eles... Então devo fingir que quero usá-los para decorar minha residência.

Os livros fascinaram Sidonia. Quando voltava, eu sempre a encontrava estudando-os, os olhos arregalados, folheando com cuidado as inestimáveis páginas antigas, e usando um robô para traduzir as linguagens obsoletas que ela chamava de "latim", "russo" e "inglês".

Ela me falava, com entusiasmo, sobre todas as teorias que estava lendo:

— Tinha uma explicação extraordinária sobre por que o tempo *em si* se distorce perto de um buraco negro. Eu nunca tinha pensado em por que isso poderia acontecer, mas...

Eu assentia sem prestar muita atenção, meus pensamentos estavam em Tyrus. A memória do beijo voltava de tempos em tempos. E então o interfone soou:

— Cygna Domitrian para ver Sidonia von Impyrean.

Congelei. Sidonia lançou um olhar frenético entre mim e a porta. Ela sabia tudo sobre a mãe do Imperador, claro, mas nenhuma de nós esperava que ela fosse me visitar.

Cygna não esperara sua entrada ser autorizada. Já estava entrando, como a realeza tinha permissão de fazer.

Fiquei de pé em um pulo, e Sidonia abaixou a cabeça para não ser notada.

Ajoelhei-me como sinal de respeito. Cygna havia renovado recentemente sua falsa juventude, e seu cabelo era um emaranhado de fios castanhos encaracolados, os olhos sem cílios sobre as maçãs do rosto salientes, os lábios recém-avolumados. Seu olhar de águia passou de mim para Sidonia enquanto estendia a mão para eu pegar.

— E quem é essa? — perguntou enquanto eu pressionava os nós de seus dedos ao meu rosto. — Não é serva, mas também não é empregada.

— Eu sou... — Donia parou abruptamente. Havia sido treinada para ser a pessoa de mais alto escalão em uma sala, para responder por si mesma. Seu rosto ficou vermelho quando lembrou que eu era ela, e ela era um dos Excessos. Curvou a cabeça. — Perdoe-me.

— Essa é Sutera nu Impyrean — respondi. — É uma professora de etiqueta que está com nossa família há muito tempo.

— É mesmo? Que sorte a sua ela ter vindo lhe fazer companhia depois da tragédia de sua família.

— Ela me treinou sobre a etiqueta da corte. Tenho uma dívida eterna com ela. Foi gentil da parte de Sutera ter vindo.

— Ela pode sair agora — disse Cygna.

A DIABÓLICA

Donia se levantou e me lançou um olhar preocupado antes de seguir para a porta. Temia me deixar em companhia daquela harpia, mas meu maior alívio foi ver Sidonia escapar do alcance da atenção venenosa de Cygna.

Cygna seguiu Donia com os olhos enquanto meus servos preparavam um divã para ela, colocando almofadas e ligando as placas antigravidade, posicionando-o no ponto central da sala. Depois que ela se acomodou, sentei-me na cadeira à sua frente, apreensiva com relação ao que ela podia estar fazendo ali.

— Você tem se provado uma influência benéfica sobre meu neto — disse Cygna formalmente. — Isso me desperta uma grande curiosidade a seu respeito, Senadora Von Impyrean.

Aquela mulher se parecia mais com Tyrus do que com o Imperador. Percebi que a cuidadosa e calculada deliberação dele só podia ter vindo dela. Forcei-me a lembrar cada um dos meus comportamentos peculiares que a Matriarca costumava ressaltar — meu olhar direto, sem piscar; minha expressão vazia — e tentei não demonstrá-los.

— Gosto muito do Primeiro Sucessor — falei simplesmente.

— Isso muito me surpreende. Sempre acreditei que Tyrus tivesse certa fraqueza mental. — Cygna falava sem desviar o olhar de mim. Ela poderia ser a Diabólica, pela forma fixa como me encarava.

— Já percebi a instabilidade dele, Vossa Eminência, mas descobri que pode ser levado a ser razoável.

— Outra surpresa. Confesso meu espanto, *Grandeé*, que você tenha aprendido tanto sobre meu neto, tenha percebido coisas que nem eu mesma me dera conta. Conte-me: o que ele quer ao se opor ao meu filho?

A pergunta, tão direta, me pegou desprevenida:

— Eu... eu não sei o que quer dizer com isso.

Ela abriu um sorriso ladino.

— Eu... eu... — repetiu, zombando de mim. — Nunca a ouvi hesitar uma vez sequer, menina. Como é divertido ver que é possível. — Ela se levantou enquanto eu procurava pensar no que dizer. — Nunca favoreci Tyrus, e não

faço nenhum segredo disso. A mãe dele nunca teria nascido, se dependesse de mim. Antes que Devineé sofresse dano cerebral, eu preferia que meu filho a tivesse nomeado como herdeira. Também não tive voz de decisão em sua existência, mas pelo menos ela se parece comigo. Agora me encontro na estranha posição de ter uma neta imbecil, então devo procurar olhar mais favoravelmente para o louco... Embora, sob sua influência, isso tenha ficado mais fácil. Preciso compreender os motivos por trás das recentes ações dele.
– Ela me avaliou por um instante. – Você e eu poderíamos nos entender, Senadora Von Impyrean. Sou uma mulher de grande influência neste Império.

– Está me pedindo para lhe passar informações sobre Tyrus? – indaguei.

– Se quiser colocar as coisas de maneira tão direta, tão crua, então sim. É exatamente o que estou pedindo. É melhor para todos os interessados que eu saiba exatamente o que se passa dentro da minha família.

– Ah! Então está pensando no melhor para Tyrus. – Dava para notar o ceticismo em minha voz. Eu não conseguia disfarçar.

Os olhos dela se estreitaram.

– Sempre me preocupei com o que é melhor para minha família. Sejam lá quais forem os rumores que você possa ter ouvido a meu respeito, meu único interesse é garantir que o mais forte representante da minha família assuma as rédeas deste Império. Sempre quis apenas apoiar o herdeiro mais qualificado.

– Então talvez tenha apoiado o herdeiro errado.

As palavras saíram da minha boca antes que eu pudesse questioná-las. O olhar da *Grandeé* Cygna se aguçou, e percebi que eu não podia ganhar aquela conversa.

– O que você quer dizer com isso?

– Só que eu amo Tyrus. – Era mentira, claro, mas ao falar senti meu rosto ficar vermelho. Eu nunca tinha dito isso antes, nem mesmo atuando. Soou estranho em minha língua. – Minha lealdade é para com ele – acrescentei entre os dentes. Fora Sidonia, isso era inteiramente verdade. – Não pode fazer de mim sua espiã.

– Você rejeita minha mão amiga?

Eu não queria ofendê-la. Mas não via alternativa.

— Sob as condições que deseja oferecê-la, sim. Rejeito.

— Sua garota tola. — A voz dela soou glacial. — Nunca gostei de você.

— Então tomei a decisão certa.

Minha observação não a interrompeu.

— Sempre houve algo de muito errado em você — murmurou ela. — Não sei ainda dizer bem o que é, mas vou descobrir. E, nesse meio-tempo... — Sua boca se contraiu. — Não pense que é insubstituível. Eu lhe asseguro que posso encontrar uma garota complacente para colocar em seu lugar... E o mesmo fará meu neto, se eu decidir que ele deve olhar para outro lado.

Levantei-me, assomando sobre ela com toda a minha altura.

— Então parece que não temos mais nada para dizer uma à outra.

Ela se endireitou, a imagem da dignidade, aquela assassina que matara vários dos próprios filhos. Olhamos uma para a outra por mais um tenso e perigoso instante, e então ela saiu sem dizer outra palavra.

Eu tinha acabado de fazer uma inimiga.

38

NÃO RELAXEI até ter certeza de que a *Grandeé* Cygna tinha ido embora, e então corri para a sala ao lado para ver Sidonia. Ela estava encostada na porta — ficara prestando atenção à conversa, ao que parecia.

— Por que você simplesmente não lhe disse o que ela queria ouvir? — perguntou, parecendo perplexa. — Podia ter concordado em espionar Tyrus, e então contar a ele sobre a proposta. Essa teria sido a coisa mais estratégica a fazer.

Fiz uma pausa, surpresa e depois irritada com a pergunta. Aquela sensação me deixou intrigada e fiquei algum tempo em silêncio: eu nunca ficara irritada com Sidonia antes. Ela era a acadêmica, a inteligente, a pessoa de verdade que sabia coisas que eu desconhecia. Não estava acostumada a ter que explicar o óbvio para ela.

— Porque — falei lentamente — eu não poderia fazer isso com Tyrus.

— Por que não?

De repente, meus músculos doíam, ardendo com a necessidade de exercício, de movimento, de trabalhar até a exaustão. Passei por Donia, andando pelo perímetro da sala, respirando fundo para orientar meus pensamentos.

— Fiquei com raiva por ela querer me usar contra Tyrus — falei. Donia não o conhecia. Não podia entender. — Ela é inimiga dele, você sabe. Sua própria avó. Se as coisas fossem do jeito dela... – Ouvi a fúria em minha voz e engoli minhas próximas palavras.

– Nemesis. – A voz suave de Donia me fez virar para ela. Donia tinha cruzado os braços, envolvendo seu corpo. Vi seu peito subir e descer, respirando profundamente. – Você... você gosta de Tyrus, não é?

Pela segunda vez naquele dia, senti meu rosto queimar. De repente, eu não conseguia mais olhar em seus olhos.

– Eu não falei isso.

Ouvi passos sobre o tapete. Então sua mão fria pegou a minha, apertando-a.

– Estou feliz.

Suas palavras só me irritaram ainda mais. Não havia motivo para *felicidade* com relação a meus sentimentos por Tyrus. Eram uma inconveniência – e, para todos os efeitos, também não deviam ser possíveis. O único ser humano de quem eu devia gostar estava na minha frente naquele instante, segurando a minha mão! E, no entanto, naquele momento, eu estava irritada até mesmo com ela, por causa dele, e me sentia muito tola por isso.

Respirei fundo, antes de falar novamente:

– Você está sinceramente feliz? Não acha que é uma traição?

– Traição?

– Porque eu... eu sinto isso por outra pessoa.

O rosto dela se anuviou, e Donia abriu um sorriso trêmulo e discreto.

– Só estou feliz por você estar sentindo coisas. Mais importante, por você estar *se permitindo* sentir coisas. É tudo o que eu desejava para você. – Ela desviou o olhar rapidamente, sua frágil clavícula se sobressaindo contra a pele. – Tudo o que sempre desejei foi que você fosse feliz.

Engoli em seco. Eu não merecia tal compaixão.

– Eu vivo por *você*, Donia. Não por Tyrus.

– Talvez eu só queira que você viva por si mesma – disse ela suavemente.

Donia achava que era uma coisa inquestionavelmente boa eu ter passado a gostar de Tyrus. Eu não concordava com ela, principalmente quando apareci para o próximo jantar da família Domitrian. Fui como convidada de Tyrus, enquanto Cygna convidou...

— Elantra.

— Sente-se ao lado de Tyrus, minha querida. — Cygna falava mais gentilmente com Elantra do que jamais falara com a própria família. Elantra estava radiante com a atenção, e delicadamente se sentou do outro lado de Tyrus.

Tyrus não pareceu descontente.

— Um inesperado prazer vê-la aqui, *Grandeé* Pasus — disse ele.

O único segredo que eu escondia de Tyrus era a volta de Donia. Estava só esperando pelo momento certo para contar. Mas logo após a visita de Cygna eu não perdi tempo e fui até a *Alexandria* informá-lo de nossa conversa.

Ele se juntara a mim naquele dia no grande escritório em frente à sua biblioteca, sob a imensa janela com vista para a parte de baixo da Trilha Berneval.

— Então minha avó gosta do efeito que você tem sobre mim — observara ele, examinando pensativamente a paisagem estelar, os dedos unidos sob o queixo. — Mas ela não gosta de você.

Com as observações de Sidonia frescas na mente, senti necessidade de me desculpar.

— Eu devia ter cooperado com ela. Fui tola, desdenhando abertamente.

Seus olhos saltaram para os meus então, a expressão atenta.

— Por que você se recusou?

A pergunta me atingiu mais profundamente do que ele poderia ter imaginado. Senti o nó apertar minha garganta de novo — o peso de minha preocupação com Tyrus e a impossibilidade de admitir que estava indignada por ele.

— Eu não sei.

Tyrus observou-me com um olhar penetrante. Então um sorriso curvou seus lábios.

— Isso na verdade é uma boa notícia.

Eu não entendia nada. Sentia-me dolorida e infeliz, como se tivesse exaurido meu corpo em horas de exercício intenso.

— Como assim?

Ele se levantou e se virou de costas, cruzando os braços enquanto olhava para aquele pequeno canto do universo que um dia herdaria.

— Se a minha avó quer me influenciar, isso significa que concluiu que valho a pena ser influenciado. Significa que me elevei aos olhos dela o suficiente para que queira investir algum esforço em mim. Isso, ou meu tio perdeu importância aos olhos dela.

O tom de alarme ficou mais evidente em minha voz:

— Mesmo que ela esteja mudando de inclinação, você *não pode* confiar nela.

Ele deu uma risada rouca.

— Eu nunca confiaria em alguém do meu sangue, Nemesis. É da natureza Domitrian mentir e trair, mas a minha avó é a mulher mais poderosa deste Império. Com ela do meu lado, meu tio não pode fazer muita coisa comigo... abertamente, pelo menos. — Ele lançou um olhar velado sobre o ombro. — Se ela deseja me arrumar uma nova companheira, está tentando uma reconciliação comigo. Em seus termos, naturalmente.

— Ela me falou que tudo o que sempre quis foi colocar a pessoa mais poderosa de sua família no trono — falei, relutante. Odiava a ideia de influenciar Tyrus a cooperar com Cygna.

— Sim, é assim que ela é. Favorece os brotos que estão totalmente formados. Não é uma jardineira que pensa em cultivar; em vez disso, poda livremente qualquer novo ramo. Se Devineé ainda estivesse em pleno juízo, minha avó acabaria comigo por minhas recentes ousadias. Em vez disso, não vê escolha, a não ser me apoiar em detrimento deles. — Ele deu de ombros. — Se ela planeja provocar meu interesse por outra mulher, então vou ver quem vai empurrar para mim e avaliar se devo aceitar o gesto. Afinal, nossa associação termina assim que eu estiver no poder. Esse foi o nosso acordo, certo? Então vou precisar de uma imperatriz.

Desviei dos olhos dele.

— Sim. Vai precisar de alguém capaz de se ligar a você. — Alguém que não fosse eu.

E agora eu sabia quem a avó dele tinha em mente.

Quando todos nos sentamos na sala de audiência, minha inquietação se transformou em um rugido baixo quando Elantra estendeu a mão para tocar casualmente o braço de Tyrus em uma conversa. Cygna encarava fixamente os dois com seu olhar aguçado, e eu fui invadida por uma onda de raiva quente como veneno, um desejo de esmagar o crânio de todos eles, de arrancar Elantra de onde estava sentada e bater sua cabeça contra a de Cygna.

Concentrei o olhar em minha taça de vinho, tentando me controlar. Eu podia ser uma Diabólica, mas não era um animal.

Ainda assim meu coração batia como um tambor, e meu sangue quente fazia meu rosto queimar. Sentia-me em guerra comigo mesma – furiosa com Tyrus por seu evidente conforto com a situação, e furiosa comigo pela tentação de manter a atenção dele fixa somente em mim. Eu queria tirar aquele sorriso que abria para Elantra do rosto dele com um tapa.

As pessoas falavam muito reverentemente sobre afeição. Para mim, parecia um tormento. Eu não podia acreditar que as pessoas gostassem daqueles sentimentos. Como alguém poderia apreciar aquela necessidade terrível de garantir exclusividade sobre outro ser humano?

Eu sentia a *Grandeé* Cygna me observando. Queria descobrir o efeito de suas maquinações. Eu podia vividamente me imaginar saltando sobre a mesa para quebrar seu pescoço. E o som de seus ossos secos e velhos se partindo seria maravilhoso!

Mas me contentei em mostrar os dentes em um sorriso. Então voltei minha atenção para o Imperador.

Ele alterara a disposição habitual da mesa para colocar Devineé ao seu lado.

O olhar dela ainda era vago e, de vez em quando, um servo se aproximava para tirar comida de seu queixo ou baba dos lábios, mas nada disso parecia perturbar o Imperador. Ele mantinha uma conversa unilateral com Devineé, passando às vezes o braço por ela, como uma raiz parasitária. Meus instintos de sobrevivência começaram a entrar em ação novamente, a se focarem. Enquanto eu relembrava os dias mais recentes na corte, percebi que o Imperador posicionara Devineé ao lado dele nas celebrações da Grande Heliosfera. E, acomodado em seu grande trono, puxara conversas com ela alegremente, e provocara sorrisos vazios da sobrinha.

Olhei para Tyrus, ainda envolvido com Elantra. Minha mente estava em disparada, cheia de súbitas suspeitas. Tyrus vinha se movimentando sutilmente para minar o tio e, portanto, perdera seu favorecimento. Também vinha deixando de lado a imagem de louco para projetar mais força mental.

O Imperador havia feito de Tyrus seu herdeiro só porque acreditava que ele era fraco – louco e inútil. Tyrus já não era mais fraco. O Imperador acreditava que Cygna não tinha Tyrus em boa conta. Mas Tyrus talvez já não fosse inimigo dela. Agora o Imperador tinha uma alternativa em potencial, uma herdeira genuinamente fraca devido ao dano cerebral que eu lhe causara: Devineé. E bem podia colocá-la no lugar de Tyrus.

Tyrus estava ciente disso – mas será que percebia o risco também? Eu o vi estender casualmente a mão para acariciar o pulso de Elantra.

Tive que desviar o olhar.

Afinal, não havia muito por que proteger Tyrus do Imperador só para acabar matando-o eu mesma.

39

DONIA me encontrou esmurrando uma coluna de pedra de esculpir. Eu a tinha comprado para ela porque era estruturada para ruir facilmente com o uso de ferramentas, e acreditava que se ocupar com um pouco de arte entre os livros poderia agradá-la. Em vez disso, eu estava quebrando a pedra enquanto imaginava Tyrus e Elantra juntos, e tirava uma estranha satisfação da dor que me causava.

— Você vai achar graça — eu disse a Donia, sem rodeios. — Acho que Tyrus pretende fazer de Elantra sua Imperatriz.

— Não Elantra Pasus!

— Sim, ela. A *Grandeé* Cygna a escolheu como futura esposa de Tyrus, e ele não se opõe. Acha que cooperar deixará sua avó mais inclinada a apoiar sua ascendência.

— Ele lhe disse isso?

Eu me virei, o coração galopando no peito, os nós dos dedos doloridos e ensanguentados. Passavam pela minha cabeça imagens da sala de vapor, depois do jantar. Eu não tivera nenhuma reação ao frasco de intoxicante que inalara, e *Grandeé* Cygna se abstivera, mas Tyrus e Elantra sofreram a influência dele. Assim como o Imperador, que inalara três e depois subira em uma de suas estátuas de platina e fingira montá-la como se fosse um cavalo.

Ciente do olhar atento de *Grandeé* Cygna, eu tentara me fazer de tola também, girando no lugar e forçando uma risada zonza. Enquanto isso, Tyrus girava Elantra pelo chão, dançando ao som de alguma música imaginária que só ele ouvia. Aquela cena me deixara hipnotizada. Eles formavam um belo par – ele tão claro, alto, de ombros largos; ela, cheia de vida, com seus cabelos escuros que caíam em cascata. Imperador e Imperatriz, sim: os Grandíloquos aprovariam aquela união. Elantra e Tyrus pareciam feitos um para o outro.

De repente, eu já não aguentava mais. Simplesmente fui embora, o olhar de Cygna em minhas costas enquanto eu deixava a sala.

Agora, ao parar para lembrar, a bile subiu pela minha garganta novamente. Voltei para a laje de pedra, massacrando meus punhos contra ela, e sentindo uma satisfação ao ver como esfarelava.

– Elantra é a herdeira Pasus. Isso significa que ela é uma ameaça direta para você... para nós – observou Donia, vendo o modo como eu destruía o bloco de pedra. – Estamos em perigo se ela se tornar Imperatriz?

– Não. – A pergunta me surpreendeu. Virei-me de volta para ela, me sentindo tola por não ter visto aquela possibilidade... tola e depois envergonhada. Eu era a protetora de Donia. Por que aquele não tinha sido meu primeiro pensamento?

Olhei para ela, totalmente sozinha naquele universo, exceto por mim. Minha raiva e consternação evaporaram. Eu não tinha o direito de me sentir tão infeliz quando já recebera um milagre, o maior que qualquer Diabólico poderia esperar.

– Não, Donia, não haverá perigo. Tyrus é forte. Ele vai controlar os heliônicos, e não o contrário. Vou ajudá-lo a sobreviver até lá, e a recompensa que vou lhe pedir será que você assuma o seu cargo. Além de sua segurança... E o perdão, é claro, pela farsa.

Ela ergueu as sobrancelhas e caminhou em minha direção.

– E você? O que você vai receber?

– Sua segurança, como eu disse.

– Nemesis, deve haver algo que você queira para si mesma.

— Eu não quero ficar aqui na corte — falei de repente.

Sim, escapar daquele lugar era tudo de que eu precisava. Quanto mais cedo, melhor — mas certamente antes de Tyrus assumir o trono. A perspectiva de ver o Imperador Tyrus e a Imperatriz Elantra, governando juntos, era para mim como um veneno. Eu não podia suportar. Isso me sufocaria.

Eu estava *com ciúmes*.

Perceber isso foi como um choque. *Essa* era a terrível emoção que me atormentava.

O rosto de Donia se suavizou.

— Os senadores nunca precisaram morar no Crisântemo antes, e não creio que teremos que ficar aqui depois que Randevald von Domitrian estiver morto. — Ela pegou minhas mãos, inspecionando ternamente meus dedos ensanguentados. — Você e eu vamos voltar e supervisionar a restauração da fortaleza Impyrean. Será como antes.

Fiz que sim. Sentia falta daquela época em que a vida era mais simples, quando passava meus dias cuidando de Donia, me exercitando, e sem sonhar com nada além do que eu já tinha.

— Você e eu — continuou ela suavemente. — Você gostaria disso, Nemesis? — Ela ergueu os olhos para mim, seu rosto cheio de uma grande vulnerabilidade que eu não entendia. Ela poderia realmente imaginar que algum dia eu iria recusá-la?

— Sim. Eu adoraria. — Afastei-me de Donia para examinar os danos que eu causara na pedra. — Eu queria dar isto pra você esculpir. Ainda sobrou bastante.

Donia passou por mim para examinar a pedra e estendeu a mão para tocar as marcas que eu deixara.

— Não quero esculpir. — Ela sorriu para mim. — Gosto desta maneira, da maneira que você marcou a pedra.

Olhei para a pedra, fragmentada pela minha raiva e meu ciúme. Então aquela era a representação visual do afeto de um Diabólico: uma pedra feia, quebrada e salpicada de sangue.

40

HOUVE UMA REUNIÃO do Senado na manhã da Grande Corrida. Eu sabia como o Imperador queria que eu votasse: eu devia aprovar a resolução de aumentar os impostos sobre os Excessos dos planetas limítrofes. De acordo com Donia, aqueles Excessos tradicionalmente tinham o benefício de pagar impostos mais baixos como um incentivo para viver nos perigosos limites do território imperial.

Mas, como todos agora sabiam, os cofres do Imperador estavam secando. Ele precisava de dinheiro para compensar a riqueza que gerações de imperadores Domitrian haviam dilapidado – a riqueza que ele tinha praticamente liquidado. Mesmo aqueles protegidos de seus impostos agora enfrentariam o ônus de apoiar a realeza.

Mas o servo de Tyrus me trouxera um bilhete com suas próprias instruções:

Vote contra a resolução.

Então votei como Tyrus pediu.

Não fui a única senadora a fazer isso. Eu me perguntei, enquanto olhava ao redor da sala, quantas daquelas pessoas tinham votado contra a resolução por instrução de Tyrus. Era um movimento ousado após a recente purga, então eles só podiam estar assumindo o risco de fazer aquilo se acreditassem que alguém os protegeria das consequências de desafiar o Imperador.

Com certeza, seria um golpe poderoso em Randevald von Domitrian.

Não podia deixar de me perguntar quantos golpes Tyrus infligiria antes que o Imperador finalmente revidasse.

Após a votação, segui no bonde magnetizado pela Trilha Cartier, a torre oposta à Trilha Berneval. Essa estava menos deteriorada, projetada mais para aventureiros errantes, com jardins bonitos, córregos artificiais e numerosas cúpulas celestes. No final ficava a maior de suas cúpulas celestes, com amplas janelas com vista para o trecho do espaço onde se encontrava a pista de corrida.

À minha volta, os outros senadores que se dirigiam à corrida conversavam discretamente sobre a história que Tyrus me contara da Grande Corrida de cinco anos antes – os pilotos, suas tripulações e famílias, todos executados depois que o Imperador perdeu sua aposta. Ninguém invejava o piloto preferido do Imperador este ano.

Aparentemente, a Grande Corrida acontecia sempre que as seis estrelas do sistema se aproximavam o suficiente para serem alcançadas por uma única nave. As naves competiam para dar a volta em cada uma das estrelas na maior velocidade possível, aproximando-se delas o máximo que se atreviam. Os sessenta pilotos – em sua maioria membros dos Excessos, patrocinados pelos Grandíloquos – passavam anos preparando suas naves e aperfeiçoando suas habilidades. E vinham de todo o Império para competir pelo grande prêmio: uma recompensa financeira grande o suficiente para comprar uma pequena lua.

Nos últimos anos, o Imperador patrocinara o evento. Desta vez, Tyrus fizera isso. Sua generosidade devia ter parecido muito mais benigna quando ele oferecera inicialmente há um ano, antes de levantar suspeitas e ter anunciado a terrível situação financeira do Imperador. Agora o Imperador devia achar o gesto uma provocação pública e deliberada, pois sugeria que Tyrus tinha mais liquidez do que ele.

Sentei-me com Tyrus na plataforma levitante reservada para a realeza imperial. Tyrus estava com as pontas dos dedos unidas, os braços musculosos apoiados nos braços da cadeira. Elantra tinha sido banida, com sua família, para a plataforma inferior dos Grandíloquos mais proeminentes. Ela lançou a Tyrus vários sorrisos luminosos, um dos quais foi retribuído, mas ele parecia preocupado demais para notar seu contínuo flerte.

A multidão à nossa volta vibrava de emoção. Tyrus investira uma boa quantia em entretenimentos químicos e nos médicos necessários para tratar overdoses. Um servo nos ofereceu uma bandeja cheia. Fingi procurar um que me interessasse; seria de esperar que eu participasse.

Nada de álcool. Nem opiáceos. Nada que pudesse ter um efeito sedativo. Somente anfetaminas e estimulantes que aumentassem o estado de alerta.

Lancei um olhar velado para Tyrus, perguntando-me se havia uma razão para ele ter proibido algumas substâncias.

O sorriso de Tyrus me fazia lembrar um gato preguiçoso. Ele se inclinou para perto de mim e baixou a voz:

– Quero que as pessoas se lembrem deste dia. Nada que enevoe a mente.

Então ele tinha algo planejado.

– Você apostou dinheiro em alguém? – perguntei.

– Praticamente uma fortuna em Dandras Tyronne – disse Tyrus de maneira agradável. – E você?

Surpreendeu-me Tyrus ter gastado tão despreocupadamente, apesar de saber o quanto seu tio perdera na última corrida. Não parecia coisa dele. Talvez soubesse de algo que eu desconhecia. Examinei a tela de apostas na base de nossas cadeiras.

– Também vou apostar em Dandras.

Tyrus agarrou meu pulso antes que eu pudesse fazer minha aposta.

– Seria mais sábio investir seu dinheiro em outro lugar.

Lancei-lhe um olhar confuso. Então ele *não tinha* certeza de que Dandras fosse vencer? Eu não entendia o que ele estava tramando.

Então fiz uma pequena aposta em outro piloto, escolhido ao acaso.

O Imperador chegou com seus Diabólicos. As imagens holográficas começaram a surgir à nossa volta, enquanto os aplausos e gritos da multidão pulsavam no ar. O Imperador foi escoltado ao seu lugar acima do nosso. Um mar de braços acenou enquanto as pessoas levavam a mão ao peito em saudação. Ele olhava para a multidão com linhas de raiva no rosto, porque claramente acabara de saber que perdera a votação no Senado. Então agitou a mão irritadamente para sinalizar o início da corrida.

E as naves ancoradas perto da estação propeliram-se para o vazio negro em direção à primeira das seis estrelas, uma anã vermelha em que usariam o efeito de estilingue gravitacional para ganhar impulso.

Uma tela desceu para nos mostrar as naves quando sumiram do nosso campo de visão. A imagem alternava frequentemente de um satélite para outro, espalhados por todo o sistema de seis estrelas.

A corrida duraria horas, ficando mais emocionante com o tempo, uma vez que a velocidade aumentava e os pilotos passavam cada vez mais perto das estrelas para ganhar mais pontos de proximidade. Alguns pilotos iriam calcular mal, e seriam atraídos pela gravidade das estrelas e destruídos. O sistema de seis estrelas possuía forças gravitacionais caóticas, e mesmo voar através dele a uma velocidade padrão era perigoso. Muitos daqueles pilotos morreriam hoje, mas desde que não tivessem nenhum problema no trecho inicial da corrida, como o campeão do Imperador na última vez, não desgraçariam seus nomes.

Bandejas com substâncias, comidas e lembrancinhas eram oferecidas à multidão. As pessoas haviam se modificado para adotar as feições faciais características dos corredores preferidos de seus sistemas estelares, e comemoravam sempre que as telas mostravam as naves de seus campeões.

Tyrus não falou muito, os olhos fixos na tela mais próxima, em expectativa, quase como se estivesse esperando algo. Ele ainda mantinha minha mão na curva de seu braço, e comecei a sentir que a apertava cada vez mais. Olhei para seu antebraço musculoso. Tyrus não costumava revelar tão claramente sua ansiedade. Segui seu olhar até a tela. A nave de Dandras Tyronne estava se aproximando da nave de um piloto chamado Winton Travanis.

E então aconteceu.

A DIABÓLICA

Devia ter havido uma mudança na gravidade, alguma turbulência, era difícil dizer. Mas a nave de Winton deu uma guinada, acertando a de Dandras, e na mesma hora as duas saíram espiralando para os lados, desclassificadas.

Bem no início da corrida também.

Um grito correu pela multidão enquanto todos se levantavam, e então a nave de Dandras foi pega em um campo gravitacional que não podia vencer e feita em pedaços em uma grande explosão.

A multidão ficou em silêncio, e os olhares correram para o Primeiro Sucessor. Todos tinham visto que ele apostara uma enorme quantia em Dandras. Examinei sua expressão, me perguntando como ele reagiria a isso.

Tyrus estava sentado, com os braços cruzados agora, olhando para a frente, petrificado. Aquilo era praticamente a mesma coisa que tinha acontecido na última Grande Corrida. O herdeiro imperial, assim como o tio, apostara seu dinheiro na sorte de um corredor que fora tirado da partida por um competidor descuidado antes mesmo de chegar à primeira estrela. Todos sabiam qual era o destino do corredor responsável por aquele acidente. Desgraça. Execução.

– Uma pena. – Veio do alto a voz do Imperador, e Tyrus olhou para ele. – Espero sinceramente que você não tenha perdido todo o seu dinheiro com isso.

– Apostei mais do que eu gostaria de ter perdido – respondeu Tyrus em voz baixa. Mas ainda havia uma calma letal em seu rosto, e nada do desalento que eu teria esperado após aquela perda.

– Erro do piloto. – A malícia pulsava na voz do Imperador. O prazer brilhava em seus olhos enquanto encarava Tyrus. – Deixarei que você decida o que fazer a respeito disso.

Tyrus afundou-se no banco ao meu lado, e me peguei observando-o atentamente, seu rosto uma máscara indecifrável que não traía nenhuma emoção.

Ele *me dissera* para não apostar em Dandras.

O piloto causador do acidente, Winton, obviamente sabia o que acontecia com aqueles que ousavam fazer um Domitrian perder parte de sua fortuna.

Quando as naves competidoras alcançaram a estrela seguinte, a de Winton já abandonara o sistema estelar. Ele estava fugindo, em vez de arriscar ser punido no Crisântemo.

Mas não chegou muito longe.

Ansiosos para cair nas graças do Primeiro Sucessor, alguns dos Grandíloquos inferiores mandaram suas próprias naves atrás dele. A nave danificada de Winton não pôde escapar. Os mercenários chegaram na última hora da corrida, o piloto responsável pelo acidente entre eles. A notícia se espalhou rapidamente pela multidão. Tyrus se levantou e voltou para a *Valor Novus*, e metade das pessoas desistiu de assistir ao final da corrida. Em todo caso, a empolgação tinha diminuído bastante agora que a maioria das naves tinha sido desqualificada ou destruída. O corredor vencedor tinha superado de longe os adversários, e rumava tranquilamente à linha de chegada.

Ver a fúria do Primeiro Sucessor com relação a um piloto seria muito mais divertido para a maioria do que a inevitável conclusão da corrida.

Tyrus ainda mantinha minha mão em seu braço quando nos aproximamos do Salão de Justiça da *Valor Novus*, a multidão que nos seguira já se posicionando ansiosamente contra as paredes à nossa volta.

— Preciso encorajar você a agir com moderação? — perguntei, pensando na minha parte habitual em nossas encenações públicas.

— Não desta vez — disse Tyrus. — Deixe que todos vejam minha reação.

Subimos até o homem de joelhos, um Excesso assustado e com a pele imperfeita de alguém que morava em um planeta. O medo estava estampado em seu rosto, já que sabia bem o que tinha acontecido com a última pessoa que irritara um Domitrian exatamente da mesma maneira.

Tyrus olhou para ele por um bom tempo, depois ergueu a mão para silenciar os espectadores, que tinham começado a murmurar animadamente, especulando sobre quantas pessoas acabariam sendo executadas desta vez.

— Você estava naquele terrível acidente que testemunhei mais cedo. Por que fugiu? — indagou Tyrus. Ele assomava sobre o homem ajoelhado, o retrato de um temível Imperador.

— Tive medo, Vossa Eminência. Foi um acidente. Um defeito em meu sistema de navegação. Por favor. — Winton se jogou no chão. — Sei que Vossa Eminência clamará minha vida, mas, por favor, poupe minha família! Poupe minha tripulação! Eles não têm culpa!

Tyrus não respondeu, deixando o apelo pairar no ar por um tempo demasiadamente longo, aumentando o suspense. Eu podia imaginar o Imperador sintonizando aquela cena em uma tela, em vez de assistir o resto da corrida.

— Levante-se, homem — disse Tyrus.

Winton ergueu a cabeça, os olhos arregalados e assustados.

— Vossa... Vossa Eminência?

— Eu disse para se levantar. Não tenho a mínima intenção de executar um desportista honesto como você pelo que foi claramente um acidente. Isso seria simplesmente selvagem.

Sussurros incrédulos correram pelo salão.

— Esse incidente será investigado e, se alguém for considerado culpado, será banido de praticar esse esporte — disse Tyrus. — Quanto a você, terá que visitar a família do morto e levar pessoalmente uma quantia em dinheiro que irei doar a eles pela perda. Posso confiar essa tarefa a você?

Winton ficou de joelhos novamente, as mãos unidas.

— Sim, sim, Vossa Eminência! Pode confiar, sim!

Tyrus ergueu as mãos e permitiu que o homem, reverentemente, levasse os nós de seus dedos ao rosto.

— E, é claro, pretendo realizar uma cerimônia na Grande Heliosfera por aqueles que morreram nessa corajosa empreitada. Espero que compareça antes de partir.

— Sim, com todo prazer. Com todo prazer, Vossa Eminência! — E levou os nós dos dedos de Tyrus de uma bochecha a outra, em sua alegria. — O senhor é misericordioso, nobre e justo...

— Descanse. — Tyrus afastou-se dele. Então, para os mercenários que o capturaram: — Obrigado por localizar nosso amigo teimoso antes que ele pudesse fazer qualquer coisa precipitada. Vocês serão bem recompensados por seus serviços.

Enquanto Tyrus se virava para sair do Salão de Justiça, ouvi as vozes aumentarem, o espanto das pessoas que contemplavam a misericórdia de um Domitrian. *Aquele* Domitrian. Era um contraste tão grande com seu tio que eu podia ver as possibilidades se iluminando no rosto das pessoas, a esperança com relação ao futuro de nosso Império com aquele governante mais jovem e tão mais justo.

Alcancei-o, agora compreendendo exatamente o que ele tinha feito. Ele minara o poder do Imperador novamente, em outro daqueles modos sutis que não podiam ser considerados de hostilidade, mas que o prejudicavam mesmo assim. Ele *pretendeu* perder aquela fortuna só para mostrar sua benevolência na derrota. Respirei suavemente.

— Muito bem.

O olhar de Tyrus correu brevemente em minha direção, e por um segundo sua inescrutabilidade vacilou, revelando algo que eu havia visto em seu rosto quando Elantra atirou Unidade no ringue.

— Eu não mereço elogios, Nemesis. Fiz algo bastante monstruoso. A nave deveria ter tido um problema, e não ter sido destruída.

Eu não tinha pensado no homem que morrera no acidente. Os fins sempre justificaram os meios em minha mente, mas os olhos de Tyrus estavam enevoados.

— Não sou uma alma gentil, de forma alguma. Aceitei há muito tempo que haveria sangue em minhas mãos se eu seguisse o curso que escolhi. Mas eu não esperava matar um homem inocente hoje.

— Tyrus, se *eu* me deixasse atormentar pelo sangue inocente em minhas mãos, não conseguiria fazer nada. Pelo menos você pode reparar o que fez.

— Sim – disse ele. – *Sim*. Sua família será bem recompensada. Cuidarei deles da melhor forma que puder. – Ele respirou fundo. – Preciso viver com isso, Nemesis, então vou. Vou viver com isso.

A DIABÓLICA

Então fez-se entre nós um silêncio pesado enquanto Tyrus ponderava a respeito do homem cuja morte involuntariamente causara, e eu ponderava a manobra de Tyrus. Tendo em vista essa exibição e a votação mais cedo naquele dia, suas sutis provocações ao Imperador não poderiam ser ignoradas por muito mais tempo.

Randevald von Domitrian iria se vingar. Era apenas uma questão de tempo.

41

OS DIAS que se seguiram à Grande Corrida foram de uma calmaria sinistra. O Imperador não fez nenhum comentário público sobre Tyrus ter agido pelas suas costas para que o Senado votasse contra ele, nem ergueu uma sobrancelha quando Tyrus – por iniciativa própria – vendeu várias de suas próprias colônias, e depois deu presentes de Advento como surpresa a todos os veteranos de Guerras Imperiais.

Os presentes de Advento eram uma tradição muito antiga no Império, uma com que os Domitrians não se preocupavam há centenas de anos. Sentiam-se seguros o suficiente no poder para não precisarem garantir a lealdade dos Grandíloquos que controlavam as mais poderosas naves espaciais e máquinas de guerra que travavam conflitos violentos nas fronteiras.

Era a ação mais abertamente hostil de Tyrus contra o Imperador, e ele me pedia para ficar ao seu lado praticamente em tempo integral. Estávamos sentados juntos em seu solário na *Alexandria*. Era uma cúpula celeste com um jardim verdejante, em que ele recentemente semeara algumas plantas de que gostara em Lumina, e um rio artificial forte o bastante para afogar um nadador imprudente.

– Eu tinha planejado instalar você em um quarto na *Alexandria* – disse Tyrus, olhando para a água que corria –, mas, diante das circunstâncias, não vai funcionar.

— Eu não gostaria de dormir na *Alexandria*, de qualquer maneira — falei diretamente. Estava pensando em Sidonia, escondida em minha residência, e que não queria abandoná-la por tanto tempo.

Tyrus me encarou por um instante com uma expressão indecifrável.

— A minha companhia é tão desagradável?

— Não — respondi, rápido demais.

— Em todo caso, minha avó poderia levar isso a mal. Ela está determinada em firmar uma aliança entre mim e Elantra.

— Ela quer que você se case com uma cobra.

— Uma heliônica — disse Tyrus com um sorriso. — Pelo menos Elantra vai se encaixar bem na minha família. Todos os verdadeiros políticos são víboras.

Senti uma agitação desagradável no estômago ao pensar em Elantra Pasus como Imperatriz. Ou melhor, Elantra Domitrian. As pessoas tendiam a tomar o nome da família mais poderosa em uma união marital. Tinha sido assim que Salivar Fordyce se tornara Salivar Domitrian.

— Quanto tempo vamos ficar juntos? — perguntei a Tyrus. — Alguma hora você terá que renunciar publicamente a mim, se quiser se unir a ela. Não posso me passar por Sidonia von Impyrean para sempre.

— Mas deve. Ninguém jamais pode saber o que você fez.

— Ou o quê? Você será interrogado por me esconder?

Ele se virou para mim abruptamente.

— Ou *você* estará em perigo — disparou Tyrus. — É alta traição se passar por um senador.

— E daí?

— Os Grandíloquos clamariam por sua execução. Quando eu for o novo Imperador, será uma luta construir uma base de poder. Não posso garantir sua proteção se meus próprios aliados estiverem contra você.

Dei de ombros, e isso pareceu irritá-lo profundamente. Seus olhos se estreitaram; ele veio em minha direção ameaçadoramente, depois pareceu pensar melhor, voltando um passo atrás e respirando fundo.

– Não vou permitir que passe por isso – disse ele com voz rouca. – Você pode não se preocupar consigo mesma, mas eu me preocupo.

Nós nos entreolhamos. Apenas dois passos nos separavam. O ar entre nós e o silêncio ao nosso redor de repente pareceram pesados, carregados de alguma estranha eletricidade.

Era a mesma sensação de quando saíramos de Lumina, naqueles momentos em que nos erguêramos das nuvens roxas para a grande vastidão do espaço, e ele me beijara.

Engoli em seco e desviei o olhar.

Tyrus não sabia a verdade: de uma forma ou de outra, minha farsa se tornaria pública quando Sidonia reassumisse o cargo.

Fiquei de pé, sentindo-me péssima com o peso daquele segredo. Até conhecer Tyrus, meu dever para com Donia fora minha única alegria. Mas, de alguma forma, ele se colocara entre nós. Por mais que eu o desejasse, também me ressentia dele pela culpa que me fazia sentir, mesmo sem querer.

– Correrei um perigo maior se for Sidonia Impyrean quando Elantra se tornar sua Imperatriz.

Ele pegou meu braço e me puxou de volta quando eu ia embora.

– Eu nunca deixaria Elantra ameaçar você – disse ele com uma voz suave e perigosa. – Nunca. – Sua expressão era dura, e acreditei nele.

Uma sombra passou sobre o solário iluminado pelo sol, e Tyrus e eu olhamos para cima. A cúpula celeste continha atmosfera e, além dela, ficava o espaço aberto, em grande parte obscurecido pelo céu azul estrelado. No entanto, havia algo mais em vista agora...

O que parecia ser um grande detrito vinha em nossa direção. Ficava maior a cada instante, à medida que se aproximava, e assumia uma forma distinta: longa e cilíndrica.

Não era um detrito, percebi em choque.

Era um míssil. E romperia aquela cúpula.

Tyrus e eu percebemos ao mesmo tempo.

— Corre! — disse Tyrus, mas eu já estava de pé, e saltamos através do jardim tranquilo para a porta que levava ao corredor seguro...

Uma explosão estrondosa abalou o mundo inteiro ao nosso redor. Um buraco se abriu nas janelas cristalinas, a atmosfera azul rugindo em torno de nós, e a cúpula sofreu descompressão. O vento forte arrancou meus pés do chão e fui erguida no ar...

Alguém segurou meu braço, puxando-me de volta para baixo. Correntes de gases azuis giravam em torno de mim em um terrível redemoinho, fazendo meus olhos arderem. Olhei para trás e vi o céu azul se esvaindo no vazio de espaço ao redor da fenda flamejante onde o míssil atingira.

— Expire! — gritou Tyrus para mim, sua voz chegando até mim em meio ao vento avassalador. — Expire tudo!

Esvaziei freneticamente todo o ar dos meus pulmões. A mão de Tyrus me segurava com cada vez menos firmeza enquanto ele se esforçava para se segurar ao tronco de árvore a que se prendera, então agarrei suas roupas e subi pelo corpo dele, me agarrando ao tronco da árvore também. Então o segurei com a mão livre e torci desesperadamente para que a árvore estivesse enraizada firme o bastante para resistir à pressão externa.

Estava.

O vento parou quando o restante da atmosfera saiu, deixando Tyrus e eu em meio à súbita ausência de pressão.

O horror tomou conta de mim quando me dei conta: estávamos cercados pelo espaço frio e vazio.

Meu coração começou a bater freneticamente enquanto a pressão pulsava sob minha pele, sob meus olhos, um formigamento sinistro correndo pelo meu corpo. Os gases do meu corpo faziam força para fora e, se não tivéssemos expirado, nossos pulmões estariam explodindo. Só tínhamos alguns instantes agora para escapar antes de morrermos. O rosto de Tyrus se contorcia de dor, mas ele agarrou a árvore para nos impulsionar em direção a uma porta, apontando para que eu também soubesse o destino.

O alívio me invadiu. Como todo cômodo voltado para fora, havia uma câmara de descompressão, e a perda de pressão na cúpula a teria feito se abrir.

Flutuamos a um ritmo enlouquecedoramente lento enquanto a sensação de formigamento subia por todos os meus membros; ouvidos e olhos latejavam e minha pele empolava. Ao meu lado, Tyrus deixara de se mexer e eu sabia que tinha desmaiado, então me agarrei a ele e lutei contra a escuridão invasora da inconsciência à medida que minha cabeça ficava mais leve e a saliva em minha língua chiava e começava a ferver junto com o líquido em meus olhos. A queimação no meu peito aumentou e eu me agarrava a tudo que podia encontrar, lutando por nossas vidas, meus ouvidos vibrando freneticamente com a pressão e com meus batimentos cardíacos, e então cheguei à câmara de descompressão.

Abri a porta e empurrei Tyrus para dentro, depois entrei e a tranquei. Então, com um suave chiado, a pequena câmara começou a pressurizar ao nosso redor. Mas a atmosfera não estava ficando respirável. O oxigênio não estava entrando. Tyrus começou a ficar azul sob a luz fraca, então mexi minhas mãos, que já não sentia, apenas enxergava, e peguei a máscara de oxigênio na parede.

Só uma.

Uma.

Coloquei-a no rosto de Tyrus, e então a escuridão me engoliu.

42

AR FRESCO entrando, entrando.

Então nada. Engasguei e sufoquei.

— Abra os olhos! — A voz distorcida de Tyrus.

Algo foi pressionado ao meu rosto, e eu podia respirar novamente, mas então, quando minha cabeça começou a clarear, o ar sumiu e eu estava sufocando.

Forcei meus olhos a se abrirem e vi o rosto de Tyrus muito perto do meu, a extensão longa e musculosa de seu corpo pressionada a mim. Ele colocou a máscara de oxigênio de volta em meu rosto.

— O quê... o quê... — murmurei, minha voz distorcida pela máscara, tentando entender.

Ele tirou a máscara, e eu tive que prender a respiração enquanto ele inspirava fundo algumas vezes.

— Câmara... sem ar... revezamento.

Ele pressionou a máscara ao meu rosto novamente e inspirei fundo várias vezes, agradecida, e de repente a máscara tinha sumido novamente enquanto Tyrus respirava.

— Sabotagem — disse ele, e depois: — Chega de conversa. — Então passou a máscara de volta para mim.

E assim nós nos revezamos respirando de maneira agonizante. Eu sabia que não poderíamos continuar assim para sempre. Talvez ficássemos presos ali por horas, por dias, antes que alguém pensasse em nos procurar. Tínhamos sorte por aquela câmara ter voltado à pressão e temperatura normais, mas era apenas um paliativo. Era para a atmosfera ter sido restabelecida ali, para que pudéssemos esperar o resgate. Se aquele mecanismo tivesse sido desativado remotamente, provavelmente o alarme para alertar os outros daquela situação também tinha sido sabotado.

Eu não tinha ideia de quanto ar aquela máscara de oxigênio continha, mas já parecia não ser suficiente. Quando Tyrus tentou tirar a máscara de novo, estendi a mão para detê-lo, segurando-a em seu rosto.

Ele afastou a minha mão e colocou-a em meu rosto, balançando a cabeça.

– Você é valioso – eu disse. – Fique com ela.

Então empurrei a máscara para ele.

– Não – disse Tyrus. E fez força contra mim, com seu peso maior. No espaço limitado, eu não podia usar toda a minha força, e a máscara estava de volta ao meu rosto.

Eu a afastei de novo e empurrei-a de volta para ele.

De repente, Tyrus se inclinou e pressionou seus lábios contra os meus, e por um instante ficamos assim, presos juntos, com nossos pulmões parecendo que iam explodir e a falta de oxigênio queimando em nossas veias, e ele me beijava, me beijava intensa e desesperadamente, com uma fúria que eu não conseguia entender.

Então ele se afastou, colocou a máscara em seu rosto e respirou fundo.

– Entende? – disse ele, ofegante.

Entendo o quê? *O que* isso significava? Mas ele colocou a máscara em meu rosto e meus pulmões estavam desesperados por ar.

– Por quê? – perguntei, recuperando o fôlego. Por que ele tinha me beijado? Por que não me deixava suportar aquilo por ele? Mas seria necessário muito fôlego para dizer tudo isso, e sem palavras eu não conseguia compreendê-lo.

Ele puxou a máscara de volta ao seu rosto.

– Nós dois – disse ele. – Ou nenhum dos dois.

Eu sentia seu coração batendo furiosamente, seu peito contra o meu no espaço confinado, e ansiava por salvá-lo, para me salvar, mas não podia fazer isso em seus termos. Às vezes, parecia que éramos duas estrelas binárias, uma circulando a outra sem nunca se encontrar, sempre com objetivos diferentes.

Quando ele pressionou a máscara ao meu rosto novamente, eu disse:

– Não seja tolo! – Então tirei a máscara e bati a cabeça na dele o mais forte que podia dentro daquele espaço limitado. A parte de trás de seu crânio se chocou contra a parede oposta, e seu corpo caiu sobre o meu.

Respirei fundo o oxigênio uma última vez, então coloquei a máscara firmemente em seu rosto, prendendo as tiras para não cair.

Quando ele voltasse a si, a questão sobre quem sairia dali teria sido decidida naturalmente.

Por um instante, pude esquecer que se tratava de uma situação de vida ou morte e só senti a cabeça de Tyrus contra o meu ombro, onde ele desabara no espaço que não era grande o suficiente para afundar ou cair. Envolvi-o com meus braços e me deliciei com o peso de seu corpo contra o meu. Aquilo já não era uma indulgência proibida, agora que eu estava prestes a morrer. Eu podia me permitir aquele momento. Minha mente voltou àquela noite depois de Lumina, quando nos deitamos juntos, e como tinham sido bonitas aquelas horas fugazes antes de eu ter ficado com medo, me acovardado.

Porque era isso o que tinha acontecido, o que me afastara de Tyrus. Não era prudência, nem sequer o dever para com Sidonia, era pura covardia. Puro pavor. Fechei os olhos, amaldiçoando-me por deixar o medo governar a minha vida outra vez, assim como na época dos currais. Agora eu finalmente percebia o que tinha feito, e era tarde demais para mudar as coisas. A dor e a queimação em meus pulmões pioravam, e eu sabia que seria horrível quando eu cedesse, tentasse inalar e não encontrasse nada. Eu ansiava por uma chance de corrigir as coisas, de colocar tudo da maneira como deveria ser.

E então não aguentei mais e tentei inalar, e não consegui, não havia nada para respirar, e a respiração baixa e firme de Tyrus soava em meu ouvido enquanto eu sufocava e me contorcia, e o formigamento estava de volta por todo o meu corpo, uma escuridão pesada e densa como um pântano caindo sobre mim.

Então era isso. Era isso.

Por um segundo que pareceu uma eternidade, imagens de Tyrus, Sidonia, da Matriarca e de Neveni passaram pelo meu cérebro como neurônios agonizantes registrando suas objeções.

Uma luz brilhante surgiu no canto da minha visão, cada vez mais forte. Um pensamento me voltou, como se fosse algo que ouvira no dia anterior, algo que Donia me dissera: as pessoas viam uma luz quando estavam morrendo. Alguns acreditavam que era uma reação química, e outros, que era o Cosmos Vivo chamando-os para a vida pós-morte.

Diabólicos também veem a luz foi meu pensamento final; *então deve ser uma reação química...*

Despertei devagar. Braços quentes me seguravam contra um peito largo. Minha visão focou preguiçosamente no rosto de Tyrus.

Ele me olhava com olhos claros e insondáveis, e sua primeira palavra para mim foi um sussurro:

— Nemesis?

Fiz um som murmurante no fundo da garganta.

— Não tente falar. — Ele me segurou com mais força. — Fomos resgatados.

Um rangido a distância.

— Finja dormir — sussurrou ele.

Fechei os olhos, e então ouvi uma voz áspera e familiar:

— Parece que a garota tola vai sobreviver. Que gesto tolo o dela.

Tyrus me apertou ainda mais.

— Nem todo mundo é como nós, minha avó. Muitos são melhores... a maioria, eu diria.

Ela deu uma gargalhada.

— Uma bela maneira de falar comigo, Tyrus. Se eu não tivesse mandado meus empregados à *Alexandria*, você ainda estaria preso naquela câmara de descompressão, e sua Sidonia seria um cadáver.

— Eu lhe daria mais crédito por sua ajuda — disse Tyrus secamente — se não soubesse que tinha pleno conhecimento daquele ataque antes mesmo de acontecer.

— Se está dizendo que sou responsável...

— Ah, não. Não, minha avó. Sei quem estava por trás disso. Você não o executou, só está sendo oportunista. Você permitiu que isso acontecesse sem interferir para poder interceder e ganhar minha gratidão. E você a tem. Eu lhe agradeço.

— Que curioso — disse Cygna. — Você chegou a todas essas conclusões sem Sidonia Impyrean sussurrar em seu ouvido. Começo a suspeitar de que os rumores da influência dela não são reais.

— É claro que suspeita.

Tyrus riu suavemente e me acomodou na cama. Olhei por entre os cílios e vi que estávamos no quarto em que eu dormira na *Alexandria* durante nossa viagem a Lumina. Cygna parecia uma ave de rapina, de prontidão. Eles se encararam.

— Acho que você já percebeu, ou não teria se dado ao trabalho de me salvar: sou seu neto. Seu sangue corre em mim. E, por causa disso, também descobri muitas coisas a seu respeito... como quem detém o verdadeiro poder neste Império. Nunca foi meu tio.

— Não vou aturar esses insultos sobre nosso Imperador.

— Ah, mas é por isso que você tem me tolerado ultimamente, não é? Porque enxergo essa verdade básica sobre você, e meu tio não. As compulsões dele esvaziaram o Tesouro. O Imperador ignora e despreza abertamente seus pedidos de prudência. Ele escapou do seu controle, minha avó.

Silêncio.

— Vejo que não tem nada a dizer. Sei que você o advertiu uma vez para não me nomear o Primeiro Sucessor, mas ele não lhe deu ouvidos. Sei que ele ouve mais o Senador Von Pasus do que a você. Sei que a incomoda quando ele a observa provar sua comida... como se, caso você o quisesse morto, ele pudesse mesmo escapar! Ele esqueceu não só o que lhe deve, mas o quanto continua a dever.

— Randevald tem me decepcionado — disse ela, relutantemente. — Muitas vezes penso que o poder é a substância mais nociva do universo. Tanto desejá-lo quanto possuí-lo deformam o caráter de alguém além da redenção.

— Minha avó, sabe que agora será uma guerra declarada entre meu tio e eu. Devineé já não está mais apta a merecer sua confiança. Sou sua única alternativa, e desconfio que tem me achado mais tolerável, não é mesmo?

— Desconfio que você tem sido um grande ator durante todos esses anos.

— E devo essa habilidade a você. Estou abrindo o jogo agora, de um pragmático para outro. Não tenho inclinações imorais, e sei bem o que significa respeitá-la e temê-la.

Ela riu.

— Ah, como Randevald deve se arrepender de tê-lo nomeado como sucessor. Eu o avisei.

— Mas pelas razões erradas. Agora veja, eu nunca seria tolo de ignorar o que você diz, como ele muitas vezes faz. Se você desejar que eu seja um heliônico, serei um heliônico. Se desejar que eu me una a uma Pasus, me unirei a uma Pasus. Eu nunca ousaria questionar sua sabedoria.

Ela se afastou dele. Olhei para a *Grandeé*, e meus olhos captaram brilhos metálicos a distância. Havia robôs de segurança discretamente escondidos pelo quarto. Cygna estava pronta para matar Tyrus, se assim decidisse. Será que ela havia nos salvado só para lhe dar um ultimato? Ele havia se antecipado a ela, colocando todas as cartas na mesa primeiro?

— Para ser eminentemente clara, Tyrus — disse ela —, você está sugerindo traição? Quer que me junte a você em uma conspiração contra meu próprio filho?

— Não sugeri tal conspiração, mas, ao me salvar da tentativa dele de assassinato, você praticamente se ofereceu para se juntar a uma.

— Diga-me — falou ela friamente —, além de seu grande pavor de mim, por que eu deveria apoiar você, em vez do meu filho?

— Porque você quer o Imperador mais forte, e Randevald perdeu sua confiança. — Tyrus abriu os braços. — Você quer que o Império seja grande sob o mais merecedor dos Domitrian, e você sabe, e eu sei...

— Que é você? — perguntou ela secamente.

— Não, minha avó. É você.

Ela não parecia esperar por essas palavras. Seu queixo orgulhoso se ergueu, mas ela o deixou continuar.

— E atrás apenas de você venho eu, o único inteligente o bastante para saber que governarei de acordo com suas ordens. E, além disso — ele estendeu a mão e apertou meu braço —, também sei bem que os robôs de segurança estão atrás de você, armados e prontos para me matar, se eu mesmo não lhe propuser essa aliança.

Eu não precisava de mais nenhuma dica. Meus músculos ainda estavam terrivelmente doloridos pela descompressão e pela perda de oxigênio, mas responderam instantaneamente quando saltei e atravessei o quarto em um único movimento. Cygna deu um grito de surpresa enquanto eu chegava ao primeiro robô de segurança antes que ele pudesse se virar em minha direção e atirar. Eu o girei enquanto disparava seu raio, mirando-o em outro robô, e, quando o terceiro rotacionou para o alto, saltei para fora do caminho de seu tiro, agarrei-o e esmaguei-o contra a parede.

Olhei para Tyrus, e ele assentiu lentamente, os olhos ardendo.

— Obrigado, Nemesis.

Cygna permaneceu imóvel, apanhada desprevenida dessa vez, a boca aberta. Mas logo depois se refez.

— Uma Diabólica. Ela é uma Diabólica!

— Isso mesmo — concordou Tyrus.

— Não é de admirar... — Cygna hesitou. — Você comprou uma Diabólica e a disfarçou como Sidonia Impyrean — disse, enunciando as palavras como se a audácia do ato a tivesse atordoado.

— *Ele* não me disfarçou — falei, a adrenalina pulsando pelo meu corpo, pronta para que Tyrus me mandasse atacar. — Isso foi feito por pessoas que agora estão mortas.

— Como você pode ter uma Diabólica? — Cygna exigiu saber, me observando. — Nunca mandamos fazer uma para você.

— Porque ela não é *minha* — disse Tyrus. — É minha aliada.

— Aliada? — indagou Cygna, dando a volta em mim com um olhar penetrante. — Uma Diabólica sem um vínculo químico é uma aliada muito perigosa, Tyrus. Você não conhece essas criaturas como eu.

— O que você sabe sobre Diabólicos? — perguntei, furiosa.

Ela sorriu, com os olhos tranquilos.

— Mais do que você possa imaginar. Eu sabia que havia algo de errado em você, e agora entendo o que é. Então você pertencia originalmente a... àquela tola Impyrean?

A raiva tomou conta de mim, mas, por Tyrus, eu não a fiz em pedaços em nome de Sidonia. Cygna apenas a insultara, e palavras não tinham poder.

— Se isso for em frente — disse Cygna, sem tirar os olhos dos meus —, então não quero mais nenhuma farsa com essa coisa.

— Estarei aberto a essa sugestão se você *nunca mais* chamar Nemesis de *coisa* — disse Tyrus com uma voz suave e perigosa.

Cygna o encarou com olhar aguçado.

— Ah, é assim que funcionam as coisas entre vocês? — O olhar dela correu entre nós, como se tivesse acabado de lhe ocorrer que Tyrus e eu tínhamos uma verdadeira parceria. — Que aliança irregular. Um apego real a uma Diabólica, e uma Diabólica sem vínculo apegada a você também. Que... radical. Bem, Tyrus, não posso tolerar isso. Se você realmente quiser me obedecer, então vai se casar com quem eu disser.

— Por que Elantra Pasus, posso perguntar? — disse Tyrus.

— Este Império deve ser governado por heliônicos, e nenhum de nós pode se dar ao luxo de ter Pasus como inimigo — disse Cygna sem rodeios. — Não sei quais são suas verdadeiras inclinações, Tyrus. E não me importo. Casar com Elantra irá alinhá-lo com a facção certa. O futuro desta galáxia depende da nossa força contínua... não apenas a força do Império, mas a força dos Grandíloquos. Devemos deixar bem claro para os Excessos que eles nunca serão capazes de nos desafiar.

— Muito bem. Que seja Elantra, minha avó. Estamos de acordo?

Cygna deixou o silêncio se alongar, então disse:

— Você terá a minha resposta muito em breve.

Olhei para Tyrus enquanto ele assentia lentamente, tendo a mesma certeza que eu: Cygna havia deixado claro que nosso destino estava em suas mãos. E ela ainda não queria revelar se seria para o bem ou para o mal.

43

UMA COISA CURIOSA a respeito de Tyrus era que ele permanecia calmo em face do perigo mortal, independentemente do quanto a situação fosse urgente. Era só depois que eu via as reações fisiológicas que outras pessoas mostravam quando estavam em apuros: o sangue se esvaindo de seu rosto, braços e pernas ligeiramente trêmulos.

Ele se retirou para seu quarto na *Alexandria* murmurando algo sobre evitar "janelas voltadas para fora" por enquanto. Seus ombros largos pareciam tensos enquanto servia um copo de vinho. Tomou um generoso gole, então se virou de repente e atirou o copo na lareira holográfica. O copo se espatifou, e ele se virou para mim, os olhos em chamas.

— Fala. — Sua voz era extremamente calma, totalmente em desacordo com seu rosto. — O que você achou que estava fazendo mais cedo? Nós *dois* deveríamos respirar! Se os empregados da minha avó tivessem chegado cinco minutos depois, você estaria morta!

Olhei para ele, perguntando-me como podia sequer fazer essa pergunta.

— Você é o *futuro Imperador*. Eu sou uma Diabólica. Sua vida é mais importante do que a minha.

Ele não sabia que eu não tinha só aberto mão de minha vida... eu tinha abandonado Donia. Eu fizera isso por ele, negligenciando meu papel de protegê-la. E agora ele gritava comigo por causa disso?

— Se os empregados de Cygna tivessem aparecido cinco horas depois — ressaltei —, você estaria morto, e tudo porque se recusa a aceitar que alguns sacrifícios são necessários. O meu era. Fiz o que era melhor para nós dois.

— Eu disse para você não fazer isso!

— Você não manda em mim! Não é o meu senhor. Somos parceiros. Tomei minha decisão, e foi a certa! Um futuro governante precisa aprender a fazer sacrifícios.

— Sacrifícios? — gritou Tyrus. — Já fiz sacrifícios. Não me diga que não sei fazer sacrifícios. — Ele não parava de passar as mãos pelo cabelo. — Sacrifiquei *anos* fingindo loucura. Sacrifiquei minha necessidade de vingança para sobreviver por tempo suficiente para fazer mudanças que importavam no esquema maior das coisas. Sei o que é sacrifício!

Ele se virou para mim.

— E agora concordei em me unir à esposa que minha avó escolheu. Já fiz muitos sacrifícios. Esse eu não farei. *Não vou* sacrificar a sua vida, e nem você vai! — Ele ficou à minha frente, em seguida estendeu as mãos e segurou meu rosto, os olhos desesperados. — Você deu a sua vida por mim. Não posso te deixar fazer isso de novo. Eu não poderia suportar se você fizesse isso!

Minha mente voltou para aquele beijo delirante na escuridão da câmara de descompressão, aquela estranha loucura compartilhada enquanto sufocávamos juntos, a morte se aproximando.

Entende?, dissera ele.

Mas eu não entendia. Fechei os olhos, e não podia me concentrar em nada além do calor de suas mãos em meu rosto.

— Então você vai mesmo se casar com Elantra.

— Sim — disse ele bruscamente. — Ao que parece.

Soltei-me e me afastei dele.

— Parabéns. — Minha voz era ríspida. — Espero que você tenha muitos anos felizes antes dela começar a tentar te matar.

Ele riu amargamente.

— Ah, ela será uma verdadeira Domitrian quando decidir acabar comigo. — Sua expressão se suavizou. — Em breve não precisarei mais de seus serviços. Você será livre para fazer o que quiser. E poderá ir para bem longe de mim.

Uma intensa emoção tomou conta de mim – sombria demais para ser raiva, forte demais para mágoa. Eu odiava que ele despertasse isso em mim. Cerrei os punhos e forcei minha voz a ficar firme:

– Eu adoraria fazer isso agora. Sai da minha frente e me deixa ir embora.

Um músculo se flexionou em sua mandíbula, mas ele não se moveu.

– E para onde vai?

– Para um lugar que seja meu.

Ele trincou os dentes.

– *Depois*, Nemesis. Depois que tudo isso terminar.

– Isso não é da sua conta.

– A menos que você tenha um plano, algum lugar para ir, é da minha conta sim.

– Não é. Vou resolver sozinha. Desejo a você e à sua futura Imperatriz muita felicidade. – Então lhe dei as costas, fervilhando por dentro. Se ao menos eu pudesse apagar a lembrança de sua boca na minha, na câmara de descompressão! *Por que* ele me beijara? Por que deixara as coisas ainda mais confusas?

Eu queria sair, mas algo me deteve – uma lembrança daqueles últimos momentos, enquanto eu sufocava. Eu finalmente entendera que o medo controlara muitas das minhas ações – o mais puro medo. E eu não queria que o medo me governasse nunca mais.

Então me virei de novo para ele.

– Você sabe por que quero ficar longe de você, Tyrus? – eu disse em voz baixa. – Porque você está cometendo um erro se unindo a Elantra. Sim, você vai conquistar o trono, e sua avó vai apoiá-lo, mas você nunca vai confiar nela ou respeitar a sua esposa, e nunca dormirá seguro em sua cama. Você merece mais. Merece coisa melhor. Não quero ver você fazer isso, então ficarei satisfeita, muito satisfeita, Vossa Eminência, em não estar aqui nos próximos anos!

Ele se aproximou depressa e me segurou pelos ombros, os olhos ardendo nos meus.

— *Por que* isso a incomoda?

— Como pode me perguntar isso? – gritei. – Você fala comigo como se eu fosse uma pessoa, e então age como se eu fosse completamente desprovida de sentimento! O que foi, Tyrus? É tão incompreensível para você que eu possa me preocupar com o seu bem-estar? Que eu possa...

Eu me contive, horrorizada.

Seus dedos afundaram em minha pele.

— Que você possa o quê? Que você possa *o quê*, Nemesis?

Senti um nó na garganta. Eu não conseguia falar. Aquelas sílabas traiçoeiras queriam escapar dos meus lábios.

Que eu possa amar você.

— Nemesis – falou Tyrus, muito suavemente –, você me disse na nave que nunca sentiria amor. Disse que não era capaz de gostar de mim ou de sentir uma *fração* do afeto que tenho por você. – Então ele me puxou para mais perto, nossos lábios muito próximos. Ele examinava meu rosto atentamente. – Era mentira?

Um bolo subiu pela minha garganta.

— Diga sinceramente. Por favor, só me diga, e se você falou a verdade na nave, nunca mais vou perturbá-la com isso.

As palavras pareciam sair à força de mim:

— Eu... menti.

Seu polegar acariciou meu lábio, os olhos brilhando.

— Então você sente. É possível que goste de mim como eu gosto de você?

Meus olhos encontraram os dele, a lembrança de seus lábios nos meus na câmara de descompressão ardendo como brasa em minha mente.

— Você ainda gosta? – sussurrei.

— Nunca deixei de gostar. *Nunca* vou deixar.

Ainda sentia o medo dentro de mim, mas não seria covarde. Pelo menos não dessa vez.

— Não se case com Elantra, Tyrus. Eu... eu não quero.

Ele abriu um sorriso.

— Então não vou me casar. — E sua boca cobriu a minha, seus braços apertando-me contra ele. Sua mão envolveu a minha nuca, e me arqueei para lhe oferecer mais, abraçando-o como se eu pudesse fundir nossas formas em uma só. A barba rala em seu queixo arranhou meu rosto; a pressão firme de seus lábios abriu os meus, e nossas línguas se enroscaram. Cada centímetro de seu corpo parecia quente, forte e magnético, e perdi a noção de onde estava enquanto finalmente aceitava aquilo, os sentimentos que eu desejava como uma droga desde que ele me tocara pela última vez.

Ele me pegou em seus braços e me prendeu contra a mesa enquanto seus lábios quentes percorriam meu pescoço. Entrelacei meus dedos em seu cabelo acobreado, segurando firme com uma possessividade que me assustava. Ele era meu agora, era *meu*. E ele era inteligente e esperto o suficiente para preservar sua vida, mesmo que desafiasse Cygna, mesmo que recusasse seu pedido de se casar com Elantra.

— Você... me ama? — perguntei, mal ousando falar aquelas palavras que, com certeza, nem deveriam se aplicar a um Diabólico. E então percebi o que eu dissera.

Mas, antes que pudesse sentir um instante de pavor, ele respondeu:

— É claro que eu amo você. — Então se afastou para me encarar com um olhar firme e decidido. — Amei você quando deixamos Lumina e lutamos para não morrer no espaço, e quando sufocamos e quase morremos juntos. Você é corajosa, forte e honrada, e é a única que me vê como eu sou. Diga que me ama também.

Então me senti invadida por uma esmagadora onda de certeza.

— Eu amo. Eu amo você, Tyrus.

Era aquele jeito calmo e cuidadoso dele, tão diferente do meu. A maneira como ele via dez passos à frente de todos ao seu redor, tão diferente da minha precipitação. Era a maneira dele de não me ver como uma criatura ou me tratar como um animal ou um ser inferior, embora, por nascimento, ele estivesse acima de todos. Era a forma como ele se recusou a trocar a vida de uma Diabólica pela sua na câmara de descompressão.

Eram todos aqueles pequenos atos que significavam muito, porque ninguém nunca poderia ocupar seu lugar em minha vida. E sim, eu o amava tão fortemente quanto sempre amei Sidonia, mas de uma maneira bem diferente de como eu me sentia em relação a ela. Ele era uma ansiedade, um desejo, uma necessidade que eu nunca soube que tinha.

Seus lábios estavam nos meus novamente, me beijando ardentemente, mas minha mente rodopiava em outra direção. *Sidonia*. Sidonia, que queria voltar para reconstruir a fortaleza Impyrean. Eu não podia imaginar fazer isso agora, mas ficar com Tyrus significava abandonar Sidonia. Eu tinha que escolher.

Um dia, essa escolha teria sido tão fácil quanto respirar. Mas agora... agora que eu me sentia completa e amada, de uma forma que nunca imaginara...

Agora eu não via como seguir adiante.

Independentemente do que acontecesse, Sidonia teria que retomar sua verdadeira identidade, e eu, a minha. Isso era um fato. Essa era a causa da decisão impossível diante de mim.

Então eu disse a ele:

— Tyrus, você precisa saber de algo. Que pode mudar as coisas.

Ele segurou meu rosto gentilmente, examinando-me com aquele olhar sério. Acho que eu nunca tinha visto seu rosto com a guarda baixa daquele jeito. Sem aquela neutralidade calma e cuidadosa que se esforçava tanto em manter, ele parecia mais jovem, mais alegre, irresistível de se tocar.

— Não posso continuar a ser Sidonia Impyrean para sempre. — Eu me permiti estender a mão e tocar as sardas em seu rosto, traçando suavemente um caminho entre elas, descendo por sua mandíbula saliente até o canto da boca. Depois respirei fundo e disse: — Ela ainda está viva.

44

SIDONIA ajoelhou-se imediatamente quando Tyrus entrou em minha residência, pegando a mão dele para levar até o rosto.

— Vossa Eminência, a Senadora Von Impyrean não está...

Saí de trás de Tyrus.

— Donia, está tudo bem. Ele já sabe.

Donia se endireitou, os olhos de corça arregalados, e Tyrus observou-a com ar surpreso, a mão dela ainda na sua.

— Ele já sabe?

— Tudo — assegurou Tyrus. Ela parecia ainda menor diante da altura dele, de sua ampla musculatura. — Senadora Von Impyrean, minhas mais profundas condolências pela perda de sua família.

— Obrigada — disse Sidonia.

Tyrus se virou para mim, atipicamente atônito. Senti uma pontada em resposta. Minutos atrás, ele acreditara que estava tudo resolvido entre nós. Agora sabia que não era o caso.

— Ela explicou suas circunstâncias. Admito que ainda estou espantado.

Donia assentiu timidamente.

— Espero não causar nenhum problema a Vossa Eminência.

Tyrus recuou um passo, examinando a sala. Por melhor que fosse a minha residência, era simples diante da magnificência de sua nave.

— Bem — disse ele, distraidamente —, isso nos traz algumas dificuldades reais. Fingir ser um membro dos Grandíloquos é um crime grave. Quando você reassumir seu cargo, se houver essa oportunidade, bem, muitos dos Grandíloquos têm interagido com Nemesis... Uma vez que eu assuma como Imperador, levará tempo para eu me fortalecer no cargo... e precisarei do apoio deles. Não posso simplesmente apresentar Nemesis como impostora e esperar que deixem pra lá. Eles tomarão como uma afronta pessoal terem interagido com uma Diabólica sem saber, como se fosse uma igual. Vão querer que alguém seja punido.

Donia levou a mão à boca.

— Ah, Vossa Eminência, por favor, não deixe que machuquem Nemesis! — Ela voltou a cair de joelhos. — Você precisa protegê-la. Não posso viver sem ela.

As palavras ecoaram, reverberando com uma lembrança antiga: as últimas semanas na fortaleza Impyrean; sua ameaça de se matar se eu morresse. Perturbada, abaixei-me ao lado dela e a envolvi em meus braços. Ela não desviou os olhos de Tyrus.

E ele a encarava, a expressão carregada de emoção.

— Farei todo o possível para salvar Nemesis, Senadora Von Impyrean. Mas isso será irrelevante se eu não derrotar o meu tio.

— Mas se derrotar...

Ele se ajoelhou, pegando a mão de Sidonia novamente.

— Então Nemesis viverá. Isso eu juro. — Seus olhos correram para os meus, ardendo de intensidade.

Respirei profundamente. No fundo do meu ser, eu sabia que, se pudesse confiar em uma única coisa naquele universo, era no amor de Tyrus por mim.

Ele pareceu ler meu pensamento, pois seu rosto se suavizou.

— A vida dela significa mais para mim do que pode imaginar — disse ele.

Donia saiu do meu abraço.

— Nemesis — disse ela, olhando apenas para Tyrus —, quero falar com Sua Eminência sozinha agora.

Levei um instante para perceber que era uma ordem.

— Você quer que eu saia?

— Sim — disse Donia, sem sequer olhar para mim.

Por muito tempo, eu vinha sendo Sidonia Impyrean. *Eu* estava no comando. Era estranho me ver na posição de subordinada novamente. Não... Não simplesmente uma subordinada. Eu era Nemesis dan Impyrean, e Donia era a minha *senhora*.

Essa ideia, que nunca me incomodara antes, de repente me pareceu estranha e desagradável. Eu sabia que Sidonia nunca tinha me visto como propriedade. Nem nunca tivéramos um relacionamento em que eu tivesse que seguir suas ordens. Mas em assuntos assim ela simplesmente acreditava que sua vontade prevaleceria.

Tyrus pareceu adivinhar meus pensamentos.

— O assunto diz respeito a Nemesis. Ela deveria ficar.

— Não — respondi. Sidonia queria falar com ele em particular, então faria isso. — Vou deixar vocês dois conversarem.

Então me retirei e deixei os dois Grandíloquos conversarem sozinhos.

Minutos se passaram. Então meia hora. Eu me ocupei fazendo barras. Por fim, Donia entrou no quarto e me observou em silêncio, com uma expressão suave em seu rosto que eu não conseguia adivinhar o que era.

Desci para o chão.

— Tyrus foi embora?

— Sim. Eu disse que queria falar com você em particular agora.

Então ela não pretendia me informar sobre o que eles tinham conversado. Meu desânimo devia estar visível em meu rosto, porque Donia franziu a testa.

— Ele está muito preocupado com o que vai acontecer com você.

— Sim, claro.

— *Muito* preocupado — enfatizou ela, depois hesitou. — Ele... gosta de você, Nemesis. Gosta muito.

Meu rosto ficou vermelho.

Ela me examinou atentamente.

– E você gosta dele também. – Ela baixou a cabeça e passou um momento alisando a saia. – Você confia nele? – perguntou finalmente.

– Já lhe disse que sim.

Suas pequenas mãos se cerraram em punhos quando ergueu os olhos.

– Lembro da sua teoria sobre a Grande Corrida. Você falou que Tyrus de alguma forma provocou aquele acidente.

– Sim – respondi, sem entender por que ela estava falando sobre isso agora. – Ele me contou.

– Você percebe que Dandras *morreu*, Nemesis? Não lhe preocupa saber que Tyrus é capaz de tirar a vida de um homem?

– Foi um acidente...

– E daí? Ele sabia do risco. E arriscou a vida de um homem por um gesto político. Alguém que pode sacrificar a vida de uma pessoa com tanta facilidade também pode sacrificar outras.

Pesei minha resposta com cuidado. Tais ponderações vinham naturalmente para pessoas como eu e Tyrus, mas, para Donia, deviam parecer selvagens.

– Tyrus não tinha a intenção de que ele morresse. E eu acredito que intenções importam. Além disso... – Sorri para ela ironicamente. – Também não sou inocente. Você já me viu matar com seus próprios olhos.

– Aquilo foi diferente – disse ela de maneira suave, então fez uma careta.

Não falei o que eu estava pensando. *Não, não foi.* Sutera nu Impyrean não precisava morrer. Não foi um acidente.

– Eu só... Eu me preocupo, Nemesis...

– Se está preocupada comigo, não fique. Vivo para proteger você, e não o contrário. O que vocês conversaram? Você ficou com um ar estranho.

Ela foi até uma das janelas voltadas para a cúpula celeste, a luz do sol incidindo sobre seu cabelo ainda artificialmente claro.

– Lembra o que eu lhe disse antes de você deixar a fortaleza? Que eu preferiria morrer do que perder você?

— Como eu poderia esquecer? — Minha voz soou rouca.

Seus olhos voltaram para os meus.

— Eu gosto de você, Nemesis. Muito. Provavelmente... Se eu finalmente for ser sincera, provavelmente do mesmo modo que Tyrus.

— Eu não acho... — Então parei. Meu primeiro pensamento foi o de que Donia havia entendido mal a natureza dos sentimentos que Tyrus tinha por mim.

Mas talvez não. Lembrei-me de sua reação, há tanto tempo, à minha sugestão de que eu aprofundasse sua relação com Gladdic. Eu imaginara que ela havia ficado chateada em dividir a atenção dele.

Não tinha me ocorrido, então, que ela poderia estar chateada por dividir a *minha*.

— Você tem sido uma constante em minha vida — disse Donia, a voz vazia e distante. — Enquanto minha mãe gritava comigo e meu pai estava sempre mergulhado no trabalho, eu tinha você, e você era tudo de que eu precisava. Quando eu deveria estar nos fóruns sociais, procurando um parceiro entre os Grandíloquos superiores, eu só conseguia pensar que não queria nenhuma outra pessoa. Tudo o que eu queria era o que eu já tinha. Só queria você comigo para sempre. É difícil vê-la olhar para ele do jeito que você olha, Nemesis. É maravilhoso saber que você pode sentir isso, mas dói também.

— Ah. — Foi tudo o que consegui falar. Eu não sabia o que fazer. — Donia...

Donia ergueu a mão trêmula, marcas brilhantes em suas bochechas.

— Você não tem que dizer nada. Nunca pôde escolher gostar de mim. Você *teve* que me amar. Não foi justo. Você nunca escolheu por si mesma, e eu sempre soube que não podia tirar proveito disso. Eu nunca faria isso, você sabe. E *nunca* vou fazer.

— Eu não precisava de uma máquina para forçar um vínculo. Eu... — As palavras eram difíceis de dizer mesmo agora, mesmo depois de praticar com Tyrus. — Eu te amo de verdade. Você salvou minha vida quando mataram os outros Diabólicos. E não precisava. Você queria que eu fosse Nemesis Impyrean, não *dan*. Sempre achei que isso era tolo e ridículo, mas desde que cheguei aqui...

Senti um tom melancólico em sua voz.

— O quê?

— Comecei a entender o que você queria dizer o tempo todo. Do que se tratava. Finalmente vejo como você sempre foi extraordinária. — Desviei dos olhos dela. — Entendo agora como *você* é incrível. Você é minha melhor amiga, quando na verdade devia ser a proprietária de uma posse. Você nunca me viu como uma coisa. Nem mesmo quando eu via.

Os olhos de Donia brilhavam de lágrimas.

— Você acha que há algo errado em Tyrus? — perguntei a ela, precisando saber. — Quero a sua opinião. É mais importante para mim do que qualquer coisa.

Ela balançou a cabeça.

— Nemesis, não. Não, não comece a duvidar de nada por minha causa. Se sente algo por Tyrus, então quero que você seja feliz com ele. Desejo tudo isso pra você mais do que desejo qualquer outra coisa neste universo. Você tem que acreditar nisso.

— Por que você está falando assim? — Fiquei subitamente desconfiada. — O que você e Tyrus conversaram? Estou ficando preocupada.

Ela cruzou a distância entre nós, então agarrou minhas mãos firmemente e levou os nós dos meus dedos ao rosto.

— Por favor, não se preocupe com nada. Só percebemos como você é importante para nós dois. E fiquei um pouco perturbada com a maneira como ele falou sobre escolhas.

— Que escolhas?

— Ah, é difícil dizer. Acho que ele não está muito otimista sobre eu voltar a ser a Senadora Von Impyrean sem grandes dificuldades. Está preocupado com *você*. E fico feliz que ele esteja. Fico muito feliz que esteja. Tenho certeza de que ele está pensando em uma solução. Agora vamos parar de falar sobre isso um pouco. — Ela levou a mão à testa. — Estou com dor de cabeça. Você pode me arranjar um unguento de opiáceo?

Suas palavras não me tranquilizaram nem um pouco. Encontrei o unguento para ela, mas Sidonia já não parecia mais querer conversar. Acomodou-

-se junto à janela, olhando para fora, e pareceu satisfeita só de eu me sentar ao seu lado. Fiquei ouvindo-a respirar, como costumava fazer na fortaleza, enquanto pensava em nossa conversa interrompida.

Nada nas nossas atuais circunstâncias me deixava tranquila. Parecia que nós três estávamos pendurados à beira de um precipício, abaixo de nós uma queda insondável para um vazio imenso e escuro, e eu desconfiava de que nem mesmo Tyrus, que geralmente conseguia ver além, podia ter ideia do que nos aguardava lá embaixo.

45

AGORA que não pretendia levar adiante o casamento com Elantra, Tyrus precisava rever sua estratégia contra Cygna.

— Até o último minuto, o último instante mesmo, vou fingir que pretendo cumprir minha parte do acordo — explicou para mim.

Ele tinha planejado se livrar de Randevald primeiro, e depois de Cygna. Agora queria conquistar a lealdade da avó, e depois entregar sua traição para o filho, o Imperador. Randevald se livraria de Cygna. E então Tyrus cuidaria da morte de Randevald, provavelmente com algum veneno tópico — o meio mais seguro de enganar os Diabólicos.

O plano me tranquilizava, e não só porque não havia risco de Tyrus se casar com Elantra. Eu sabia que Cygna era de longe a pior inimiga dele. Deixá-la viva seria brincar com o perigo.

Por ora, seguíamos com o que Cygna queria. Aquele era o dia em que Tyrus se desligaria publicamente de mim para ficar com Elantra.

A nave de *Grandeé* Cygna, a *Hera*, não era tão magnificente quanto a *Valor Novus*, ou mesmo a *Alexandria* de Tyrus. Por fora era definitivamente feia, construída em um asteroide escavado. No entanto, enquanto Tyrus e eu seguíamos para a grande recepção que Cygna estava dando, percebi que o interior era bem diferente.

Acima e em volta de nós podiam ser vistas as superfícies naturais irregulares do interior do asteroide: estalagmites pontudas, cristais brilhantes e veios de paládio, tudo iluminado e decorado com bom gosto, entalhado elaboradamente em alguns pontos, e entremeado por algumas janelas cristalinas, naturais e artificiais, que Cygna colocara lá dentro.

— São cinquenta anos de trabalho — observou Tyrus. — A *Hera* é o orgulho da minha avó. É uma obra de arte.

— Estou vendo.

A Matriarca me dissera uma vez que eu não sabia apreciar as coisas, mas nas últimas semanas eu aprendera lições sobre beleza... entre outras coisas. Olhando ao redor, eu percebia por que aquele lugar era inestimável. Aquela nave fora feita com amor, dedicação e esforço, e eu estava impressionada com o trabalho e a ambição.

— Você está preparada para o que vai acontecer? — perguntou ele, observando meu rosto atentamente.

— Claro.

Ele se inclinou para bem perto de mim, sua respiração fazendo cócegas em meu ouvido, a voz tão suave que quase não dava para ouvir.

— Lembre-se de que nada disso será real.

Eu sorri. Naturalmente.

— Tyrus, eu sei. Seja cruel. Vou sorrir por dentro.

Ele sorriu também.

— Serei monstruoso.

— E Tyrus... obrigada por guardar meu segredo. — Então, para esclarecer: — Sobre *ela*.

Seu maxilar ficou tenso. Uma sombra cobriu seu rosto.

— Sei que você está ligada a ela, Nemesis. Sei como ela é valiosa para você, por causa disso. — Ele hesitou em seus passos, virando-se para mim de repente, como se distraído da tarefa à frente. — Ela é a razão pela qual você planejava sair daqui, não é?

— Claro.

— E você a escondeu de mim por proteção. Eu entendo isso. — Seu olhar sondou o meu. — Nemesis, um vínculo entre um Diabólico e seu senhor pode ser rompido?

— Rompido? — indaguei bruscamente. — Por que eu iria querer fazer isso?

— Para libertar você dela, é claro.

— Não sou cativa de Donia, Tyrus. Eu a *amo*. Amaria sem o vínculo.

— Compreendo isso, mas Nemesis... — Ele pegou minhas mãos e me puxou para bem perto. — Eu *sei* como você expressa seu amor. Lembro de você abrir mão de sua vida por mim na câmara de descompressão. — Suas mãos apertaram as minhas. — E se os Grandíloquos descobrirem sua farsa, sei como vai se expressar novamente... você vai escolher a vida dela em detrimento da sua. Mas *eu* não escolho a vida dela em detrimento da sua.

— Não vai chegar a isso. — Eu não tinha como garantir, mas parecia a melhor resposta.

Ele soltou o ar de maneira trêmula.

— Você me deixaria, então? Se ela quiser que você vá embora?

— Tyrus, eu...

— Não é a hora. Eu sei disso. — Ele abriu um sorriso fraco. — Mas lembre: sou uma pessoa egoísta. Quando chegar o dia, não vou te entregar a Sidonia simplesmente porque ela tem uma vantagem química sobre mim... Nós, Domitrian, não somos de dividir.

E então ele me conduziu adiante sem dizer outra palavra. Eu o segui, suas palavras dando voltas em minha mente. Tyrus e Sidonia eram todo o meu universo agora, polos magnéticos gêmeos me puxando para a frente. E eu não sabia o que faria se me puxassem em direções opostas.

Chegamos ao grande salão da *Hera*, um salão de baile de beleza resplandecente com paredes polidas de pedras preciosas. Uma tensão indefinível tomou conta de mim quando pensei no que faríamos ali. Nós nos sentamos perto de uma janela de gelo permanente quase translúcida, reforçada por alguma substância clara.

A celebração era em agradecimento ao divino Cosmos pelo salvamento milagroso de Tyrus do "estranho" acidente com o míssil defeituoso que quase o matara. Até o Imperador apareceria mais tarde para agradecer, embora só um tolo acreditasse que não estava por trás disso.

A verdadeira razão para a festa, no entanto, era Tyrus me dispensar e mostrar obediência à *Grandeé* Cygna, assumindo Elantra – a noiva que ela escolhera – como sua futura Imperatriz.

Tyrus apertou minha mão uma vez quando Cygna subiu em um grande trono na sala. Era a sua nave, então podia fazer isso. Ela olhou para a multidão em sua nave reluzente de asteroide. Pensei em como Tyrus fora perspicaz ao descrever Cygna como a integrante de sua família mais adequada para governar. Embora o selo do buraco negro dos Domitrian de linhagem não real se erguesse acima de sua cadeira, ela examinava a multidão lá embaixo com um orgulho aquilino em seus traços régios, como um governante presidindo seus súditos.

E agora Tyrus se submeteria publicamente à vontade dela ao iniciar sua corte a Elantra. Era uma mensagem que Cygna iria entender.

O Imperador chegou, acompanhado como sempre por seus Diabólicos e robôs de segurança. Observou com desdém a celebração em volta. Ele tinha que comparecer àquele evento e expressar publicamente sua satisfação por Tyrus ter escapado da morte simplesmente para acabar com os rumores de que estava por trás do ataque do míssil... Embora com certeza não parecesse satisfeito por seu ataque ter falhado.

Cygna fez sinal para a música começar, e Harmonids encheram uma área isolada por cordas do salão. Olhei para aqueles seres, criações humanoides assim como eu, propriedades do Imperador. Eram raramente vistos; geralmente tocavam seus instrumentos em algum lugar escondido. Eu nem sequer os vira no salão no último baile, mas na *Hera* não havia um espaço para escondê-los.

Vi de relance pessoas baixas e arredondadas, as feições irregulares em grandes cabeças. Alguns tinham excesso de dedos; todos tinham boca e orelhas enormes, olhos pequenos. Alguns tinham braços ou pernas muito longos, mais adequados para tocar seus instrumentos, e alguns tinham braços extremamente curtos. Uma das razões para raramente serem vistos eram suas feições esteticamente desagradáveis. A maioria dos humanoides geneticamente criados era projetada para encantar os olhos. Não aqueles.

Então a música começou a tocar. Os Harmonids eram criados para uma única finalidade: produzir música que um ser humano normal não poderia imitar nem apreciar plenamente. Eram criaturas destinadas exclusivamente a entreter, e faziam isso maravilhosamente bem.

Tyrus me pegou pelo cotovelo e me guiou em direção à pista de dança, e a multidão à nossa volta se afastou para que o Imperador e a *Grandeé* Wallstrom dessem início à primeira dança.

Cygna permaneceu sentada acima da multidão, olhando para nós em expectativa.

À medida que a música avançava, chegou a hora de Tyrus e eu dançarmos. Ele apertou meu braço uma vez, então me levou até a metade da pista... e parou.

Virei-me para ele, ciente da música ainda tocando e do silêncio que começava a pairar na multidão quando notaram algo estranho no modo como Tyrus me olhava.

Seus olhos arderam nos meus por um instante, e então ele estendeu a mão e entrelaçou os dedos em meu cabelo. Senti Tyrus soltar um prendedor incrustado em joias que me dera e meu cabelo cair sobre o ombro quando ele o tirou.

Eu sabia meu papel. Levei as mãos à boca, arregalando os olhos, e esperando demonstrar uma sensação de horror. A retirada de uma joia dada como presente tinha um significado.

— Sinto muito, mas preciso dar um fim nisso. — Ele soltou meu braço e se afastou.

— Vossa Eminência, não! — chamei, esperando injetar emoção na voz. — Por que está fazendo isso? De que maneira o desagradei?

Tyrus balançou a cabeça.

— Você é um encanto, Senadora Von Impyrean, mas meu coração foi conquistado por outra. — Ele caminhou até um braseiro flamejante no centro de uma fonte de nitrogênio borbulhante, atirou a joia no fogo e se virou teatralmente.

Então desabei no chão, enterrando a cabeça nas mãos para que ninguém pudesse ver a falta de angústia em meu rosto.

Todos em volta estavam em silêncio. Por entre os dedos, vi que o Imperador e sua dama haviam parado de dançar, observando a cena com interesse.

Tyrus estendeu a mão.

— *Grandeé* Elantra Pasus, me daria a honra de se juntar a mim em uma dança? — anunciou Tyrus, sua voz reverberando em meio à multidão sobre a música agradável que tocava mais baixo (os Harmonids obviamente sabiam quando ajustar o volume em razão de uma cena).

Do meio da multidão surgiu Elantra, uma bela visão com sua cascata de cachos pretos caindo sobre um vestido azul ondulante. Seus olhos brilhavam de prazer, e naquele momento ela estava estonteantemente bela.

Tyrus sorriu e ela pegou sua mão. Em um gesto, ele enfiou a mão no bolso e pegou uma joia escolhida para ela: uma presilha brilhante.

— Para você, em homenagem à sua beleza — disse Tyrus.

— Obrigada, Vossa Eminência — disse Elantra, ajoelhando-se diante dele. Ela deixou que Tyrus colocasse a presilha em seu cabelo... marcando-a publicamente como o objeto de seu afeto.

Afastei-me da pista de dança, a cabeça abaixada como convinha à amante desprezada. Curiosamente, a encenação se tornava cada vez mais fácil. Ver o prazer de Elantra, Tyrus tocando-a de maneira tão solícita, me fez sentir mal, embora eu soubesse claramente que era só uma farsa.

A multidão se afastou para me deixar passar, como se eu tivesse alguma doença contagiosa. Não haveria mais visitas de adulação à minha casa de pessoas querendo cair em minhas graças. Pelo menos havia essa vantagem. Olhei para *Grandeé* Cygna no alto enquanto Tyrus e Elantra entravam na pista de dança. A música recomeçou. O rosto de Cygna exibia uma fria satisfação, seus dedos finos curvados sobre o braço do trono. Ela parecia no comando naquele momento, não o homem de cabelo loiro dançando abaixo dela.

Forcei-me a ver Tyrus e Elantra rodopiarem pela pista de dança. Depois de alguns minutos, meu estômago se acalmou. *É só uma encenação.* Eu sabia como ele se sentia. Não havia motivo para duvidar. Enquanto se moviam juntos, Elantra em êxtase por seu triunfo, os olhos de Tyrus encontraram brevemente os meus, e trocamos um segredo silencioso.

Fiz tudo o que podia para não sorrir.

Então senti o peso de um olhar sobre mim e, ao me virar, encontrei os olhos de *Grandeé* Cygna. Ela me chamou com um dedo.

Hesitei um instante, perguntando-me o que ela poderia querer comigo agora, mas então passei em meio à multidão, mantendo a cabeça baixa, como a amante desprezada e humilhada. Por fim, alcancei seus pés e levei os nós de seus dedos ao rosto.

Ela retirou a mão da minha e acariciou meu cabelo, um perfume doce no ar acima de mim.

– Muito bem, minha querida. Você parece uma amante desprezada. – Ela me observou atentamente. – Tanto sentimento no rosto de uma Diabólica! É uma visão bizarra.

Eu não sabia bem como responder a isso.

– Estou feliz que tenha gostado da minha atuação.

– Sua atuação. Sim. – Ela abriu um sorriso discreto. Seus olhos eram aguçados demais para o rosto perfeitamente liso, sob cachos de cabelo castanho. – Sabe em que tenho pensado desde que soube a verdade sobre você?

Ergui os olhos para ela com cautela.

– Em quê?

– Em sua professora de etiqueta.

Meu coração parou.

– Ah, sim – disse Cygna, vendo o sangue se esvair do meu rosto. – Essa professora de etiqueta hospedada em sua residência aparentava uma juventude verdadeira, muito diferente da Sutera nu Impyrean que morou aqui há várias décadas. E no que ela poderia estar pensando para participar de tal traição, tratando uma Diabólica como a herdeira de um senador?

Cerrei os dentes, o coração batendo furiosamente.

— Ela ignora completamente quem eu sou. Nunca me viu antes de tomar a liberdade de viajar até aqui para me consolar.

— É mesmo? Mas você disse antes que ela a treinou.

Meu coração despencou. Eu tinha mesmo falado isso.

— Sua professora de etiqueta fez parte de um ato criminoso. Embora Tyrus tenha negociado clemência para você, acho uma grande ofensa um mero Excesso se meter em assuntos imperiais. Bem, acho que devo mandar prendê-la...

Minhas mãos correram para os braços de sua cadeira, segurando-os firmemente enquanto eu me inclinava sobre ela. Era tudo que eu podia fazer para não agarrar sua garganta.

— Não se aproxime dela!

Cygna não se encolheu.

— Ah, *agora* vejo a Diabólica em você. — Ela acenou a mão, como se pedisse a alguém para se afastar. Sem dúvida alguns de seus empregados tinham visto meu movimento e se preparavam para ajudá-la. Eu nem sequer olhei para eles.

Cygna afastou calmamente primeiro uma das minhas mãos, depois a outra. Não a impedi. Sabia bem que não devia reagir fisicamente contra ela ali.

— Então — disse ela suavemente — Sidonia Impyrean vive. Eu já desconfiava.

A raiva me inflamou. Eu queria matá-la. Mas não era a hora. Estávamos em uma situação pública demais. Ela devia estar preparada para isso, pronta para se salvar caso eu reagisse mal. Afastei-me um passo, depois outro.

— Ah, não tema — disse Cygna com ar debochado, vendo o terror em meu rosto. — Ela está a salvo. Por enquanto.

Virei as costas, inspirando profundamente o ar que, de repente, parecia escasso.

Ela se levantou e se aproximou de mim. Sua mão fina apertou meu ombro, a respiração contra o meu ouvido.

— Mas me diga, Diabólica, quando isso acabar, você sabe que haverá consequências. Se Tyrus gosta de você, como ele poderá permitir que Sidonia Impyrean viva, que reassuma sua identidade? Com certeza ele sabe que os Grandíloquos nunca permitirão que vocês duas escapem do castigo.

Minha voz soou dura:

— Tyrus dará um jeito. E, se não der, a escolha é muito simples para mim.

— Claro que é. Mas será que ele vai mesmo permitir que você morra? Porque, se permitir... bem, é sinal de que não a ama tanto assim, afinal. Por outro lado, sempre acreditei que o amor é a substância mais volátil do universo. Ele irrompe, incinera e então simplesmente se apaga...

Olhei para ela, mas Cygna olhava além de mim, em direção à pista de dança. Segui seu olhar e a vi encarando o próprio filho, Randevald von Domitrian — aquele contra quem conspirava.

— O amor trai, Nemesis dan Impyrean, e, se for inteligente, nunca se esquecerá disso.

Elantra Pasus não foi graciosa em seu triunfo. Nos dias frenéticos que se seguiram, ela fazia questão de me lançar um olhar desafiador toda vez que passava andando altivamente de braços dados com Tyrus. Eu fazia o papel da amante subjugada e rejeitada, desviando o olhar deles, encarando minhas mãos.

Não era difícil parecer perturbada. Sentia-me assim desde que Cygna descobrira a verdade sobre Sidonia. Eu enviara um servo para contar a Tyrus o que acontecera, mas ele não parecia compartilhar meu alarme.

Minha avó deixará de ser um problema em pouco tempo, respondera. *Permaneça fiel ao plano e não tema.*

Mas ainda assim eu temia. Estava apavorada com o que poderia acontecer a Sidonia. Eu não podia confiar em Cygna com um segredo daqueles, e não parava de pensar em matá-la. Mas não era a hora. Não era. Tyrus tinha um plano, e Cygna tinha que morrer pelas mãos de Randevald, não pelas minhas.

Um dia, durante os vapores após a celebração na heliosfera, fiquei observando Cygna do outro lado da sala, e pensando novamente nas potenciais consequências de matá-la. Então uma presença maciça surgiu ao meu lado. Percebi, assustada, que era Angústia, o imenso Diabólico escuro como breu do Imperador.

— Sua Reverência Suprema deseja que inale os vapores com ele em sua sala particular.

— E ele mandou você, em vez de um servo, para me chamar? — indaguei, surpresa.

— Ele quer muito que inale os vapores com ele. Um servo não conseguiria transmitir sua urgência.

Lancei um olhar incerto em direção a Tyrus e Elantra, os dois exalando delicadas nuvens de vapor. Então segui Angústia.

A sala de vapor particular do Imperador era raramente usada. Ele era uma criatura social, nada inclinada ao isolamento. Naquele dia, porém, entrei na câmara mal iluminada e encontrei o Imperador sozinho, descansando em uma cadeira, já tendo inalado vários frascos.

— Ah! Sidonia Impyrean. Sente-se. — Ele indicou uma almofada no chão, ao lado de sua cadeira.

Vi Perigo atrás dele, nas sombras, me observando atentamente. Então cruzei a sala e me sentei na almofada. Olhei para o rosto do Imperador, relaxado pelo uso do narcótico, e pensei como teria sido impossível há algumas semanas eu me sentar tão perto dele sem atacá-lo. Agora que eu sabia que Sidonia tinha sobrevivido, meu ódio por ele tinha esfriado. Eu podia observá-lo de maneira desapaixonada. Ele era tio de Tyrus, inimigo de Tyrus, o obstáculo entre Tyrus e o trono.

Era também um homem cuja idade e exaustão apareciam por trás de seu rosto de falsa juventude, uma criatura paranoica e assustada, desgastada pelo poder, que nem de longe era tão inteligente quanto os inimigos ao seu redor.

— Vejo que meu sobrinho a abandonou.

Olhei para baixo rapidamente.

— Sim.

— Ele me falou que deseja se casar com Elantra Pasus.

— Fiquei sabendo.

Ele deu uma rude gargalhada, depois inalou profundamente o conteúdo de outro frasco. Prendeu a respiração por um instante, depois tossiu.

— Péssimo gosto, na minha opinião. Me faz pensar se está mesmo louco, afinal. Eu estava começando a ter minhas dúvidas.

Olhei para o Imperador, desconfiada, perguntando-me por que estava ali.

— Eu vinha começando a pensar que Tyrus podia estar... encenando — disse o Imperador. — Ele tinha melhorado rápido demais.

Não falei nada.

— Você me diria se soubesse de alguma coisa, não é, minha querida? Nós dois fomos enganados por meu sobrinho.

— Eu acho... — Hesitei por um instante, lembrando-me exatamente do que Tyrus me aconselhara a dizer. — Acho que ele só está com medo, Vossa Suprema Reverência.

— Com medo?

— Sim, Vossa Supremacia. Com muito medo.

— De mim?

— Não só... de você.

Os Diabólicos agitaram-se.

O Imperador respirou fundo. Seus olhos se dilataram.

— Da minha mãe?

Fiz que sim.

— Tyrus estava recusando as propostas dela — falei, agarrando minha saia. — Tem que acreditar em mim. Ele estava mesmo.

— Propostas? — indagou o Imperador.

— Sei muito pouco do que aconteceu, mas, pelo que ouvi, *Grandeé* Cygna ficou... muito aborrecida com sua... sua purga dos Grandíloquos. Ela não concordava com sua decisão.

Os olhos dele se estreitaram.

– Sim, ela disse que era contra.

– E então, depois do que houve, ela passou a se interessar por Tyrus. A princípio, parecia inocente. Ela o aconselhava sobre como moderar sua loucura, como ignorar as vozes e se comportar de maneira mais cativante em público...

– É mesmo? – perguntou o Imperador.

– Vossa Supremacia, talvez... – começou Perigo, atrás dele.

– Silêncio, Diabólico! – ordenou o Imperador, mandando que se afastasse. – Quero ouvir. Então me diga, querida, é por isso que Tyrus tem se comportado de um jeito tão diferente ultimamente? *Minha mãe* vem sussurrando coisas em seu ouvido? *Ela* o tem aconselhado?

– Sim, e aproveitando-se da instabilidade dele.

Lancei um rápido olhar para o rosto preocupado de Perigo e Angústia. Será que suspeitavam que eu estava ludibriando o Imperador? Será que podiam dizer, só de olhar para o meu rosto, que eu estava mentindo?

Continuei:

– Depois do estranho acidente com o míssil, Tyrus ficou muito assustado. *Grandeé* Cygna lhe disse que *o senhor* tinha orquestrado o ataque, e ela iria protegê-lo... mas só se ele se casasse com Elantra Pasus e se mostrasse um heliônico ardente. Acho que ela pretende colocá-lo no trono em breve, embora Tyrus não tenha a mente coerente o bastante para entender. Ele só está com medo de recusar, mas sua doença o torna tão vulnerável à manipulação dela...

– Sim – suspirou o Imperador. – Sim, com certeza.

Perigo pôs a mão no ombro do Imperador.

– Vossa Suprema Reverência exagerou nas doses. Acho que precisa descansar.

– Não sou criança para você me chamar a atenção assim – disparou o Imperador. – Quero ouvir sobre essa conspiração!

– Isso não é nada sábio. Não deve ouvir uma palavra do que esta criatura está falando – disse Perigo.

– Não é uma conspiração – protestei rapidamente. – Tyrus não está conspirando, é só uma vítima de... de... Pare! Me solte!

Mas Angústia tinha me pegado pelos ombros e me levava até a porta.

– Deve ir embora, *Grandeé* Impyrean. – Ele usava muita força, muito mais do que seria justificado. Se eu fosse mesmo uma pessoa, poderia ter quebrado meus ombros. Mas não me atrevi a me soltar e mostrar minha própria força.

O Imperador estava reclamando com Perigo, que respondia:

– ... não é confiável. Dá para ver no rosto dela... – E suas vozes saíram do alcance da minha audição quando Angústia me empurrou para fora da sala.

E então, já do lado de fora, os olhos de Angústia encontraram os meus, e eu simplesmente desempenhei meu papel de herdeira ofendida, maltratada por uma criatura.

– Como você ousa!

Angústia se inclinou para perto.

– Deixe-me usar uma linguagem que você vai entender: caso se aproxime do Imperador novamente, arranco sua espinha.

A ameaça de violência me fez congelar; será que ele tinha adivinhado o que eu era? Não, não havia como. Mas, antes que eu pudesse exigir uma explicação para uma ameaça tão direta, ele já tinha entrado novamente.

Então os Diabólicos tinham conseguido ler as mentiras em meu rosto. Eu só esperava que a paranoia do Imperador superasse a confiança que tinha no julgamento deles.

Mandei um servo levar uma mensagem para Tyrus.

Plantei as sementes no seu tio. Os Diabólicos dele duvidam de mim, mas ele ouviu minhas palavras.

Agora era deixar que aquelas sementes se enraizassem. Quando o Imperador exigisse uma explicação do sobrinho, o inteligente Tyrus faria o resto.

46

NAQUELA MESMA NOITE, o noivado de Tyrus com Elantra seria anunciado. Fiquei sabendo porque um servo chegou com uma carta de Elantra: eu devia ir à residência dela ao amanhecer, para sua unção.

– Unção? – indaguei, olhando para a folha.

Donia pegou o papel e leu.

– Unção é um ritual de noivado. Geralmente as pessoas convidam seus amigos mais próximos para participar, quando estão perto de anunciar sua união. Minha mãe me ensinou a fazer, mas é um ritual elaborado. Elaborado demais para eu explicar.

– Então vou me recusar a participar.

– Não! – Donia ficou pálida. – Seria um insulto terrível, Nemesis.

– Mas quero que seja – eu disse sem rodeios. – Não gosto de Elantra, nem você.

– Não, você não pode mesmo recusar. É um rito sagrado. Você poderia começar uma guerra com a família dela, e não podemos nos dar a esse luxo agora.

Eu não precisava mesmo de nenhum problema com a família Pasus naquele momento precário.

– Bom, então não vou recusar, mas não entendo. Não sou amiga de Elantra. Por que ela me convidou?

— Para exibir o noivado, talvez? — sugeriu ela. — Escute, vamos juntas. Ela não vai se opor a você levar sua professora de etiqueta. Vou sussurrar o que você deve fazer.

O "amanhecer" era às seis da manhã, e bem cedo naquela manhã, Donia esfregava os olhos para se livrar do sono enquanto seguíamos em direção à residência de Elantra.

Os servos dela abriram as portas para nós, e entramos. Segui os servos até o quarto de Elantra, onde ela fingia dormir.

— Acorde — disparei. — Vamos acabar logo com isto.

Elantra se sentou, os cachos pretos caindo sobre os ombros, e olhou para mim.

— Não é assim que se faz.

A irritação tomou conta de mim. Peguei o lenço de seda e Elantra fechou os olhos novamente, esperando ansiosamente. Donia tinha me explicado as primeiras partes do ritual. Lembrava-me muito bem daquela.

Havia uma bacia com água abençoada pelo sol ao lado da cama. Embebi o lenço nela, então o passei sobre um de seus olhos fechados, depois o outro.

— Assim é melhor — disse Elantra, sentando-se.

Donia deu uma olhada da entrada, e murmurou sem som o que eu deveria dizer.

— Parabéns, *Grandeé* Pasus, neste dia glorioso em que se compromete formalmente com outra pessoa — recitei.

Elantra olhou de mim para Donia.

— Você realmente precisa que sua professora de etiqueta a ajude a se lembrar de como realizar um ritual básico de unção?

Então ela percebera.

— Perdoe-me, *Grandeé* Pasus. Eu não esperava realizá-lo até ter uma *amiga* se casando. — Dei bastante ênfase à palavra.

Elantra sorriu para mim e levantou-se. Então estendeu os braços, piscando elegantemente.

— Me dispa.

Arranquei um dos botões ao tirar sua camisola de seda.

– Quanto ao motivo pelo qual a convidei, *Grandeé* Impyrean, devia ser bem óbvio.

– Não para mim – eu disse sem rodeios.

Donia indicou com um dedo que eu devia levar Elantra para o solário da residência. Uma grande persiana escondia o sol, e Elantra ficou lá parada, esperando.

Aproximei-me da persiana e comecei a erguê-la lentamente. Era o mais próximo que poderíamos chegar de fazer o sol nascer gradualmente sobre sua pele, o que devia simbolizar o novo amanhecer da vida de Elantra, com Tyrus erguendo-se no horizonte.

– O Primeiro Sucessor e eu estamos nos unindo – disse Elantra, inclinando-se de modo que seus cabelos pretos caíram até o meio das costas. – Pensei que lhe pedir para fazer isso esclareceria as coisas entre nós de uma vez por todas. As minhas costas agora.

Peguei um dos jarros de óleo, que já estavam à espera.

– Esclarecer como?

– Não este – disse Elantra bruscamente, vendo qual eu estava pegando. – Este é o seu óleo. O mais escuro ao lado é o *meu* óleo de unção.

Peguei o mais escuro, tentando lembrar o desenho que Sidonia fizera mais cedo para me mostrar a figura que eu precisava traçar nas costas de Elantra.

Parecia um sol envolto por anéis concêntricos. Elantra estava parada diante do espelho enquanto eu desenhava em sua pele. Sempre que eu hesitava, Donia vinha para o meu lado, pegava meu pulso e movia meus dedos para mim.

– Tyrus sugeriu que fosse você a me ungir – comentou Elantra.

Minha mão ficou imóvel sobre sua pele. Aquilo me surpreendeu.

– É mesmo?

Olhei para Donia, e suas sobrancelhas se ergueram.

– Sim. Imagino que esteja tentando deixá-la com ciúmes. – Elantra sorriu de maneira desagradável. – Isso me diz que ele ainda tem sentimentos por você, mesmo que diga o contrário. Isso lhe agrada?

Por que Tyrus diria a ela para me escolher? Ele nunca agia sem deliberação, então tinha que haver um motivo. Talvez fosse um gesto para sua avó, sinalizando que eu continuaria importante para ele mesmo que o forçasse a se casar com Elantra. Ele devia ter se focado em Cygna sem pensar muito em como a própria Elantra receberia o pedido – um descuido que não era característico dele.

– É claro que agrada – disse Elantra, me observando. – Agradaria a qualquer uma.

– Para mim é indiferente, na verdade. – Voltei a traçar o padrão na pele de Elantra com o óleo de unção.

– Eu já desconfiava que ele talvez ainda a amasse e só tivesse me procurado por necessidade, mas não foi agradável obter a confirmação – disse Elantra, os olhos fixos em meu rosto no espelho. – Creio que ele tenha me escolhido em vez de você para agradar *Grandeé* Cygna. Mas aceito seu amor falso se for o preço que devo pagar para ser Imperatriz.

Minha mão ficou imóvel novamente, meu coração batendo de maneira estranha.

– Isso é... uma insolência. – Tive que dizer. Era traição discutir a morte do Imperador, e Elantra não era minha amiga.

Elantra lançou-me um olhar rancoroso sobre o ombro, curvando os lábios.

– Não banque a inocente. Ele precisa de mim para ganhar o apoio de *Grandeé* Cygna. Está planejando matar o Imperador. Já vi o veneno que ele pretende usar, uma toxina simples. Um toque descuidado e a toxina entraria na pele do pobre Randevald, matando-o em minutos.

Minhas mãos se paralisaram de novo. Essa confissão devia ter sido arrancada de Tyrus. Se Elantra tivesse desistido do casamento, *Grandeé* Cygna poderia decidir apoiar Randevald em vez dele. Imaginei que ele tivesse compartilhado essa informação com Elantra para persuadi-la a seguir adiante com o casamento, mas não estava feliz em ouvir isso. Ela poderia trair todos nós.

Por outro lado, Elantra não nos trairia se esperava ser a Imperatriz de Tyrus... Mas agora que descobrira que Tyrus me amava, ela ficaria atenta quando ele assumisse, preparada para o caso de ele se voltar contra ela. Teríamos que proceder com cautela.

— Por que estou aqui, Elantra? — perguntei. — Você não precisava concordar em me convidar.

Elantra não respondeu. Estendeu os braços para que eu colocasse sua camisa. Então se virou, descalça, e acomodou-se na grande almofada junto à janela iluminada pelo sol.

— Ah, professora de etiqueta! Pegue o óleo da Senadora Von Impyrean. Agora é a vez dela de ser ungida.

Donia pegou o frasco do óleo mais leve, o que eu tinha que usar em meus ombros e peito antes de servir como acompanhante de Elantra até o vigário. Novamente, eu não sabia os padrões que tinha que desenhar. Donia tentou me salvar.

— Tenho mãos muito habilidosas. Posso ungir minha senhora? Será mais rápido.

— Ela mesma pode se ungir. Entregue-lhe o jarro e deixe-nos — falou Elantra, sem desviar os olhos de mim.

Donia sorriu para Elantra seu sorriso mais gracioso, e me perguntei como Elantra se sentiria se soubesse que sua verdadeira rival era a pequena e mansa garota ao meu lado.

— Na verdade, *Grandeé* Pasus, eu gostaria muito de fazer isso pela *Grandeé* Impyrean. Na verdade, insisto.

O olhar de Elantra correu até ela.

— Como ousa insistir comigo? Não conhece o seu lugar? — Então a raiva desapareceu de seu rosto, o rubor vivo de suas bochechas se apagando. Ela inclinou a cabeça e sorriu. — Muito bem. Já que insiste, pode ungir sua senhora.

Tirei minha túnica e esperei Donia mergulhar os dedos no óleo e começar a esfregá-lo em meus ombros. Elantra observava os dedos de Donia se moverem sobre minha pele.

A DIABÓLICA

— Para ser sincera — falei —, foi muito imprudente de sua parte revelar os planos de Tyrus para mim. Até onde você sabe, eu sou a amante desprezada e vingativa, disposta a entregá-lo para o Imperador.

O sorriso de Elantra era malévolo.

— Ah, não estou preocupada que você vá revelar nada.

Então o jarro de óleo se quebrou aos nossos pés, e Donia deu um grito sufocado. Virei-me e vi seus olhos arregalados, cheios de pavor. Ela ergueu os dedos trêmulos e oleosos, e notei que sua pele rapidamente adquiria uma palidez doentia onde mergulhara no óleo. A ardência em meus ombros começou ao mesmo tempo, e eu entendi, entendi por que Elantra tinha me chamado ali — por que se sentira segura em falar tão abertamente.

O óleo estava envenenado.

Elantra nunca pretendera me deixar sair dali viva.

47

OS OLHOS DE DONIA, arregalados e tomados de pânico, fitavam os meus, e eu já podia ver sua pele se cobrindo de manchas no pescoço e no peito.

Reagi imediatamente, carregando Donia para o banheiro da residência de Elantra. A pele de meus ombros ardia, mas ignorei, levando Donia em direção à pia e enfiando suas mãos sob a torneira. Liguei a água e as esfreguei vigorosamente.

– Nemesis... não consigo... respirar... – disse Sidonia, sufocada, e quando olhei para ela, vi que seu rosto estava ficando azul-acinzentado.

Ouvi um silvo e, ao me virar, vi a porta do banheiro se fechando. Lancei-me até ela, mas a fechadura tinha sido adulterada – não se movia. Estávamos presas.

A voz rancorosa de Elantra chegou pelo intercomunicador.

– Não adianta – disse ela alegremente. – Já está em seu organismo. Testei primeiro, só para ter certeza de que é verdadeiramente letal. Precisou ficar uma boa hora na pele do Exaltado antes dele começar a sucumbir, mas criaturas humanoides são sempre mais resistentes a essas coisas. Imagino que vá funcionar muito mais rapidamente em vocês duas.

Enfurecida, atirei-me contra a porta. Minha mão ricocheteou, fazendo a dor se espalhar pelo meu braço. Donia fez sons de engasgo, e me virei para ela. Os braços de sua túnica estavam encharcados agora, e ela estava ajoelhada aos pés da pia, a pele toda manchada, e eu não podia ignorar as batidas urgentes do meu coração reverberando nos ouvidos, minha pele suada, a ardência cada vez maior em meus ombros.

Uma rajada fria de clareza soprou sobre mim.

Elantra acabara de nos trancar.

Ela nos expôs ao veneno. Devia ser o mesmo que Tyrus planejara usar com o Imperador.

Eu tinha lavado a pele de Donia, mas já estava em seu organismo.

Sidonia podia morrer.

– Elantra, por favor! – gritei. – Elantra, por favor! Por favor, deixe-nos sair. Ou pelo menos minha acompanhante. Por favor, deixe minha professora de etiqueta viver. Por favor, deixe-a ir. Elantra! Elantra!

Apesar do meu apelo, sua resposta sarcástica veio em seguida:

– *Grandeé* Cygna deve chegar em breve para escolher sua futura neta até a heliosfera. Creio que, em vez disso, ela terá que me ajudar a descobrir o que fazer com seus corpos.

– VOU ARRANCAR SEU CORAÇÃO POR ISSO, ELANTRA!

Somente o silêncio me respondeu. Comecei a me atirar furiosamente contra a porta, sabendo que era a nossa única chance. Eu tinha que levar Sidonia a um médico. Tinha que levá-la aos robôs médicos. Eu tinha que fazer alguma coisa.

– Ne... Nem...

Virei-me, e congelei ao vê-la. Seu rosto estava pálido como cera. Ela parecia uma boneca de pano caída debaixo da pia, as manchas em seu pescoço transformando-se em bolhas.

– Lave.

– Já lavei você. – Minha visão estava ficando embaçada. Eu não conseguia desviar o olhar. – Já lavei o óleo, Donia.

– Você.

Meus ombros queimavam. Pensei no Exaltado, e que tinha demorado uma hora para começar a sentir os efeitos. Sem dúvida, Diabólicos tinham um tempo próximo de sobrevivência. A morte era o que eu merecia por levar

Donia para aquela armadilha. Eu não sabia o que fazer. Rezei para todos os deuses que pudessem existir, principalmente para o Cosmos divino, que me devolvera Donia uma vez, para que por favor fosse até ali, para que por favor nos ajudasse, porque eu não podia passar por isso de novo. Eu não podia suportar isso novamente.

Donia moveu a mão frágil em direção à pia.

– Lave.

– Eu não mereço lavar o veneno – falei, chorando. – Donia, espero que isso me mate.

– Lave – insistiu ela. – Por favor.

Meu cérebro parecia entorpecido. Joguei água nos ombros até a ardência deixar minha pele.

A fisiologia diabólica novamente. O veneno estava passando por mim como se nem existisse. Eu trocaria qualquer coisa para dar minha imunidade a Donia.

– Eu... eu não sei o que fazer – falei. Olhei para minha mão, os nós dos meus dedos ensanguentados onde eu socara a porta.

A pele de Donia parecia azulada agora, o branco de seus olhos vermelho de veias. Sua mão trêmula se fechou em torno da minha e eu me agachei junto a ela, seu corpo como o de um pássaro frágil, porque isso não estava acontecendo, não estava acontecendo...

– Amo – disse ela, ofegante.

Eu a apertei com mais força.

Ela apertou o máximo que podia. Sua respiração estava difícil agora.

– Amo... você... – Então sua respiração fez um ruído agudo e seu corpo se retesou contra o meu, e comecei a pensar em Mortal novamente, enquanto abraçava Donia com força, o horror reverberando em meu cérebro, porque não, não, isso não estava acontecendo...

Mas então ela não estava mais respirando, não estava se movendo, e olhei para seus olhos, que pareciam nuvens lamacentas, sem aquela faísca que era Sidonia, e não, não, isso não ia acontecer.

— Donia. DONIA!

Agarrei-a e a sacudi. Gritei com ela. Belisquei sua pele, torcendo-a, tentando conseguir alguma reação, tentando ouvir um grito, fazê-la se encolher, fazer qualquer coisa, mas seu corpo estava todo mole, e ela estava morta, ela estava morta, e um grito de raiva rasgou o meu peito.

Então, abruptamente, a energia me deixou, a força desapareceu, e eu só consegui descansar minha cabeça contra ela, sussurrando:

— Amo você também. Eu amo você. Amo tanto. Eu sinto muito... — Porque Donia estava morta, e dessa vez não haveria uma volta milagrosa.

Esperei ali entorpecida, mal me mexendo, mal respirando, incapaz de compreender como tudo tinha dado tão errado, tão rapidamente. Esperei, ouvindo apenas as batidas firmes e baixas do meu coração, apenas vagamente consciente da ardência em minha pele.

Eu não entendia. Não entendia nada sobre um destino tão cruel e amargo.

Então ouvi passos lá fora.

Fiquei muito quieta, meu corpo fervendo com uma malícia sombria e sinistra. Notei Elantra atenta para ouvir qualquer movimento. Então a porta se abriu e ela disse aos servos:

— Peguem os corpos. Digam ao Grande Tyrus...

Um servo estendeu a mão para mim e eu me levantei de repente, atirando-o contra a parede mais distante. O grito de Elantra ressoou pelo ar, mas era tarde demais, eu já estava em cima dela e a segurava pelo pescoço, empurrando-a para trás como a garota indefesa que era, comparada a mim, atirando-a em uma mesa, que se partiu em duas com o impacto. Outros servos tentaram me pegar, mas eu os lancei para longe e voltei todo o meu foco para *ela*.

Elantra choramingou e gritou de medo quando a prendi no chão, e eu sabia que tinha acabado de quebrar várias de suas costelas, mas não me importava. Ataquei seu rosto, torci seus braços, deslocando-os. E então empurrei seu queixo para trás, para ela me olhar direto nos olhos.

— Por favor — disse ela, os olhos cheios de lágrimas.

Enfiei o punho através da carne macia de seu torso e o segurei, segurei o coração de Elantra Pasus, e estava encharcada de sangue, e ainda assim minha raiva não se aplacara, porque nada fazia sentido. O órgão em minhas mãos era liso e quente e eu o encarei, e o corpo aos meus pés, porque não conseguia entender como aquilo podia ter acontecido.

E agora?

E agora?

E AGORA?

Deixei cair o coração e me levantei cambaleante, o corpo de Elantra esparramado aos meus pés. O sangue encharcava meus braços, minha túnica. As luzes eram muito fortes, e um zumbido soava em meus ouvidos, e Sidonia estava morta desta vez, ela estava morta, eu a vira morrer...

Caí então de joelhos e vomitei. Tudo o que havia de ruim e bilioso saiu de mim e ainda havia mais, porque como aquilo tinha acontecido, como...

O trovão retumbante de pânico e horror em meu cérebro abafou o som de *Grandeé* Cygna chegando, e então ela estava ali parada, pálida e aterrorizada ao menos dessa vez, ofegante diante da visão daquela carnificina. E, quando ergui o rosto ensanguentado para olhar para ela, Cygna sacou uma arma de energia.

– Para trás.

– Ela a matou – falei, arfando. – Elantra matou Donia.

Cygna deu a volta em mim, ainda mantendo uma distância segura, e olhou um cômodo após o outro. Então o banheiro. Ela ficou lá por um bom tempo, depois saiu.

– Então a garota Impyrean estava condenada, afinal – comentou Cygna.

E deu uma risada cruel e amarga.

Rindo.

Rindo!

Atirei-me para cima dela, mas um raio de energia me derrubou no chão, ressoando por cada célula do meu corpo, e *Grandeé* Cygna assomava sobre mim, a arma ainda levantada, seus olhos de águia nos meus.

— Foi você, não foi? — gritei, a raiva fervendo dentro de mim. Fiquei de pé, cambaleando, de frente para ela, e o quarto escureceu, até que tudo o que eu podia ver era seu rosto cruel e implacável. — Você estava por trás disso!

Cygna estreitou os olhos.

— Tola, você acha que eu iria tentar envenenar uma Diabólica? Sei quem fez isso, e não fui eu. Sidonia Impyrean morta, Elantra Pasus morta... Dois pássaros, uma pedra. Muito conveniente para meu neto.

Seu... neto...

Meu corpo congelou.

— Não.

Cygna inclinou a cabeça.

— Eu sabia que ele não iria sacrificar você, mas me perguntei como lidaria com a situação. — Ela ergueu as sobrancelhas finas, olhando para a carnificina. — Agora eu sei. Parece que ele escolheu permitir que a garota Impyrean morresse em seu lugar.

— Não — murmurei.

— Uma Sidonia Impyrean morta significa que certa Diabólica pode assumir seu lugar. — A voz de Cygna vibrava de maldade. — E, claro, é natural que essa Diabólica vingasse a morte de sua senhora, então Tyrus poderia limpar as mãos com relação à morte de Elantra sem que eu percebesse que ele tinha planejado... Ou era o que ele pensava. É muito insultante ele ter achado que poderia me enganar. Eu inventei essa manobra.

— Você está enganada. — Ondas de calor e frio invadiam meu corpo, mas minha mente estava introspectiva, examinando aquelas palavras. Enfiei as mãos ensanguentadas no cabelo, uma lembrança ressoando em meu cérebro.

E fiquei um pouco perturbada com a maneira como falou sobre escolhas, me dissera Donia. *Acho que ele não está muito otimista sobre eu voltar a ser a Senadora Von Impyrean sem grandes dificuldades...*

Então talvez... talvez ele tivesse optado por outro caminho.

Pediu a Elantra para me chamar para a unção, sabendo exatamente que perguntas e revelações se seguiriam... Assim ele pôde contar a ela que ainda me amava sem realmente conversar sobre isso. Isso levou Elantra a decidir me matar. E, quando ela o interrogou, ele lhe mostrou o veneno que sabia que funcionaria em Sidonia, mas não em mim. Tyrus conhecia a cerimônia de unção: sabia que seria necessário desenhar um padrão que exigiria a ajuda de Sidonia. Afinal, uma Diabólica não conheceria uma cerimônia de unção. Sidonia *teria* que ir ajudar, e o veneno podia ser escondido tão facilmente no óleo...

E se Elantra matasse Sidonia, eu poderia continuar como senadora. Se eu matasse Elantra, ele não precisaria se casar com ela. Não pareceria ser culpa dele, nem para mim nem para Cygna. Isso... Isso era bem coisa de Tyrus. Um esquema inteligente e brilhante.

Cygna contornou o corpo de Elantra.

— Tyrus nunca deve ter pretendido se casar com ela. Ele não percebeu que eu o estava testando. E falhou. — Ela apoiou as mãos nos quadris, e seus lábios se curvaram em um sorriso letal. — Eu iria atrás dele para puni-lo por isso, mas nunca ousaria privar uma Diabólica de sua vingança. A família vai se reunir para uma refeição após a celebração... Talvez eu veja você por lá?

Ela seguiu para a porta, e não tentei detê-la. Sentia-me congelada, entorpecida. A residência de Elantra estava silenciosa à minha volta, a luz do sol se derramando pela janela sobre as manchas de sangue na minha túnica, no chão, e no corpo dilacerado ali perto. E no cômodo ao lado... No cômodo ao lado! Uma garota que eu fora criada para proteger. Agora morta.

Uma dor lancinante apunhalava meu peito. Fechei a mão e pressionei-a à minha clavícula, sufocando.

E tudo em que eu conseguia pensar era na promessa que Tyrus fizera a Sidonia.

Nemesis viverá. Isso eu juro.

Ele jurara isso para ela.

Jurara.

Tyrus falara com tanta convicção porque sabia que podia fazer acontecer.

E fizera sacrificando a vida dela pela minha.

48

EU QUERIA que fosse mentira.

Queria acreditar que era tudo uma farsa de Cygna.

Mas, de todas as formas que eu analisava o que tinha acontecido, não podia deixar de acreditar nela. Não conseguia afastar minha certeza de que tudo aquilo tinha sido ideia de Tyrus.

Não sou uma alma gentil, de forma alguma. Aceitei há muito tempo que haveria sangue em minhas mãos...

Preciso viver com isso, Nemesis, então vou. Vou viver com isso.

Tyrus podia viver com a morte de um inocente. Ele se recusava a me sacrificar. Eu era a única coisa que ele não ousava perder. Então...

Então...

Era isso. Algo que ele *estava* disposto a sacrificar.

Sidonia estava deitada na cama agora. Dobrei os lençóis de Elantra sobre ela e fechei seus olhos escuros. Sua pele estava fria. Ela havia ficado pálida, e a encarei por um bom tempo, tentando entender como a Donia que eu conhecera, e que vivera, respirara e olhara para mim com tanta vida podia ser agora aquela figura de cera imóvel diante de mim.

Entrei no chuveiro e lavei o sangue de Elantra. Vesti uma das túnicas dela. Não seria bom atrair a atenção de alguém andando pelos corredores da *Valor Novus* parecendo a causadora de um massacre.

O massacre ainda estava por vir.

Uma névoa pairava sobre mim enquanto eu seguia pela cúpula celeste e passava em meio à multidão que voltava da Grande Heliosfera. Pensei, então, em Neveni, e no alerta que ela me dera uma vez e que eu prontamente desconsiderara.

Tyrus pode ser o inimigo de seu inimigo, mas ainda é um Domitrian. Nunca confie neles. Em nenhum deles. São uma família de assassinos e mentirosos. Ele pode não ter liberado a Névoa Resolvente... mas a trouxe, de qualquer jeito. O que isso diz a respeito dele?

Ele levara a Névoa Resolvente sabendo como era perigosa porque conhecia o poder de uma ameaça, o poder da morte evitada. Era inteligente e calculista o bastante para não simplesmente jogar aquela Névoa Resolvente fora ou deixá-la na nave.

E então ele me beijara quando saímos da curva de Lumina... A dor me atravessou como uma punhalada mortal.

Foi o óleo que me disse tudo. Eu respeitava Tyrus demais para acreditar que seria capaz de tal erro, acreditar que ele poderia acidentalmente revelar seus sentimentos por mim... acreditar que ele poderia acidentalmente revelar o veneno que Elantra deveria usar.

Minha cabeça latejava e as luzes no alto pareciam um borrão. Cheguei à sala de audiência bem quando Cygna saía. Ela olhou em meus olhos, mas não fez nenhum sinal de me cumprimentar. Em vez disso, afastou alguns dos empregados dos Domitrian à espera por lá.

Os Diabólicos do Imperador não estavam protegendo a porta.

Cygna estava abrindo caminho para mim, mas eu não entendia a ausência *deles*. Passei direto pela porta, entrando na sala de audiência. Meus olhos se ajustaram à pouca luz dentro da sala, e vi todos eles – Tyrus, Devineé, Salivar, Randevald – jantando e bebendo; finas colunas de vapor subindo languidamente pelo ar ao redor deles. Perigo e Angústia espreitavam discretamente contra a parede mais distante.

Outra curiosidade. Estavam longe demais para intervir se eu fizesse alguma coisa.

Mas não fiz. Parei assim que me viram.

Suas conversas se silenciaram. Todos os Domitrian olharam para mim com visível espanto – a ex-amante de Tyrus e uma intrusa. Notei vagamente os robôs de segurança zumbindo em minha direção, os únicos guardas na sala alarmados pela minha presença.

– Sidonia? – disse Tyrus. Assim que viu meu rosto, ele ficou de pé. – Sidonia, qual é o problema?

Que ator inteligente ele era! O rosto agonizante de Sidonia ardia diante dos meus olhos, e eu apenas o encarei a uma distância que, agora, me parecia imensurável.

Ele realmente achara que poderia orquestrar a morte de Sidonia e eu não veria sua mão nisso. Mas claro que sim. Se Cygna não tivesse aparecido, se não tivesse falado, eu nunca consideraria que podia ter sido coisa dele.

Mas agora que a possibilidade fora sugerida, era a única que fazia sentido.

Você vai escolher a vida dela em detrimento da sua. Mas eu *não escolho a vida dela em detrimento da sua.*

Era algo que um Diabólico faria – assassinar uma pessoa inocente pelo bem da pessoa que amava. Eu entendia, porque também teria feito isso, mas nunca poderia perdoar.

Eu conhecia meu papel como Diabólica de Sidonia: vingar aquela traição hedionda. Arrancar o coração dele, como Tyrus fizera com o meu. Fazê-lo em pedaços. Minha visão se embaçou, e então tive que desviar o olhar, porque mesmo assim eu não podia matar Tyrus. Cygna podia ter aberto o caminho para mim, mas eu não era sua arma. Não era nem a minha.

Alguém havia planejado o assassinato de Donia, e eu o vingaria, mas agiria como o próprio Tyrus podia ter feito: indiretamente. Atirei-me de quatro no chão, prostrada diante da autoridade do Imperador.

– Preciso confessar uma coisa.

– O que é isso? – perguntou o Imperador, levantando-se.

– Vossa Suprema Reverência, tenho notícias de uma conspiração contra o senhor.

Tyrus enrijeceu, e o Imperador ergueu o braço quando seus Diabólicos se prepararam para se lançar sobre mim. Pelo canto do olho, notei Cygna passando pela porta e parando assustada, abruptamente, quando me viu no chão. Sem dúvida, ela já esperava me encontrar de pé sobre o cadáver de seu neto.

— Uma conspiração? — perguntou o imperador. — Que tipo de conspiração?

— Vossa Suprema Reverência... — tentou Tyrus.

— Eu não sou Sidonia Impyrean! — gritei por cima da voz dele. — Sou Nemesis dan Impyrean, uma Diabólica da família Impyrean. Tenho conspirado com seu sobrinho, Tyrus, para tirar sua vida.

— Sidonia... — disse Tyrus bruscamente.

— Não, não, deixe-a prosseguir — disse o Imperador, o triunfo resplandecendo em seu rosto. Ele apontou para os servos. — Tirem minha sobrinha e seu marido daqui. O resto de nós vai ficar. Vou ouvir tudo.

Os babões Salivar e Devineé foram levados pelos servos. Tyrus começou a vir em minha direção — mas Perigo bloqueou seu caminho.

— Você... você não entende — disse Tyrus olhando em volta, perdido. — Eu acho... acho que ela deve ter ficado louca. Deixe-me falar com ela!

— Você também já foi louco — disse o Imperador lentamente. — E sempre ouvi você.

— Sidonia — disse Tyrus, com aspereza na sua voz —, por favor...

— Nem ouse dizer esse nome! — gritei, a voz traindo a minha dor. — Você acha que sou burra demais para ver sua mão no que aconteceu? — Sentia-me como se estivesse sendo rasgada ao meio, e a tristeza parecia me cegar. Eu não conseguia ver nada, notar nada, além da dor dentro de mim. — Sidonia está morta. Ela está morta graças a você, eu sei que sim!

— Espere um minuto, ela está... — começou Tyrus.

— Meu filho — falou Cygna friamente enquanto ficava ao lado do Imperador. — Esta é uma acusação muito grave. Quem sabe o que meu neto planejou? Antes que ele possa agir, recomendo sua execução imediata.

Olhei para ela. Sim, ela esperara que eu o matasse imediatamente. Agora seu rosto estava coberto de linhas tensas – porque eu não tinha feito isso. Eu não era sua ferramenta, e não tinha ido até ali para ser usada por ela.

– E Vossa Suprema Reverência, *Grandeé* Cygna também conspira contra o senhor.

Cygna se agitou, indignada.

– Absurdo!

– Ela participou desde o início – falei suavemente. *Dois pássaros, uma pedra.*

– Ela mente! – gritou Cygna. Branca como papel, ela se virou para o Imperador. Mas a reação de seu filho não a reconfortaria. Ele agora exibia uma expressão enlouquecida de satisfação: todos os seus sonhos se tornaram realidade ao mesmo tempo.

Ela se afastou de seu sorriso, levantando as mãos como se para se proteger de um possível golpe.

– Meu filho... você não pode acreditar nisso! Depois de tudo o que sacrifiquei por você, eu iria traí-lo?

Tyrus riu de novo, um som lento e estranho. Ele parecia ter desistido de mentir para escapar.

– Minha avó, não adianta negar. – Ele a encarou, um súbito brilho de expectativa em seus olhos. – Fomos descobertos. Nossos esquemas não serviram para nada.

Cygna deixou escapar um som sufocado.

– Bem, você...

Tyrus sorriu, os olhos muito frios, e eu sabia o que ele estava fazendo. Minha acusação unira primorosamente o destino de Cygna ao dele, qualquer que viesse a ser. Ele não seria destruído sem vê-la encontrar seu destino também.

– Perigo, pegue meu sobrinho – ordenou o Imperador, o olhar ainda avidamente fixo na *Grandeé* Cygna. – Quanto a você, mãe... pretendo aceitar sua sugestão. *Você* pode agir antes que eu tenha como detê-la. Não há razão para deixá-la sair desta sala.

— Randevald, o que você está dizendo? — disse Cygna, ofegante.

Ele mostrou os dentes.

— Se deixar por sua conta, você sem dúvida encontrará uma maneira de escapar da condenação. Não, não lhe darei nenhuma chance de tramar com seus aliados. Você vai morrer aqui, agora, por esse atentado vergonhoso contra a vida do próprio filho. E, quando estiver morta, Tyrus será persuadido a testemunhar publicamente confirmando sua culpa... e tudo o mais que eu quiser. Angústia? — disparou para o seu Diabólico. — Mate-a.

Angústia e Perigo não se moveram.

O Imperador desviou o olhar de Cygna. Tyrus, franzindo a testa, também olhou.

— Angústia! — O Imperador inclinou-se para a frente. — Eu disse: mate minha mãe!

De onde estava ajoelhada, me sentindo desolada e vazia, vi Angústia lançar um olhar para Cygna. Aquele olhar... continha uma pergunta.

Os brilhantes olhos de Perigo também correram para ela.

Nenhum dos dois obedeceu ao Imperador.

Perdi o fôlego. Perigo e Angústia estavam olhando para Cygna, à espera de instruções.

Eles não eram Diabólicos do Imperador.

Eram *dela*.

Eram dela, como no dia em que falei com o Imperador, quando tentei lançar suspeitas sobre Cygna. Angústia me forçara a sair da sala e Perigo detivera o Imperador... pelo bem de Cygna.

Ela sabia que Tyrus e eu estávamos tramando contra ela.

Agora o rosto de Cygna se contorcia de desgosto.

— Randevald, como se atreve a duvidar de mim? Eu escolhi você em lugar dos meus outros filhos... todas as vezes, escolhi *você*. E hoje, apesar de sua perfídia, escolhi você outra vez... desta vez em lugar do meu próprio neto, um garoto que já era mais inteligente do que você desde o berço. Pensei em servi-lo a você em uma bandeja, e o que você faz? Se vira contra mim. Todos esses anos... eu até mesmo negligenciei minha própria segurança, ordenando que meus Diabólicos o protegessem, em vez de mim. Ah, querido. – Ela parou, sorrindo, enquanto o rosto do Imperador começava a demonstrar compreensão. – Isso mesmo, eu nunca lhe disse. A ligação deles nunca foi com você, Randevald. Eles são *meus*. Mas, apesar de todos os meus sacrifícios, qual é a minha recompensa? – Ela estendeu as mãos. – Você ordena a minha morte! Vejo que *chegamos* a um fim. Perigo, Angústia, eliminem este traidor.

Perigo saltou em direção ao Imperador, e, em um movimento, atirou-o no chão. Angústia pulou para esmagar o robô de segurança mais próximo, desviando-se dos raios dos outros robôs e destruindo-os em seguida.

O Imperador urrou em choque quando se viu no chão, à mercê de seus próprios Diabólicos. Tyrus cambaleou para trás, afastando-se do pandemônio. Levantei-me, movendo-me em sua direção... Para fazer o quê? Eu não sabia. Protegê-lo, machucá-lo?

Mas não cheguei tão longe.

O olhar de Tyrus se virou para mim, alarmado. Ele estalou os dedos.

E de repente senti a eletricidade correr pelo meu corpo, derrubando-me. Caí no chão, cada célula do meu corpo vibrando, e fiquei lá, atordoada. Os eletrodos.

Ele dissera que tinham se dissolvido. Mas não. Estiveram lá o tempo todo.

Ele *nunca* confiara em mim.

Eu me considerara traída antes. Mas agora, enquanto arfava sem palavras, conhecia a verdadeira agonia da traição. E ela queimava como fogo pelos meus nervos, implacável.

Instantes ou minutos depois, consegui virar a cabeça e observar a cena. O Imperador olhava boquiaberto para a mãe, a mulher que nunca compreendera até aquele momento. Então, com um terrível estalo, Perigo quebrou seu pescoço.

Randevald caiu morto.

Um denso e incisivo silêncio tomou conta da câmara. Então Cygna apontou para mim. Perigo e Angústia chegaram ao meu lado em instantes, agarrando meus braços, levantando-me entre eles. Não lutei. De que adiantaria? Se eu resistisse, Tyrus só reativaria os eletrotrodos. Apenas observei enquanto Cygna cruzava a distância até Tyrus.

Os dois Domitrian de olhos claros se examinaram como inimigos em um campo de batalha devastado.

— Então – disse Cygna. – Era esse o seu plano com toda aquela conversa de aliança. Você ia me entregar para o meu próprio filho.

— Sim – disse Tyrus friamente. – Mas parece que você agiu primeiro.

— É claro que sim. *Sempre* estarei um passo à frente de você. Desconfiei que você estava me levando para uma armadilha. Então armei a minha primeiro. Parece que sua Diabólica sem vínculo o ama. Pensei que ela o mataria. Tinha todos os motivos para isso. No entanto, ela não conseguiu.

— Você perdeu o incidente de agora pouco. – Quando Tyrus olhou para mim, uma emoção perpassou seu rosto. Dor verdadeira.

Toquei meu pescoço, sentindo onde os eletrodos deviam estar.

— E agora temos um impasse – disse Cygna. – Como vê, Randevald está morto e precisamos de um Imperador. Não posso assumir o trono eu mesma, então preciso de alguém do nosso sangue para isso.

Tyrus olhou para os Diabólicos de Cygna, preparados para cruzar a sala e matá-lo em um piscar de olhos.

— Você foi inteligente em tentar me destruir, Tyrus – disse ela. – Porque estava certo. Sou a mais adequada desta família para governar. Fiz isso através de seu avô e, por anos, fiz o mesmo através do meu filho. E agora, ou farei isso através de você, ou irá morrer aqui mesmo, e o Império terá que se contentar com uma imbecil que baba no trono... Preferia que fosse você. Terei muitos problemas se colocar Devineé no poder agora, com todos os Grandíloquos falando de sua lesão cerebral, mas ninguém tentará reivindicar o poder se você assumir.

Tyrus riu.

— E como podemos ser aliados agora? Eu queria ver você morta. E meu tio teria seguido o mesmo caminho depois. Você sabe disso.

– Ah, mas também sei como você é inteligente. Inteligente o bastante para me temer.

Ele olhou com ar vazio para a mulher que tinha matado seus pais, matado a maior parte de sua família.

– Sim.

Ela levantou o queixo.

– A terrível Diabólica Impyrean assassinou nosso querido Imperador hoje. Será o que diremos a todos.

Tyrus respirou fundo.

– Não é? – disse Cygna, a voz severa. Os Diabólicos ao meu lado se agitaram ameaçadoramente, e Tyrus lançou-lhes um olhar cauteloso.

Ele engoliu em seco e respondeu:

– Será como você diz, minha avó.

– E sua Diabólica será o sacrifício de fogo em sua coroação. Um sacrifício de fogo na verdadeira tradição heliônica.

Tyrus cerrou os punhos.

– Amor ou poder, Tyrus? – indagou Cygna. – Eu sei a escolha que fiz várias vezes. Só há uma opção para um verdadeiro neto meu.

E então, lenta e dolorosamente, Tyrus caiu de joelhos diante da avó, encarando-a com olhos calculistas.

– Como desejar, minha avó.

Cygna sorriu como um grande gato satisfeito quando ele levou os dedos dela ao rosto.

Então ela falou:

– Salve o Imperador.

Suas posições estavam totalmente invertidas, o novo Imperador de joelhos e sua avó traiçoeira acima dele, encarando-se com os mesmos olhos, atentos e cínicos, completamente desprovidos de amor ou confiança. Os dois tinham tentado, sem sucesso, matar um ao outro usando Randevald, e acabaram simplesmente destruindo o homem, em vez disso. Agora aquela aliança profana seguiria em frente, e era assim que o reinado de Tyrus sempre seria. Nenhum de seus ideais elevados ou grandes planos tomaria forma sob o punho de ferro de Cygna, pois ela seria o verdadeiro poder.

Observei isso com o coração vazio, ainda bem consciente dos eletrodos em meu pescoço: evidência de que minha aliança com Tyrus sempre fora uma mentira. Eu só lamentava não ter visto a verdadeira natureza dos Domitrian a tempo de salvar Sidonia.

49

ACORDEI de volta aos currais. Ou foi o que pensei, até ouvir o zumbido do campo de força à minha volta, e ver as luzes brilhando forte do alto.

Sentei-me lentamente. Tyrus estava do outro lado do campo de força, os braços cruzados. Ele estava me esperando acordar.

Meu pescoço doía. Ergui a mão rápido e senti uma incisão cicatrizada ali. Ri com deboche. Como se tirar os eletrodos *agora* significasse alguma coisa!

— Achei difícil confiar em você no começo — disse Tyrus em voz baixa. — E não tive coragem de lhe contar depois, quando eu queria que esses eletrodos tivessem, de fato, se dissolvido.

— E então você usou eles de novo.

— Você teria me matado.

— Ainda vou. — Levantei-me, vibrando de raiva. — Odeio você com cada fibra do meu ser.

Tyrus olhou para mim firmemente, impassível, intangível.

— Sei o que pensa de mim. Sei o que aconteceu com Sidonia. Vi os corpos na residência de Elantra. A família Pasus clama por justiça. Minha avó ordenou que fossem banidos para o sistema deles, para que não façam nada imprudente.

— Você sabia que elas estavam mortas antes disso — disparei. — Você planejou!

Tyrus suspirou, então se inclinou para a frente, apoiando a testa no campo de força que nos separava.

— Nemesis — disse ele, e pude ouvir o cansaço em sua voz, a aspereza, e me preparei, pois ele não significava *nada* para mim agora. — Juro para você. Foi a minha avó, e não eu. *Pense*. Ela queria nos jogar um contra o outro, então plantou essa semente de dúvida em sua mente. Ela esperava que você me matasse. Quem mais...

— Se você não planejou isso, então por que disse a Elantra para me chamar para a unção?

— Eu não fiz isso.

— Você contou a Elantra sobre a conspiração de assassinato! E como faríamos isso!

Ele se endireitou, contraindo a mandíbula.

— Não contei *nada* a ela. Eu não tinha nenhum plano para assassinar Randevald, não ainda. Pretendia seguir nossa estratégia: contar a ele sobre as propostas de aliança de Cygna para poder me livrar da minha avó primeiro. *Ela* sempre foi a maior ameaça, não Randevald.

— Então você não queria ver Sidonia morta? Disse que eu escolheria a vida dela em detrimento da minha, mas que *você* não. Queria romper meu vínculo com ela.

Ele soltou um suspiro entre os dentes.

Fechei os olhos.

— A morte dela é o fim de *tudo* para mim. Nunca vou me recuperar. Teria sido melhor morrer com ela.

— É claro que você vai se recuperar — disse Tyrus severamente. — Você já sobreviveu a isso antes.

— Eu não desconfiava de você naquela época.

Ele bateu a palma da mão contra o campo de força.

— Eu *amo* você — disse ele, furioso. — Nemesis, você é a única verdade da minha existência. Eu *nunca* te magoaria assim.

A DIABÓLICA

— Mas vai me sacrificar! — gritei com ele. — Concordou com isso assim que Cygna falou! E ficou bem satisfeito em me eletrocutar para se proteger. Por que eu deveria acreditar em *qualquer coisa* que você diz? Você jurou me amar e facilmente jogou tudo fora. Por que eu não deveria acreditar que mataria Donia, se fosse bom para você? "Nós, Domitrian, não somos de dividir." Você disse isso.

— Eu sou *humano*. Estava com ciúmes de seu vínculo com ela? Sim. Esperava que escolhesse a mim em vez dela? Sim, eu esperava! Mas não a matei! Minha avó sabia que tínhamos nos voltado contra ela. Soube disso assim que você falou com meu tio na frente dos Diabólicos. Então agiu primeiro. Você *tem* que acreditar nisso.

Levei as mãos ao rosto para bloquear a visão dele, porque de repente não suportava vê-lo — o homem que eu amara, que tinha me destruído. Tantos sentimentos e maravilhas se abriram para mim naqueles últimos meses, e agora tinham virado cinzas em meu coração, porque tudo formara um caminho que levara àquela traição. Independentemente do que ele dissesse, independentemente do que um dia planejara, ele ainda pretendia me matar. Eu não podia acreditar em nada que Tyrus falasse, sabendo que eu seria o sacrifício no altar de seu poder.

— Vai embora — falei, minha voz parecendo muito distante. — Vai. Não consigo nem olhar para você.

Ele ficou em silêncio por um longo tempo, depois disse com voz firme:

— Não vou impor minha presença a você, Nemesis. Vou ficar longe. Pode ser mais seguro para você, de qualquer maneira.

Virei-me de costas, a dor me despedaçando. Como ele ousava falar da minha segurança, quando planejava me matar?!

— A coroação será dentro de um mês — disse Tyrus de maneira distante. — Cuidarei para que fique o mais confortável possível até lá. Não tema. Vou planejar que nós dois...

Minha voz soou ríspida:

— Não quero nada de você.

— Nemesis...

Havia uma dor verdadeira naquela palavra, mas ele não disse mais nada, só a deixou pairar no ar em meio ao pesado silêncio.

Mas depois:

— Sidonia a amava. Vi isso com meus próprios olhos. Ela teria dado a vida por você.

— Isso não justifica seu assassinato.

— Não é uma justificativa. É um apelo, Nemesis... um apelo para que faça o que sabe fazer melhor. Sobreviver.

E então Tyrus, o futuro Imperador, me deixou sozinha no cercado dos animais, o único lugar no Crisântemo capaz de deter uma Diabólica.

O tempo passava lentamente nos currais, rodeada pelas feras. Comida e água chegavam pelo teto – comida boa, melhor do que qualquer prisioneiro merecia. Uma voz mecânica soava e me perguntava se eu queria tomar banho, e, em seguida, água caía do alto sobre mim se eu dissesse que sim. Uma fenda no chão servia de banheiro, outra de pia. Quando os sensores detectavam meu cansaço, uma almofada aveludada vinha de baixo do chão. Eu nunca dormia nela. Preferia o chão duro. À noite, eu sonhava com Sidonia e Mortal. Também sonhava, para meu horror e desprezo, com Tyrus.

Sonhava com ele me tocando, e acordava desprezando meu coração por ser um traidor.

Em determinado momento, Tyrus enviou assistentes para tentar me dar um conforto maior, mas deixei bem claro que mataria qualquer um deles que se aproximasse.

Eu não tinha intenção de desfrutar de nenhum luxo, por menor que fosse. Não merecia nenhum. Tinha falhado com Donia, e amara o homem que podia tê-la assassinado. Não queria nada além de passar os dias restantes antes do meu sacrifício na coroação de Tyrus sem sentir nem pensar. Não havia mais nada para mim agora. Nenhuma vingança para me motivar desta vez – não quando era Tyrus que eu precisava destruir. Eu queria odiá-lo, mas me sentia vazia por dentro.

A DIABÓLICA

Tyrus parecia perceber que me insultaria se me visitasse novamente. E manteve-se afastado. Seu assistente, Shaezar nan Domitrian, apareceu para me informar da coroação – e da minha morte iminente.

– Tyrus está ansioso para ter a coroa? – indaguei friamente.

– Eu... eu não saberia dizer. O novo Imperador não tem aparecido muito. Ocupado, eu acho, com os preparativos. Há qualquer coisa que eu possa trazer para passar seu último dia? – perguntou ele, mantendo-se cautelosamente afastado do campo de força agora que sabia que tipo de criatura eu era.

Cygna provavelmente seguira com o plano de dizer a todos que eu assassinara o Imperador, então eu não tinha dúvida de que Shaezar me temia e não entendia a insistência de Tyrus em me dar conforto.

– Não quero nada. – Então pensei melhor. – Na verdade, sim. Preciso que me faça uma coisa.

Um robô de beleza era um estranho pedido vindo de uma Diabólica assassina, eu tinha certeza. Mas eu não tinha nenhuma má intenção. Programei a máquina para tirar a camuflagem que eu usava desde que saíra da fortaleza Impyrean. Uma hora depois, meu cabelo já não estava mais colorido, e eu voltara a ser a criatura vazia de cabelo muito claro e pele pálida que era quando entrara na vida de Donia. Fora meu tamanho ainda reduzido e o nariz quebrado, parecia irmã gêmea da falecida Hostilidade.

Não dormi muito. A manticora do falecido Imperador Randevald estava a vários cercados do meu, e me peguei observando a criatura infeliz e negligenciada, apática agora que não tinha dono para soltá-la na arena para seus esportes sangrentos. Além dela, havia outras monstruosidades, todas como eu, todas criadas para o prazer dos seres humanos.

Eu ficaria feliz em deixar esta vida.

No dia da coroação, os encarregados que vieram me buscar eram empregados dos Domitrian. Tyrus não ousara mandar servos que eu pudesse enganar, ou robôs de segurança que não podiam fazer nada além de me matar. Eles seguravam armas de eletricidade, prontos para me atordoar se eu me recusasse a me mover. Eu tinha que sobreviver até ser sacrificada.

Fiquei de pé com pernas rígidas e esperei enquanto eles se posicionavam em volta do meu cercado, apontando as armas para mim.

– Você deve nos acompanhar até a Grande Heliosfera – falou um deles, um jovem empregado com ar assustado, a cabeça brilhando sob a luz, com a imagem do selo de seis estrelas dos Domitrian recente e vívido.

Estendi os braços, mas ninguém se moveu para me algemar. Isso foi uma surpresa. Comecei a caminhar na direção já conhecida, os empregados mantendo uma distância cautelosa de mim.

Eu sabia que seria simples atacá-los e pegar uma de suas armas, apontando-a para os outros. Mas não fiz nada.

Só quando o barulho alto chegou aos meus ouvidos, os aplausos daqueles na Grande Heliosfera preparando-se para a coroação do novo Imperador, foi que meu senso de propósito tomou conta de mim.

Não tinha muito o que eu pudesse fazer para ferir Tyrus, mas poderia fazer isso: morrer passivamente em suas mãos relutantes. Era o golpe mais cruel que eu podia desferir, e a única arma que restava em meu arsenal.

Então eu ia morrer, sem tentar me defender de nenhuma forma, e Tyrus teria que viver com isso até o final de seu reinado.

50

A VASTA MULTIDÃO toda enfeitada dentro da Grande Heliosfera abriu caminho, e todos usavam os cabelos em alegres halos, as roupas feitas de material reluzente com luzes implantadas. Seus rostos estavam pintados com o selo Domitrian de seis estrelas. Fui escoltada por entre eles em direção ao vigário.

Tyrus estava de pé sobre um tablado acima da multidão, o cabelo mais comprido e arrumado em uma coroa de luz sobre sua cabeça, como convinha a um novo Imperador: a figura perfeita do líder de um Império galáctico.

Olhei fixamente para Tyrus daquele jeito sem piscar, característico de um Diabólico, pronta para morrer ali diante dele.

Grandeé Cygna deu um passo à frente, ornamentada de maneira elegante.

– A assassina de meu filho, o Imperador Randevald, servirá como sacrifício de fogo para iniciarmos esta gloriosa nova era em nossa história! – Ela ergueu a mão para que os empregados me levassem para perto.

Não lutei quando senti mãos me conduzindo para a frente e me fazendo ajoelhar. Meus olhos encontraram os Diabólicos de Cygna, Perigo e Angústia, parados junto à janela. Eles estavam próximos da fenda na parede que levava ao pequeno recipiente do tamanho de um caixão que seria a minha última morada, prontos para me forçar a entrar, se eu resistisse. Dava para ver dali que era feito de vidro cristalino. Eu seria colocada lá dentro e lançada em direção à estrela mais brilhante.

— A condenada tem algo a dizer? — falou Cygna.

Olhei nos olhos de Tyrus e permaneci em silêncio. Ele parecia uma grande estátua reluzente, tão acima de mim, tão distante, que me perguntei se já tinha mesmo tocado sua pele, visto seu sorriso. Ele parecia tão distante quanto o vazio do hiperespaço.

— Vida longa ao Imperador — disse Cygna, e acenou com a cabeça para seus Diabólicos.

Eles caminharam até onde eu estava, preparados para me conduzirem para a viagem final em meu túmulo.

Naquele momento, Tyrus ergueu as mãos, e todo o lugar ficou em silêncio. Cygna olhou para ele severamente, e eu soube que aquilo não estava dentro do esperado.

— Minha avó — disse Tyrus, sem olhar para ela —, querida mãe da minha mãe, e grande raiz de onde tantos da minha família brotaram... — Ele se inclinou em direção a ela e puxou-a para seu lado, segurando suas mãos. — Você lembra que uma vez jurou ao Cosmos Vivo que, se um dia eu me tornasse Imperador, se lançaria em uma estrela?

Ela olhou para ele por um instante; depois um sorriso curvou seus lábios.

— As coisas eram muito diferentes então, Vossa Supremacia.

— Sim, sim. — Tyrus levou os dedos dela ao rosto, encarando-a fixamente com seus olhos calculistas sob os cílios claros. — Mas não devemos ofender o divino Cosmos desprezando nossos votos.

O sangue correu para os meus ouvidos. Vi o rosto de Cygna ficar pálido.

— Com certeza você está brincando — disse ela, sua voz como gelo.

Perigo e Angústia perceberam ao mesmo tempo que Tyrus não estava. Então de repente soltaram meus braços e se lançaram para a frente...

— Agora — disse Tyrus, ainda olhando para o rosto da avó.

Os empregados que carregavam armas de eletricidade para me escoltar as viraram para Perigo e Angústia e dispararam. Os dois Diabólicos gritaram, mas se atiraram para a frente, lutando contra as correntes radiantes. Seus corpos atingiram os empregados que tentaram detê-los, envolvendo-os também na luz, mas outros empregados continuavam a se lançar em seu caminho com o tipo de devoção que nenhum Excesso jamais havia mostrado aos Grandíloquos.

E então Angústia e Perigo estavam no chão, os raios luminosos de eletricidade fazendo seus corpos vibrarem, e dezenas de empregados estavam espalhados por todos os lados, já mortos pelas mesmas correntes que tinham apenas incapacitado os Diabólicos. Os gritos aumentavam à minha volta e, ao me virar, vi a multidão agitada. Outros empregados atacavam Grandíloquos com armas de energia e bastões, derrubando-os no chão. Alguns dos agressores eram Grandíloquos, parte da elite elegantemente vestida do reino, revelando suas armas escondidas e derrubando alvos que claramente tinham escolhido de antemão, golpeando a nuca de alguns, acertando-os com feixes de energia. Mas os agressores eram, em sua maioria, *Excessos*. E então eu vi um rosto familiar com um selo Domitrian recém-tatuado na cabeça, e meu coração deu um salto.

Era o *pai de Neveni* atacando o Senador Von Farth, prendendo-o ao chão. Olhei para o lado e vi uma mulher que reconheci como outra Luminar derrubando o Senador Von Canternella.

Luminares. O que os Luminares faziam ali, se passando por empregados dos Domitrian?

Tyrus observava tudo de seu tablado no alto, enquanto Cygna gritava para que aquilo parasse. Os empregados chegaram e começaram a cuidar daqueles feridos por Perigo e Angústia, e outros rapidamente prenderam os braços e as pernas dos Diabólicos inconscientes.

Ninguém me tocou.

E então toda aquela agitação cuidadosamente planejada acabou, e metade do lugar composto por algumas das pessoas mais importantes do Império estava no chão, aos pés da outra metade. Sobre eles, havia alguns Grandíloquos conhecidos – os Rothesay, os Amador, os Wallstrom. Os herdeiros sobreviventes da facção do Senador Von Impyrean. Os outros de pé com o peito arfando pelo esforço, o triunfo brilhando em seus rostos, eram os Luminares que se passavam por empregados.

Tyrus devia tê-los trazido escondidos para aquele ataque.

Sem forças em razão do choque, Cygna permitiu que Tyrus pegasse suas mãos novamente. Ele parecia mais exausto que triunfante – uma pessoa que acabara de superar um inimigo de longa data, mas não se vangloriava nem um pouco disso.

– Minha avó – disse ele tranquilamente –, você assassinou minha mãe. Meu pai. Minha irmã. Meus primos. Meus tios. Minhas tias. E sim... o falecido Imperador, seu próprio filho amado. – Tyrus estendeu a mão e tocou o rosto dela, como se estivesse maravilhado com uma obra de arte. – Achou mesmo que eu permitiria que governasse através de mim, como uma cobra esperando para atacar se eu desobedecesse?

– Eu deveria ter deixado você morrer no espaço – disse Cygna em voz baixa.

– Mas não deixou, porque estava pensando em trair meu tio. Então tentou me destruir, em vez disso... e aqui estamos nós. No instante que antecede seu próprio sacrifício de fogo.

Ergui os olhos, completamente atordoada, para ver o pavor no rosto daquela mulher que nunca temera nada.

Ela desceu aos tropeços do tablado, afastando-se bruscamente dele, e lançou um olhar urgente em volta... vendo seus Diabólicos e aliados inconscientes aos pés dos aliados do neto. Tyrus organizara aquele golpe desde que ela se aliara a ele contra o próprio filho.

– Lamento manchar um dos nossos espaços mais sagrados com essa violência – disse Tyrus –, mas tive que atacar no único lugar em que você nunca imaginaria.

– Você prefere se aliar a Excessos, em vez de Grandíloquos! – gritou Cygna, olhando horrorizada o lugar, como se estivesse vendo uma abominação.

– Eu me alio àqueles que buscam o progresso em vez dos que impõem a estagnação – disse Tyrus simplesmente. – Me alio àqueles dispostos a lutar por um futuro em vez de se resignarem ao esquecimento. E agora lhe dou uma escolha. Você vai morrer, mas terá a chance de mostrar arrependimento.

— Arrependimento? — A voz de Cygna era um açoite.

— Sou o herdeiro real Domitrian. Sei que você se importa com nossa linhagem e com este Império, então faça uma confissão pelo bem de nossa família, antes de morrer.

— Quer que eu facilite a sua vida, antes de me matar? — disse ela acidamente.

— Sim.

— E o que eu conseguiria com isso? Vou sobreviver?

— Nós dois sabemos que isso não pode mais acontecer.

Cygna abriu a boca como se quisesse rir de sua audácia, mas então pareceu perceber finalmente a extensão de seus problemas. Seu rosto obscureceu.

— Escolho dormir durante a viagem à minha frente. Você me dará um sedativo injetável para tomar, segundo desejo. Algo de ação rápida.

— Um pedido suficientemente simples. Obrigado, minha avó, por me pedir algo razoável. Agora, a sua parte no acordo... — Ele fez um gesto para que ela voltasse ao tablado.

Os olhos de Cygna se estreitaram. Ela subiu rigidamente as escadas e se virou para a multidão, parecendo dividida entre uma dignidade firme e inflexível e a necessidade de gritar por socorro, de entrar em pânico.

— Eu matei Randevald. O... — Sua voz vacilou por um instante, como se até mesmo a fria Cygna precisasse conter as lágrimas. — O único fruto do meu ventre e meu filho mais amado. Isso me assombra, e continuará a assombrar até que o vazio da morte me chame. Matei muitos outros da minha família, mas só fiz isso para o bem do Império, e não me arrependo de nada.

Tyrus pôs a mão no ombro dela, o rosto firme e decidido.

— E o que mais?

A boca de Cygna se abriu e voltou a se fechar. Ela não esperara por isso.

— O que... mais?

Tyrus olhou em seus olhos como se enviasse uma mensagem silenciosa. Então inclinou a cabeça em minha direção.

Os lábios de Cygna se curvaram nos cantos, o rosto frio, como se pesasse a ideia daquele sedativo. Então olhou diretamente para mim, ainda com aquele estranho sorriso.

— Se é este o fardo que você deseja carregar, longe de mim detê-lo, Tyrus. Você está cavando a própria destruição, aliando-se a esses Excessos, então pode muito bem ir além e se unir a essa abominação contra a natureza. Nemesis dan Impyrean, fui *eu* que planejei a morte de sua senhora, Sidonia.

Ela. *Ela*. O mundo pareceu sumir sob mim, e eu senti como se não estivesse respirando.

— Meus Diabólicos descobriram sua conspiração contra mim, então *eu* instiguei a garota Pasus a agir, e sugeri que a unção poderia ser uma grande oportunidade para isso. Eu a instruí sobre o que devia lhe dizer para que desconfiasse do meu sobrinho. A tola nem sequer entendeu *por que* eu queria que ela lhe falasse aquelas coisas, já que estava prestes a matá-la de qualquer maneira, mas seguiu o que eu disse... e nunca percebeu que estava tecendo a própria morte. Como eu queria que Tyrus morresse, ela era inútil para mim. — Seu olhar duro se voltou para Tyrus. — Acredito que esta confissão esteja do seu agrado?

Um zumbido preencheu meus ouvidos. Sentia-me zonza, e mal consegui me concentrar na voz de Tyrus:

— Agradeço a sua honestidade – disse ele. – Gostaria de ser sedada agora?

— Caminharei para a minha própria morte.

— Eu entendo. – Havia respeito no rosto de Tyrus. Ele a pegou pelos ombros e beijou sua testa. – Obrigado, minha avó, por tudo o que me ensinou.

Cygna, então, ergueu o queixo e lançou um último olhar ao redor da heliosfera – em direção aos seus Diabólicos inconscientes, à multidão de inimigos implacáveis e a mim, quem queria que tivesse a morte que caberia a ela agora.

— Vejo que você é realmente o mais inteligente dos Domitrian, Tyrus – disse ela, proferindo suas últimas palavras, como era de direito. – Nas últimas semanas, acreditei sinceramente que estávamos trabalhando juntos, que talvez você fosse o herdeiro que criaria um império ainda maior ao meu lado. Mas, em vez disso, estava planejando minha morte. Ai de vocês todos, pois agora serão governados pelo mais inteligente demônio. O alvorecer de seu reinado vê este espaço sagrado coberto pelas vítimas de sua traição. Muito apropriado para o mais pernicioso dos meus descendentes. Vocês cavaram os próprios destinos. – Então sua voz baixou para um sussurro que só eu pude ouvir: – Assim como eu.

Seu corpo tremia tão violentamente que eu podia notar mesmo por baixo de sua grande túnica cerimonial, e o sedativo quase caiu de sua mão quando um médico nan Domitrian deu um passo à frente e ofereceu-o em uma almofada. Ela o guardou no bolso, endireitou os ombros e marchou em direção ao seu túmulo cristalino, entrando no compartimento e se ajeitando enquanto o cristal claro se fechava atrás dela.

Enquanto observávamos, o túmulo de Cygna se desprendeu da heliosfera e foi lançado rumo à escuridão, em direção à estrela mais brilhante do sistema solar. Se alcançasse a estrela e queimasse, era um bom presságio para o reinado do Imperador Tyrus von Domitrian. Se fosse destruído pelas forças gravitacionais do sistema antes, então seria espalhada a mentira de que tinha atingido a estrela de qualquer maneira.

Minha mente girava, toda a certeza da minha morte iminente arrancada de mim. E agora as palavras de Cygna não saíam da minha cabeça, enchendo-me de dúvidas, porque eu estava completamente desesperada para acreditar nelas. Eu queria acreditar que uma das duas pessoas que eu amava naquele universo não tinha matado a outra.

Mas e se ela tivesse falado só para receber o sedativo? E se ela tivesse mentido...

Tyrus me dissera uma vez que uma mentira palatável era facilmente engolida. Se aquilo era mentira, era tão atraente que eu estava desesperada para acreditar nela.

Tyrus desceu do tablado, e estava ofuscante como o próprio sol com seu cabelo de halo no estilo cerimonial heliônico, seu paletó cerimonial dourado. Mas naquele rosto que podia parecer absolutamente implacável, havia uma suavidade, uma carência, e ele disse:

– Nemesis, você ouviu o que ela disse?

Olhei para ele, tão cauteloso, engasgado pela incerteza.

– Como poderia não ter ouvido?

– Eu fiz por você. Tudo isso foi por você. O universo pode se entregar para mim e ainda sentirei que perdi tudo sem você ao meu lado. Estou perdidamente apaixonado e espero por todas as estrelas que você sinta o mesmo.

– Jure... – gaguejei. – *Jure* para mim que você não teve nada a ver com a morte de Donia.

Ele pressionou as mãos ao peito.

– Nemesis, eu juro a você. Eu não fiz isso.

Eu ainda hesitava. O rosto de Sidonia surgiu em minha visão, implorando-me para ter cuidado. Mas a tentação de me levantar, de pegar a mão de Tyrus, me invadiu logo em seguida. Ele ainda era tudo o que eu queria, mas não podia desonrá-la...

Mas Sidonia queria que eu fosse feliz.

Essa certeza me inundou, e engoli em seco. Lembrei-me de sua alegria quando eu descobri meus sentimentos, quando encontrei o amor.

– Se algum dia eu descobrir que não é verdade – adverti Tyrus suavemente –, serei impiedosa.

Ele sorriu.

– E eu não esperaria nada menos de você, meu amor. Agora venha, pegue minha mão.

Se ele a havia matado, eu teria a vida inteira para descobrir. Poderia vingá-la amanhã, se descobrisse que ele tinha mentido. Poderia vingá-la em dez anos, se descobrisse dali a dez anos, e teria dez belos anos antes disso. Eu sempre lamentaria a perda de Sidonia, mas tinha sobrevivido a essa perda uma vez e poderia sobreviver novamente.

A DIABÓLICA

Ergui os olhos para o novo Imperador, para aquela figura como um sol reluzente erguendo-se acima de mim, oferecendo um de seus raios dourados para me banhar em sua glória; mas não era apenas o Imperador – era Tyrus, o jovem que conspirara comigo, que confiara em mim, que me explicara o que era um raio, que me beijara...

Peguei sua mão.

Seu rosto se iluminou em um glorioso sorriso enquanto ele me ajudava a subir no tablado. Estávamos acima da heliosfera cheia de Grandíloquos e Excessos, e os aliados de Tyrus que continuavam a derrotar seus oponentes... agora seus prisioneiros. Sua mão segurava a minha com força e firmeza. Seu olhar era intenso o suficiente para me fazer arder. Corri os olhos pelo lugar, vendo o campo de batalha onde ele finalmente derrotara Cygna Domitrian.

O massacre diante de nós era o que Tyrus tinha planejado naquele mês em que consolidara seu poder como o novo Imperador. Devia ter sido mais fácil para ele ganhar aliados como Imperador do que tinha sido como Primeiro Sucessor de reputação duvidosa. Ele trabalhara com os Luminares e os trouxera furtivamente como novos empregados. Descobrira quem apoiava Cygna e os neutralizara de uma só vez. E concordara com meu sacrifício fingindo submissão a Cygna, enquanto planejava o tempo todo que ela tomasse o meu lugar.

Não deveria mais me surpreender que Tyrus pensasse sempre dez passos à frente de todos ao seu redor. Com certeza alguém assim não tinha necessidade de matar Sidonia Impyrean apenas para proteger minha vida.

Eu precisava acreditar nisso, e foi o que fiz. Tomei a decisão. Escolhi a verdade que Tyrus me oferecia e esperava desesperadamente que nunca viesse a parecer amarga.

O vigário foi trazido para ungir Tyrus com óleos, como convinha ao novo Imperador. Mas quando estendeu o braço para pegar a mão de Tyrus, encontrou-a presa à minha. E Tyrus não me soltou, mesmo diante do vigário heliônico.

O vigário recuou.

– Mas é uma Diabólica – disse ele, horrorizado. – Não posso abençoar uma Diabólica.

Fiz menção de retirar a mão, mas Tyrus segurou-me firmemente, os olhos fixos no vigário.

— Eu gostaria de manter suas celebrações no Crisântemo. Não vejo razão para que nossos objetivos sejam contrários. Mas se não a ungir, não me ungirá. Nemesis será minha Imperatriz.

— Isto é uma abominação contra o Cosmos Vivo. Nenhum Imperador pode renunciar à sua unção, e eu *não* abençoarei uma Diabólica!

Tyrus apenas sorriu.

— Olhe ao redor, vigário. Esta é uma nova era. E, se for necessário, você ficará para trás — disse ele, então ele levou os meus dedos ao seu rosto e deu as costas para o vigário.

Pude ouvir algumas pessoas arfando de surpresa pela Grande Heliosfera, mas ninguém ousou falar contra o novo Imperador Tyrus von Domitrian. Quando ele desceu comigo, deixando o vigário onde estava com seu frasco intocado de óleo abençoado pelas estrelas, os aplausos soaram em nossos ouvidos.

Grandíloquos e Excessos de todos os lados abriram caminho para que passássemos, e meu coração parecia que ia sair do peito, pois eu sabia a importância do que Tyrus estava fazendo. Ele não estava apenas deixando os heliônicos para trás, mas todos aqueles que se apegavam aos antigos costumes.

Na porta, despertei como se acordasse de um sonho.

— Tyrus, como pode? — Eu me virei para ele. — Você pode correr riscos como o novo Imperador, mas este Império não vai tolerar seu casamento com uma Diabólica. Até os Excessos me acham uma abominação!

— Farei qualquer sacrifício pela era em que desejo entrar, Nemesis — respondeu ele, os olhos fixos nos meus. — Mas não este. Você não. Você *nunca*.

Cygna dissera uma vez que o poder mudava as pessoas. Enquanto olhava para Tyrus, um pressentimento peculiar me perpassou. Eu não tinha como saber o que nos aguardava nos meses e anos que se seguiriam, mas só podia esperar que sua astúcia permanecesse tão nobre, tão pura quanto eu acreditava — ou que Tyrus tinha todas as qualidades para ser um terrível Imperador.

A DIABÓLICA

Então ele me puxou para perto e me beijou à vista de todos na Grande Heliosfera.

Seus lábios eram perfeitos: suaves e quentes. Passei meus braços em volta dele, Tyrus em seu traje cerimonial, e eu com as roupas que pretendera usar em minha morte.

Alguns poderiam nos considerar um casal monstruoso, e estariam certos. Tyrus e eu éramos ambos escorpiões à nossa maneira, criaturas perigosas atravessando juntas o mais traiçoeiro dos rios. Juntos, podíamos ferroar... mas também flutuaríamos.

Talvez escorpiões fossem os únicos que pudessem salvar uns aos outros.

O que quer que houvesse à frente, seríamos sempre nós dois acima do resto do universo, e ai de qualquer um que ousasse entrar em nosso caminho.

AGRADECIMENTOS

Por alguma razão, sempre tenho dificuldade em escrever os agradecimentos. E fica mais complicado a cada livro, porque o número de pessoas que merecem meu reconhecimento e minha gratidão só aumenta à medida que minha carreira amadurece, e tenho um pavor mortal de deixar alguém de fora.

Meredith Duran, porque além de ser uma irmã incrível você também é a leitora beta mais incrível que eu já tive. Obrigada por seu olhar afiado para caracterizações e por perceber instintivamente as necessidades de um romance convincente. Eu, sinceramente, não acho que *A Diabólica* teria chegado a este ponto sem você.

E para todos os outros que mais amo: mãe, pai, Rob, Matt, Betsey, Stella, Madeleine, Grace e Sophia.

Para minha agente, Holly Root: você é maravilhosa. É tudo o que eu poderia esperar em uma agente e uma grande guia toda vez que não tenho certeza do que está acontecendo, ou para onde ir. Obrigada por renovar minhas energias. Mal posso esperar para ver o que nos aguarda nesta parceria!

Agora para o pessoal da Simon & Schuster Children: bom, é atordoante. Conheci uma equipe tão extraordinária de pessoas maravilhosas, entusiásticas e talentosas que esta lista poderia se estender demais e eu ainda deixar alguém fundamental de fora. Alguns nomes: Stephanie Voros, Deane Norton, Alexa Pastor, Anne Zafian, Dorothy Gribbin, Chava Wolin, Chrissy Noh, KeriLee

Horan, Katy Hershberger, Audrey Gibbons, Lucille Rettino, Michelle Leo, Betsy Bloom, Anthony Parisi, Candace McManus, Christina Pecorale, Gary Urda, Victor Iannone. Tenho certeza de que devo ter esquecido alguém. Só vou dizer que, quando estive em seus escritórios, interagindo com todas essas pessoas em longas mesas, fiquei admirada com todas, e muito grata por trabalhar com vocês neste livro.

É preciso destacar Lizzy Bromley pela extraordinária capa.

Agora, ainda mais importante: Justin Chanda. Justin, todo autor sonha em trabalhar com um editor como você. Desde o primeiro dia, seu entusiasmo, visão e talento têm sido inestimáveis para mim. Aguardo ansiosamente todos os trabalhos que faremos juntos.

Algumas outras pessoas da área de edição: meus colegas escritores de Young Adult; muitas pessoas para citar a essa altura, que me gratificaram com sua percepção, compaixão e amizade durante esse processo. Molly O'Neill, porque nos tornamos amigas, e você estava lá no início da minha carreira. Fico muito feliz em permanecer sempre conectada a você. Dana Spector, Barbara Poelle (obrigada por dizer a Justin para ficar de olho!) e a todos os editores estrangeiros que selecionaram este livro.

E, é claro, obrigada como sempre a David Dunton, Sarah Shumway, Laurel Symonds e a todas as pessoas do mercado editorial que fizeram parte do início da minha carreira e serão sempre uma grande influência.

Às pessoas do meu mundo real:

Judy e os Persoffs, Winnie e os Hattens, Todd, Barb e os Anticeviches.

Vários amigos, muitos dos quais vou me esquecer de citar aqui. Que eu me lembre agora: Jackie, Leslie, Yae, Stephen, Abby, Tina, Heidi, Alice, Tim, Allison, Mark, Bryan, Amy.

Um olá especial para David Bishop. Posso não ter sido ideal para aquele programa de mestrado, mas sua orientação e aconselhamento realmente me ajudaram a reencontrar meu caminho. Obrigada, e espero ver o que o aguarda no futuro!

A DIABÓLICA

Robert Graves, por escrever *Eu, Claudius, Imperador* e inspirar as minisséries da BBC que me deram a ideia de escrever este livro!

E por último, mas não menos importantes, aos incríveis leitores, blogueiros, bibliotecários, professores e livreiros que gostaram da série *Insígnia*. Obrigada por seu entusiasmo, apoio e o tempo que dedicaram a ler meu trabalho. Vocês tornam tudo possível!

Impressão e Acabamento:
BARTIRA GRÁFICA